Victoria

Daisy Goodwin

Victoria

Traducción de
María del Mar López Gil

SUMA
de letras

Papel certificado por el Forest Stewardship Council®

Título original: *Victoria*
Primera edición: noviembre de 2017

© 2016 Daisy Goodwin Productions
© 2017, Penguin Random House Grupo Editorial, S. A. U.
Travessera de Gràcia, 47-49. 08021 Barcelona
© 2017, Mª del Mar López Gil, por la traducción

Printed in Spain – Impreso en España

ISBN: 978-84-9129-209-8
Depósito legal: B-17176-2017

Compuesto en MT Color & Diseño, S. L.
Impreso en Liberdúplex, Sant Llorenç d´Hortons (Barcelona)

SL92098

Penguin
Random House
Grupo Editorial

Para Ottilie y Lydia
Mentora y musa

Prólogo

Palacio de Kensington, septiembre de 1835

*U*n rayo de luz del alba se proyectó sobre la grieta de la esquina del techo. El día anterior se asemejaba a unos anteojos, pero a lo largo de la noche una araña había entretejido la fisura, rellenando los huecos de tal manera que ahora a ella se le antojaba una corona. No la corona que portaba su tío, que imaginaba pesada e incómoda, sino del tipo de la que portaría una reina: repujada, delicada y sólida al mismo tiempo. A fin de cuentas, su cabeza, como su madre y sir John insistían en señalar sin cesar, era singularmente pequeña; cuando llegase el momento, y ahora no cabía duda de que así sería, necesitaría una a su medida.

Se oyó un ronquido procedente de la gran cama.

—*Nein, nein* —gritó su madre, batiéndose en sueños con sus demonios.

Cuando fuese reina, insistiría en tener sus propios aposentos. Su madre pondría el grito en el cielo, por supuesto, y diría que su única intención era proteger a su preciosa Drina, pero ella se mantendría en sus trece. Se imaginaba diciendo: «Mamá, como reina tengo a la Guardia Real para protegerme. Imagino que estaré bastante segura en mis propios aposentos».

Algún día sería reina; ahora tenía la certeza. Su tío, el rey, era viejo y no gozaba de buena salud, y estaba claro que era demasiado tarde para que su esposa, la reina Adelaida, engendrase un heredero al trono. Pero Victoria —nombre con el que se identificaba, aunque su madre y los demás la llamasen Alejandrina, o, peor aún, Drina, diminutivo que consideraba degradante en vez de afectuoso— ignoraba cuándo llegaría ese momento. Si el rey muriese antes de que ella alcanzara la mayoría de edad al cabo de dos años, era muy probable que su madre, la duquesa de Kent, fuera nombrada regente y sir John Conroy, su amigo especial, estaría a su lado. Victoria miró al techo; Conroy era como la araña —había tejido su telaraña sobre el palacio—, y su madre había quedado atrapada en el acto, pero, pensó Victoria, ella jamás caería en sus redes.

Se estremeció, pese a que hacía una cálida mañana de junio. Cada semana rezaba por la salud de su tío en la iglesia, y siempre añadía mentalmente una notita al Todopoderoso rogándole que, si decidía acogerlo en su seno, aguardase a que ella cumpliese dieciocho años.

Victoria no tenía un concepto muy claro de lo que significaba ser reina. Su institutriz, Lehzen, le daba clases de historia, y el deán de Westminster sobre la Constitución, pero en realidad nadie sabía a ciencia cierta lo que una reina hacía a lo largo del día. Su tío, el rey, por lo visto pasaba la mayor parte del tiempo masticando rapé y refunfuñando sobre los que denominaba «malditos liberales». Victoria solo le había visto con la corona en una ocasión, y fue porque le pidió que se la colocara. Él le había dicho que se la ponía para inaugurar el año parlamentario, y le había preguntado si le gustaría acompañarle.

Victoria había respondido que le encantaría, pero su madre había objetado que era demasiado joven. Victoria había oído a su madre comentárselo a sir John más tarde; estaba hojeando un álbum de acuarelas detrás del sofá y no habían reparado en su presencia.

«Como si fuera a permitir que vean a Drina en público con ese vejestorio», había comentado su madre en tono enojado.

«Cuanto antes acabe con él el alcohol, mejor», había contestado sir John. «Este país necesita un monarca, no un bufón».

La duquesa había suspirado.

«Pobrecita Drina. Es demasiado joven para tamaña responsabilidad».

Sir John había posado la mano sobre el hombro de su madre y había dicho:

«Pero no va a reinar sola. Nos cercioraremos de que no cometa ninguna estupidez. Estará en buenas manos».

Su madre había sonreído con afectación, como siempre hacía cuando sir John la tocaba.

«Mi pobre niñita huérfana de padre... Qué afortunada es de teneros, que siempre velaréis por ella».

Victoria oyó pasos en el pasillo. Normalmente tenía que quedarse en la cama hasta que su madre se despertase, pero hoy iban a Ramsgate a tomar la brisa marina y saldrían a las nueve. Estaba deseando marcharse. Al menos en Ramsgate tendría ocasión de asomarse a la ventana y ver gente auténtica. Aquí, en Kensington, nunca veía a nadie. A esas alturas la mayoría de las chicas de su edad estarían presentándose en sociedad, pero su madre y sir John sostenían que el contacto con gente de su misma edad entrañaba demasiados peligros. «Tu reputación es muy valiosa —decía siempre sir John—. Una vez perdida, no se recupera jamás. Una muchacha joven como tú está destinada a cometer errores. Es mejor que no corras ese riesgo». Victoria callaba; hacía mucho tiempo que había aprendido que era inútil protestar. Conroy siempre tenía la última palabra, y su madre siempre le apoyaba. No tenía más remedio que esperar.

La duquesa, como de costumbre, se vistió con parsimonia. Cuando su madre salió con Conroy y lady Flora Hastings, su dama de compañía, Victoria y Lehzen ya estaban sentadas en el carruaje. Victoria los observó a los tres sobre la escalinata, riendo sobre algo. A juzgar por cómo miraban hacia el carruaje, Victoria intuyó que hablaban de ella. Seguidamente la duquesa se dirigió a lady Flora, que bajó las escaleras hacia el carruaje.

—Buenos días su alteza real, baronesa. —Lady Flora, una mujer de cabello rubio ceniza que rozaba la treintena y que siempre llevaba una biblia en el bolsillo, subió al carruaje—. La duquesa me ha pedido que las acompañe a Ramsgate. —Lady Flora sonrió, dejando ver sus encías—. Y he pensado que tal vez sería el momento oportuno de repasar ciertos detalles de protocolo. Cuando mi hermano vino de visita el otro día, reparé en que utilizasteis el tratamiento de excelencia. Sin embargo, debo deciros que solo los duques reciben ese tratamiento. Un mero marqués como mi hermano —aquí las encías se hicieron más visibles— no es merecedor de semejante honor. Él estaba encantado, por supuesto (todo marqués aspira a ser duque), pero consideré que era mi deber informaros del error. Me consta que es una nimiedad, pero estos detalles son muy importantes, y estoy segura de que estaréis de acuerdo conmigo.

Victoria no dijo nada, pero miró con disimulo a Lehzen, que claramente se encontraba tan molesta por la intrusión de lady Flora como ella. Lady Flora se inclinó hacia delante.

—Qué duda cabe, baronesa, de que habéis sido una institutriz ejemplar, pero hay sutilezas que, al ser alemana, es lógico que no entendáis.

Al apreciar un leve movimiento en la mandíbula de Lehzen, Victoria intervino.

—Creo que tengo jaqueca. Voy a intentar echar una cabezada en el carruaje.

Flora asintió, aunque manifiestamente molesta por no tener más posibilidades de poner en evidencia a Victoria y Lehzen. Al ver su semblante cetrino y decepcionado, Victoria cerró los ojos con alivio. Mientras la vencía el sueño se preguntó, no por primera vez, por qué su madre siempre prefería compartir carruaje con sir John Conroy en vez de con ella.

Aunque su jaqueca había sido una estratagema para evitar la insufrible cantinela de lady Flora en el carruaje, Victoria empezó a sentirse indispuesta el segundo día de su estancia en Ramsgate. Al despertarse tenía la garganta tan irritada que apenas podía tragar.

Se acercó a la cama de su madre. La duquesa dormía profundamente y Victoria tuvo que zarandearla del hombro con bastante ímpetu para que abriese los ojos.

—*Was ist los*, Drina? —preguntó, enojada—. ¿Por qué me despiertas? Todavía es muy temprano.

—Tengo la garganta irritada, mamá, y un dolor de cabeza terrible. Tal vez sea conveniente que me vea el médico.

La duquesa suspiró, se incorporó y posó la mano en la frente de Victoria. Esta notó la sensación fría y suave de la mano contra su piel. Victoria se apoyó en ella, anhelando de repente tenderse y apoyar la cabeza sobre el hombro de su madre. Tal vez esta le permitiese meterse en su cama.

—Bah, la temperatura normal. Siempre exageras, Drina. —La duquesa apoyó la cabeza sobre los almohadones, con los rizos envueltos en papel, y volvió a dormirse.

Cuando Lehzen vio a Victoria hacer una mueca al sorber el té durante el desayuno, se acercó a ella enseguida.

—¿Qué ocurre, alteza, no os encontráis bien?

—Me duele al tragar, Lehzen. —Aunque el gran placer de los días que Victoria pasaba en Ramsgate era pasear por el malecón contemplando el mar y los vestidos de las damas mientras su spaniel, Dash, correteaba junto a sus pies, ese día lo único que deseaba era tumbarse a oscuras en una habitación fresca.

Esa vez fue Lehzen quien posó la mano en la frente de Victoria. La tenía más tibia que la de su madre y no tan suave, pero le resultaba reconfortante. Tras hacer una mueca y acariciarle la mejilla a Victoria, la institutriz se aproximó a la duquesa, que estaba tomando café con sir John y lady Flora en una mesa junto a la ventana.

—Creo, señora, que deberíamos llamar al doctor Clark para que venga de Londres. Me temo que la princesa se encuentra indispuesta.

—Oh, Lehzen, siempre os preocupáis en exceso. Esta mañana yo misma le he palpado la frente a Drina y estaba bien.

—Emplazar al doctor de la corte para que se desplace desde Londres —señaló Conroy— causaría un gran revuelo. No es conveniente que la gente crea que el estado de la princesa es delicado. Si efectivamente se encuentra indispuesta, y he de decir que a mí me da la impresión de que se encuentra en perfecto estado, deberíamos consultar a un médico local.

Lehzen dio un paso hacia Conroy y replicó:

—Le estoy diciendo, sir John, que un médico ha de examinar a la princesa, un buen médico. ¿Qué importa lo que pueda pensar la gente cuando está en juego su salud?

La duquesa alzó las manos con un ademán y exclamó con su marcado acento alemán:

—Oh, baronesa, no dramaticéis. Es un simple catarro estival, y no hay necesidad de armar tanto alboroto.

Cuando Lehzen se disponía a protestar de nuevo, la duquesa levantó una mano.

—Creo, baronesa, que sé lo que más conviene a mi hija.

Conroy asintió y sentenció con su habitual tono de barítono:

—La duquesa tiene razón. La princesa tiene tendencia a hacerse la enferma, como bien sabemos.

Victoria no oyó la respuesta de Lehzen, pues le dio un vahído y se desplomó en el suelo.

Despertó en una habitación a oscuras, pero no fresca; ciertamente, hacía tanto calor que pensaba que iba a derretirse. Debió de hacer algún ruido, porque Lehzen se acercó a su lado y le puso un paño frío sobre las mejillas y la frente.

—Tengo mucho calor, Lehzen.

—Es la fiebre, pero pasará.

—¿Dónde está mi madre?

Lehzen suspiró.

—Vendrá enseguida, *Liebes,* estoy segura.

Victoria cerró los ojos y se sumió en un letargo febril e intermitente.

En un momento dado del día, Victoria volvió en sí y olió el agua de lavanda con la que su madre siempre se perfumaba. Intentó llamarla, pero lo único que emitió fue un áspero graznido. Cuando abrió los ojos, la estancia seguía a oscuras y no veía nada. Entonces oyó a su madre.

—Pobrecita, ha estado muy enferma. Espero que no le afecte a su aspecto.

—El doctor Clark dice que es fuerte y que se recuperará —señaló Conroy.

—¡Si algo le ocurriera, sería el fin de mis días! Tendría que regresar a Coburgo.

—Cuando pase la fiebre creo que deberíamos realizar algunos preparativos de cara al futuro. Si yo llegase a ser su secretario personal, se acabarían... las tonterías.

Victoria oyó decir a su madre:

—Querido sir John. Siempre guiaréis a Victoria como habéis hecho conmigo en todo momento.

Victoria oyó un suspiro seguido por un tenue roce y a continuación Conroy susurró:

—La guiaremos juntos.

—Siempre.

Victoria giró la cara para buscar un lugar más fresco sobre la almohada y se sumió en un sopor febril.

Cuando volvió a abrir los ojos la luz se filtraba por las ventanas y el semblante de inquietud de Lehzen se cernía sobre ella.

—¿Cómo os encontráis, alteza?

Victoria sonrió.

—Mejor, creo.

Notó que una mano la cogía de la muñeca y vio al doctor Clark de pie junto a su lecho.

—Hoy tiene el pulso mucho más fuerte. Creo que la princesa debería tomar algo, un poco de sopa o caldo de ternera.

—Desde luego, doctor; me encargaré de ello inmediatamente. —Cuando Lehzen se dirigía a la puerta, la duquesa entró a toda prisa, con los tirabuzones colocados a ambos lados de la cara en un historiado peinado.

—¡Drina! Estaba muy preocupada. —Miró al doctor Clark—. ¿Puedo tocarla, doctor?

El doctor asintió.

—Ahora que ha remitido la fiebre no hay peligro de contagio, señora.

La duquesa se sentó en la cama y le acarició la mejilla a Victoria.

—Estás muy pálida y delgada, pero recuperarás el buen aspecto. Cuidaremos de ti de maravilla.

Victoria intentó sonreír, pero le flaquearon las fuerzas. Le dio la impresión de que su madre tenía muy buen aspecto esa mañana. Llevaba puesto un vestido de seda de rayas que Victoria nunca le había visto y unos pendientes de diamantes con forma de lágrima.

—Gracias a Dios que hice que fueran a buscarlos a Londres, doctor Clark —dijo la duquesa—. Quién sabe lo que habría ocurrido de no haberlo hecho.

—Creo que la princesa ha contraído el tifus, lo cual puede resultar fatídico, pero estoy convencido de que con los cuidados adecuados su alteza real se recuperará del todo.

Lehzen regresó con un tazón de caldo. Se sentó al otro lado de la cama y comenzó a darle cucharaditas a Victoria.

—Gracias, Lehzen, pero yo me encargo de dar de comer a mi hija. —La duquesa tomó el tazón y la cuchara de las manos de la baronesa. Victoria se quedó mirando a Lehzen, que se retiró al fondo de la estancia.

Su madre empujó la cuchara contra los labios de Victoria y esta se tragó el caldo a regañadientes.

—Y ahora otra, *Liebes*.

Victoria, obediente, abrió la boca.

Un tablón del suelo crujió ruidosamente al entrar a la estancia Conroy.

—¡Qué escena tan conmovedora! La devota madre haciendo de enfermera para que su hija recobre la salud.

Victoria cerró la boca.

—Solo un poquito más, *Liebes* —dijo la duquesa, pero Victoria negó con la cabeza.

Conroy se colocó detrás de su madre, cerniéndose sobre ella.

—Debo felicitaros por vuestra recuperación, alteza real. Gracias a Dios habéis heredado la robusta constitución de vuestra madre.

La duquesa sonrió.

—Drina es una auténtica Coburgo.

Conroy sonrió a Victoria, dejando al descubierto los dientes.

—Ahora que mostráis síntomas de recuperación, hay un asunto que debemos atender. A diferencia de vos, el rey no tiene esa fortaleza, y es crucial que estemos preparados para lo que se avecina.

Metió la mano en el interior de su chaqueta y sacó un prolijo escrito.

—He preparado un documento donde se me nombra vuestro secretario personal. Vuestra madre y yo opinamos que es lo más conveniente para vuestra protección una vez que accedáis al trono.

—Sí, Drina, eres tan joven y frágil... Sir John será tu sostén.

Desde donde estaba tendida, Victoria veía la mano de Conroy apoyada sobre el hombro de su madre y el rubor de las mejillas de esta.

Conroy dejó el papel encima de la cama, junto a su mano, y cogió una pluma y un tintero del secreter que había junto a la ventana.

—Es muy sencillo. —Conroy permaneció junto a la cama con la pluma y el tintero—. Cuando hayáis firmado el documento, haré todas las gestiones.

—Drina, qué afortunada eres de tener a alguien que siempre velará por tus intereses —dijo la duquesa.

Conroy se inclinó para darle la pluma; Victoria olió la ambición en su aliento. Observó la oscuridad de sus ojos y negó con la cabeza.

Conroy la miró fijamente y la comisura de su boca se movió con un leve estremecimiento.

—Estoy deseoso de serviros tan fielmente como a vuestra madre.

Victoria negó con la cabeza de nuevo. Conroy miró a la duquesa, que posó la mano sobre la de su hija.

—Solo es por tu bien, *Liebes.* Para protegerte de tus malvados tíos. El ruin de Cumberland hará lo imposible por impedir que reines.

Victoria trató de incorporarse, pero le flaquearon las fuerzas e, impotente, notó que las lágrimas le asomaban a los ojos. Vio que Lehzen estaba inclinada hacia delante, con los puños apretados, la mirada enardecida de rabia hacia Conroy. La ira de su institutriz infundió ánimo a Victoria. Volvió la cabeza hacia su madre y dijo en el tono más audible posible:

—No, mamá.

A su madre le temblaron los tirabuzones.

—Oh, Drina, aún estás débil por la fiebre. Hablaremos de ello más tarde.

Notó que Conroy le ponía la pluma en la mano y se la acercaba al papel.

—Desde luego que podemos tratar los detalles más tarde, pero primero debéis firmar esto.

Victoria se volvió hacia Conroy y dijo con gran esfuerzo:

—Jamás... lo... firmaré.

Conroy le apretó la muñeca al tiempo que se agachaba para susurrarle al oído:

—Debéis hacerlo.

De alguna manera hizo acopio de fuerzas para apartar la mano. Al hacerlo, volcó el tintero, cuyo contenido se derramó sobre la ropa de cama, dejando un lamparón negro. Su madre, alarmada, dio un chillido y se levantó para que no se le ensuciara el vestido nuevo.

—¡Oh, Drina, qué has hecho!

Conroy la fulminó con la mirada.

—No puedo permitir este comportamiento. Bajo ningún concepto.

Alzó la mano y, por un momento, a Victoria se le pasó por la cabeza que pudiera golpearla, pero Lehzen se interpuso.

—Me da la impresión de que la princesa está acalorada, ¿no os parece, doctor? Tal vez deberíais tomarle el pulso por si le ha vuelto la fiebre.

El doctor Clark vaciló, pues no deseaba disgustar a su patrona, la duquesa. Sin embargo, al concluir que sería aún peor ganarse la hostilidad de la heredera al trono, dio un paso al frente y cogió a Victoria de la muñeca.

—Efectivamente, parece que tiene el pulso algo acelerado. Creo que ahora la princesa debería descansar; sería muy desafortunado que le volviese a subir la fiebre.

La duquesa miró a Conroy, que permanecía inmóvil, con el semblante lívido de rabia.

—Vamos, sir John, volveremos a hablar con Drina cuando se recupere. Está demasiado enferma para saber lo que hace. —Se agarró de su brazo para acompañarle a la salida, con el doctor Clark a la zaga.

Cuando se quedaron a solas, Victoria levantó la vista hacia Lehzen, que estaba intentando evitar que la mancha de tinta se extendiera en las sábanas, y susurró:

—Gracias.

La baronesa se agachó y la besó en la frente.

—Sois muy valiente, alteza. —Le apretó la mano—. Sé que seréis una gran reina.

Victoria sonrió antes de cerrar los ojos, agotada. Aún percibía la tenue fragancia de lavanda. Jamás perdonaría a su madre por permitir que Conroy la amedrentara de ese modo. ¿Acaso no veía que su propia hija era más importante que ese espantoso hombre? Sabía que volverían con el papel. Pero ella jamás lo firmaría. Todos se arrepentirían —su madre, Conroy, lady Flora— de ser tan odiosos. Creían que no valía nada, que era una marioneta para manejarla a su antojo, pero algún día sería reina. Entonces todo sería diferente. Ojalá su tío el rey viviera hasta que ella cumpliera los dieciocho.

PRIMERA PARTE

1

Palacio de Kensington, 20 de junio de 1837

Al abrir los ojos, Victoria vio un tenue haz de luz a través de los postigos. Alcanzaba a oír la respiración de su madre, en la gran cama del otro lado de la estancia. Pero no por mucho tiempo. Pronto, pensó Victoria, dispondría de una habitación propia. Pronto tendría la posibilidad de bajar las escaleras sin ir cogida de la mano de Lehzen; pronto podría hacer lo que se le antojase. El mes anterior había celebrado su decimoctavo cumpleaños, de modo que, a su debido tiempo, reinaría.

Dash levantó la cabeza y acto seguido Victoria oyó los rápidos pasos de su institutriz. El hecho de que Lehzen fuese a su encuentro a esa hora solamente podía tener una explicación. Se levantó de la cama, se dirigió a la puerta y la abrió justo cuando Lehzen hacía amago de llamar. La imagen de la institutriz allí de pie con la mano extendida le hizo tanta gracia que Victoria se echó a reír tontamente, pero se contuvo al ver la expresión de su institutriz.

—El emisario de Windsor está abajo. Lleva un brazalete negro. —Lehzen le hizo una reverencia—. Su majestad.

Sin poder evitarlo, Victoria sintió que en su rostro se extendía una amplia sonrisa. Alargó la mano y tiró de Lehzen para que la mirase; le conmovió la devoción e inquietud que percibió en los ojos marrones de la mujer.

—Mi queridísima Lehzen, me alegra mucho que seas la primera persona en llamarme así.

La institutriz miró hacia la silueta dormida que había en la cama, pero Victoria negó con la cabeza.

—No quiero despertar a mi madre todavía. Lo primero que hará será avisar a sir John y se pondrán a decirme lo que he de hacer.

Lehzen apretó los labios.

—Pero sois la reina, Drina. —Rectificó al percatarse de su desliz—. Quiero decir, majestad. Ahora nadie puede deciros lo que debéis hacer.

Victoria sonrió.

Se abrió una puerta al fondo del pasillo; Brodie, el mozo, la cruzó a toda velocidad y aminoró el paso a un ritmo más respetuoso al ver a las dos mujeres. Conforme se acercaba, Victoria notó que vacilaba y seguidamente hacía una ceremoniosa reverencia. A Victoria le dieron ganas de sonreír; como el chico era casi de su misma edad, el gesto le hizo gracia, pero sabía que su deber era mantener el semblante serio. Una reina podía reírse, pero no de sus súbditos.

—El arzobispo está aquí —anunció, y añadió apresuradamente—: Su majestad. —El alivio fue patente en el pequeño rostro pecoso de Brodie al haberse dirigido a ella correctamente.

Lehzen lo miró con acritud.

—¿Y no se lo has dicho a nadie más?

El muchacho pareció ofendido.

—He venido directamente a vuestro encuentro, baronesa, según las instrucciones. —Tras un breve silencio, Lehzen sacó una moneda de su ridículo y se la dio al muchacho, que se escabulló, renunciando a toda pretensión de dignidad con el regocijo por su recompensa.

—Deberíais marcharos ahora, majestad, antes de... —Lehzen echó un vistazo por encima del hombro de Victoria hacia la figura que yacía en la cama.

Victoria se tiró del chal para cubrirse el camisón. Aunque prefería cambiarse primero, sabía que para cuando se hubiese arreglado empezarían a importunarla el servicio, su madre y sir John. No, iría de inmediato; tenía claro cómo proceder.

Victoria siguió a Lehzen por la pinacoteca, pasando junto al retrato de la reina Ana, que, como Lehzen le repetía sin cesar, había sido la última soberana en ocupar el trono de Inglaterra. Al contemplar el rostro mohíno y taciturno de Ana, Victoria deseó no tener jamás ese aire tan desdichado. Captó fugazmente su reflejo en el espejo. Tenía las mejillas sonrosadas y sus ojos azules brillaban con una chispa de excitación. Con el camisón y el pelo suelto sobre los hombros no iba vestida como una reina, pero pensó que ese día lo parecía.

Al llegar a lo alto de la escalera, Lehzen le tendió la mano, como siempre hacía.

Victoria respiró hondo.

—Gracias, Lehzen, pero puedo arreglármelas sola.

El semblante de la mujer reflejó sorpresa y acto seguido inquietud.

—Sabéis que vuestra madre me advirtió de que he de estar siempre atenta por si os caéis.

Victoria alzó la vista hacia ella.

—Soy bastante capaz de bajar los escalones sin percances.

Lehzen quiso protestar, pero, al ver la mirada de Victoria, claudicó.

Victoria comenzó a bajar las escaleras y dijo mirando por encima de su hombro:

—Ahora que soy reina, Lehzen, las cosas no pueden ser como antes.

Lehzen se detuvo, con el pie en equilibrio sobre el escalón, como si se hubiera quedado congelado en el aire. Dijo despacio y en tono apesadumbrado:

—Supongo que ya no necesitaréis institutriz. Tal vez haya llegado la hora de que regrese a Hannover.

Victoria alargó la mano y suavizó el gesto de la cara.

—Oh, Lehzen, no quería decir eso. No quiero que te vayas a ningún sitio. El simple hecho de que prefiera bajar las escaleras sin ayuda no significa que no desee que estés a mi lado.

Lehzen la agarró de la mano y volvió a recuperar el color del semblante.

—Jamás desearé apartarme de vos, majestad. Mi único deseo es serviros.

—Y lo harás, Lehzen. Pero ya no necesito que me ayudes a bajar las escaleras. —Victoria miró fugazmente hacia dónde dormía su madre—. Esa etapa de mi vida se ha acabado.

Lehzen asintió en señal de haber comprendido.

—Y puedes decirles a los criados que esta noche voy a trasladarme a los aposentos de la reina María. Creo que ha llegado la hora de tener mi propia habitación, ¿no te parece?

Lehzen sonrió.

—Sí, majestad. Creo que las reinas no duermen en un catre junto a la cama de sus madres.

Al llegar al pie de la escalera, se detuvo. El arzobispo y el lord chambelán se encontraban al otro lado de la puerta de la biblioteca. Llevaba esperando mucho tiempo ese momento, y sin embargo, ahora que había llegado, tuvo que reprimir el súbito impulso de refugiarse en el confort de su estudio.

Nunca había estado con un hombre a solas en una sala, y mucho menos un arzobispo. Entonces oyó las pisadas de Dash escalera abajo; el perro se sentó a sus pies y levantó la vista hacia ella, expectante. Al menos él estaba listo para la aventura que tenían por delante. Victoria hizo de tripas corazón y caminó hacia la puerta. Ahora era la reina.

Cuando entró en la biblioteca, los dos hombres de pelo cano le hicieron una reverencia, y Victoria oyó el crujido de la rodilla del arzobispo al inclinarse para besarle la mano.

—Lamento comunicaros que vuestro tío, el rey, ha fallecido a las 2.34 de la madrugada —dijo el arzobispo—. La reina Adelaida estaba junto a su lecho.

Victoria alzó la vista hacia los dos rostros con patillas que se cernían sobre ella.

—Mi pobre y querido tío. Que Dios se apiade de su alma.

Ambos hombres inclinaron la cabeza. Mientras Victoria se preguntaba qué debía decir a continuación, el roce de una pequeña y áspera lengua lamiendo su pie interrumpió sus pensamientos. Dash estaba tratando de llamar su atención. Victoria se mordió el labio.

—El último deseo del rey fue encomendar a la reina Adelaida que cuidase de vos. —El lord chambelán bajó la vista hacia Dash y parpadeó. Victoria conocía esa mirada, que había visto en numerosas ocasiones; era la expresión propia de un hombre que consideraba que estaba haciendo algo indigno de su posición. El lugar que le correspondía, a juzgar por su expresión, era tratar grandes asuntos de Estado, no consentir los caprichos de una jovencita y su perro.

Victoria irguió los hombros y levantó la barbilla, tratando de ganar un par de centímetros para llegar al metro cincuenta; ojalá midiera un poco más. Costaba horrores adoptar un porte regio cuando todo el mundo podía verte la coronilla. Pero, se recordó a sí misma, su altura era lo de menos. Reflexionó unos instantes y decidió utilizar la frase que había oído pronunciar a su tío en una ocasión y que desde entonces anhelaba repetir.

—Gracias, arzobispo, lord chambelán. Pueden retirarse.

Mantuvo el semblante lo más impasible que pudo mientras ambos se inclinaban y procedían a salir de la sala sin darle la espalda. Había algo irresistiblemente hilarante en la imagen de esos dos hombres mayores retirándose como tirados por hilos invisibles, pero sabía que no debía reírse. Siendo reina tenía potestad para despachar a la gente, pero no para ridiculizarla. Lo que todo monarca necesitaba era dignidad. Recordó la vergüenza que había pasado cuando su tío se puso a cantar una canción sobre un marinero ebrio en medio de un banquete oficial. A ella le dio la impresión de que había bebido más de la cuenta, y mientras cantaba hilillos de saliva le corrían desde las comisuras de los labios. Ella miró a los cortesanos presentes en la mesa para ver cómo reaccionaban, pero mantuvieron el semblante sereno e impasible como si nada extraordinario estuviese ocurriendo. El único indicio de que alguien había reparado en las payasadas del rey fue un lacayo al que le temblaban los hombros por la risa hasta que otro más mayor le dio con el codo para que parase. En aquel momento decidió que jamás permitiría que eso sucediese cuando fuera reina. La idea de que sus cortesanos pudieran reírse de ella para sus adentros bajo esa fachada impasible le resultaba intolerable.

Victoria miró a su alrededor y, como no había nadie a la vista, se arremangó el camisón y echó a correr escalera arriba con Dash a la zaga. Correr estaba prohibido por el sistema Kensington, el conjunto de reglas ideadas por su madre y Conroy para dirigir todos los aspectos de su existencia. El día antes, subir la escalera corriendo habría sido impensable, pero a partir de ese momento podría hacer lo que se le antojara.

Jenkins, su ayuda de cámara, la aguardaba. El vestido de seda negro que había encargado la semana anterior, cuando se hizo patente que el rey no se recuperaría de su enfermedad, estaba extendido encima del diván. La intención de Jenkins había sido encargar varios vestidos, pero sir John lo había considerado un gasto innecesario. Esa era otra de las cosas que tendrían que cambiar ahora que era reina.

Jenkins la observó con curiosidad. Victoria se dio cuenta de que estaba apretando los puños.

—Debes encargar ya el resto de mi ropa de duelo, Jenkins. No veo razón para retrasarlo más.

—Sí, señora. —La cara redonda de Jenkins se quebró con la línea de su sonrisa.

Victoria levantó los brazos y la ayuda de cámara le metió el vestido por la cabeza. Se dio la vuelta para mirarse en el espejo de cuerpo entero. El vestido de seda negro con mangas ampulosas era bastante diferente a los sencillos vestidos de muselina en tonos pastel tan del gusto de su madre. El luto la hacía parecer mayor, y las mangas acampanadas le conferían una agradable presencia. Se alisó las arrugas a la altura de la cintura.

Al oír un sonido, algo a medio camino entre un suspiro y un jadeo, Victoria se dio la vuelta y se topó con Lehzen.

—Oh... Disculpad..., Majestad. No estoy habituada a veros de negro, con un aire tan... maduro.

Victoria sonrió a Lehzen.

—Me alegro. Ya es hora de que la gente deje de verme como a una niña.

La puerta de la estancia se abrió de sopetón. La duquesa de Kent irrumpió a toda prisa, con el pelo aún envuelto en rulos de papel y el chal de pura lana de Paisley aleteando a su alrededor.

—*Mein Kind,* ¿dónde has ido? —preguntó la duquesa, como siempre en tono de reproche. Pero seguidamente Victoria vio que su madre reparaba en el vestido negro y su expresión dolida daba paso al asombro.

—*Der König?*

Victoria asintió. Su madre la estrechó entre sus brazos, y ella se relajó en ese abrazo de aroma a lavanda.

—*Mein kleines Mädchen ist die Kaiserin.*

Victoria se zafó de ella.

—Basta de hablar en alemán, mamá. Ahora eres la madre de la reina de Inglaterra.

La duquesa asintió con un vaivén de sus rizos envueltos en papel. Posó una temblorosa mano sobre la mejilla de Victoria. Sus ojos azul claro estaban llorosos.

—Ay, mi pequeña Drina, ¿te he contado alguna vez el trayecto que hice desde Amorbach cruzando Francia cuando te llevaba en el vientre? —Dibujó con un gesto de las manos la curva de un embarazo de ocho meses.

Victoria asintió.

—Muchas veces, mamá. —Pero la duquesa no estaba dispuesta a claudicar.

—Era un simple carruaje de alquiler, muy incómodo. Pero me pasé el viaje con las piernas cruzadas para que tú, *Liebes,* nacieras en Inglaterra. Sabía que de haber nacido en cualquier otro lugar esos tíos horribles que tienes habrían dicho que no eras inglesa y que por lo tanto no podías reinar. Pero aguanté.

La duquesa sonrió ante su proeza obstétrica. Victoria, por supuesto, sabía que estaba en lo cierto. Ya había mucha gente que ponía en duda si una muchacha de dieciocho años estaría a la altura que correspondía a una soberana, pero la idea de una muchacha de dieciocho años que hubiera nacido en Alemania quedaba absolutamente descartada.

—Si tu pobre padre viviera para ver este día... —La duquesa alzó la vista hacia el cuadro que había colgado detrás de ellas, un retrato a escala real del difunto duque de Kent, posando de pie, con la mano apoyada sobre un cañón.

—Pero, mamá, aunque no hubiese muerto cuando yo era un bebé, jamás me habría visto convertida en reina, ¿no? La única razón por la que soy reina es porque él murió.

La duquesa negó con la cabeza, impacientándose por la pedante insistencia de Victoria sobre las circunstancias de la sucesión.

—Sí, lo sé, pero sabes a lo que me refiero, Drina. Le haría muy feliz pensar que, en vez de cualquiera de sus hermanos, sería *su* hija quien reinaría. Párate a pensar por un momento que, si yo no hubiera sido lo que tu padre siempre llamaba una jaca de la progenie Coburgo, ese monstruo, tu tío Cumberland, sería rey. —La duquesa se estremeció melodramáticamente y se santiguó.

—Bueno, pues no lo es. Al menos no de Inglaterra. Pero claro, ahora reina en Hannover —dijo Victoria. Por un paradójico capricho de las leyes de sucesión, aunque podía ser heredera al trono británico, como mujer no tenía potestad para reinar en el estado alemán que había sido gobernado conjuntamente desde que el elector de Hannover se convirtiera en Jorge I de Gran Bretaña en 1713. Su tío Cumberland, el siguiente varón en la línea sucesoria, había heredado el ducado alemán.

—¡Hannover! No es más que un... ¿Cómo se dice? Un grano en medio de Alemania. Que reine allí y nos deje en paz.

Victoria se tiró del corpiño del vestido para estirarlo. Desde que tenía uso de razón, su madre intentaba asustarla con el que llamaba «el malvado tío Cumberland». Ese era el motivo por el que Victoria siempre dormía en los aposentos de su madre, pues la duquesa creía que si a Cumberland se le ocurriera ir en busca de Victoria por la noche al menos podría interponerse entre el asesino y su hija.

A Victoria no le extrañaba que su tío fuera capaz de cometer un asesinato; prácticamente era la caricatura de un villano: alto y enjuto, con una cicatriz cárdena que le sesgaba una mejilla. Cuando el ayuda de cámara de Cumberland fue hallado degollado, todo el mundo asumió que Cumberland era el culpable. Ella no tenía tanta confianza en la capacidad de su madre para defenderla. Por mucha determinación que tuviera la duquesa, a Victoria ni se le pasaba por la cabeza que fuese capaz de ahuyentar a un hombre de más de un metro ochenta con una navaja en la mano.

Su madre se puso a hacer aspavientos.

—¿Por qué no me has despertado enseguida? —Miró con reproche a Lehzen—. Deberíais habérmelo dicho, baronesa.

La baronesa inclinó la cabeza, pero no dijo nada. ¿Cómo iba a explicar que había actuado siguiendo las instrucciones de su hija al pie de la letra? Antes de que la duquesa pudiese continuar protestando, se abrió la puerta y entró sir John Conroy, plantándose, como de costumbre, en medio de la estancia como tomando posesión de un territorio recién conquistado.

La duquesa se volvió inmediatamente y fue revoloteando a su encuentro.

—Oh, sir John, ¿os habéis enterado? Ese horrible hombre ha muerto, y nuestra pequeña Drina es la reina.

Al ver a la duquesa posar la mano en el brazo de Conroy, una sacudida de repulsión recorrió el cuerpo de Victoria de arriba abajo. ¿Acaso su madre no se daba cuenta de que era indigno de una duquesa real, y ahora madre de una reina, andar siempre como un perrito faldero tras ese odioso individuo como si se tratase de un hombre de rango y fortuna en vez de un consejero a sueldo?

Conroy habló con su característico tono grave y resonante, con una leve cadencia irlandesa, y, como siempre, sentando cátedra.

—Lo primero que hay que decidir es qué denominación adoptar. Alejandrina suena demasiado foráneo y Victoria es poco apropiado para una reina. Podríais llamaros Isabel, tal vez, o Ana. —El alargado y atractivo rostro de Conroy se enardeció ante su proximidad al poder—. Sí, Isabel II suena muy bien. Ciertamente muy bien.

Se volvió hacia la mujer que le había seguido a la zaga.

—¿No os parece, lady Flora?

Victoria miró fijamente al frente. Pensó que si no miraba a Conroy y Flora Hastings posiblemente se percataran de que no eran bienvenidos.

Pero oyó el frufrú de lady Flora al hacer una reverencia y murmurar:

—El nombre de Isabel recordaría a una gran reina.

La indirecta no pudo haber sido más evidente. Haría falta algo más que un nombre para convertir a una chiquilla en monarca.

La duquesa se volvió hacia Victoria.

—¿Ha venido el arzobispo? Me vestiré enseguida para reunirnos con él.

Victoria se volvió para mirarla. Notaba que el corazón le aporreaba el pecho, y dijo simulando más seguridad de la que sentía:

—Gracias, mamá, pero no será necesario. El arzobispo y el lord chambelán vinieron hace un rato. Ya hemos hecho el besamanos.

La duquesa la miró horrorizada.

—¿Los has visto a solas? ¡Drina! ¿Cómo se te ha ocurrido?

Victoria se tomó su tiempo para responder con la mayor serenidad posible.

—Hace un mes, al cumplir dieciocho años, alcancé la mayoría de edad para ser reina, y por lo tanto soy bastante capaz de ver a mis ministros a solas.

La duquesa miró, como siempre hacía en momentos de apuros, a Conroy. A Victoria le complació comprobar que a este le había dado un ligero tic en el ojo izquierdo.

Se produjo un estruendo cuando Conroy estampó contra el suelo su bastón con empuñadura de plata.

—¡Esto no es un juego! De ahora en adelante —vaciló, pero se las ingenió para dirigirse a ella por su nuevo rango—, majestad, siempre iréis acompañada por vuestra madre o por mí. No podéis hacer esto sola.

Sin poder evitarlo, Victoria dio un paso atrás cuando arremetió contra ella. Pero se dijo a sí misma que no había motivos para asustarse; ahora era inmune a él. Oyó que Dash gruñía junto a sus pies.

Se agachó y cogió en brazos al spaniel.

—Oh, no os preocupéis, sir John, no tengo intención de estar sola. —Haciendo caso omiso del gesto suplicante de su madre, giró la cabeza para mirarle de frente.

—¿Veis? Tengo a Dash.

Y, como la discreción es la mejor aliada del valor, salió de la sala agarrando con fuerza a Dash entre sus brazos. Echó a correr por el pasillo y acto seguido se detuvo, mientras en su cabeza resonaba el sonido del bastón de Conroy al caer al suelo. Sabía que ya no había nada que temer, pero el hecho de plantarle cara la había dejado sin aliento.

2

Las colgaduras de la cama eran de brocado oscuro entretejido con plata; tenían una gruesa capa de polvo, como si hubieran permanecido sin tocar desde la muerte de la última ocupante, la reina María, que había muerto de viruela a finales del siglo XVII. La reina Estuardo siempre había sido una de las favoritas de Victoria, la única que había vivido en Kensington por derecho propio, aunque, por supuesto, no había reinado sola, sino en una monarquía dual con su esposo, Guillermo III de Orange.

Sentada en la antigua cama de la reina María, Victoria se preguntó si esa soberana fallecida hacía tiempo se habría sentido tan nerviosa como ella ahora. Llevaba esperando ese momento muchísimo tiempo. Se había imaginado con todo lujo de detalles la satisfacción que sentiría al ser capaz de poner a Conroy por fin en su sitio. Sin embargo, en vez de victoriosa se sentía insegura, como si al encararse con él en cierto modo hubiera socavado sus propios cimientos. Entonces recordó aquel momento en Ramsgate cuando Conroy la había presionado para que firmase el papel donde lo nombraba secretario personal.

Al recostarse en la cama de la reina María se levantó una inmensa nube de polvo. Se incorporó de inmediato; le dieron ganas de estornudar, le picaban los ojos. Todo en Kensington era polvoriento e irritante. Habría que limpiar a fondo y airear la estancia para poder dormir allí.

Miró hacia el rincón de la habitación, donde Dash estaba olisqueando algo con recelo. Se levantó y llamó a Lehzen, que apareció tan rápido que debía de estar acechando fuera.

—¿Puedes ocuparte de que se oree a fondo esta estancia? No creo que la hayan limpiado desde el siglo XVII.

Lehzen vaciló.

—Por supuesto, majestad, pero el gobierno de esta casa no es responsabilidad mía.

—No olvides, Lehzen, que el palacio de Kensington ahora es mío, y he decidido que te hagas cargo —repuso Victoria—. ¡Mira esta habitación! Hay excrementos de ratones por todas partes. Esto no sucedería en una casa bien administrada.

Lehzen asintió a modo de aprobación.

—Me temo que a sir John no le interesa la limpieza. Los criados de esta residencia lo saben y no cumplen su cometido con diligencia.

—Bueno, estoy segura de que tú cambiarás todo eso, Lehzen, cuando te hagas cargo del servicio. A fin de cuentas, eres muy buena maestra.

Lehzen entrelazó los dedos con satisfacción.

—Creo que a sir John no le agradará el cambio de gobernanta.

Victoria le correspondió a la sonrisa.

—No, supongo que no. Pero ya no tengo ninguna obligación de complacer a sir John. Él controla la casa de mi madre, no la mía.

—Sí, majestad.

—Ahora todo va a ser diferente.

Las dos mujeres se sonrieron.

Victoria fue hacia la ventana y contempló el dosel verde de la arboleda del parque que se extendía más allá de los jardines formales.

—Para empezar, no tengo intención de quedarme en Kensington. Está a kilómetros de cualquier parte y es bastante inapropiado como residencia real.

Lehzen la miró sorprendida. Victoria continuó:

—Echaré un vistazo a la residencia de Buckingham. Al menos está en el centro de la ciudad y, según creo, tiene salón del Trono.

Lehzen asintió.

—He oído que vuestro tío, el rey Jorge, la decoró profusamente.

—¡Más vale un poco de extravagancia que vivir en una ratonera polvorienta en medio del campo! —Victoria tiró de una de las viejas cortinas a modo de énfasis y esta se hizo jirones. Se echó a reír; instantes después, Lehzen se unió a sus risas.

Seguían riendo cuando la duquesa las encontró. Ahora iba vestida de luto, pues en la corte se había declarado el duelo oficial por el fallecimiento del rey, pero el vestido estaba confeccionado con seda negra profusamente decorada. Llevaba un elaborado peinado con adornos de diamantes. Con cuarenta y siete años, la duquesa era una mujer atractiva; únicamente el frunce malhumorado de su boca afeaba su cara de grandes ojos azules y tez rosada.

—*Warum lachst du?* ¿Qué tiene tanta gracia?

Victoria le enseñó el pedazo de cortina desintegrada que tenía en la mano. La duquesa frunció el ceño.

—¿Y por qué te ríes, Drina? No le encuentro la gracia.

—En cuanto he cogido la cortina se ha hecho jirones. Ha sido muy gracioso. —Victoria reparó en la mirada desconcertada de su madre.

—De todas formas, ¿qué haces aquí, Drina? Seguramente tendrás asuntos más importantes que atender que inspeccionar el palacio.

Victoria respiró hondo.

—He decidido que estos van a ser mis aposentos, mamá. Pertenecieron a una reina de pleno derecho, como yo, de modo que me parecen apropiados.

La duquesa se llevó la mano a la boca.

—Pero Drina, mi *Liebes*, has dormido a mi lado desde que eras un bebé. No sé cómo vas a arreglártelas si no estoy para consolarte cuando tengas una *Alptraum* de madrugada. —La duquesa parecía tan afligida que a Victoria casi le dio lástima.

—Has cuidado de mí de maravilla, mamá. Me consta. Pero ahora las cosas son diferentes.

—Pero si tu tío Cumberland viene en tu busca de noche, ¿cómo voy a protegerte?

A Victoria le hizo gracia y vio a Lehzen sonreír con el rabillo del ojo.

—Creo que mi protección ahora es cometido de la Guardia Real. Ya no tienes por qué preocuparte, mamá. El tío Cumberland no puede hacerme nada, a menos que desee ser arrestado por traición.

La duquesa negó con la cabeza y, dejando el tema para mejor ocasión, cambió de táctica.

—¿Sabías que la reina María murió en esta habitación, mientras yacía en esta cama? Conociendo semejante circunstancia, yo no estaría a gusto durmiendo aquí. —Se encogió de hombros y las comisuras de su boca se plegaron hacia abajo.

Victoria no sabía que su antepasada había fallecido en la habitación además de ocuparla, aunque, pensó, su madre tampoco. La duquesa era capaz de inventarse una historia con tal de salirse con la suya.

—Creo, mamá, que una vez que hayan limpiado y aireado esta habitación como es debido no me perturbará esa historia.

La duquesa levantó las manos con un ademán.

—Además, mamá, no voy a dormir aquí mucho tiempo. Tengo intención de mudarme a la residencia de Buckingham en cuanto sea posible.

La duquesa se quedó perpleja.

—Debes hablar con sir John antes de hacer cualquier cosa. Trasladarte de residencia no es una decisión que puedas tomar por ti misma.

—¿De verdad, mamá? Pienso que como soberana soy la única persona que puede decidir dónde vivir. Y no es de la incumbencia de sir John en absoluto, pues es mi servicio el que va a trasladarse, y no el tuyo.

Para gran sorpresa e indignación de Victoria, su madre se echó a reír.

—Oh, Drina, esto demuestra lo poco que sabes sobre cómo funcionan las cosas. ¿De veras crees que tú, una muchacha soltera de dieciocho años, puede dictar los cánones por su cuenta, aun siendo la reina?

Victoria no dijo nada. Sabía lo que pretendía.

—¿Y en serio crees que puedes ocuparte de todo esto con la única ayuda de la baronesa? —La duquesa miró a Lehzen con acritud.

—Ya no soy una niña, mamá.

—Pues te comportas como si lo fueras, Drina. Pero entiendo que todo esto ha sido un gran trastorno para ti. Cuando recuperes el buen juicio conversaremos con sensatez con sir John sobre el futuro.

Sin darle tiempo a replicar, la duquesa salió de la estancia. Para desahogarse, Victoria le dio un golpetazo al poste de la cama, haciendo que se desprendiera un manto de cortinajes apolillados.

Victoria se volvió hacia Lehzen.

—Por favor, encárgate de que adecenten esta estancia enseguida. Soy incapaz de pasar una noche más en la misma habitación que mi madre.

3

*V*ictoria alzó la vista hacia el retrato de su padre, vestido de uniforme y apostado junto a un cañón. No podía olvidar, aunque quisiera, que era hija de un soldado.

Se dio la vuelta y abrió una de las valijas rojas que había sobre el escritorio. Habían llegado esa mañana, tras el anuncio oficial de la muerte de su tío. Como era de esperar, la gestión gubernamental, fuera lo que fuera exactamente, debía continuar.

Victoria cogió el primer documento de la pila de papeles y comenzó a leer. Al parecer trataba del nombramiento de un nuevo obispo en Lincoln, pero estaba redactado en un lenguaje tan rebuscado que le cabía la duda. ¿Cómo se suponía que iba a elegir de entre los varios candidatos si nunca había oído hablar de ellos? Mientras ojeaba los restantes documentos empezó a sentir desasosiego: eran listas interminables de oficiales a la espera de instrucciones, un escrito del Ministerio de Asuntos Exteriores acerca del movimiento de tropas en Afganistán, un memorando del lord chambelán sobre la pensión de viudedad de la reina Adelaida...

Victoria se sentó, intentando no dejarse llevar por el pánico. Cogió una de las muñecas que había junto a ella sentadas en sus propias sillitas. Portaba la corona de espumillón que Victoria había confeccionado hacía muchos años en la sala de estudio de Lehzen. Hablar con las muñecas era impropio del comportamiento de una reina, pero como su madre y Conroy no habían sido partidarios de que jugase con otros niños, salvo con Jane, la espantosa hija de Conroy, en las largas y solitarias horas de su infancia, Victoria no había tenido más remedio que inventarse a sus compañeros de juegos. Le parecía que la n.° 123 era un poco mayor que ella, el tipo de amiga a quien se puede acudir en busca de consejo. Fijó la mirada en los ojos negros de botón de la muñeca y dijo:

—¿Cómo crees que debe gestionar una reina la correspondencia, n.° 123?

—¿Aún jugáis con las muñecas, alteza real? —La voz de Conroy la sobresaltó—. Oh, disculpadme, ¿aún jugáis con las muñecas, majestad? —rectificó Conroy, y sonrió con malicia.

La duquesa entró apresuradamente a la zaga.

—En serio, debes dejar esos juegos infantiles ahora que eres reina, Drina.

Victoria dejó a la n.° 123 sobre el escritorio. En un acto reflejo, dio un paso atrás ante Conroy.

—Veo que han llegado vuestras valijas..., majestad —dijo Conroy—. Tendréis gran cantidad de asuntos urgentes que atender. —Cogió el documento que Victoria había estado mirando—. Ah, el obispado de Lincoln. Una decisión bastante espinosa. Opino que el deán de Wells es muy poco adecuado; he oído que tiene un criterio muy proselitista. Considero que deberíais nombrar a alguien que sea más afín a...

Victoria le arrebató el papel.

—No creo que os haya dado permiso para mirar mis documentos, sir John.

La duquesa dio un grito ahogado, pero Conroy se limitó a enarcar una ceja.

—Solo trataba de ayudaros, majestad, con vuestras obligaciones reales. Al ver que parecíais ocupada en otros menesteres —echó un vistazo a la n.º 123—, se me ocurrió que tal vez os sería de provecho un poco de ayuda.

Victoria alzó la vista hacia las rechonchas facciones de expresión hosca de su padre y, con todo el arrojo del que pudo hacer acopio, dio un paso hacia Conroy.

—¡Creo, sir John, que cuando necesite vuestra ayuda os la pediré!

En la sala se hizo un silencio sepulcral; acto seguido, Conroy se echó a reír.

—¿De verdad pensáis que una muchacha como vos, ignorante e inmadura, puede servir a su país sin asesoramiento? ¿Acaso es posible que imaginéis que podéis saltar directamente del aula al trono? —preguntó en voz baja, y se volvió hacia la duquesa, que le sonrió.

La sonrisa de su madre hizo que Victoria se clavase las uñas en las palmas de las manos, pero no estaba dispuesta a darse por vencida.

—Estaría más preparada si mi madre y vos me hubieseis permitido presentarme en sociedad en vez de mantenerme enclaustrada aquí en Kensington.

—Teníamos que protegerte, Drina —adujo su madre, al tiempo que negaba con la cabeza.

—Siempre hemos hecho lo más conveniente para vos, majestad. Y por eso estamos aquí, para evitar que cometáis errores pueriles. —Conroy miró de reojo las muñecas que había sentadas en sus diminutos tronos.

Victoria respiró hondo.

—Creo que olvidáis, sir John, quién fue mi padre y que soy nieta de un rey. Estoy decidida a servir a mi país en la medida de mis posibilidades. —Miró a su madre—. Sabes que estoy lista, mamá. Entiendes lo mucho que deseo que el pobre de papá y tú os sintáis orgullosos de mí.

Su madre la miró durante unos instantes con la ternura que Victoria añoraba, pero a continuación, como temiendo expresar su propia opinión, se volvió hacia sir John, cuya sonrisa permanecía inalterable.

—Vuestros sentimientos son dignos de admiración, majestad. Pero, con todos mis respetos, ¿no serviría de manera más acertada a su país una muchacha de dieciocho años si aceptase ayuda y asesoramiento? El único deseo de vuestra madre es serviros, y sugiero que, como secretario personal, podré asesoraros para mayor gloria del país donde ahora reináis.

Aunque Conroy mantuvo el tono de voz bajo, Victoria alcanzó a ver el revelador tic en la comisura de su ojo izquierdo. Esto le infundió valor.

—Gracias por vuestras observaciones, pero he de deciros que no recuerdo haberos nombrado secretario personal, sir John. Y ahora, dado que, como bien decís, tengo gran cantidad de asuntos de Estado que atender, os doy permiso para retiraros.

Conroy se crispó. Victoria vio que hizo un ademán con la mano como si fuera a pegarle, pero, aunque sabía que era bastante capaz de hacerlo, se mantuvo firme. Le sostuvo la mirada mientras apretaba los puños para disimular el temblor de sus manos.

Conroy se cernía sobre ella, amenazante, pero Victoria no se inmutó. Al final este inclinó la cabeza con un ademán. Sin darle la espalda, salió de la sala.

En cuanto lo perdió de vista, Victoria dejó escapar el fuerte suspiro que había estado conteniendo.

—Qué grosera has sido con sir John, Drina —le reprochó la duquesa, indignada, con lágrimas en los ojos—, cuando lo único que ha hecho es darte muestras de amistad.

Victoria miró de frente a su madre.

—Oh, no, mamá, te equivocas. Es tu amigo, no el mío.

Y sin darle tiempo a responder ni a que le viera derramar las lágrimas que obviamente estaba reprimiendo, Victoria salió de la sala.

4

*W*illiam Lamb, segundo vizconde de Melbourne y primer ministro de Gran Bretaña e Irlanda, abrió los ojos con renuencia. Sus criados tenían órdenes estrictas de no despertarle a menos que hubiese una emergencia. Vio el semblante grave de su mayordomo y seguidamente al emisario del rey detrás de él. Al reparar en el brazalete negro que llevaba el hombre en el brazo derecho, se incorporó de inmediato.

—¿El rey?

El emisario asintió y le entregó la misiva.

Melbourne miró al mayordomo.

—Café.

Al cabo de una hora aproximadamente, Melbourne dirigió a su caballo camino del palacio de Kensington por Rotten Row. Habría sido más apropiado desplazarse en su carruaje, pero había comido y bebido sin mesura la noche anterior y la cabalgata le sentaría bien. Había tomado por costumbre quedarse dormido en el estudio después de la segunda botella de burdeos, lo cual le ponía de mal humor al día siguiente. Deseaba poder quedarse dormido, como solía hacer, en cuanto la cabeza tocaba la almohada, pero hacía tiempo que había perdido esa capacidad junto con la felicidad conyugal.

—¡William! —gritó una mujer desde un carruaje que avanzaba en dirección contraria. Vio a Emma Portman sentada en su berlina al lado de su marido, que parecía, como de costumbre, bastante sorprendido de poder ir sentado erguido sin ayuda.

Hizo una inclinación con la cabeza a ambos, pero Emma no estaba dispuesta a ser despachada tan fácilmente.

—¿Es cierto que ha muerto el rey?

—Sí. Precisamente voy de camino a Kensington a presentar mis respetos a la nueva reina.

Emma inclinó la cabeza a un lado.

—Entonces ¿a qué viene esa cara larga, William? Seguramente cualquiera es mejor que ese viejo bufón, que Dios lo ampare.

Lord Portman irguió la cabeza y preguntó con su quejumbroso ceceo:

—¿*Ez* cierto que la reina tiene la cabeza *demaziado* grande en proporción a *zu* cuerpo? Me han comentado que por *ezo* la mantienen recluida en *Kenzington*.

Emma negó con la cabeza con aire impaciente.

—Tonterías, Portman, yo he visto a la reina y tiene las proporciones normales. Creo que te caerá bien, William.

Melbourne se encogió de hombros y dijo:

—Tal vez, pero la verdad es que después de ocho años estoy cansado del gobierno, Emma. En vez de eso, preferiría consultar a los grajos en Brocket Hall.

Emma dio unos sonoros golpes con el abanico en el lateral del carruaje.

—Que esperen los grajos. Tu reina te necesita, tu país te necesita y, todo sea dicho, me encantaría hacerme un hueco en la corte.

Melbourne no pudo evitar sonreír. Conocía a Emma de toda la vida y siempre se salía con la suya. Solo una mujer con su valía podría haber urdido la maniobra para conseguir al bobalicón de su esposo un puesto en el gabinete, aunque solo fuera el de vicesecretario de Estado para las Colonias. Si Emma Portman pretendía formar parte de la casa real, nada se lo impediría.

—En ese caso, Emma, veo que no tengo más remedio que apechugar con la responsabilidad. —Se quitó el sombrero ante ella y siguió cabalgando.

Fue un paseo agradable; el sol se reflejaba en el lago Serpentine mientras cruzaba el puente. A medida que se aproximaba a los jardines de palacio la arboleda se espesaba, y por un momento fantaseó con ser el príncipe del cuento *La bella durmiente*, de Perrault, que iba a despertar a una princesa que llevaba dormida cien años. Por supuesto, la princesa, a la que debía considerar como una reina a partir de ahora, ya estaría totalmente despierta. Estaba al tanto de que la duquesa había estado indagando acerca del estado de salud del rey a diario; sin duda Conroy y ella llevaban años planeando este momento.

Melbourne se preguntó cómo se desenvolvería en sus nuevas responsabilidades la reina, cuya figura menuda y rasgos de muñeca solo había visto de pasada en uno de los salones del difunto rey. Le había parecido muy joven. Pero, como decía Emma, cualquiera sería mejor que los últimos ocupantes del trono. Los chistosos del club de caballeros Brook's habían calificado a los tres últimos reyes como «un imbécil, un libertino y un bufón». La nueva reina posiblemente fuese preferible al difunto rey, con sus groserías desmedidas y aquellos ojos saltones de la dinastía de Hannover que, cuando estaba de mal genio, daba la impresión de que se le salían de las órbitas. Sí, una joven sería un cambio a mejor, siempre y cuando no le dieran vahídos cada vez que tuviera que hacer algo que le disgustase. Melbourne se preguntó si sería necesario llevar en el bolsillo sales aromáticas además de su reloj.

Al llegar a la puerta del palacio de Kensington se percató de que la pintura de las volutas decorativas de hierro estaba descascarillada. Más que un palacio, parecía un lugar donde los trastos de la familia real se almacenaban para tenerlos a buen recaudo. La duquesa de Kent llevaba viviendo allí desde que se convirtió en la oscura viuda alemana de uno de los muchos hijos de Jorge III. Ahora era la madre de una reina.

Quién lo habría dicho. El duque de Kent había sido uno de los cuatro duques de la realeza que despacharon a sus amantes para marcharse precipitadamente a Alemania en busca de una candidata real tras la muerte de la princesa Carlota, la única nieta legítima de Jorge III, al dar a luz. Se apostaba por el duque de Clarence, el difunto rey Guillermo IV, que al fin y al cabo había engendrado diez hijos con la señora Jordan. Pero no tuvo la misma suerte con su escuálida novia alemana, Adelaida de Sajonia-Meiningen. Sus dos hijas no vivieron lo suficiente para ser bautizadas.

Kent, el siguiente hermano en la línea sucesoria, se había buscado sin embargo a una viuda que ya había dado a luz a dos niños. Era una Coburgo, conocidas por ser las yeguas de cría de Europa. Su hija, Alejandrina Victoria, había llegado al mundo un año después de la boda, y al poco tiempo el duque había fallecido de un enfriamiento. Por aquel entonces, claro está, nadie pensó que la niña de Kent heredaría la corona. Mientras nada apuntaba a que Jorge IV volviese a contraer matrimonio y los Clarence fracasaban en sus intentos de engendrar un hijo que sobreviviera, la pequeña princesa de Kent se criaba en Kensington.

Melbourne se preguntaba qué tipo de educación habría recibido. Los varones tenían tutores y recibían un curso de formación en toda regla. Pero en el caso de una muchacha, ¿cómo debía educarse a una futura reina? Melbourne confiaba en que la formación que hubiera recibido no se limitase a acuarela y pianoforte, o lo que fuera que se consideraran virtudes indispensables para una mujer de abolengo.

Había un hombre apostado en la entrada de palacio. Una figura alta y esbelta de pelo oscuro que no podía tratarse más que de sir John Conroy, pensó Melbourne. Había coincidido con él en una ocasión hacía años y le había sorprendido hasta qué punto le había despertado antipatía. Despedía un aire altivo que a Melbourne le había desagradado.

Mientras entregaba el caballo al mozo de cuadra, Conroy bajó la escalera para recibirle con una sonrisa de bienvenida dibujada en su cara alargada.

—Lord Melbourne. —Conroy inclinó la cabeza a modo de saludo—. ¿Podríamos hablar un momento?

Melbourne se dio cuenta de que no tenía escapatoria.

—Voy de camino a ver a la reina.

—Sí. Precisamente es de la... reina de quien deseo hablaros. Estaréis al corriente, cómo no, de que ha llevado una vida sumamente protegida hasta la fecha.

Melbourne reparó en el rubor de las mejillas del otro hombre. Era evidente que estaba algo agitado.

—Sé muy poco sobre la reina, pues no se ha prodigado, como bien decís, en actos sociales.

—Como ayudante de campo del difunto duque y luego como consejero de confianza de la duquesa, he vigilado de cerca la crianza de la reina desde que era un bebé. He hecho todo lo que ha estado en mi mano por prepararla para las responsabilidades que tiene por delante.

—Ciertamente, sir John. En tal caso tal vez sea una lástima que no la hayáis introducido más en el mundo que ha de gobernar.

Sir John irguió la cabeza y miró a Melbourne a los ojos.

—La reina es muy joven e impresionable. La duquesa no quería que se... distrajese.

Melbourne no se pronunció. Pensaba que era mucho más probable que la duquesa y Conroy hubieran mantenido a su pupila fuera del ojo público a fin de tenerla completamente a su merced. Qué infortunio para ellos que la reina hubiese cumplido dieciocho años y que no hubiese necesidad de nombrar a un regente.

—Considero que no hay nadie más adecuado que yo para ejercer de secretario personal de la reina —continuó Conroy—. Nadie conoce sus puntos fuertes y débiles mejor que yo.

Melbourne asintió.

—Sin duda. Pero creo que esa decisión incumbe a la reina, no a mí.

Sir John esbozó su inconfundible sonrisa apagada.

—La reina no siempre entiende lo que más le conviene, pero no me cabe duda de que con un poco de asesoramiento por vuestra parte realizará el nombramiento más idóneo.

—Estoy seguro de ello, sir John. Y ahora, si me disculpáis. —Sin dar tiempo a que sir John replicase, Melbourne subió las escaleras y entró en el palacio.

5

*P*or la ventana de su sala de estar, Victoria vio a Conroy conversando con un hombre alto que, según creía, era lord Melbourne. Conroy, por lo visto, estaba prodigando todo el encanto posible al primer ministro. No obstante, como Melbourne se encontraba de espaldas a ella, no lograba ver cómo se lo estaba tomando.

Lehzen apareció en el umbral. Victoria no pudo descifrar del todo la expresión de su cara.

—El primer ministro, lord Melbourne, está aquí, majestad.

—Hazle pasar.

Lehzen no se movió. Victoria la miró sorprendida.

—No quiero hacerle esperar, Lehzen.

La baronesa titubeó.

—Creo que debería quedarme con vos, de carabina —dijo.

A Victoria le hizo gracia.

—La reina de Inglaterra y su primer ministro no necesitan carabina, Lehzen. Lo veré a solas, igual que tengo previsto ver a todos mis ministros. Ahora, te ruego que vayas a buscarle.

Lehzen se mantuvo en sus trece.

—Drina..., majestad, siempre he tratado de protegeros de estas cosas, de verdad que no debería dejaros a solas con él. Lord Melbourne tiene... —buscó la palabra inglesa adecuada— mala reputación. Su esposa, lady Caroline, huyó con lord Byron y él es un conquistador nato. Sin ir más lejos, el año pasado fue citado ante los tribunales por un agravio marital con una tal señora Norton. Debéis protegeros.

Victoria, que no tenía ni idea de que el primer ministro tuviera semejante reputación, se quedó más intrigada que escandalizada.

—¿Qué es un agravio marital?

—Es un... encuentro ilegítimo, majestad —balbució la baronesa—. Por eso no deberíais estar a solas con él.

Lehzen tenía el semblante tan descompuesto por la ansiedad que a Victoria le dieron ganas de alargar la mano para atenuarle las arrugas de la frente. Pero la idea de que corriera algún peligro era absurda. Solo existía un hombre al que temiera, y no era lord Melbourne. Lo que ahora le preocupaba no era la reputación del primer ministro, sino la afinidad que tuviera con Conroy. ¿De qué habían estado conversando fuera?

—Tranquila, Lehzen, estaré a salvo. Y si hiciera cualquier cosa indecorosa —bajó la vista hacia el spaniel—, seguro que Dash intervendrá.

Lehzen inclinó la cabeza y se retiró.

Victoria se miró al espejo. Deseó no parecer tan joven. Aunque llevaba el cabello recogido hacia atrás, el moño únicamente acentuaba lo pequeña que tenía la cara, y el vestido negro la empalidecía. Se dio unos pellizquitos en las mejillas.

—El vizconde de Melbourne —anunció el lacayo. La primera impresión que le produjo a Victoria fue la de un hombre que parecía encantado de verla. Era alto y, a pesar de que tenía el cabello entrecano y de que probablemente fuera de la misma edad que Conroy, la expresión de sus ojos verdes le imprimía un aire mucho más joven.

Melbourne se arrodilló y le besó la mano que le había tendido.

—Permitidme que os transmita mis condolencias por el fallecimiento de vuestro tío el rey, majestad.

Victoria asintió.

—Mi pobre tío el rey siempre me trató con afecto, a pesar de que tenía unas ideas un tanto extrañas sobre con quién debería casarme.

Estaba claro que las sales aromáticas no serían necesarias, pensó Melbourne para sus adentros.

—¿En serio, majestad? Tenía entendido que se inclinaba por el príncipe de Orange.

—Un príncipe con la cabeza del tamaño de una calabaza.

Melbourne frunció los labios.

—Veo que tenéis muy buen ojo para los detalles, majestad.

Victoria lo miró con acritud. ¿Se estaría burlando de ella?

Melbourne echó un vistazo a la sala y reparó en el cuadro del duque de Kent de pie junto a un cañón descomunal. No llegó a conocer al duque, pero estaba muy al tanto de los relatos sobre los crueles castigos que había infligido a sus tropas. Esperaba que la mujercita que tenía delante no hubiera heredado la pasión de su padre por la disciplina. Al apartar la vista rápidamente vio una muñeca con una corona de espumillón deshilachada sentada en una silla en miniatura. Volvió la vista hacia la reina.

—Qué muñeca más encantadora. ¿Tiene nombre?

Victoria negó con la cabeza.

—Es la n.º 123. Mi madre me la regaló cuando cumplí once años.

—¿Con la corona?

—No, eso llegó después. La hice el día que fui consciente de que, si vivía para contarlo, sería reina.

—¿Y cuándo fue eso, majestad? —preguntó Melbourne.

—A los trece años. Estaba dando clase con Lehzen y me enseñó el árbol genealógico de mi familia. Lo examiné durante un buen rato y entonces me di cuenta de que era la siguiente.

Su voz era su rasgo más llamativo, pensó Melbourne, suave y serena, sin atisbo de estridencia. Puede que fuera bajita y no destacara por su belleza, pero su voz era singularmente regia.

—¿Os conmocionó, majestad?

Ella le sostuvo la mirada fijamente con gesto muy serio.

—Recuerdo haber pensado que la corona de mi tío me quedaría demasiado grande.

Melbourne se quedó desconcertado. La estaba tratando como a una niña, pero al ver cómo inclinaba a un lado la cabeza y el brillo de sus ojos azul pálido, se dio cuenta de que la había subestimado.

Mirando por la ventana, la reina dijo:

—Tengo entendido que conocéis a sir John Conroy.

Melbourne notó la tensión de su voz y la rigidez desafiante de sus hombros.

—Efectivamente, majestad, pero somos simples conocidos. Creo que aspira a ser vuestro secretario personal.

Victoria se dio la vuelta para mirarle con su pequeño rostro soliviantado.

—Eso está fuera de discusión. Pretende manejarme como maneja a mi madre.

Melbourne vaciló; empezaba a entender la educación que había recibido la reina.

—Entonces deberíais buscar a otro.

Victoria asintió, aliviada; ese hombre parecía escucharla realmente en vez de aleccionarla. Melbourne continuó.

—Si me permitís hacer una sugerencia, tal vez yo pueda realizar esa labor de momento. Veo que las valijas ya han empezado a llegar, y me temo que las gestiones gubernamentales no pueden demorarse. Me hago cargo de que al contar con tan escasa experiencia debe de parecer bastante abrumador, pero os aseguro que con un poco de asesoramiento pronto seréis dueña y señora de todo.

Al oír la palabra asesoramiento, Victoria comenzó a temblar de indignación. Melbourne había estado a punto de embaucarla con su labia, pero estaba claro que pretendía controlarla igual que Conroy. Alzó la barbilla y se irguió lo máximo que pudo.

—Gracias, lord Melbourne, creo que puedo arreglármelas.

Melbourne inclinó la cabeza.

—Entonces no os importunaré más, majestad. Solo os recuerdo que el consejo privado se reúne mañana y que es costumbre que el monarca pronuncie unas palabras al inicio de la sesión.

—Tengo muy presentes mis responsabilidades, lord Melbourne.

Para su sorpresa, Melbourne estaba sonriendo.

—Me complace gratamente escuchar eso, majestad. Que tengáis un buen día. —Y, sin más, le hizo una reverencia y abandonó la sala sin perder su sonrisa.

A Victoria le fallaron las rodillas y se sentó con cierta brusquedad. La observación de Melbourne acerca del discurso ante el consejo privado la había consternado. Sabía que uno de sus deberes constitucionales era presidir el consejo, pero no había caído en la cuenta de que tendría que pronunciar un discurso formal.

Había muchas cosas que desconocía. Lehzen había hecho todo lo que estaba en su mano, pero no se podía esperar que una institutriz alemana por sí sola pudiera formar a la futura reina de Inglaterra en el ámbito de las responsabilidades constitucionales. Victoria debería haber tenido otros tutores, pero

Conroy había persuadido a su madre de que cualquiera ajeno a la residencia habría podido ejercer demasiada influencia sobre ella, lo cual quería reservar para sí mismo. Con todo, no pediría ayuda. Por duro que fuese, lo haría sola.

A través de la ventana se dejó sentir el tañido de una campana anunciando la muerte del rey a los transeúntes. Se levantó y se asomó. Un pequeño grupo de personas se había arremolinado junto a las puertas, que ahora estaban custodiadas por miembros de la Guardia Real, tal y como correspondía a su nuevo estatus. Una niña pequeña agarrada al faldón de su madre llevaba una muñeca muy parecida a la n.° 123. Victoria sintió el repentino impulso de salir corriendo a enseñarle a la niña su muñeca para hacer que la sorpresa y dicha iluminasen su serio semblante. Pero no se movió. Sabía que una reina no se dejaba llevar por sus impulsos.

6

enge, el mayordomo, le llevó la carta en una bandeja de plata. Victoria levantó la vista del escritorio, donde llevaba dos horas redactando, en vano, un discurso para el consejo privado.

—Con los saludos de lord Melbourne, majestad.

Victoria cogió la carta y la dejó junto a su hoja de papel. De momento había escrito: «Honorables lores». Hasta ahí sabía que era correcto, pero ¿incluía eso al arzobispo, que era un consejero privado, o a sir Robert Peel, que no era lord? Todo era sumamente complicado. Podía consultar a Lehzen, pero sospechaba que no sabría la respuesta. Conroy, por supuesto, lo sabría, pero con tal de no pedirle ayuda prefería cometer una equivocación en público.

Cogió la carta de Melbourne y despegó el sello de lacre. Había una nota adjunta a la carta:

Su majestad:

Ayer se me ocurrió que tal vez aún no estéis familiarizada con todos los protocolos propios del consejo privado. Sería imposible que anticipaseis todos los procedimientos de un órgano que no habéis tenido el placer —expresión que utilizo con ciertas reservas— de conocer. Por consiguiente, me he tomado la gran licencia, y confío en que no resulte inoportuno, de redactar un discurso para vos. No oso indicaros lo que decir, únicamente proporcionaros la forma más adecuada de decirlo. Sobra recordaros que el duque de Cumberland, que en breve será rey de Hannover, estará presente, y es, como sabéis, muy riguroso con el protocolo.

Vuestro verdadero y fiel servidor, etc., etc.

Melbourne

Cogió el escrito que había en la carta. Como anunciaba, era el borrador de un discurso que ilustraba en líneas generales cómo debía dirigirse al consejo. Por lo visto el tratamiento apropiado era «honorables lores eclesiásticos y seculares», pero únicamente le sugería lo que podría decir:

... aquí lo propio sería aludir a las virtudes de vuestro tío, el difunto rey. En caso de que encontrarais dificultad en dilucidar alguna, sugiero que mencionéis su excelente puntualidad. Puede que el rey nunca destacara por su buen juicio, pero al menos siempre fue presto.

Aunque el tono de Melbourne era bastante irrespetuoso hacia su tío, Victoria no pudo evitar sonreír. No cabía duda de que al difunto rey le obsesionaba la puntualidad. Su pasatiempo predilecto en Windsor era seguir al criado que daba cuerda a los relojes; su cara redonda se iluminaba de satisfacción cuando todos ellos sonaban al unísono.

Cuando estaba terminando de copiar el discurso, Lehzen entró con una caja alargada en las manos.

—El lord chambelán ha enviado esto, majestad.

Victoria abrió la caja y vio la insignia con forma de estrella de la Orden de la Jarretera sobre la banda azul. Los caballeros de la Jarretera, la orden de caballería más antigua de Europa, portaban una auténtica jarretera alrededor de la pierna izquierda, lo cual no era posible para las mujeres.

Agachó la cabeza para que Lehzen le pusiera la banda. Resultaba extraño ponerla sin ceremonias; normalmente el heredero al trono era nombrado caballero de la Jarretera por su predecesor. En su caso, por supuesto, quedaba descartado por su sexo. Pero ahora era soberana de la Jarretera y solo ella tenía potestad para realizar nuevos nombramientos en la orden.

Se acercó al espejo y se ajustó la banda. La insignia, una estrella decorada con piedras preciosas con la leyenda *«Honi soit qui mal y pense»* («Que la vergüenza caiga sobre aquel que piense mal de ello»), desgraciadamente pendía sobre su pecho encorsetado.

Victoria se cruzó la mirada con Lehzen en el espejo.

—Creo que esto no ha sido diseñado para que lo lleve una mujer, baronesa.

Lehzen se permitió esbozar una tenue sonrisa.

—Ciertamente, majestad. ¿Me permitís? —Fue a su encuentro para intentar colocarle la banda de modo que la insignia de la orden cayera a la altura de su cintura. Pero era demasiado grande para quedarle como es debido: o le colgaba ridículamente sobre el pecho o bien se le clavaba en la cintura.

Victoria se la quitó y siguió leyendo la carta de Melbourne. Se dio cuenta de que había una posdata al dorso:

En calidad de soberana, portaréis, por supuesto, el emblema de la Orden de la Jarretera. Es un poco incómodo, de modo que, si me permitís, sugiero que sigáis el ejemplo de vuestra predecesora, la reina Ana, y lo llevéis en el brazo derecho. Estoy seguro de que coincidiréis conmigo en que la comodidad es importante.

—Creo que lo llevaré en el brazo, Lehzen. No soy un hombre, de modo que no tengo por qué vestirme como tal.

7

Sería un espacio para estar en pie, pensó Melbourne, al ver a los consejeros privados reunidos en el salón Rojo del palacio de Kensington. Vio al duque de Wellington, alto y de nariz aguileña, y a su fornido compañero, Robert Peel, el líder de los conservadores de la Cámara de los Comunes, disputándose un hueco con el arzobispo de Canterbury. El duque de Cumberland fue el único que consiguió que sus simpatizantes le hicieran un hueco. Esa mañana el duque tenía la cicatriz de la mejilla derecha especialmente cárdena, tal vez inflamada por la decepción que seguramente le embargaba. A Melbourne no le cabía duda de que a Cumberland no le agradaban las leyes sucesorias que habían encumbrado al trono a su sobrina de dieciocho años en vez de a él. Hannover, según todos los testigos un lugar deprimente, no era un gran premio de consolación.

Se preguntaba si la reina utilizaría el discurso que le había redactado. Durante su encuentro esta se había mostrado rotunda en cuanto a que no precisaba ayuda, pero de camino a casa él había decidido que, aun cuando no la necesitara, su deber era ofrecérsela. Encontró admirable su espíritu; no esperaba que fuese tan extraordinariamente singular. Ese cariz de autenticidad le recordaba a su difunta esposa, Caro. También tenía dieciocho años cuando la conoció.

Hubo un cambio en la cadencia de los murmullos a su alrededor cuando el rumor de autocomplacencia dio paso a un susurro de expectación. Melbourne se dio la vuelta y vio que los lacayos abrían las puertas del otro lado del salón. Allí, enmarcada por el umbral, se alzaba la diminuta figura de la reina. Una exclamación contenida de todos los presentes inundó la sala. Pese a que todos habían acudido a conocer a la nueva monarca, en cierto modo resultaba insólito ver a una mujer, y encima tan joven y menuda, en el lugar que había ocupado hasta la fecha una sucesión de hombres mayores cada vez más rollizos.

Victoria percibió el sonido de sorpresa y se llevó la mano al bolsillo del faldón para comprobar que el discurso aún seguía ahí. Al observar el mar de rostros que había frente a ella, cayó en la cuenta de que nunca había estado en una sala con tal cantidad de hombres. Resultaba bastante extraño, pero se figuraba que tendría que acostumbrarse. No obstante, le dio la sensación de estar internándose en un bosque lleno de árboles de troncos negros y hojas argénteas.

Subió despacio al pequeño estrado que le habían preparado. No era muy alto, pero al menos la pondría a la misma altura que las personas que había en la sala.

Victoria echó un vistazo a su alrededor desde el estrado. La mayor parte de los integrantes del grupo eran desconocidos, pero reconoció el semblante sombrío del arzobispo y, seguidamente, el gesto torcido y malhumorado de su tío. Acto seguido bajó la vista al suelo.

Tras respirar hondo, Victoria sacó el discurso del bolsillo y comenzó a leer.

—Honorables lores eclesiásticos y seculares, por el gran honor que se me ha otorgado, me presento ante vosotros...

—Hablad más alto, majestad, no os oigo —dijo su tío Cumberland con la mano en la oreja, haciendo una pantomima de sordera.

A Victoria se le hizo un nudo en el estómago al observar su gesto malintencionado. Intentó continuar, pero al ver que había perdido el habla tragó saliva y cerró los ojos. Al abrirlos, levantó la vista y lord Melbourne le hizo un ligero asentimiento con la cabeza como diciéndole: «Adelante».

Victoria volvió a mirar el papel que tenía delante —se sabía el discurso de memoria, pero la reconfortaba tener algo en las manos— y continuó:

—Me consta que habrá quienes opinen que mi condición de mujer me incapacita para las responsabilidades que recaen sobre mí, pero me presento ante ustedes para comprometer mi vida al servicio de mi país.

Volvió a dirigir la mirada hacia Melbourne, que sonrió al reconocer las palabras que había escrito para ella. Alentada por esa sonrisa, prosiguió, y percibió que el ambiente de agitación y recelo de la sala se mitigaba para dar paso a cierta mansedumbre. No daban muestras de renuencia; de hecho, parecían estar escuchando.

—Y que Dios tenga misericordia conmigo y con mi pueblo. —Al terminar, Victoria se sentó en el trono temporal, que en realidad era un sillón bastante incómodo procedente de los aposentos de su madre. Los consejeros se colocaron en fila para jurarle lealtad.

Por suerte, Melbourne fue el primero y, al postrarse ante ella haciendo una reverencia formal, Victoria le susurró:

—Gracias por vuestra carta, lord Melbourne.

Él alzó la vista; ella pensó que, aun siendo lo bastante mayor como para ser su padre, era un hombre de lo más apuesto.

—Me complace que os resultara útil, majestad.

Se apartó para colocarse detrás de ella y dejar paso a un anciano con manchas vasculares en la cara al que nunca había visto hasta la fecha. Se postró sobre una rodilla y le besó la mano con desgana. Ella esperaba que avanzara, pero permaneció allí, con un ligero vaivén por el esfuerzo de estar en una postura tan poco habitual e incómoda.

Victoria se preguntó por qué no se levantaba, y acto seguido, consternada, cayó en la cuenta de que estaba a la espera de que lo saludase pronunciando su nombre. Era evidente que el hombre se consideraba una figura de suficiente relevancia como para que la nueva soberana mencionara su nombre. El eco de los murmullos empezó a dejarse sentir en la sala. Victoria notó que se sonrojaba; no era de recibo preguntarle al hombre quién era; habría agravado la ofensa. Entonces, para su sorpresa y tremendo alivio, oyó una voz que le susurraba al oído:

—El vizconde de las Malvinas, majestad.

—Vizconde de las Malvinas —repitió ella, y por fin el hombre se incorporó y se retiró para unirse al resto. Victoria miró fugazmente a Melbourne, que ahora se encontraba a su lado. Suerte que se hubiera percatado de su dilema. Fracasar tan estrepitosamente en su primer compromiso público era impensable.

Los consejeros continuaron desfilando delante de ella en el besamanos; Melbourne se inclinaba para susurrarle al oído el nombre de la persona cuando era obvio que le fallaba la memoria. Victoria se preguntaba cómo era posible que su tío Guillermo, a quien le costaba recordar el nombre de su propia esposa, se las hubiera ingeniado para tener una memoria tan prodigiosa. Tal vez, pensó, para él no sería una deshonra olvidar un nombre, pero sabía que en su caso no se la trataría con la misma benevolencia.

—Creo que este consejero no necesita presentación, majestad.

La fila había llegado a su término, y se encontró frente a frente con su tío Cumberland. En un primer momento él no hizo nada por disimular su desdén, pero a continuación, tras una profunda reflexión, se postró sobre una rodilla y cogió la mano que le tendía como si estuviera al rojo vivo. Casi incapaz de pronunciar las palabras, murmuró:

—Su majestad.

Victoria dejó caer la mano y se obligó a mirar a su tío a los ojos.

—He de daros la enhorabuena, tío. ¿Cuándo os marcháis a vuestro nuevo reino?

Cumberland sacudió la mano con ademán de desprecio.

—No tengo la menor prisa. Mi deber prioritario es el trono británico.

La amenaza de su tono fue palpable. Notó que Melbourne se rebullía detrás de ella.

—Estoy convencida de que el pueblo de Hannover lamentará oír eso —dijo con la mayor acritud de la que pudo dar muestras.

El párpado atrofiado de Cumberland no se cerró del todo.

—Creo que deberían estar preparados para esperar. Hay muchos menesteres que atender aquí.

Mientras Victoria buscaba la mejor réplica, oyó a Melbourne decir detrás de ella con voz serena y alentadora:

—Majestad, la muchedumbre lleva congregada todo el día a pesar de las inclemencias del tiempo. Creo que tal vez sea el momento oportuno de leer la proclamación.

Con los ojos clavados en Cumberland, Victoria se incorporó.

—Sí, cómo no. No quiero hacer esperar a *mi* pueblo. —Tuvo la satisfacción de que Cumberland fuera el primero en apartar la mirada.

El enjambre de consejeros privados se abrió ante ella mientras seguía a Melbourne hasta el balcón de la fachada principal de palacio. Estuvo a punto de retroceder ante el clamor de la multitud cuando se acercó a la ventana. El lord chambelán estaba a su lado con el pergamino que la declararía reina ante su pueblo. Melbourne se encontraba justo detrás de ella.

Cuando el lord chambelán se disponía a hacer el anuncio oficial, ella se volvió hacia Melbourne. Era necesario ocuparse de algo de suma importancia; pensó que seguramente lo entendería.

—En la proclamación se me nombra como Alejandrina Victoria, ¿no es así?

—Sí, majestad.

—Sin embargo, no me agrada el nombre de Alejandrina. A partir de ahora deseo que se me llame solo por mi segundo nombre, Victoria.

Melbourne asintió.

—Victoria —dijo. Vocalizó el nombre con la boca como saboreándolo por primera vez—. Reina Victoria. —Y sonrió.

Al salir al balcón, Victoria oyó que el clamor de la muchedumbre cobraba fuerza hasta que finalmente una mujer gritó:

—¡Dios salve a la reina!

Victoria contempló los rostros que la observaban y saludó con la mano a su pueblo.

8

El carruaje cruzó Marble Arch, el gran arco ceremonial de entrada a la residencia de Buckingham. Si bien en la época de su construcción había sido descrito como una tarta nupcial real, gracias a la niebla londinense ahora presentaba una tonalidad más amarillenta que blanca.

Victoria había estado en la residencia de Buckingham en una ocasión cuando era pequeña. Recordaba haberse quedado perpleja ante el tamaño de las pantorrillas de su tío Jorge, enfundadas en apretadas medias de seda. Este le había pellizcado la mejilla con tal fuerza que ella había hecho una mueca de dolor, pero lo había compensado ofreciéndole dulces de la bombonera plateada que tenía al lado. Ella los había aceptado de buen grado, pues no había nada que le gustase más, pero su madre la había humillado arrebatándole de la mano la delicia turca con el argumento de que le quitaría el apetito. El rey pareció ofendido y Victoria se enfureció. Más tarde la duquesa le dijo que jamás debía aceptar nada que le ofrecieran de comer sus tíos por si «estaba alterado». Victoria, que no había entendido del todo a qué se refería su madre, preguntó a Lehzen, pero la institutriz se encogió de hombros y dijo que la duquesa tenía sus propias ideas.

Mientras el carruaje cruzaba el arco, Victoria contuvo el aliento al ver la fachada de la residencia.

—Cuántas ventanas.

—Efectivamente, majestad. Esta residencia ha estado a punto de llevar a la bancarrota a vuestro tío Jorge —contestó lord Melbourne. La otra pasajera del carruaje, la baronesa Lehzen, no dijo nada.

—Será muy luminosa en comparación con Kensington —señaló Victoria.

—¿Tanta oscuridad había allí, majestad?

Victoria lo miró.

—A veces costaba distinguir las cosas con claridad.

Melbourne inclinó la cabeza, reconociendo el mensaje tácito.

Victoria tenía sus dudas sobre cómo acometer la empresa de trasladarse desde Kensington. Su madre se había quedado desconcertada con la idea; le resultaba incomprensible que alguien quisiera vivir en plena ciudad, llena de humos nocivos, cuando podían disfrutar del delicioso aire de Kensington, rodeado de zonas verdes. Al final, Victoria había mencionado su deseo a lord Melbourne, que había coincidido con ella en que un monarca debía dejarse ver en público con regularidad y estaría mucho más cerca de su pueblo en la residencia de Buckingham.

A Victoria le había sorprendido gratamente la rapidez con la que Melbourne había realizado las gestiones. Durante la semana que llevaba de reinado, se había dado cuenta de que por lo visto a sus cortesanos les agradaba más negarse a sus deseos que satisfacerlos. El día anterior había sido soleado, pero Victoria apenas había podido ver los árboles por las ventanas de la galería Larga, que estaban cubiertas de mugre. Cuando mencionó su malestar al lord chambelán, lord Uxbridge, un hombre al que le asomaba el vello por las orejas y que despedía un fuerte olor a madeira, este inspiró hondo bruscamente, lo cual no le pasó inadvertido a Victoria. A ello le sucedió una larga y bastante incomprensible perorata sobre el precedente, de la que Victoria dedujo que él solo era responsable de la limpieza del *interior* de las ventanas; el exterior era competencia del caballerizo mayor o alguien similar. La evidente irritación de Victoria ante esta respuesta no pareció tener consecuencias. Así era como se hacían las cosas, y al parecer así seguirían haciéndose siempre.

Pero lord Melbourne, al menos de momento, parecía ser un hombre de palabra. Victoria y él habían celebrado su audiencia semanal por la mañana, y esa tarde se disponían a recorrer la residencia de Buckingham.

Lord Uxbridge, cuya nariz daba la impresión de haberle crecido al doble de sus proporciones habituales, los recibió junto a la escalera.

—Esperaba, majestad, recibir el aviso con más antelación. La casa lleva cerrada algún tiempo y me temo que se ha acumulado polvo. ¿Me permitís que os sugiera que volváis la próxima semana, con margen de tiempo para disponerlo todo como es debido?

—No me preocupa el polvo, lord Uxbridge. En Kensington hay bastante.

Cuando lord Uxbridge hizo amago de protestar, lord Melbourne intervino.

—Me sorprende, Uxbridge, que la casa no esté en las condiciones adecuadas. ¿Se ha despedido al servicio?

—Me temo que cuando una casa no se utiliza habitualmente se descuidan ciertos detalles.

Melbourne se echó a reír.

—¿Significa eso, Uxbridge, que los criados de este servicio son zánganos que han estado comiendo y bebiendo a expensas de su majestad sin realizar ninguna tarea? ¿Situación que se ha producido pese a que el ama de llaves de la casa mantiene, según tengo entendido, una estrecha amistad con usted?

Victoria vio que la cara del lord chambelán, de por sí enrojecida, se hinchaba hasta tal punto que pareció que la nariz le iba a explotar. No acababa de entender por qué el hecho de que Melbourne mencionara al ama de llaves casi le había provocado un síncope, pero se alegró de que se diera la vuelta e hiciera un gesto a los lacayos, cuyas pelucas —había reparado en ello— estaban bastante mugrientas, para que abrieran las puertas.

Victoria se quedó embelesada al entrar en el hall y contemplar las molduras de los techos, bañadas en oro. Las estancias, incluso con el mobiliario cubierto de fundas, parecían mucho más suntuosas que sus aposentos de Kensington.

Caminaron por el largo pasillo con los lacayos correteando delante de ellos para retirar las fundas. La sala pareció renacer ante ellos cuando dejaron al descubierto sillas doradas, mesillas auxiliares de malaquita y tederos de mármol.

Llegaron a una puerta doble que daba acceso a una inmensa sala roja, blanca y dorada. Al fondo, sobre un estrado rojo, se encontraba el trono, tapizado de terciopelo rojo con el monograma de su tío, GR, bordado en oro en las colgaduras.

Tras un segundo de vacilación, Victoria cruzó la sala y tomó asiento en el trono. Al acomodarse se levantó una molesta nube de polvo de los cojines.

—Me resulta difícil de creer, Uxbridge, que la reina esté sentada en un trono polvoriento. —Lord Melbourne lo dijo en tono desenfadado, como siempre, pero su descontento no dejaba lugar a dudas. Al otro hombre se le hundieron los hombros, sin rastro de su previa bravuconería.

Victoria se dio cuenta de que, aunque el trono era cómodo, los pies no le llegaban al suelo. Al reparar en ello, Melbourne dijo:

—Creo, majestad, que antes de celebrar el primer acto oficial deberíamos buscar un trono adecuado.

Ella bajó la vista a sus pies, colgando en el aire.

—La verdad es que cuesta tener un porte digno cuando tus pies están a quince centímetros del suelo.

Levantó la vista hacia Melbourne, que le sonreía.

—Ciertamente, majestad, y creo que también es preciso cambiar el monograma.

Victoria rio.

—Sí, creo que tenéis razón.

Lehzen dio un paso al frente.

—Tal vez, majestad, deberíamos inspeccionar vuestros aposentos. Lord Uxbridge, ¿tendríais la gentileza de mostrarnos el camino? —Lehzen asintió en dirección al lord chambelán.

La voz de la baronesa tenía un dejo de aspereza que hizo que Victoria la mirara. Lehzen tenía las mejillas encendidas. Victoria recordó lo que la institutriz le había advertido sobre Melbourne; ¿acaso seguía pensando que era una compañía poco aconsejable? Pero acto seguido vio a Lehzen mirar a Melbourne y se dio cuenta de que la institutriz estaba celosa. La baronesa estaba acostumbrada a acaparar a Victoria.

Siguieron a lord Uxbridge a través de una pinacoteca, iluminada por un lucernario de cristal. Melbourne se detuvo delante de un cuadro donde aparecía una mujer con un perrito en brazos.

—Si bien carecía de discernimiento, vuestro tío tenía buen gusto.

—¿Es eso posible, lord Melbourne?

—Muy posible, majestad. Según mi experiencia, la locura más desmedida puede ser compatible con una exquisita apreciación de las cosas más bellas de la vida. Vuestro tío nunca adquirió un cuadro de mala calidad ni se enamoró de ninguna mujer tediosa, pero no tenía el más mínimo sentido común.

—Entiendo —dijo Victoria.

—Pero encargó algunos edificios espléndidos. El pabellón de Brighton es bastante extraordinario, y ha convertido este lugar en una residencia digna de reyes. Tal vez le bastara con ese legado. Dios sabe que no hay mucho más.

—Confío, lord Melbourne, en que, cuando yo muera, la gente no hable de mí con tan poco respeto.

—Os ha consternado, señora, mi delito de lesa majestad. Y tal vez tengáis razón, pero considero que valoráis la franqueza.

—Es algo que sin duda aprenderé a valorar.

Lord Uxbridge carraspeó y señaló hacia una puerta doble.

—Por aquí se accede a los aposentos reales, majestad.

Los aposentos reales eran tan majestuosos como el resto del palacio. Todas las superficies eran doradas, y la profusión de espejos acentuaba aún más las proporciones de las estancias. La alcoba, con una cama con dosel engalanado de brocado rojo, era la única sin espejos.

—Opino que estas estancias, con ciertas modificaciones, podrían ser adecuadas para vos, majestad —señaló lord Uxbridge.

Melbourne echó un vistazo a su alrededor y enarcó una ceja.

—Quizá deseéis cambiar el mobiliario por algo más femenino.

—Me pregunto por qué, en un lugar con tantos espejos, no hay ninguno en la alcoba. Seguramente a mi tío le gustase comprobar su aspecto antes de enfrentarse al mundo —dijo Victoria.

El lord chambelán miró a Melbourne, que, con una mueca, dijo:

—A riesgo de mancillar de nuevo la memoria del difunto rey, sospecho que, durante la época que residió aquí, no acababa de agradarle su imagen, majestad. En su juventud fue admirado por su figura, pero me temo que con el paso del tiempo le tomó demasiado gusto a los placeres de la mesa y su cintura sufrió las consecuencias. Ciertamente, en la última etapa de su vida le resultaba imposible caminar sin ayuda debido a la envergadura de su tripa. Tengo entendido que esta estancia era un lugar que le servía de retiro y no para recordarle su desgarbo cada vez que volvía la cabeza.

—Da la impresión de que se compadece de él.

—No puedo negarlo. Puede que fuera un necio, pero no tuvo una vida feliz.

Victoria echó un vistazo a la inmensa cámara.

—Creo que me va a costar dormir aquí sola. Lehzen, necesitaré tenerte cerca.

Lehzen sonrió con cierto alivio; Victoria se dirigió a Uxbridge.

—¿Hay algún lugar adecuado para alojar a la baronesa?

—Por supuesto, majestad. Hay una alcoba aquí mismo, al otro lado de esta puerta.

La pequeña antecámara estaba decorada con paneles de seda china pintados y tenía una cama de delicado bambú de imitación.

—¡Qué estancia más encantadora! Mucho más íntima que la otra. Me pregunto quién dormiría aquí.

Lehzen hizo uno de sus ruiditos y Victoria se dio cuenta de que Melbourne y Uxbridge intercambiaban una mirada.

—¿Hay algún misterio, lord Uxbridge?

Uxbridge bajó la vista al suelo. Tras una pausa, Melbourne tomó la palabra.

—Parece ser que esta estancia perteneció a la señora Fitzherbert, la esposa de vuestro difunto tío.

—¿Su esposa? Pero yo pensaba que se había casado con una princesa alemana.

—Efectivamente, el rey contrajo matrimonio con Carolina de Brunswick, pero antes de eso, majestad, estuvo casado con Maria Fitzherbert.

Victoria se quedó perpleja.

—No lo entiendo. ¿Murió la señora Fitzherbert?

—No, majestad.

—¿Acaso mi tío podía estar casado con dos mujeres a la vez? ¿No es eso lo que llaman bigamia? Pensaba que era un delito. —Victoria estaba conmocionada; su madre siempre le había dicho que sus tíos eran unos canallas, pero daba por sentado que su madre, como siempre, exageraba.

—En efecto, majestad, pero las leyes son algo diferentes cuando se trata de un príncipe de sangre real. Cuando era príncipe de Gales contrajo matrimonio con la señora Fitzherbert, pero, como su padre no le había dado el consentimiento, el matrimonio era ilícito. Tanto el príncipe como la dama tenían constancia de ello, pero como la señora Fitzherbert era católica estaba totalmente decidida a conseguir la autorización de la Iglesia antes que mancillar su honra.

Lehzen ahogó una exclamación y terció con apremio:

—Creo, majestad, que deberíamos regresar a Kensington. El armero viene esta tarde.

Victoria se volvió hacia Melbourne.

—Gracias por ponerme al corriente, lord Melbourne. Soy consciente de que hay muchas cosas que desconozco. Incluso sobre mi propia familia.

—Todas las familias tienen secretos, majestad. Pero me alegro de haberos sido de ayuda.

Victoria se dirigió a la puerta.

—Tal vez, majestad, tengáis interés en ver los aposentos de la duquesa antes de marcharos —dijo lord Uxbridge.

Victoria se detuvo.

—Oh, no creo que sea necesario. Parece ser que la duquesa se encuentra bastante a gusto en Kensington. Sería una lástima importunarla.

Melbourne, que estaba mirando por la ventana, se volvió hacia ella.

—Disculpadme, majestad, pero considero que sería un error que la duquesa permaneciese en Kensington.

—¿Un error, lord Melbourne? ¿Acaso no es una decisión que nos incumbe a mi madre y a mí?

¿Sería posible que Melbourne estuviera de acuerdo con su madre?

Melbourne fue a su encuentro y dijo en voz baja, para que Lehzen y Uxbridge no lo oyesen:

—No osaría inmiscuirme en un asunto familiar, majestad. Pero es mi deber deciros que si vos, una muchacha célibe de dieciocho años, viviese lejos de su madre, provocaría comentarios adversos. Vuestros tíos no fueron dechados de virtudes y no creo, majestad, que deseéis que el pueblo piense que seguís sus pasos.

—Pero yo no tengo nada que ver con mis tíos —repuso Victoria—. No tengo intención de comportarme de manera inmoral.

—Me alegro de escuchar eso, majestad. Pero dejar a vuestra madre en Kensington suscitaría rumores desagradables, y sería una lástima en una etapa tan temprana de vuestro reinado.

—Entiendo. —Victoria apretó los labios. En el fondo sabía que Melbourne tenía razón, pero eso no mitigó su irritación.

—Os habéis enojado conmigo por haber dicho esto, majestad, pero siento que es mi deber. Tenéis, por supuesto, toda la libertad para ignorarme. —Melbourne le sonrió—. No me ofenderé. Me consta que resulta mucho más fácil dar consejos que aceptarlos.

—Quizá no sea... conveniente tener a mi madre tan lejos en Kensington —dijo Victoria tras una pausa—. A veces hay cosas que necesito consultarle, y resultaría bastante enojoso andar mandando emisarios todo el tiempo.

Lord Uxbridge les enseñó una serie de estancias anexas a los aposentos reales. Victoria las recorrió y luego se dirigió a lord Uxbridge.

—Estas estancias son bastante adecuadas, pero me temo que se hallan en el lugar equivocado.

—¿En el lugar equivocado, majestad?

—Sí. No me agrada su ubicación.

Uxbridge parecía desconcertado. Melbourne carraspeó y dijo:

—Estoy seguro de que hay una serie de estancias similar en el ala norte, Uxbridge.

—Sí, efectivamente, pero no disponen de fácil acceso a vuestros aposentos, majestad, pues únicamente se comunican a través del bloque central.

—Oh, creo que esa opción sería muy acertada. A mi madre no le agradaría que la molestase continuamente con mis idas y venidas, ¿no os parece, lord Melbourne?

—Muy considerada, majestad.

—Bien, ahora que está todo dispuesto, me gustaría instalarme sin demora, lord Uxbridge.

Uxbridge se tiró de uno de los botones del chaleco.

—Cuando decís sin demora, majestad, tendréis presente, por supuesto, que se tardará cierto tiempo en disponer las cosas a vuestro gusto.

—Muy presente. Puedo aguardar hasta el lunes.

—¿El lunes, majestad? ¡Pero eso es dentro de cuatro días! Me temo que va a resultar del todo imposible.

—¿Imposible, lord Uxbridge? —repitió Victoria con el tono más regio posible.

El botón del chaleco de Uxbridge finalmente cedió al toqueteo de su dueño. Salió despedido por el aire y aterrizó con un tenue repiqueteo sobre el suelo de parqué junto a los pies de Melbourne.

Melbourne lo recogió y se lo devolvió a su dueño.

—Estoy seguro, Uxbridge, de que cuando sopese la situación descubrirá que es perfectamente posible que la reina y los miembros de la casa real se trasladen el lunes. Y creo que tal vez desee hacer ciertos cambios en el servicio. Un trono polvoriento no es digno de ejemplo.

Uxbridge hizo un gesto entre la reverencia y la derrota.

—Realizaré las gestiones pertinentes, majestad.

Victoria sonrió.

—Y ahora me gustaría ver los jardines. Tengo entendido que son magníficos.

Caminaron por los senderos de gravilla en dirección al lago, Lehzen y Uxbridge delante, y la reina y Melbourne tras ellos. Victoria se volvió hacia Melbourne.

—¿Por qué se ha ruborizado tan violentamente Uxbridge cuando habéis mencionado al ama de llaves, lord Melbourne?

—Es su amante, majestad. Y aunque en ese aspecto muy posiblemente cumpla con su deber de manera ejemplar, como ama de llaves creo que no está a la altura.

Victoria se detuvo; hasta la fecha nadie le había hablado tan abiertamente acerca de esas cosas. Sabía que debía escandalizarse, pero para su sorpresa se dio cuenta de que se sentía halagada. Tal vez su madre, Conroy e incluso Lehzen hubieran tratado de ocultarle la verdad, pero Melbourne no lo consideraba necesario.

—Habla con mucha franqueza, lord Melbourne.

—Espero no haberos ofendido, majestad. No me estoy dirigiendo a una joven dama sensible y delicada, sino a una soberana.

Victoria sonrió.

—Nada tengo que objetar. Incluso diría que lo prefiero. Estoy cansada de ser tratada como una joven dama sin un solo pensamiento en la cabeza.

—Nadie puede hacer eso ya, majestad.

—Se sorprendería, lord Melbourne. Esta misma mañana sir John Conroy y Flora Hastings se presentaron de improviso en mi sala de estar con una lista de damas que consideran adecuadas para mi corte. ¡Flora Hastings me dijo que había seleccionado a muchachas que no superaran la altura media!

—Eso tal vez fue muy considerado, pero mencionarlo posiblemente fue una falta de tacto por su parte.

—Siempre se burlan de mí por mi estatura. Opinan que el mero hecho de no haber crecido más implica que no he madurado emocionalmente. Conroy, lady Flora e incluso mi madre siguen tratándome como a una cría, no como a una reina. Está claro que no me creen capaz de reinar.

Melbourne se detuvo en el sendero de gravilla y se volvió para mirar a Victoria.

—Pues se equivocan, majestad. No os conozco desde hace mucho, cierto, pero percibo en vos una dignidad innata que no puede aprenderse.

—Entonces ¿en vuestra opinión no soy demasiado baja?

—Para mí, majestad, sois una reina de pies a cabeza. Y cualquiera que diga lo contrario debería ser enviado directamente a la torre de Londres.

—Oh, ¿todavía se permite eso? —preguntó Victoria.

—Ignoro si la puerta de los Traidores continúa abierta, pero estoy convencido de que hay equivalentes modernos.

Victoria se echó a reír.

—Creo que os estáis burlando de mí.

—Ni mucho menos. Me limito a decir la verdad, y cualquiera que la ignore sería un necio.

Victoria vio que Lehzen la observaba desde el otro lado del lago. A juzgar por cómo inclinaba la cabeza a un lado con ademán reprobatorio, Victoria se dio cuenta de que se sentía excluida.

—Cuando nos conocimos, lord Melbourne, os ofrecisteis para ser mi secretario personal —dijo.

—Y vos declinasteis mi ofrecimiento, majestad.

Victoria vaciló y a continuación añadió:

—¿Estaríais aún dispuesto a ejercer esa labor? Me he dado cuenta de que necesito ayuda, y creo que seríais la persona más idónea.

Melbourne inclinó ligeramente la cabeza.

—Sería un privilegio y un placer serviros en cualquier sentido, majestad.

Victoria vio a Lehzen rodear el lago en dirección a ellos.

—Opino que congeniamos muy bien. —Hizo una pausa y seguidamente, sonriendo ante su atrevimiento, añadió—: Lord M. —Melbourne le correspondió a la sonrisa—. Hay algo que me desconcierta. —Victoria señaló hacia la extensa explanada de césped que se extendía ante la magnífica fachada curvilínea de la casa—. ¿Por qué se llama residencia de Buckingham? A mí me parece más bien un palacio.

—Bueno, majestad, creo que podéis denominarlo como os plazca.

9

Victoria le había encomendado a Lehzen la tarea de mostrar a su madre, la duquesa de Kent, sus nuevos aposentos en el palacio de Buckingham. Mientras las dos mujeres subían por la majestuosa escalera doble y torcían a la izquierda en dirección al ala norte de la residencia con lady Flora Hastings y sir John Conroy a la zaga, vieron a unos cuantos lacayos subiendo por la otra escalera cargados con el retrato del duque de Kent.

Al ver eso, la duquesa se detuvo y se volvió hacia Lehzen.

—¿Adónde llevan el cuadro del pobre de mi difunto esposo? Espero que a un lugar digno de respeto.

—Oh, sí, señora. La reina ha pedido que lo coloquen en su sala de estar.

—Entiendo.

Continuaron subiendo las escaleras hasta la serie de estancias que Victoria había elegido para su madre. Las paredes estaban tapizadas de seda amarilla y los muebles eran de madera de nogal de Chippendale.

—La reina confía en que os plazcan estos aposentos, señora. Como podéis ver, tienen espléndidas vistas a los jardines y al lago. —Lehzen señaló hacia la ventana, pero la duquesa hizo caso omiso y permaneció en medio de la habitación resoplando.

—Supongo que las estancias son aceptables, pero no me agrada el color amarillo, de lo cual tiene conocimiento mi hija. —Lehzen inclinó la cabeza—. ¿Y dónde están las estancias de Drina, baronesa?

—Las estancias de la reina se encuentran en el ala sur, señora, anexas a los salones reales.

Algo en el tono de voz de Lehzen hizo que la duquesa la mirara con acritud.

—¿Y dónde dormís vos, baronesa?

—Tengo una habitación contigua a la de la reina. —Lehzen hizo una pausa y a continuación añadió con una tenue sonrisa—: Se comunican por una puerta. —La duquesa se dio la vuelta—. Y ahora, si me disculpáis, señora, he de ir a supervisar los arreglos de los aposentos de su majestad. Como sabéis —Lehzen miró a sir Conroy—, me ha puesto al frente del servicio.

Lehzen abandonó la sala sin volver la vista atrás.

Al cruzar a la otra ala, Victoria estaba esperándola.

—¿Qué le han parecido los nuevos aposentos a mi madre?

—Creo, majestad, que tal vez no estaría de más que se lo preguntaseis vos misma.

Victoria suspiró.

—Muy bien. ¿Están todos allí?

—Si os referís a sir John Conroy y a lady Flora Hastings, sí, estaban con la duquesa cuando me marché.

—Entiendo.

Victoria miró a Lehzen, que negó con la cabeza.

—No creo, majestad, que a la duquesa le agrade verme otra vez tan pronto.

—No entiendo por qué tiene motivos de queja. La decoración de las estancias es de lo más elegante, ¿no te parece?

—Sí, majestad, pero ya sabéis que la duquesa tiene gustos muy particulares.

Victoria se remangó los faldones con ambas manos, se dio la vuelta y subió de dos en dos los escalones de la escalera norte. Seguía experimentando una deliciosa emoción al poder hacer exactamente lo que le viniese en gana después de tantos años de obligada espera agarrada de la mano de Lehzen. Al llegar a lo alto de la escalera, vio a un lacayo observándola con perplejidad y se arrepintió de su impulsivo acto. Recobró la compostura.

—Por favor, anunciadme a la duquesa.

El lacayo obedeció. Victoria pensó que si no tenía más remedio que visitar a su madre en presencia de Conroy y lady Flora haría su entrada como una reina.

—Su majestad la reina —anunció el lacayo.

Victoria entró en la estancia y vio con el rabillo del ojo la inclinación de cabeza con desgana de Conroy y la exagerada reverencia de Flora Hastings. Su madre permaneció sentada. Victoria se dio cuenta de que tenía hacia abajo las comisuras de la boca.

—He venido a ver cómo te encuentras en tus nuevos aposentos, mamá.

—Qué amable por tu parte —dijo la duquesa fulminándola con la mirada— haber venido de tan lejos.

Victoria se dirigió a la ventana.

—Qué hermosa vista tienes. Fíjate en cómo se refleja la residencia de verano en el lago. Los jardines me parecen preciosos.

—Eres muy fácil de complacer, Drina.

Sir John carraspeó.

—Creo, majestad, que ahora que la corte se ha trasladado a la residencia de Buckingham...

Victoria le interrumpió.

—Palacio, sir John. Palacio de Buckingham.

Conroy inclinó la cabeza unos milímetros.

—Ahora que os habéis instalado en el palacio de Buckingham, es hora de celebrar el primer acto oficial. Requerirá una cuidadosa planificación, cómo no, pero ya he comenzado a elaborar la lista de invitados. Todos los embajadores, los miembros de la familia real..., y querréis que estén presentes políticos de ambos...

Con cierta sensación de sorpresa ante su propio atrevimiento, Victoria alzó la mano para que se callara.

—Ya he hecho la lista, gracias, sir John.

—¿Habéis elaborado la lista sola, majestad? ¿Os parece sensato? El protocolo en torno a estas ocasiones es farragoso.

—Soy consciente de ello, sir John. Por eso le pedí a lord Melbourne que se ocupara de los procedimientos. Tengo entendido que es muy ducho en estos temas.

—Sí, ciertamente, pero me sorprende que sus responsabilidades como primer ministro le dejen tiempo para atender semejantes asuntos.

—Creo que es lord Melbourne quien debe valorar eso. Se ha ofrecido a ejercer de secretario personal, y lo he aceptado para el cargo.

Conroy cogió su bastón; por un momento, Victoria pensó que iba a golpear el suelo. Una mirada de lady Flora le hizo contener su impulso.

—Entiendo. Tendréis vuestras razones, no me cabe duda, aunque opino que no es conveniente pasar tanto tiempo con el primer ministro.

La madre de Victoria asintió con ahínco a modo de conformidad.

—Tienes que ser imparcial, Drina. Tu padre era un liberal, pero siempre se mostró respetuoso hacia los conservadores.

—El acento alemán siempre se le acentuaba cuando estaba agitada.

—Lo cual me recuerda el tema de vuestras damas de compañía, majestad —dijo Conroy—. Estos nombramientos son cruciales para establecer los patrones de vuestra corte. Necesitaréis como mínimo ocho: una camarera mayor, ayudas de cámara, así como diversas damas de honor.

Victoria lo miró con gesto impasible y seguidamente se dirigió a la puerta.

—He de marcharme, sir John. Buen día, lady Flora. Mamá.

Salió de la sala sin dar opción a réplica a su madre o a Conroy, pero, al llegar al descansillo, oyó pasos por detrás.

—Un momento, majestad.

Al darse la vuelta, la figura angulosa de lady Flora, con un trozo de papel en la mano, la abordó.

—Aquí hay algunas sugerencias para vuestras damas de honor, majestad. Estos nombramientos siempre son para damas solteras. He elegido a las que son discretas y sensatas, pues las muchachas jóvenes pueden ser muy caprichosas. —A Victoria le dio la sensación de que la incluía en esa categoría.

Flora le tendió el papel a Victoria.

—Y si hay algo más que pueda hacer por vos, majestad, no dudéis en pedirlo. Puede que la baronesa, al ser alemana, no os haya preparado como es debido para vuestras nuevas responsabilidades y los protocolos de la corte, pero mi familia es cortesana desde hace generaciones.

Victoria sabía que para deshacerse de lady Flora no tendría más remedio que coger el papel con las sugerencias. Se lo quitó de la mano y, con una inclinación de cabeza prácticamente imperceptible, se dispuso a bajar la escalera. Tuvo la gentileza con la dama de compañía de su madre de aguardar hasta llegar al pie de la escalera para hacer un ovillo con el papel y tirarlo al suelo.

10

$\mathscr{E}$n los tres meses que llevaba instalada en el palacio de Buckingham, Victoria había empezado a dilucidar la respuesta a la pregunta que la intrigaba de pequeña: ¿qué hacía una reina a lo largo del día? Aparte de la hora que invertían sus doncellas en recogerle el cabello y vestirla, dedicaba las mañanas a revisar la valija oficial con el primer ministro. Al principio la abrumaba el ingente volumen de documentos que contenía, pero a medida que lord M le fue explicando la importancia del equilibrio de poderes —un obispo evangélico siempre debía equipararse al rango de un deán tradicional, por ejemplo, y por cada soldado profesional destinado a los regimientos de la residencia debía existir un oficial de linaje aristocrático— empezó a aclararse entre los montones de papeles. Conforme iba profundizando en las sutilezas, le tomó el gusto al ejercicio diario del poder; no había nada que le gustase más que conversar con el primer ministro sobre la mecánica del mundo.

Pero esta labor de índole práctica, este ejercicio de potestad, solo abarcaba una parte de sus obligaciones. Como lord M siempre le recordaba, una reina también tenía el deber de dejarse ver en público. Cada tarde paseaba a caballo por el parque, por lo general con el primer ministro, y un par de veces al mes visitaba una institución benéfica, por ejemplo un asilo o un hospital. Estas visitas siempre eran breves, pero Victoria disfrutaba paseando a caballo por las calles saludando a la muchedumbre. Y luego, como Melbourne explicaba, estaban las obligaciones oficiales: la apertura del Parlamento, presidir las ceremonias de la Jarretera y, cómo no, los salones reales, donde el cuerpo diplomático acudía a presentar sus credenciales a la soberana.

Ese día se celebraba su primer acto oficial; la hilera de carruajes se extendía hasta el fondo del Mall. Todo el mundo que había recibido una invitación había decidido asistir. Ese no había sido el caso con el último rey, en cuyos actos oficiales al final de su reinado hacían acto de presencia poco más que el rey y una docena de cortesanos incondicionales.

Todo el mundo quería ver a la reina. Circulaban infinidad de rumores sobre su estatura (¿sería cierto que era enana?), su intelecto (en los clubes de la avenida Pall Mall se ponía en duda su capacidad para leer y escribir), y su dominio del inglés (en la prensa sensacionalista se especulaba sobre si, dado que había recibido una educación alemana, la nueva reina hablaba con un marcado acento).

Melbourne, que estaba al tanto de esos comentarios, había decidido hacía tiempo no molestarse en refutarlos. Por desgracia, sabía por experiencia que negar las habladurías únicamente servía para darles peso. Era mucho mejor dejar que los chismosos descubrieran por sí mismos lo equivocados que estaban.

Abrigaba la esperanza de que la reina no se viniese abajo ante semejante escrutinio. Y luego sonreía ante su propia estupidez.

—Hoy me decanto por el de brocado de plata, Jenkins. —Victoria señaló uno de los dos vestidos que su ayuda de cámara sujetaba en las manos—. No obstante, el bordado en seda es bonito. —Aunque el periodo de luto riguroso por el fallecimiento del rey acababa de finalizar, Victoria había pasado el primer mes de reinado encargando su flamante guardarropa con el fin de deslumbrar a la corte en su primer acto oficial. Como su madre siempre la había obligado a llevar ropa lisa de muselina, Victoria había disfrutado enormemente haciendo pedidos de vestidos elaborados con los materiales más nobles: sedas, terciopelos y brocados.

Incapaz de tomar una decisión, dirigía la mirada del uno al otro.

—¿Qué opinas, Lehzen?

—Creo que el color de la seda os combina con los ojos, majestad. Es de lo más favorecedor.

—Ya, pero lord M dice que odia ver a las mujeres de azul. Dice que no es un color elegante.

Lehzen resopló.

—Sí, me pondré el de brocado. Creo que está más en boga.

Lehzen volvió a resoplar.

—¿Estás acatarrada, baronesa, o desapruebas mi elección?

—Jamás discreparía con *vuestra* elección, majestad.

Victoria se fijó en el rictus de su institutriz, pero decidió hacer caso omiso.

—¿Diamantes o perlas? —preguntó, señalando hacia el joyero.

Melbourne la esperaba en la antecámara que conducía de los aposentos privados a los salones reales.

—Estáis realmente espléndida, majestad.

—¿Os gusta este brocado? Es de Venecia, creo. A mi madre no le gusta; dice que soy demasiado joven para llevarlo.

—Creo que una reina puede vestir como le plazca.

—Excepto de azul, dijisteis que no os gustaba nada que las mujeres vistieran de azul.

—¿En serio, majestad? —Melbourne sonrió—. ¿Estáis lista para entrar?

—Cuando queráis, lord M.

El rumor y parloteo de los trescientos invitados se silenció al abrirse la doble puerta, y todos volvieron la cabeza para contemplar a la nueva reina. El silencio dio paso gradualmente a un murmullo de excitación cuando los asistentes se pusieron a confirmar entre sí sus impresiones sobre la nueva monarca.

—Efectivamente, es baja, pero no enana.

—Todo está bastante proporcionado.

—Tiene, cómo no, la barbilla de los Hannover.

—Os referís a que no tiene.

—Tonterías. Es encantadora. Qué cambio tener una reina joven y bonita.

—Una muchacha de dieciocho años prácticamente recién salida del aula, con un nombre inventado. Nunca he oído el nombre de Victoria. Es ridículo.

—Prefiero tener una reina Victoria antes que un rey Ernesto.

—Creo que Melbourne está de acuerdo. Jamás le he visto tan atento con una mujer que no fuera la esposa de otro.

—En el club White's he oído que le llaman la niñera real.

—Bueno, experiencia no le falta; acordaos de su esposa.

—La pequeña Vicky debe de ser dócil en comparación con Caro.

—Necesita un esposo, claro.

—Algún príncipe alemán con patillas y cebollas en los bolsillos.

—Que Dios nos libre. Ya hay bastantes alemanes en palacio.

—Un palacio de col y centeno.

Pero Victoria no oyó nada en la algarabía de cháchara y chismes que la rodeaba. A lo único que atendía era a la voz de lord Melbourne, que le susurraba al oído los nombres y atributos de los invitados conforme subían al estrado para ser presentados.

—Esta es la duquesa de Sutherland, majestad. Opino que sería una excelente candidata para el puesto de camarera mayor.

Victoria observó a la alta y elegante dama que tenía delante, que llevaba la melena castaña peinada *à l'anglaise,* con cascadas de tirabuzones a ambos lados de la cara. Era un estilo por el que Victoria sentía una gran admiración, pero que nunca había osado llevar.

Sonrió cuando la duquesa se incorporó tras hacer una reverencia.

—Estoy deseando conoceros, duquesa.

Mientras la duquesa se retiraba con gran dignidad hacia el gentío, Victoria comentó a Melbourne:

—Es sumamente elegante, sin duda, pero ¿es respetable? Melbourne no vaciló al contestar.

—Tan respetable como lo puede ser una gran dama, majestad.

—Lehzen dice que los valores morales de las mujeres de los escalafones más altos de la sociedad son deplorables. Las duquesas, según ella, son las peores.

—Me pregunto si la baronesa habla por experiencia de primera mano o si tal vez se hace eco de las habladurías.

—Es posible. ¿Sabéis que antes de nuestra primera audiencia me advirtió sobre vuestra reputación? Dijo que teníais mala fama.

—Bueno, en eso la baronesa tiene bastante razón, por supuesto. —Melbourne le sonrió—. Si no fuera vuestro primer ministro, no habría excusas para estar a solas con alguien como yo.

—Os estáis burlando de mí, lord M.

—Todo lo contrario. Ahora, majestad, me gustaría presentaros a lady Portman. Su esposo es el vicesecretario de Estado para las Colonias y un tanto bobo, pero Emma Portman conoce a todo el mundo y está al tanto de todo, creo que sería un excelente miembro de vuestra casa real.

Lady Portman, una mujer de mediana edad con buena presencia cuyos ojos grises brillaban de inteligencia, le hizo una reverencia.

—Lady Portman conoció a vuestro padre, majestad.

Emma Portman sonrió.

—Tuve el placer de bailar la polca con él, majestad. El difunto duque era un excelente bailarín.

Victoria parecía encantada.

—¿De verdad? Lo desconocía. Me figuro que por eso adoro bailar, pero no he tenido muchas oportunidades de practicar.

Emma sonrió.

—Pero seguramente se habrá previsto un baile de coronación, ¿no, majestad? Creo que es la costumbre.

—Oh, espero que sí. —Se volvió hacia Melbourne, súbitamente preocupada—. Es decir, si consideráis que nos lo podemos permitir, lord M.

Melbourne sonrió.

—Como confío en que solo tendréis una coronación, majestad, opino que podemos permitirnos una pequeña celebración.

Victoria esbozó una sonrisa radiante.

—Abriré el baile con vos, lord M.

—Oh, creo que encontraréis a parejas de baile más prometedoras, majestad, pero tal vez podáis reservarme una pieza al final de vuestro carné de baile.

Quizá fuera una suerte que solo lady Portman oyera estos comentarios; no obstante, a otros presentes en el salón no se les pasó por alto la empatía entre la soberana y el primer ministro. Sir John Conroy, que se encontraba de pie detrás del sofá donde estaban sentadas la duquesa de Kent y lady Flora, observó a la pareja conversando con un gesto lívido de desaprobación.

—Al parecer, señora, el tal Melbourne pretende llenar la residencia de vuestra hija con las esposas de sus ministros. ¿Habéis reparado en que solo le presenta a damas de la facción liberal?

—Pero, sir John, según tengo entendido, es costumbre que las damas procedan del mismo partido que el primer ministro.

—Quizá, pero todas son esposas de amistades de Melbourne. No hay nadie que vigile la influencia que ejerce sobre ella.

—Creo que es una joven que está disfrutando de las atenciones de un hombre mucho mayor que ella. Todo cambiará cuando contraiga matrimonio. —La duquesa se encogió de hombros—. Escribiré a Leopoldo para sugerirle que Alberto y Ernesto vengan de visita pronto. Sus primos la distraerán de lord Melbourne.

—Ojalá pudiera compartir vuestra confianza, señora —dijo Conroy.

Lady Flora se acercó a la duquesa.

—Se ha comentado mucho su parcialidad con respecto a Melbourne. Mi hermano dice que es lo que da que hablar en los clubes. Me pregunto si la reina es consciente del grado de interés que está suscitando su comportamiento.

La duquesa miró en dirección a su hija, que estaba cuchicheando con Melbourne ocultándose detrás del abanico.

—Considero que mi hija es consciente de la dignidad de su posición, pero no estará de más proporcionarle algunas directrices —dijo con un suspiro—, aunque no me resulta tan fácil verla como en Kensington. Solíamos estar muy unidas; cada noche escuchaba su respiración y daba gracias a Dios de que siguiera viva. Pero ahora, si quiero hablar con ella, he de pedir audiencia.

La fila de invitados que esperaban a ser presentados a la reina fue menguando hasta terminar. Al ver a la reina reprimiendo un bostezo, Melbourne se agachó y le preguntó si quería clausurar la ceremonia.

—Oh, he disfrutado enormemente. Pero confieso que hablar con tantos desconocidos me ha fatigado un poco. No sabía que hubiera tal cantidad de embajadores en la corte de St. James. El mundo es mucho más grande de lo que imaginaba.

—Hoy habéis dejado muy atrás Kensington, majestad.

—A veces pienso que ojalá estuviera más preparada. Me consta que la gente espera que entable conversación, pero nunca se me ocurre nada interesante que decir.

—No debéis preocuparos en ese sentido, majestad. Todo lo que dice una reina es interesante.

Al ver a su madre abriéndose paso en dirección a ella, Victoria comprendió que no tenía el menor deseo de hablarle y se puso de pie. Con su movimiento, el séquito que la acompañaba también se levantó y se abrió ante su reina como el mar Rojo ante Moisés. Al abandonar la sala, se acentuó el murmullo de las conversaciones. Si alguno de los presentes había notado que la reina parecía ansiosa por rehuir a su madre, nadie lo mencionó, o al menos no hasta que los hombres con medias de seda y las mujeres con plumas de avestruz salieron a la puerta a esperar sus carruajes.

—¿Habéis visto cómo se ha escabullido la reina al acercarse la duquesa de Kent? Daba la impresión de que prefería poner fin al acto antes que conversar con ella.

—Sir John Conroy estaba realmente furioso. Supongo que la reina no es tan proclive a sus encantos como la duquesa.

—Por lo visto la estrella de la *conrealeza* de Kensington está en declive.

—¡*Conrealeza!* Qué chistoso.

—Pero acertado, ¿no os parece?

—Sin duda.

11

El salón Verde del palacio de Buckingham era donde a Victoria le gustaba sentarse con sus damas de compañía. Contaba con la ventaja de tener una única entrada, de modo que si daba órdenes de que no la molestasen era imposible que la duquesa o cualquier otro entrasen por una puerta trasera.

En un principio a Victoria le había puesto algo nerviosa el nombramiento de la duquesa de Sutherland y lady Portman en su corte. Lady Portman era casi de la misma edad que su madre y famosa por su ingenio. Lord M le había dicho que había nombrado ministro a lord Portman con tal de beneficiarse de la experiencia de Emma.

Harriet Sutherland, mucho más cercana en edad a Victoria, era conocida por marcar tendencias en moda. Los grabados con su último peinado o la ingeniosa manera en la que se anudaba la pañoleta de encaje tenían mucha demanda. Su afición a llevar una fina cadena de oro en la frente había causado furor en los salones de Mayfair y sin duda en palacio; la propia Victoria ahora llevaba eslabones de oro ensartados en el moño con un pequeño colgante que le caía sobre la frente.

Sin embargo, por elegante que fuera Harriet, no resultaba intimidatoria ni mucho menos y siempre la asesoraba de buen grado sobre las sutilezas de la moda, aunque Victoria discrepaba con la renuencia por parte de la duquesa a llevar diamantes de día. Uno de los grandes placeres de su nuevo estatus eran las joyas que poseía. Pero por deferencia a la duquesa solo se había puesto un par de pasadores de diamante en el pelo.

Ese día estaban hojeando una de las revistas de moda ilustradas que Victoria había encargado que le enviaran desde París. La tendencia de las mangas de «pierna de cordero» estaba en pleno apogeo, y a Victoria y sus damas les había cautivado una ilustración donde aparecían un par de damas jóvenes con mangas tan voluminosas que parecían verdaderamente mariposas con cabecitas redondas acurrucadas entre sus llamativas alas.

—Los franceses siempre van demasiado lejos —comentó Harriet—. ¿Cómo es posible que alguien mantenga una conversación con semejantes alas?

—Creo que estos estilos son para mujeres cuya única pretensión es ser admiradas de lejos —señaló Emma—. La semana pasada vi que la señora Norton llevaba algo parecido en la ópera. Pero como nadie quiere ser visto hablando con ella, supongo que las mangas no suponen ninguna traba.

Victoria alzó la vista. Tenía muchas ganas de saber más cosas sobre la señora Norton.

—¿Por qué nadie quiere ser visto hablando con la señora Norton?

Harriet y Emma se miraron. Harriet negó con la cabeza, pero Emma, que intuía la razón por la que la reina sentía curiosidad, se inclinó hacia delante.

—Habéis de saber, majestad, que el marido de la señora Norton la demandó el año pasado por un agravio marital.

Victoria recordó la embarazosa explicación que le había dado Lehzen del término.

—El señor Norton, un hombre insufrible, alegó que su esposa había mantenido relaciones con lord Melbourne. Y fue tan lejos como para llevarla ante los tribunales.

Victoria se sonrojó y bajó la vista a sus manos.

—William fue citado como testigo y obligado a responder a todo tipo de preguntas impertinentes ante el tribunal, pero afortunadamente el juez no dio ningún crédito a la acusación y desestimó el caso.

—¿De modo que lord Melbourne era inocente?

Emma observó el resplandeciente rostro lozano de la reina y midió sus palabras.

—William tenía amistad con la señora Norton, por supuesto. Creo que comprendía sus apuros al estar casada con un hombre tan sumamente antipático. Es, como sabéis, un hombre que siempre se encuentra a sus anchas en compañía de mujeres.

—Qué horror que se viera obligado a sufrir el suplicio de un juicio.

—Estoy convencida de que los conservadores estaban detrás de ello, majestad. Creo que persuadieron a Norton para que presentara la denuncia. Nada les gustaría más que hundir a Melbourne.

Victoria se levantó, de modo que Harriet y Emma hicieron lo mismo.

—Me pregunto por qué lord Melbourne no vuelve a casarse.

—Creo, majestad, que su experiencia matrimonial no fue feliz; tal vez se muestre renuente a repetirla.

Emma llevaba el suficiente tiempo en la vida política como para saber que la reina deseaba sondearla sobre el matrimonio de lord Melbourne, pero no se atrevía a preguntar.

Como estaba disfrutando mucho de su ingreso en la corte y de su nuevo estatus como confidente de la reina, decidió hablar.

—Caroline, su esposa, majestad, era encantadora, pero lamento decir que inestable. Según tengo entendido, al principio fueron felices, pero luego Caro conoció a lord Byron. Era un hombre francamente horrible, bastante depravado, si bien endiabladamente apuesto. Caro se enamoró perdidamente de él y se comportó de un modo totalmente impropio de una mujer casada. El pobre William fue el hazmerreír. Creo que su madre quería que se divorciase de ella, pero él se negó. Cuando Byron dejó plantada a Caro, esta se quedó bastante desconsolada; se rumoreaba que la recluirían en un manicomio. Pero William no estaba dispuesto a abandonarla. Es un hombre de gran corazón.

Victoria se quedó boquiabierta.

—¿Cómo es posible que una esposa haga tal cosa?

—Caro no era una mujer corriente, majestad. Era una Bessborough, y me temo que su educación dejaba mucho que desear.

—¿Y a pesar de todo lord Melbourne permaneció a su lado?

—Sí, majestad. Cuidó de ella hasta que murió hace unos años. Y después regresó a la política. No podría, claro está, haber llegado a primer ministro con Caro a su lado.

—Qué historia más triste, y sin embargo lord Melbourne a simple vista siempre está de muy buen ánimo.

Harriet y Emma intercambiaron miradas una vez más. Emma Portman continuó:

—Creo, majestad, que si lo hubierais conocido el año pasado no diríais lo mismo; en los últimos tiempos su estado de ánimo ha mejorado mucho.

—Mi esposo pensaba que tenía intención de abandonar la política tras el *affair* de la señora Norton —dijo Harriet—, pero ahora parece ser que está bastante a gusto siendo primer ministro.

—Me alegro mucho de que no abandonara —declaró Victoria—. No creo que me las hubiese arreglado ni la mitad de bien con otra persona.

Harriet y Emma sonrieron; Victoria también, pero por motivos distintos.

Desde su traslado al palacio de Buckingham, Victoria había hecho todo lo posible por mantener las distancias con su madre. Había tenido bastante éxito, pero había ocasiones en las que, por exigencias del protocolo, no tenía más remedio que estar al lado de su madre.

Uno de esos casos era el servicio semanal que se oficiaba en la capilla real. Victoria realizaba el corto trayecto desde el palacio de Buckingham en carruaje, pero volvía caminando por el Mall. Esta costumbre había llegado a oídos del público, y el gentío se congregaba los domingos por la mañana a la espera de vislumbrar a su reina.

El sermón de esa mañana versaba sobre el cuarto mandamiento, «Honrarás a tu padre y a tu madre». Victoria era consciente de que su madre no le quitaba ojo mientras el sacerdote hablaba del respeto que se merece el progenitor, cuya palabra es sagrada. Se rebulló en el banco y pensó que ojalá estuviese allí lord M. Le había pedido que la acompañase en ocasiones anteriores, pero este aducía que no era un hombre muy practicante.

Mientras sonaba el órgano, Victoria se levantó para abandonar la capilla y, por orden de precedencia, su madre se colocó justo detrás de ella.

Cuando llegaron a los escalones de la capilla, hubo unos cuantos vítores entre la gente que aguardaba fuera. Victoria notó la mano de su madre sobre el hombro y no tuvo más remedio que salir agarrada de su brazo.

—Qué hermoso sermón, ¿no te parece, Drina?

—Fisher ha sido ciertamente elocuente, mamá, pero no creo haber oído nunca un sermón que peque de corto.

Una niña pequeña salió corriendo de entre el gentío y le tendió un ramito de flores a Victoria. Cuando se agachó a cogerlas, la muchedumbre emitió un murmullo de aprecio.

—Oh, qué encantador.

La duquesa no dijo nada, pero seguidamente otra niña un poco mayor salió del otro lado con un ramillete para ella; también se agachó y hasta le plantó un beso en la mejilla.

—¿Ves? La gente no olvida a la madre de su reina.

—No, mamá. Tú siempre has gozado de popularidad entre la gente.

Victoria trató de avanzar, pero la duquesa volvió a engancharse de su brazo, un gesto que provocó un suspiro de placer entre la multitud. Qué bonito ver a la joven reina caminando del brazo de su madre.

Victoria se dio cuenta de que no había escapatoria.

—Oye, Drina, ¿estás contenta de que la duquesa de Sutherland sea la camarera mayor?

—Muy contenta. Es encantadora y elegante.

—¿Y qué tal lady Portman?

—Me gusta mucho. Me ha contado que una vez bailó la polca con papá.

—Es posible. Ciertamente tiene edad para haberlo hecho.

—La encuentro de lo más graciosa.

—Pero ambas damas están casadas con amigos de lord Melbourne, Drina. Opino que no es conveniente.

—No son mis únicas damas, mamá, y es bastante habitual que las damas de la casa real tengan relación con el partido gobernante.

La duquesa se encogió de hombros.

—Tal vez sea bastante habitual, lo desconozco. Pero lo que pienso que no es tan habitual es que estés rodeada únicamente de amistades de Melbourne. Nadie va a decirte cómo es realmente.

—Creo que sé cómo es realmente, mamá. Considero que lord Melbourne es un hombre de lo más capaz. Desde que accedí al trono su apoyo ha sido inestimable para mí.

—No lo niego. Pero, como madre, Drina, te advierto de que no debes bajar la guardia con él.

—¿La guardia? ¿A qué diantres te refieres, mamá?

Al levantar la voz en su última observación, Victoria vio que una mujer entre la multitud la miraba con curiosidad.

—En mi opinión, no es del todo de fiar. Debes saber que el año pasado fue acusado de mantener un encuentro ilegítimo con una mujer casada.

—¡Ya! Y también sé que fue absuelto.

La duquesa puso los ojos en blanco.

—Ni siquiera un juez inglés declararía culpable a su primer ministro, Drina.

—¿Eres incapaz de imaginar que pudo haber sido absuelto porque era inocente, mamá?

La duquesa se echó a reír.

—Oh, Drina, puede que tu lord Melbourne sea muchas cosas, pero no es inocente.

Madre e hija realizaron el resto del trayecto de regreso a palacio en silencio; Victoria pensó que a lo mejor lograba escabullirse sin otra perorata de su madre. Pero al cruzar Marble Arch para entrar en el patio de palacio, su madre reanudó la conversación. Esta vez la duquesa se acercó a ella con gesto dulce. A Victoria le llegó una ráfaga de lavanda y por un momento lamentó enormemente que las cosas entre ellas no pudieran ser más fáciles.

—Mi queridísima Drina, creo que tal vez te haya fallado como madre. He dejado que convivas demasiado con la baronesa Lehzen, que no tiene un entendimiento profundo de la manera en la que funciona el mundo.

La duquesa le puso la mano en la mejilla a Victoria y se la acarició con ternura.

—Quiero decirte algo, *Liebes*. Algo que considero que solo puede decir una madre. —Abrió los ojos de par en par—. Has de andarte con cuidado con lord Melbourne. Eres una muchacha joven y él..., en fin, él es *ein Herzensbrecher*. Un ladrón de corazones. Deberías andarte con ojo, Drina, para que no robe el tuyo.

—Mamá, en serio, no corro ningún peligro. Olvidas que soy la reina y que él es mi primer ministro.

—Estoy segura de que eso es lo que crees, Drina, y tal vez sea cierto, pero percibo el rubor de tus mejillas cada vez que lo ves.

12

La cena de aquella noche no fue amena, pues al parecer la reina había perdido el apetito. Dado que solo jugueteaba con la comida, los restantes comensales no pudieron disfrutar realmente de la fricasé de ostras ni de la gelatina de ternera con salsa verde, pues en cuanto Victoria soltó el tenedor los lacayos, apostados detrás de cada silla, se afanaron en retirar todos los platos. Nadie, por supuesto, podía continuar comiendo una vez que la reina terminaba. Esto hizo mella en la conversación, ya que todos los comensales estaban deseosos de degustar tanta comida como les fuera posible antes de que la soberana dejase de comer.

Aunque no estaba dispuesta a reconocerlo, ni siquiera en su fuero interno, la pérdida de apetito de Victoria tenía mucho que ver con la advertencia de su madre. ¿Era lord M un *Herzensbrecher*? Tenía la impresión de que, de entre todos los hombres del círculo de la corte, era al único que gustaba por ser tal como era, no solo por su posición. Pero quizá, como su madre decía, le gustaran todas las mujeres. Miró a Melbourne, sentado junto a Emma Portman, y sintió una punzada que no se explicaba del todo. Se preguntaba si se reiría tan alegremente cuando se encontraba con ella. Dejó la cuchara sobre la mesa y se puso de pie. Los demás hicieron lo mismo; las damas siguieron a Victoria hacia el salón y los caballeros las acompañaron hasta la puerta.

Los caballeros no se entretuvieron cuando la reina y sus damas entraron en el salón. Aunque Melbourne tenía debilidad por el oporto de palacio, no deseaba beberlo en compañía de Conroy. Al levantarse de la mesa, le desagradó comprobar que Conroy le acompañaba a la puerta.

—Melbourne, la duquesa tenía interés en conocer la distribución de los asientos para la coronación.

A Melbourne le irritó que Conroy se dirigiera a él de igual a igual. Pero, como siempre, la cortesía de su respuesta fue proporcionalmente inversa a su enojo:

—Cómo no, sir John. ¿Hay algo en particular que la duquesa desee saber?

—Su alteza real quiere saber si asistirán su hermano, el rey Leopoldo, y sus sobrinos, Alberto y Ernesto. Le preocupa que la reina haya olvidado la rama familiar de Coburgo.

Melbourne dedicó a Conroy su sonrisa más encantadora.

—Oh, me parece altamente improbable. La reina, como sabéis, presta suma atención a los detalles. Pero, lamentablemente, el protocolo prohíbe la presencia de otro monarca en la coronación; la asistencia del rey Leopoldo llamaría la atención. Pienso que sus altezas serenísimas el príncipe Alberto y el príncipe Ernesto posiblemente no deseen asistir sin él.

Conroy inclinó la cabeza.

—Me sacáis ventaja, Melbourne, en lo concerniente al protocolo. Se lo explicaré a la duquesa. Pero opino, mejor dicho, la duquesa opina que sería conveniente que la reina invitara a sus primos en un futuro cercano.

—¿En serio? Entonces sugiero que vos o, mejor dicho, la duquesa, se lo proponga ella misma a la reina. Es la única que remite invitaciones a palacio, una potestad que le resulta bastante grata porque, según tengo entendido, es la primera vez que tiene la libertad de elegir a sus acompañantes.

Melbourne salió del comedor sin volver la vista atrás.

Victoria alzó la vista en cuanto entró en el salón.

—Ah, lord M, estábamos a punto de jugar a los cientos. ¿Os gustaría acompañarnos?

Melbourne notó que Emma lo observaba desde un rincón de la sala y Conroy desde el otro. Tenía presente que cada frase que intercambiaba con la reina, por inocente que fuera, se sometía a escrutinio.

—Os ruego que me disculpéis por declinar vuestra invitación, majestad. He de atender ciertos asuntos gubernamentales.

Victoria frunció el ceño.

—Creo que puedo excusaros, pero mañana os esperaré en el parque para nuestro paseo a caballo. No lo disfruto sin vos.

Melbourne sonrió; su afán por la discreción contrastaba con la candidez de la reina.

—En ese caso, majestad, allí estaré.

13

Creo que hoy me pondré el traje rojo, Jenkins.

Victoria levantó los brazos y la señora Jenkins le metió el traje de montar por la cabeza. Era de gabardina escarlata con encaje de oro en las vueltas y galones en los faldones; la señora Jenkins le cerró la ristra de botones de oro con un abrochador.

Se miró al espejo y sonrió. La puerta se abrió y Lehzen se colocó tras ella y le hizo una reverencia delante del espejo.

—¿No te parece que mi nueva indumentaria es magnífica? —dijo Victoria—. Ojalá pudiera vestir así todo el tiempo. Estoy encantada sin el corsé.

Lehzen se escandalizó, y Jenkins reprimió una sonrisa. Victoria se dio cuenta.

—Oh, Lehzen, no tiene nada de malo decir que no me gusta llevar corsé. Es muy agradable poder agacharse y mover los brazos. Me aburre estar constantemente encorsetada como una gallina.

—Forma parte de ser mujer, majestad.

—No es solo cosa de mujeres, Lehzen. Lord M me comentó que mi tío Jorge estaba tan gordo que acostumbraba a llevar corsés para abotonarse el chaleco.

—Lord Melbourne está muy bien informado.

Victoria se puso el sombrero de montar y se dio la vuelta para contemplarse en el espejo.

—Ojalá pudiera llevar esto en el baile de la coronación, así podría bailar toda la noche con absoluta comodidad.

—Sois la reina, majestad. Nadie os lo impide.

—Cierto. Se lo preguntaré a lord M. Pero me temo que pensará que he perdido el juicio.

—Lo dudo, majestad.

Hyde Park seguía envuelto en un velo de neblina mientras Victoria cruzaba a caballo Rotten Row acompañada por su mozo de cuadra y lord Alfred Paget, su ayudante de campo. Melbourne la estaba esperando, como siempre, junto a la puerta de Apsley House.

Al verla, sonrió.

—Hoy estáis realmente encantadora, majestad. Creo que es la primera vez que os veo con ese traje de equitación.

Cabalgaron a medio galope levantando polvo hasta llegar al límite norte del parque. Victoria detuvo a su caballo y doblaron por el lago Serpentine.

—Creo que mi parte predilecta del día es nuestro paseo matinal, lord M. Si no tuviera el aliciente del parque, creo que no saldría de la cama jamás.

Mientras cruzaban el puente del lago, Victoria se volvió hacia él y dijo atropelladamente:

—Conversamos sobre todo tipo de cosas en nuestros paseos, pero nunca habláis de vuestro pasado, lord M.

—¿Mi pasado, majestad? Me temo que ni es edificante ni resulta ameno.

Victoria miró hacia el agua.

—Me pregunto por qué no habéis vuelto a casaros.

Tras una pausa, Melbourne respondió:

—Caro no fue una esposa ejemplar ni mucho menos. Pero encajábamos bastante bien y jamás he encontrado a nadie que la sustituya.

—Pero ¿no os importa que huyera con lord Byron?

—¿Importarme? —Melbourne asió con fuerza las riendas de su caballo—. Sí que me importó.

—Y sin embargo la aceptasteis después. No creo que yo pudiera hacer tal cosa.

—Tal vez, majestad, seáis demasiado joven para entenderlo.

Victoria espoleó a su caballo y siguió cabalgando. Tras unos instantes de vacilación, Melbourne la siguió. Cuando la alcanzó, ella se volvió hacia él y dijo:

—Soy lo bastante mayor como para ser reina, lord Melbourne.

—No ha sido mi intención ofenderos, majestad, pero según mi experiencia los jóvenes no siempre entienden los compromisos que entraña la madurez.

Victoria se mordió el labio inferior.

—Creo que se portó, me refiero a vuestra esposa, muy mal.

—Estoy de acuerdo, majestad, en que esa es la impresión que debe de dar, pero Caro no era como las demás mujeres. Me resultó más fácil perdonarla que apartarla de mi lado.

—Yo no podría hacerlo.

—Albergo la profunda esperanza de que nunca os encontréis en esa tesitura, majestad.

Victoria notó que le ardían las mejillas. No entendía por qué se mostraba tan parco con ella. No había sido su intención ofenderle al preguntar por su esposa. Al llegar a Apsley House Victoria tiró de las riendas para dar la vuelta en dirección a palacio.

—Voy a retirarme. Creo que voy a repasar las listas del ejército antes del próximo consejo privado.

—Opino que sería conveniente, majestad.

—Sí —dijo Victoria—. Tal vez haya descuidado mis obligaciones últimamente. No creo que salga a pasear a caballo mañana, pues voy a revisar las valijas. He recibido tantas peticiones de beneficencia que no tengo más remedio que atenderlas. Estoy segura de que la baronesa me ayudará.

—El país tiene la suerte de contar con una reina muy diligente, majestad —señaló Melbourne al darse la vuelta con su caballo en dirección a Park Lane. Y ambos jinetes se marcharon por caminos diferentes, reflexionando sobre las palabras que deseaban haber pronunciado.

14

El olor era tan fuerte que Victoria tuvo que taparse la cara con un pañuelo.

—¿Siempre huele así en la ciudad, Lehzen?

—A vuestra izquierda está Billingsgate, majestad. El mercado de pescado.

Victoria se asomó por la ventana del carruaje y vio a un crío empujando una carretilla cargada de cabezas y raspas de pescado junto a la calzada.

—Fíjate. ¿Qué querrá hacer con todas esas cabezas de pescado?

—Probablemente las esté recogiendo para venderlas para caldo, majestad.

—Oh.

A Victoria le alivió dejar atrás el mercado de pescado. Por la ventana divisó las torres blancas de su destino.

El carruaje avanzó traqueteando por los adoquines y llegó al puente levadizo, que estaba custodiado por dos alabarderos que las recibieron con un saludo.

Al alzar la vista hacia el antiguo arco de piedra, Victoria reparó en que la parte inferior estaba cubierta de musgo verde oscuro. Se estremeció.

—No dejo de pensar en Ana Bolena.

—Creo que era una necia, majestad —dijo Lehzen.

—¡Pero... ¡que le cortaran la cabeza! Creo que fue por aquí. Ay, ojalá lord M estuviera aquí. Nos lo contaría todo y le daría jugo a la historia.

Lehzen apretó los labios hasta formar una fina línea.

El carruaje rodeó la torre Blanca y se detuvo delante de un edificio situado a la izquierda de la muralla exterior. El lacayo sacó los peldaños del carruaje y Victoria entró en la cámara de las joyas.

—Si me lo permite vuestra majestad, os conduciré al interior. —El guarda de las joyas de la reina estaba sudando, a pesar del ambiente frío y húmedo del interior de los recios muros de piedra.

Sacó una gran llave y abrió la cerradura de la cámara con gran ceremonia. Las puertas se abrieron a duras penas.

El interior de la cámara era oscuro y olía a moho. Victoria tosió. El guarda, consternado, miró a su alrededor.

—Os pido disculpas, majestad, por no haber aireado la cámara. Debería haberlo previsto, pero es la primera vez que la visita una mujer, quiero decir, una reina.

Victoria inclinó la cabeza.

—Quería ver la corona antes de la ceremonia.

—Si tenéis la amabilidad de sentaros, majestad, traeré el cofre.

El guarda colocó un repujado cofre sobre la mesa y lo abrió con un clic. Victoria contuvo el aliento cuando un haz de luz iluminó una de las piedras de la corona, creando una estela de puntitos que titilaban en la penumbra de la cámara.

Se puso de pie para sacar la corona del cofre. Era pesada; calculó que pesaría tanto como Dash, quizá más. Lehzen hizo amago de ayudarla, pero Victoria negó con la cabeza.

—Creo que debo hacer esto sola.

Alzó los brazos y se colocó la corona sobre la cabeza. Era, como sospechaba, demasiado grande. Cuando la soltó, se le descolgó sobre la frente, cayéndole sobre el ojo derecho.

—Tengo un espejo aquí, majestad, si deseáis ver cómo queda.

Sacó un espejo de mano de plata con un monograma al dorso. Como Victoria lo observó con curiosidad, el guarda masculló en tono de disculpa:

—Pertenece a mi esposa, majestad. Pensó que quizá lo necesitaseis.

—Su esposa es muy detallista. Estoy en deuda con ella.

Victoria cogió el espejo. Pensó que la corona de espumillón que había confeccionado para la muñeca n.° 123 resultaba mucho más favorecedora. Intentó ajustarse la corona para colocársela hacia la coronilla, pero se quedó aún más tambaleante. Si la enderezaba, el aro le caía en medio de la nariz, y lo único que lograba ver era el reflejo borroso de los diamantes. La dejó sobre la mesa con un ruido sordo.

—No sirve.

—No, majestad. —El tono de disculpa fue patente en la voz del guarda—. Tal vez deseéis probaros esta.

Sacó una tiara de otro cofre. Era un delicado entramado de diamantes con racimos de zafiros alrededor del aro de la cabeza.

Le quedaba perfecta. Victoria movió la cabeza de lado a lado y contempló cómo realzaba la luminosidad de sus ojos.

—Mucho mejor.

—Sí, majestad. Es la corona de la reina consorte.

Victoria se quitó la tiara.

—Desafortunadamente, no soy una reina consorte, sino soberana. La corona real ha de ajustarse a mi cabeza. No puedo caminar por la nave de la abadía de Westminster con una corona que me quede grande.

—¡Pero la coronación es el jueves, majestad!

—Qué oportuno que haya tenido la previsión de probármela.

—Sin embargo, me preocupa, majestad, que aun así os resulte demasiado pesada. Lleva muchísimas piedras.

—No me preocupa el peso, únicamente el diámetro. —Se volvió hacia Lehzen.

—¿Tienes un lazo o algo para que pueda darle al guarda la medida exacta?

Lehzen se sacó un lazo del bolsillo, lo puso alrededor de la cabeza de la reina y le hizo un nudo a la altura de la frente. Se lo entregó al guarda.

—Ahora no puede haber excusas para que no se le ajuste.

Victoria oyó al guarda resoplar conforme salía de la cámara.

Una vez a salvo en el carruaje, Victoria se echó a reír.

—¿Te has fijado en la expresión del guarda al probarme la corona? Me ha costado muchísimo contener la risa. Pero la verdad es que debería haber comprobado el tamaño antes.

Lehzen la miró de reojo.

—Me sorprende que lord Melbourne no se ocupara de ello, majestad. Siempre está deseoso de serviros.

A Victoria se le borró la sonrisa. Se sentó más derecha en el asiento.

—Lord Melbourne es el primer ministro. No puede ocuparse de hasta el último detalle. Dudo que el tamaño de mi corona sea un asunto de Estado, Lehzen.

—Ah, ¿no? Pero ¿qué podría revestir más importancia, majestad?

Victoria giró la cabeza para mirar por la ventana. Le había preguntado a Melbourne si la acompañaría a la torre, pero este había aducido que andaba muy ocupado con los preparativos de la coronación. Sin embargo, como había señalado Lehzen, ¿qué podría revestir más importancia que una corona adecuada? Victoria se congratuló de haber insistido en probársela. Todo, toda la parafernalia de Estado, se había diseñado para hombres altos y corpulentos. Apenas podía levantar los tenedores de oro o las copas de cristal cinceladas que sus tíos habían utilizado. Hasta los cuchillos y tenedores de la cubertería real eran enormes.

Cuando en una ocasión su madre le dijo, en el transcurso de un banquete oficial en Windsor cuando el rey aún vivía: «Qué manos más pequeñas tienes, Drina. Tal vez deberíamos encargar un juego de cubiertos especial, más adecuado a tu tamaño», decidió no dar la menor muestra de malestar.

Conroy, que sonreía junto a su madre, comentó: «¿Lo estimáis oportuno, duquesa? Vuestra hija tiene cierta tendencia a engordar. No sería conveniente animarla a comer en exceso». Jamás olvidaría esos comentarios. Pero había llegado a la conclusión de que, aun cuando su madre lo hubiera dicho con mala intención, no le faltaba razón. Tenía las manos pequeñas y no había ningún motivo para que la reina del país más poderoso del mundo no dispusiera de un juego de cubiertos del tamaño adecuado, o, naturalmente, de una corona que le encajase.

Era una idea que normalmente compartiría con lord Melbourne. Siempre se encontraba dispuesto a escucharla con toda su atención. Con él nunca le daba la sensación de que se limitaba a esperar que acabase para poder hacer su observación aleccionadora. Podía contárselo a Lehzen, por supuesto, pero la baronesa no era lo mismo que lord M.

15

*L*a orquesta ya había comenzado a tocar y la música del salón de baile se dejaba sentir en la alcoba de la reina, en la planta de arriba. Victoria no pudo evitar dar golpecitos con los pies cuando empezó a sonar una de sus polcas favoritas. Monsieur Philippe, el peluquero al que llamaban en ocasiones especiales, rezongó para sus adentros. Estaba haciendo algo muy complicado con las tenacillas para los tirabuzones, y el repentino movimiento de Victoria había hecho que se quemara los dedos.

—Disculpadme, monsieur Philippe; es que me cuesta quedarme quieta al oír música. ¿Os queda mucho?

—*Non, votre majesté.*

Monsieur Philippe hablaba francés con un acento con el que Victoria no estaba familiarizada, pero como su discurso prácticamente se limitaba a *«oui»*, *«non»* y *«et voilà»*, no le costaba entenderle. Esa noche le había pedido que la peinara *à l'impériale.* Era un estilo de peinado recogido en un moño con dos cascadas de tirabuzones que caían sobre las orejas. Harriet Sutherland había empezado a peinarse así y Victoria había oído el cumplido de lord Melbourne por lo elegante que estaba.

—*Et voilà, votre majesté.*

Victoria se dio la vuelta para mirarse al espejo; monsieur Philippe permaneció detrás de ella con gesto orgulloso. Pero al verse reflejada en el espejo se quedó petrificada. Mientras que la alta duquesa lucía el elaborado peinado con todo su esplendor, en Victoria parecía ridículo, más de perrito faldero que de dama de alcurnia.

—Oh, tengo un aspecto ridículo. —Notó una molesta sensación de escozor en los ojos por las lágrimas—. Tenía tantas ganas de estar elegante... ¡Pero con estos tirabuzones me parezco a Dash! —dijo haciendo pucheros.

Lehzen salió de la penumbra.

—En mi opinión estáis magnífica, majestad.

—¡No! Estoy ridícula y seré el hazmerreír de todo el mundo.

—Nadie se burla de la reina, majestad.

Victoria se llevó las manos a la cara y se mordió el labio para reprimir el llanto.

Alguien hizo un movimiento y cuchicheó detrás de ella. Finalmente una voz tenue preguntó:

—¿Os gustaría que os peinara con el pelo recogido en una trenza, majestad? Creo que ese estilo quedaría bien a un rostro como el vuestro. —Al darse la vuelta, Victoria vio a una muchacha de aproximadamente su misma edad que llevaba el pelo recogido en dos trenzas alrededor de las orejas—. Soy Skerrett, majestad. La ayudante de la señora Jenkins.

La señora Jenkins dio un paso al frente, en una muestra de ira galesa.

—Os ruego que disculpéis a Skerrett, majestad, por hablar sin pedir permiso. Es nueva en palacio y desconoce vuestras reglas.

Victoria vio el bochorno reflejado en el rostro de monsieur Philippe y la indignación en el de Jenkins, pero le llamó la atención el impecable peinado que se había hecho Skerrett.

—Creo, monsieur Philippe, que habéis ejecutado el peinado de manera admirable, pero no me favorece. Podéis retiraros.

Monsieur Philippe abandonó la sala caminando de espaldas; el ultraje a su orgullo se reflejaba en cada músculo de su cuerpo.

Victoria miró a la nueva ayuda de cámara.

—Creo que me gustaría probar el estilo que sugieres. ¿Puedes peinarme rápido? No quiero llegar tarde a mi propio baile.

—Oh, sí, majestad. Yo me lo hago en cinco minutos. —Skerrett se tapó la boca con la mano al caer en la cuenta de que se había tomado demasiadas confianzas.

Jenkins frunció el ceño.

—¿Estáis segura de que es conveniente, majestad? Skerrett nunca os ha peinado y no querréis que haya más demoras.

Victoria levantó la barbilla; se le habían pasado las ganas de llorar y se sentía más segura.

—Con que Skerrett me arregle el pelo la mitad de bien que el suyo, me doy por satisfecha.

Justo cuando Skerrett acababa de apretar la segunda trenza alrededor de la oreja izquierda de Victoria, la puerta se abrió y entró Emma Portman.

—He venido a deciros lo espléndido que está todo en el salón de baile, majestad. No he visto nada tan suntuoso desde la época de vuestro tío Jorge. Estoy deseando ver al gran duque. Tengo entendido que es de lo más apuesto.

—Ah, sí, tenía intención de preguntar a lord M cómo debería dirigirme a él. Me pregunto si será alteza real o imperial. ¿Y habla inglés? Yo desde luego no hablo nada de ruso.

¿Dónde está lord M? Seguro que sabe la respuesta; siempre la sabe.

El semblante de Emma Portman se alteró por un fugaz instante.

—Estoy segura de que vendrá enseguida, majestad.

—Pero ya debería estar aquí. Seguramente sabe que no puedo entrar sin él.

Emma bajó la vista al suelo.

—Tal vez, majestad, sería mejor que no lo esperarais. Si se demora, no querréis hacer esperar a vuestros invitados.

Skerrett le puso el último pasador a la reina en el pelo.

—Espero que sea de vuestro agrado, majestad.

Victoria se miró al espejo.

—Sí. Así está mucho mejor. Gracias. —Se volvió hacia Emma—. ¿De verdad pensáis que lord M vendrá pronto?

—Sí, majestad, como os he dicho. Pero opino que sería un error aguardar. El baile no puede comenzar hasta que no lo inauguréis.

Victoria observó a Skerrett mientras le ponía la diadema.

—Supongo que tenéis razón. Lord M siempre dice que la puntualidad es la cortesía de los príncipes. ¿Tendríais la gentileza de decirle al lord chambelán que llegaré enseguida?

Emma abandonó la sala con premura.

Victoria se miró de nuevo al espejo y se alisó el brocado de los faldones. Le daba la sensación de que el resplandeciente vestido de hilo de oro, de manga larga, escote a los hombros y cola prominente, la hacía más madura que ningún otro que hubiera llevado hasta entonces.

—Parecéis salida de un cuento de hadas, majestad —señaló Skerrett en voz baja.

—No hay necesidad de que la reina escuche tus opiniones, Skerrett —dijo Jenkins en tono acre.

Victoria sonrió.

—Solo espero que no haya una bruja malvada que me hechice.

Skerrett le correspondió a la sonrisa.

Al abrirse la puerta de nuevo, Victoria se dio la vuelta esperando ver a Emma, pero en vez de eso se encontró a su madre apostada en el umbral con Conroy y Flora a la zaga.

—Oh, Drina, he venido a acompañarte hasta el salón.

Entró en la estancia y observó detenidamente a Victoria.

—Estás realmente encantadora. —La duquesa se acercó a su hija y le ajustó el collar de diamantes para que el colgante descansara justo entre sus clavículas.

—Mi niñita, toda una mujer. Estoy muy orgullosa.

—Ha llegado el momento de que hagáis vuestra entrada, majestad —dijo Conroy—. Por supuesto, es la primera vez que os verán muchos de los invitados, de modo que no es necesario advertiros de que os comportéis con decoro. No os aconsejaría que bebierais champán, por ejemplo.

—Recuerda que no debes bailar más de dos piezas con el mismo hombre —apuntó la duquesa—. La gente repara en esas cosas.

—Y, por supuesto, inauguraréis el baile con el gran duque, majestad, pues es el invitado de mayor estatus —añadió lady Flora, deseosa como siempre de hacer gala de su conocimiento del protocolo.

Victoria permaneció callada. Caminaron por el pasillo hasta la gran escalinata; al ver cómo brillaban las arañas de cristal a la luz de las velas, Victoria contuvo el aliento.

El murmullo y la cháchara del salón de baile se apagaron cuando la gente se volvió para ver a la reina. Victoria comenzó a bajar las escaleras con la cabeza alta, pero dio un traspié y a punto estuvo de caer rodando. Lehzen estaba justo detrás de ella y la agarró del codo.

—Os tengo, majestad.

—Ahora me figuro que entenderéis, majestad, por qué no considerábamos seguro que bajaseis sola las escaleras, con vuestro precario equilibrio —dijo Conroy—. Menos mal que no os habéis caído delante de toda esta gente.

Victoria apartó el brazo de Lehzen y, sin mirar atrás, reanudó el paso al tiempo que escudriñaba a la multitud buscando a la única persona que deseaba ver.

El emisario de palacio subió las escaleras de Dover House. El mayordomo abrió la puerta.

—Tengo un mensaje de lady Portman para lord Melbourne.

—Su señoría no se encuentra en la residencia a todos los efectos.

—Lady Portman me dijo que le transmitiese que sabe qué día es, pero que la reina le requiere.

El mayordomo asintió.

—Espera aquí.

El mayordomo sabía que su señor estaba sentado en la biblioteca, mirando el estuche que guardaba en el tercer cajón de su buró. El decantador de jerez que había dejado allí por la mañana estaría prácticamente vacío a esas alturas. Por mucho que no quisiera molestar a su señoría ese día, el mayordomo era consciente de que no podía ignorar el aviso.

Al abrir la puerta de la biblioteca encontró a Melbourne en el mismo sitio donde lo había dejado a primera hora de la mañana. Carraspeó y Melbourne se dio la vuelta, irritado.

—Te dije que no se me molestase.

—Lo sé, señoría, pero se trata de un mensaje de palacio. De lady Portman. Dice que la reina os requiere.

—Emma debería ser más perspicaz.

—Lady Portman dice que sabe qué día es hoy, señoría, pero que el mensaje no puede esperar. —Melbourne dio un suspiro—. Os he preparado vuestra ropa, señoría.

Melbourne agitó la mano para despacharlo y el mayordomo se retiró. El emisario aguardaba en el vestíbulo. Levantó la vista.

—¿Y bien?

El mayordomo asintió.

—Puedes decirle a lady Portman que su señoría no tardará.

Victoria se acomodó en el trono. Al menos ahora los pies le llegaban al suelo. Hizo una señal al lacayo para que le llevase una copa de champán. La apuró de un trago y miró a Emma Portman, que estaba de pie a su derecha.

—¿Tenéis noticias de lord M?

Emma esbozó una sonrisa forzada.

—William está de camino, estoy casi segura.

Justo entonces el mayordomo anunció:

—Su alteza imperial el gran duque Alejandro de Rusia.

Los invitados se derritieron ante el gran duque, que avanzó por la alfombra roja en dirección a Victoria. Era alto, con un magnífico mostacho rubio que le hizo cosquillas en la mano cuando este la rozó con sus labios.

—*Bienvenue en Angleterre, votre grande Altesse Impériale.* —Lehzen había insistido en que la familia real rusa hablaba francés en la corte.

—Estoy encantado de estar aquí, majestad. —El gran duque sonrió con aire malévolo.

Victoria le correspondió a la sonrisa.

—Habláis mi idioma.

—Tuve una niñera británica. Mi padre es un gran admirador de vuestro país.

—Debo decir que es un alivio. Veréis, no hablo ruso.

—Tal vez algún día, cuando visitéis mi país, me permitáis enseñaros unas cuantas palabras.

—Nada me complacería más.

El gran duque le tendió la mano.

—Y ahora, majestad, ¿me haréis el honor?

Victoria se incorporó y posó la mano sobre la del duque ruso. Lucía un aspecto espléndido de uniforme, con su chacó apoyado contra el hombro y una tira de galón dorado que descendía por la pernera del pantalón. Se dio cuenta de que todas las mujeres de la sala lo miraban con admiración. Pero, por apuesto que fuera, había algo ligeramente inquietante en esos labios rojos que ocultaba su mostacho.

Al hacer una señal el lord chambelán, la orquesta comenzó a tocar una gavota y el gran duque condujo a Victoria al frente de los bailarines. Durante unos minutos, el puro placer de bailar disipó todos sus pensamientos. Era el primer baile de salón donde no estaba bajo la molesta tutela de su madre y Conroy. A medida que el champán le hacía efecto, le dio por sonreír alegremente.

El gran duque bajó la vista hacia ella al cruzarse en el baile.

—Nunca imaginé que una reina pudiera bailar tan bien.

—¿Con tantas habéis bailado?

El gran duque rio y la cogió de la mano para cruzar entre los bailarines.

A la gavota le sucedió una polca; en el giro el gran duque la cogió en volandas como si fuese una pluma. Victoria se sentía azorada y exultante; el gran duque era muy diferente a los lores Alfred y George, sus parejas de baile habituales. Quizá fuera porque también era de sangre real, pero no tenía ningún reparo en agarrarla con firmeza de la cintura o la mano, una licencia que bajo ningún concepto se tomarían sus súbditos. Y seguidamente se preguntó cómo sería bailar con lord M.

Cuando terminó el baile, Victoria se sirvió otra copa de champán y le agradó ver que Conroy la observaba. Apuró la copa. El gran duque hizo lo mismo.

—Bebéis champán como una rusa, majestad.

—Creo que podéis llamarme Victoria.

—Y vos debéis llamarme Alejandro.

—Muy bien, Alejandro. —Alzó la vista hacia él y sonrió. Alcanzó a verle fugazmente la punta de la lengua cuando este le correspondió a la sonrisa. Se sentía ligeramente achispada, pero en cuanto la música comenzó a sonar de nuevo Alejandro la cogió para bailar otra pieza. Mientras la hacía dar vueltas, le pareció ver una espalda que le resultaba familiar, pero el hombre se giró y ella se dio cuenta de su error.

—Qué cara, Victoria. ¿Os he pisado?

—Oh, no. Es que me había parecido ver a alguien, nada más.

—¿A alguien que deseáis ver? —Victoria asintió—. Entonces envidio a ese hombre.

Victoria, incómoda, notó que se ruborizaba.

—Oh, me habéis malinterpretado.

—Entonces debéis de haberos sonrojado por mí.

Victoria se sintió aliviada cuando la pieza tocó a su fin. Hizo una reverencia al gran duque y se dio la vuelta para mirar a la baronesa, que estaba de pie detrás de ella.

—Creo que necesito ir al excusado, Lehzen.

—Acompañadme, majestad.

El excusado se hallaba en una antesala que daba a la pinacoteca. La señora Jenkins y Skerrett se encontraban allí, pertrechadas de costureros para arreglar los estragos que el frenesí y la falta de práctica estaban haciendo en los trajes de las invitadas durante el baile. Al fondo de la sala había un biombo detrás del cual se encontraban los orinales.

Justo cuando Victoria y Lehzen se disponían a entrar, lady Flora salió de detrás del biombo. Por un momento permaneció de lado con una mano apoyada en la cintura, y Lehzen contuvo una exclamación.

—¿Qué ocurre, Lehzen? —preguntó Victoria—. ¿Has visto un fantasma?

—Un fantasma no, majestad. —Lehzen se acercó a Victoria y susurró—: Si observáis a lady Flora de perfil, majestad, lo comprobaréis. —Victoria volvió la cabeza—. Creo que está encinta.

Victoria se sobresaltó.

—¡Pero si no está casada!

—No, desde luego que no. —Lehzen entrecerró los ojos con excitación—. Pero cuando volvió de Escocia hace seis meses, creo que compartió carruaje con sir John Conroy. —Hizo una pausa y enarcó las cejas—. A solas.

Victoria se llevó la mano a la boca.

—Parece increíble. Es muy beata.

—A pesar de eso. Las señales son inequívocas.

Victoria se volvió hacia Lehzen con el rostro sonrojado por el champán y la emoción.

—¿Crees que mi madre está al corriente?

—Lo dudo.

A Victoria le brillaron los ojos.

Al fondo de la antesala había una galería que conducía a los aposentos privados. Victoria entró para despejarse. Al apoyarse contra el muro que había frente al retrato de su abuelo Jorge III de joven, oyó pasos por detrás. Conroy se internó en la galería. Posiblemente saliera de los aposentos de la duquesa.

Al ver a Victoria hizo una leve inclinación de cabeza con aire estirado.

—Majestad.

Por un segundo, Victoria sopesó la idea de dejarle pasar, pero el champán hizo que diera rienda suelta a la rabia que la corroía.

—¿Cómo no estáis bailando con lady Flora, sir John? Tengo entendido que es vuestra pareja de baile predilecta.

Conroy la miró e hizo una mueca.

—Me dispongo a bailar con vuestra madre.

Victoria echó la cabeza hacia atrás.

—¡Si mi madre supiera cómo sois en realidad, jamás volvería a bailar con vos!

Conroy meneó la cabeza con aire indulgente.

—Nunca tolerasteis el champán —y, tras una pausa, añadió—: majestad.

Se dio la vuelta y se alejó por el corredor.

Melbourne bajó la gran escalinata despacio. Penge, el mayordomo, alzó la vista y abrió la boca para anunciarlo, pero Melbourne negó con la cabeza. No quería llamar la atención por su retraso.

Por sus largos años de experiencia se dio cuenta de que el baile se encontraba en todo su apogeo: el champán había corrido lo bastante para acentuar todas las emociones, para animar el ambiente y achispar al cortesano más taciturno. En unos minutos los ánimos se trastocarían y, como rosas al perder su lozanía, las flores del salón de baile se marchitarían hasta quedar mustias.

Echó un vistazo a su alrededor. Cumberland estaba bailando con su espantosa esposa alemana con una gracia inaudita. Conroy estrechaba entre sus brazos a la duquesa de Kent; Melbourne siempre había sospechado que estaba enamorada de él, pero su expresión lo confirmó. No obstante, era una lástima; Conroy era un charlatán, pero en vista de que la duquesa difícilmente se encontraba en posición de volver a contraer matrimonio, cómo iba a culparla por buscar consuelo.

Localizó a la reina. Estaba bailando un vals con el gran duque ruso. Al cruzarse con él, se miraron y él sonrió. Victoria le devolvió la sonrisa, pero a juzgar por la manera en la que abrió los ojos Melbourne se preguntó cuánto habría bebido. Mientras el ruso y ella daban vueltas por la sala, Melbourne se dio cuenta de que sus pasos, aunque gráciles, eran algo vacilantes; tampoco le agradó el modo en el que el gran duque la asía por la cintura.

—Se te ha echado de menos. —Emma Portman lo miró enarcando una ceja con aire de reproche.

—La reina parece bastante contenta —dijo Melbourne mientras la pareja real continuaba bailando el vals.

—¿Crees que el gran duque es un posible candidato?

—¿Para pedir la mano de la reina? Eso está descartado. Es el heredero al trono. No podría vivir aquí, y cómo va a trasladarse la reina a San Petersburgo.

—Lástima. No sabía que los rusos eran tan apuestos.

Melbourne no dijo nada. Reparó en el intenso rubor de las mejillas de Victoria. Cuando el gran duque le susurró algo al oído, ella apartó la vista de Melbourne.

—¿Vas a pasarte la noche observándola, William? —preguntó Emma en tono mordaz.

Melbourne negó con la cabeza.

—Es tan joven e ingenua... Expresa abiertamente lo primero que le viene a la cabeza. A veces me estremece su candidez. Y sin embargo...

Se quedó a medias. Emma lo miró y terminó la frase.

—Y sin embargo, no puedes apartar los ojos de ella.

Melbourne se encogió de hombros y acto seguido se adelantó al percatarse de algo en la pista de baile.

—¿Ves dónde tiene la mano el gran duque?

Emma entrecerró los ojos.

—Creo que podrían mandarle a la torre por menos.

Melbourne echó un vistazo a su alrededor y llamó la atención de lord Alfred Paget, uno de los ayudantes de campo de la reina. Le hizo una seña.

—Creo, lord Alfred, que puede que haya llegado el momento de que el gran duque se busque otra pareja de baile. Tal vez podríais distraerle, con tacto, por supuesto, pero cercioraos de que se aparte de ella. Me da la impresión de que se está tomando ciertas libertades.

Alfred Paget parecía indignado.

—Qué atropello. Me ocuparé de ello inmediatamente.

Se acercó al gran duque y le dio un toquecito en el hombro. Alejandro lo ignoró en un primer momento, pero Alfred, el benjamín de seis hermanos varones, estaba acostumbrado a reclamar la atención.

—Alteza imperial, hay un mensaje de San Petersburgo.

—Que espere. Estoy bailando con la reina.

—Creo que es urgente, señor.

Alfred, cuya grácil figura ocultaba una fuerza sorprendente, apoyó el brazo sobre el hombro del gran duque y, con firmeza, lo apartó del lado de Victoria para llevárselo de la sala. Melbourne fue al encuentro de Victoria.

—Por lo visto no tenéis pareja, majestad. ¿Me concederíais el honor?

Victoria se dio la vuelta al oír la voz de Melbourne. Se le iluminó el rostro con una sonrisa.

—Sería un placer.

La orquesta estaba tocando un vals y, cuando Melbourne posó la mano sobre su cintura, Victoria se sintió a salvo por primera vez en toda la noche.

—Me inquietaba que no asistieseis.

—Tenía que atender unos asuntos.

—Pensé que quizá estuvierais enojado conmigo.

—¿Con vos, majestad? Jamás. —Melbourne bajó la vista hacia ella con ternura.

—Bailáis muy bien, lord M.

—Me complace escuchar eso, majestad, pero creo que tratáis de ser amable. Me temo que estoy llegando al final de mis días de bailarín.

—Eso no es cierto. Esta noche sois mi pareja de baile favorita.

Melbourne suspiró teatralmente.

—De todas formas, soy demasiado mayor para bailar como antes.

—¡No sois mayor, lord M!

Melbourne miró por encima del hombro de Victoria hacia el trío que componían Conroy, la duquesa y lady Flora, que los observaban.

—A riesgo de que me recluyan en la torre, en eso he de contradeciros, majestad. No puedo negar que los años no pasan en balde, ni siquiera para complaceros.

Victoria se echó a reír.

—Bueno, no creo que en eso haya diferencia entre nosotros, lord M.

La música dejó de sonar; Melbourne soltó la mano de Victoria y le hizo una reverencia.

—Ah, aquí está lord Alfred para la siguiente pieza.

Victoria se mostró remisa.

—Pero quiero bailar con vos. Tengo muchas cosas que contaros.

—Será una gran decepción para él si lo rechazáis, majestad. Además, es el mejor bailarín de polca del país.

Melbourne se escabulló al aproximarse lord Alfred para reclamar a la reina.

Tocaron una polca tras otra y Victoria acabó sedienta y sin aliento. Lord Alfred le llevó una copa de champán; bebió con ansia y pidió otra.

Cuando estaba a punto de tomársela, oyó una voz desagradable.

—Disculpadme, majestad. —Victoria se giró en redondo y vio el semblante cetrino y reprobatorio de lady Flora Hastings—. La duquesa opina que tal vez ya hayáis tomado suficiente champán.

Balanceándose ligeramente, Victoria miró fijamente a lady Flora y dijo en un tono demasiado alto:

—¿¿Que mi madre os ha enviado a decirme lo que tengo que hacer??

La orquesta había dejado de tocar, de modo que sus palabras resonaron en todo el salón. El tiempo pareció congelarse durante unos instantes mientras lady Flora la miraba desconcertada; acto seguido se le torció el gesto ante la humillación pública. Se dio la vuelta y salió dando traspiés del salón de baile. Un profundo suspiro se dejó sentir entre los invitados; Victoria estaba petrificada, enojada y asustada. Por primera vez sintió una oleada de algo parecido a la desaprobación. Oyó una voz cerca de su oído.

—Hace mucho calor aquí —dijo Melbourne—. Tal vez tendríais a bien salir al balcón, majestad, a tomar el aire.

Notó su mano por debajo del codo y agradeció el apoyo. Le costaba mantener el equilibrio. Cuando salieron al balcón, sintió que el aire fresco de la noche le acariciaba el rostro como una bendición.

Melbourne se volvió hacia ella.

—Parecéis un tanto fatigada, majestad, si me permitís que os lo diga. Tal vez sea hora de que os retiréis.

—Es que no deseo retirarme. ¡Quiero seguir bailando, con vos!

Victoria se echó hacia delante. Melbourne extendió las manos como si temiera que se cayera y por un instante permanecieron casi abrazados. A continuación él se echó hacia atrás y dijo en voz baja:

—Esta noche no, majestad.

16

Dash cogió la pelota y se la devolvió a Victoria. Al volver a lanzársela, fue a parar a los pies de la duquesa, que acababa de entrar en la galería. La duquesa la apartó de su camino de un puntapié.

Victoria se quedó quieta. Había mandado llamar a su madre para encararse con ella por lady Flora y Conroy, pero ahora que la tenía delante no estaba segura de cómo abordar el tema.

—¿Dormiste bien después del baile, Drina? —La duquesa lanzó a su hija una elocuente mirada.

Cuando Victoria estaba a punto de responder, Dash llegó con la pelota y se puso a ladrar. Se agachó a recogerla. Decidió ir al grano.

—Mamá, debes despedir a Flora Hastings y a sir John inmediatamente. Tengo razones para creer que han mantenido un... —respiró hondo—, un encuentro ilegítimo.

La duquesa, que avanzaba por la galería, se detuvo estupefacta.

—¿Has perdido la cabeza, Drina? ¿Qué disparate estás diciendo? —La duquesa abrió sus grandes ojos azules de par en par y movió la cabeza de lado a lado como una muñeca de porcelana con gesto perplejo.

—No me digas que no has notado que lady Flora está encinta —replicó Victoria.

—¿Encinta? —preguntó la duquesa en tono de incredulidad.

—Sí, mamá. Y creo que sir John es el responsable.

La duquesa se estremeció y, para sorpresa e irritación de Victoria, sonrió.

—¿Qué dices? ¿Quién te ha contado semejante disparate?

—La baronesa Lehzen me ha contado que compartieron carruaje desde Escocia hace seis meses —contestó Victoria enojada.

La duquesa se rio en la cara de su hija.

—¿La baronesa te lo ha dicho? Claro, como sabe tanto de lo que ocurre entre un hombre y una mujer...

Victoria apretó la pelota que tenía en la mano. Le dieron unas ganas tremendas de tirársela a su madre.

—No puedo permitir esto... Que esta corrupción invada mi corte.

La duquesa sacudió sus tirabuzones rubios.

—Vamos, Drina, te aconsejaría que no dieses crédito a los rumores. No es propio de una reina.

Le dio la espalda a Victoria y echó a andar por el largo corredor.

En un acto instintivo, Victoria lanzó la pelota en dirección a su madre, pero no dio en el blanco y golpeó un jarrón de Meissen que le había regalado el elector de Sajonia. Se hizo añicos con estrépito. Emocionado por tanta excitación, Dash comenzó a ladrar.

Victoria se puso a temblar de rabia. Pensaba que su madre podría disgustarse, o enojarse, pero esa actitud desdeñosa era peor que cualquier cosa que hubiera imaginado. No consentiría que la ignorase. Si su madre no asumía la verdad, no le quedaba más remedio que demostrarlo.

Ese día confesó sus planes a Melbourne durante el paseo a caballo.

—¿Sir John y lady Flora? No podéis hablar en serio, majestad.

—Por supuesto que sí, lord M. La baronesa dice que compartieron carruaje desde Escocia, totalmente a solas. Mañana voy a prestar juramento a la Corona. ¿Cómo voy a jurar servir a mi pueblo fielmente cuando mi propia corte está mancillada por la corrupción? Ambos han de abandonar la corte inmediatamente.

Melbourne suspiró.

—Desconocéis si eso es cierto, majestad, y yo me cuidaría de verter acusaciones, pues lady Flora tiene amistades poderosas. Su hermano, lord Hastings, es el líder de los conservadores y no le haría ninguna gracia que su hermana se viera involucrada en un escándalo.

—¿Cómo voy a mirar a sir John a la cara sabiendo que ha tenido un comportamiento tan vergonzoso?

—Me consta que no es santo de vuestra devoción, majestad, pero opino que hay maneras más fáciles de despedirle que acusándolo de haber dejado encinta a lady Flora.

—¿Aun siendo verdad?

—Pensad en el escándalo, majestad.

—¿Es eso lo único que os preocupa? ¿Evitar un escándalo?

Melbourne hizo una mueca de dolor.

—Creedme que sé, majestad, lo difícil y doloroso que puede resultar un escándalo.

Victoria se detuvo y a continuación dijo despacio:

—De modo que pensáis que debería quedarme de brazos cruzados...

—Es la mejor opción con diferencia, majestad. Si vuestras sospechas son fundadas, en unos meses será imposible negar la evidencia. Tiempo al tiempo, majestad, tiempo al tiempo.

—Pero he de averiguar la verdad.

—En mi opinión, la verdad está tremendamente sobrevalorada.

—Sois, creo, lo que se dice un cínico, lord Melbourne. Pero yo no.

Sin mediar palabra, espoleó a su caballo para salir al galope y no volvió la vista atrás hasta llegar a Marble Arch. Su mozo de cuadra y lord Alfred iban a la zaga, pero no había rastro de Melbourne.

Lord Alfred se aproximó a ella.

—Lord Melbourne ha regresado a Dover House, majestad. Os traslada sus disculpas y me pide que os diga que se siente demasiado mayor para seguir el ritmo.

Victoria frunció el ceño.

—Entiendo. Hasta ahora nunca había tenido ese problema.

Lord Alfred sonrió.

—Ibais muy rápido, majestad.

Cuando se cambió de ropa, Victoria pidió a Lehzen que mandara llamar a sir James Clark, el médico de la corte.

—¿Os encontráis indispuesta, majestad? Tal vez estéis nerviosa debido a la coronación.

—Estoy de maravilla, gracias, Lehzen. Es que quiero que sir James indague sobre el estado de salud de lady Flora. Mi madre se niega a creerme, de modo que la única solución es llevar a cabo un reconocimiento médico.

Lehzen asintió.

—Por supuesto, majestad.

—Entonces ¿estás de acuerdo conmigo en que debemos llegar al fondo de este..., este asunto?

—Puesto que la duquesa no os cree, debéis cercioraros, majestad.

Victoria suspiró.

—Lord Melbourne opina que debería quedarme de brazos cruzados.

Lehzen se acercó a ella.

—No me extraña. Lord Melbourne ha llevado una vida de lo más inusual. Quizá le traiga sin cuidado censurar este comportamiento.

Victoria percibió el poso de maldad en la voz de Lehzen.

—Pienso que no le importa el escándalo, pero en este caso lord Melbourne se equivoca. —Lo dijo en un tono más alto de lo normal, como tratando de convencerse a sí misma.

Lehzen volvió al cabo de media hora con sir James, que era tan sosegado como eminente. Había ascendido a los más altos escalafones de su profesión gracias a sus meticulosas atenciones hacia el difunto Jorge IV, siguiendo la corriente al rey con sus manías en lo tocante a la salud y al mismo tiempo absteniéndose de señalar la inoportuna circunstancia de que la costumbre del soberano de comerse tres urogallos regados con oporto para desayunar quizá fuera la causa de sus dolencias. Sir James, quien a juzgar por su protuberante y roja nariz tampoco se privaba de los placeres más exquisitos de la vida, había aprendido hacía mucho tiempo que el médico más prestigioso era el que escuchaba con gran atención cada síntoma y le daba su debida importancia antes de administrar un medicamento tan caro como inocuo.

El doctor le hizo a Victoria tal reverencia que su rostro, de por sí rubicundo, se enrojeció aún más.

—Majestad. ¿En qué puedo ayudaros? ¿Necesitáis algo para templar los nervios antes de la coronación? En tales ocasiones mis pacientes del sexo débil suelen encontrar la tintura de láudano de lo más eficaz.

Victoria clavó sus ojos azules en los del médico, inyectados en sangre.

—¿Tenéis muchos pacientes, sir James, que estén a punto de ser coronados en la abadía de Westminster?

El doctor hizo un ruido a medio camino entre la risa y un gruñido de disculpa.

—Estoy a vuestra entera disposición, majestad.

—Pero, respondiendo a vuestra pregunta, no requiero vuestros servicios. Hay otro... asunto del que me gustaría que os ocuparais.

Sir James enarcó una poblada ceja.

Victoria comenzó a caminar de un lado a otro. En su cabeza todo le había parecido sencillo, pero en ese momento se dio cuenta de que no sabía exactamente cómo abordar el tema.

—He reparado, sir James, en que cierta dama pueda estar en un... estado incompatible con su... —Victoria miró a Lehzen en busca de apoyo.

—Con su estatus, majestad.

—¿Su estatus? —El doctor se quedó perplejo—. Ah, entiendo. Creéis que la dama se encuentra en estado interesante, sin el beneficio del matrimonio.

—Sí. Creo que ha mantenido un encuentro ilegítimo con cierto caballero.

—Una observación perspicaz, majestad.

Victoria se detuvo.

—Pero he de conseguir pruebas, sir James.

El doctor tragó saliva.

—¿Pruebas, majestad?

—Sí. Quiero que examinéis a la dama.

Sir James se tiró de las patillas con su rolliza mano.

—¿Puedo preguntaros por la identidad de la dama?

Esta vez le tocó tragar saliva a Victoria.

—Lady Flora Hastings.

Hubo una pausa mientras sir James reflexionaba. El doctor se puso a tirarse de las patillas con tal fuerza que daba la impresión de que se las iba a arrancar.

—Si me permitís la pregunta, ¿la duquesa está al corriente de vuestras sospechas, majestad?

—He tratado el asunto con mi madre, pero se muestra reticente a creerme.

Sir James suspiró.

—Entiendo. Debo advertiros, majestad, de que preveo cierta dificultad a la hora de realizar este reconocimiento. Si lady Flora no muestra buena voluntad, difícilmente puedo forzar el asunto.

—Me figuro que un doctor con su experiencia será capaz de determinar su estado observándola a simple vista.

—Me halagáis, majestad. Encuentro que en este tipo de casos cuesta mucho confiar en la mera apariencia. Intervienen otros muchos factores: el atuendo, la digestión, incluso un determinado porte. Una postura con las caderas adelantadas puede resultar sumamente engañosa.

Victoria, impaciente, dio unos golpecitos con el pie en el suelo.

—Puedo aseguraros que no se trata de una cuestión de postura, sir James.

—No, majestad.

—He de tener la certeza, y os estoy pidiendo que lo averigüéis, sir James.

—Sí, majestad.

El médico permaneció expectante como si Victoria fuera a añadir algo más, pero esta le dio la espalda para que se retirara. Cuando oyó sus pasos por el pasillo, se volvió hacia Lehzen.

—Debes decirle al lord chambelán que sir John y lady Flora no van a recibir invitaciones para la coronación. No puedo invitarles dadas las circunstancias.

Lehzen torció el gesto.

—Pienso, majestad, que, si hacéis eso, todo el mundo asumirá que dais crédito al escándalo.

Victoria levantó la barbilla.

—Precisamente.

17

La duquesa frunció el ceño cuando sir James fue anunciado.

—No he mandado llamaros, sir James.

Sir James bajó la vista al suelo y acto seguido la levantó al techo, a cualquier parte con tal de evitar mirar a la duquesa y a su acompañante. Carraspeó ruidosamente.

—He venido, majestad, a petición de la reina.

La duquesa miró a lady Flora, que estaba sentada a su lado. La mujer cerró los ojos y se rebulló ligeramente.

—Pero aquí no hay nadie indispuesto, sir James, de modo que no os necesito.

Sir James basculó el peso de un pie a otro.

—La reina se ha mostrado muy insistente. —Miró fugazmente a lady Flora.

La duquesa frunció el ceño y se puso de pie con la mirada clavada en el médico.

—Aquí no tenéis nada que hacer. Tenéis permiso para retiraros.

Sir James se deshizo en disculpas.

—Con todos mis respetos, alteza, me temo que no me es posible hacer eso. La reina desea cierta información referente a lady Flora.

—¡Ja! ¿Acaso insiste mi hija en esa ridícula fantasía? Podéis decirle que no hay más verdad en ello que la que había esta mañana.

Sir James no dijo nada, pero tampoco se movió.

Lady Flora levantó la cabeza.

—Responderé a vuestras preguntas, sir James. No tengo nada que esconder.

Pero esa respuesta no deshizo la espiral en la que se veía atrapado el médico.

—Me temo, lady Flora, que la reina ha solicitado un... reconocimiento médico. Para despejar dudas.

La duquesa contuvo el aliento.

—¡Es imposible! No permitiré tal cosa. Drina ha perdido el juicio.

Pero lady Flora se colocó delante de su señora y se dirigió al médico directamente.

—Hay dos cosas en la vida que considero valiosas, sir James. Una es la Corona y la otra mi fe. Si la reina me cree capaz de deshonrar cualquiera de las dos, estoy dispuesta a demostrarle lo contrario.

Hizo una pausa durante unos instantes y se secó el sudor de la frente con gesto impaciente. A continuación se recompuso y miró a los ojos a sir James.

—Pero insisto en que esté presente mi médico, sir James —las comisuras de su boca hicieron un amago de sonrisa—, para despejar dudas.

El médico tenía tantas ganas de marcharse que cruzó el umbral mientras los lacayos abrían las puertas. Fue una escena cómica, pero a ninguna de las dos mujeres le hizo gracia.

18

Un sonido la despertó. Un tenue susurro, como si una bandada numerosa de palomas torcaces se hubiera posado fuera de palacio. Al aguzar el oído, el ruido se acrecentó y adquirió nitidez. Alcanzaba a distinguir distintas voces, pero la brisa arrastraba las palabras antes de que Victoria pudiera captarlas. Finalmente, una voz más penetrante que el resto caló en su cerebro, embotado por el sueño.

«Dios salve a la reina», escuchó, seguido por otras consignas que ponían el contrapunto a la celebración.

Victoria saltó de la cama y se dirigió a la ventana. Alcanzó a ver más allá de Marble Arch una espesa alfombra de colores: banderas, sombreros, rostros mirando hacia arriba. Posiblemente hubiera miles de personas ahí fuera. Su pueblo, pensó, al tiempo que sentía cómo soltaba un largo y trémulo suspiro. Ya llevaba varios meses reinando, pero ese día la responsabilidad le pesaba sobre los hombros como si se tratara de una carga física. Ese día haría el juramento de lealtad a la Corona, a la que habían jurado fidelidad innumerables reyes y las cuatro reinas que la habían precedido.

Pensó en todos aquellos ojos que la observarían en la abadía. ¿Cuántos de ellos estarían a la expectativa de que cometiera un desliz, de confirmar sus sospechas de que no era digna del mandato que se le había otorgado? Victoria se mordió el labio, pero acto seguido enderezó los hombros y alzó la barbilla. No cometería errores. La divina providencia la había elegido para ese cometido, había dejado que la hija del sexto hijo de Jorge III heredara el trono. Si sus tíos hubiesen sido menos libertinos, habría una docena de descendientes legítimos entre ella y el trono, pero los placeres de la carne los habían distraído hasta tal punto que había llegado a ser heredera al trono. Victoria sabía que existía una razón para ello, un propósito divino, y estaba resuelta a demostrar que era merecedora de ello.

Con un cojín a modo de orbe y un quitasol a modo de cetro, pronunció las palabras del juramento.

—Por la gracia de Dios todopoderoso, yo, Victoria, juro solemnemente servir a mi país.

Su voz sonó apagada en la estancia de techos altos. Confiaba en que pudieran oírla en la abadía. Pensó en sus tíos; con sus voces estentóreas, no les costaba hacerse oír. Pero como decía lord M, no hay nada malo en hablar en voz baja; así la gente pone más atención. Victoria sonrió al recordar al primer ministro. Ese día estaría presente, cómo no, y se había cerciorado de tenerlo de pie dentro de su campo de visión. Lástima que el día anterior hubieran tenido esa absurda discusión en el parque. No obstante, eso no tardaría en resolverse cuando sir James llevara a cabo su reconocimiento médico.

La puerta que comunicaba con la alcoba contigua se abrió y Lehzen entró con su ancho semblante radiante de afecto.

—Deberíais estar en la cama, majestad. Todavía es muy temprano.

—Oh, no puedo dormir más, Lehzen. —Le hizo una seña a la baronesa para que se sentara junto a ella en el asiento que había bajo la ventana—. Asómate, Lehzen. Hay muchísima gente.

—Esperando a su reina.

—Confío en estar a la altura. —Apretó la mano de su institutriz—. Tengo intención de ser una gran reina, Lehzen.

—No me cabe duda de ello, majestad.

Victoria vio que la institutriz tenía lágrimas en los ojos.

—Gracias, Lehzen. —Se acercó a la baronesa y la besó en la mejilla—. Por todo. —Al notar un lametón áspero en su pie descalzo, Victoria se agachó y cogió a Dash—. Oh, Dash, ¿estás celoso? A ti también te estoy agradecida, por supuesto.

Y se echó a reír. Pero Lehzen no sonrió.

—Serviros ha sido el mayor honor de mi vida, majestad.

La carroza aguardaba al pie de la escalera, con las molduras de oro brillando al sol. Conforme Victoria bajaba con cuidado los escalones, atenta a no tropezar con el pesado manto carmesí, no pudo evitar pensar en la calabaza de Cenicienta. Pero ahí no había hechizo; esa era la carroza donde sus antepasados habían realizado el trayecto a la abadía. Le habría gustado que Melbourne la acompañase, pero este había dicho que iba en contra de la tradición, que los únicos acompañantes que los soberanos podían llevar en la carroza eran sus consortes. De modo que no tuvo más remedio que desplazarse sola.

Cuando la carroza entró en el Mall, percibió que el aluvión de vítores la mecía. Como el asiento de la carroza era un poco bajo, prácticamente tuvo que ponerse en pie para saludar a la muchedumbre. Cuando alzó la mano se produjo otra ovación y a punto estuvo de caer hacia atrás. No obstante, el sonido le provocó un arrebato de felicidad en su interior. Recordó el día en el que había seguido las líneas verticales y a continuación las horizontales del árbol genealógico familiar hasta su inevitable presente. Lehzen le había dicho, por supuesto, que solo era la presunta heredera; todavía cabía la posibilidad de que la reina Adelaida tuviera descendencia. Pero Victoria había tenido la certeza en aquel momento de que estaba predestinada a ser reina, de que su destino era sentarse donde ahora estaba, en una carroza dorada, aclamada por sus súbditos.

La gran nave de la abadía se extendía ante ella, los asientos de ambos lados resplandecientes en su tono carmesí, con los lores ataviados con su indumentaria de gala. Permaneció de pie en el umbral y notó que las ocho damas del séquito levantaban el pesado manto para dar comienzo al desfile. Oyó que en el órgano sonaban los primeros acordes de *Zadok, el sacerdote,* de Händel, el momento de hacer su entrada. Pero sus pies se resistían a moverse. Era consciente de que todas las miradas estaban puestas en ella, a la espera de que diera un paso. Qué desastre. Deseaba hacerlo, pero era como si sus piernas tuvieran vida propia.

Entonces lo vio. Lord M. Sonriéndole, con la mano ligeramente adelantada como diciéndole: «Vamos, no tenéis nada que temer». Ella le devolvió la sonrisa y dio el primer paso.

En una alcoba situada en el ala norte de palacio, una estancia que nunca caldeaba el sol, lady Flora aguardaba a los médicos.

Victoria se estremeció al colocarse en el lugar que todos los monarcas habían ocupado antes de ser investidos con las vestiduras reales. Notó que el corazón le latía con tal fuerza bajo la muselina que se preguntaba si el arzobispo se percataría de ello. Qué vulnerable se sentía, de pie en presencia de toda la nobleza, de terciopelo carmesí, y ella con una austera túnica de muselina. El arzobispo estaba recitando las palabras de la ceremonia. Ella no dejaba de buscar con la mirada a lord M, ni siquiera mientras escuchaba la grandilocuente y sonora retahíla de palabras —Dios todopoderoso, reino, honor y gloria—. Él le hizo una ligera inclinación de cabeza a modo de aprobación. Ella desvió la mirada hacia el arzobispo y, cuando le preguntó: «¿Y procurar, en la extensión de su poder, que todos sus juicios estén presididos por la ley, la justicia y la misericordia?», ella respondió con su clara y aguda voz de tiple: «Sí».

Le pusieron sobre los hombros la capa real carmesí con aplicaciones de armiño. Se sentó en el trono, en el cual se había colocado un cojín de especial grosor para evitar que quedase engullida en las profundidades góticas. El arzobispo cogió el anillo de la Coronación y, para consternación de Victoria, se dispuso a ponérselo en el dedo corazón en vez de en el anular. Se puso a forcejear contra el inesperado obstáculo y Victoria reprimió un grito de dolor al embutírselo por el nudillo. Hizo una mueca cuando le colocó el orbe en la mano derecha y el cetro en la izquierda. Esperaba no dar muestras de dolor.

A continuación, el arzobispo sostuvo la corona sobre su cabeza recitando las palabras que se pronunciaban desde los tiempos de Eduardo el Confesor. Finalmente se la colocó. Por un momento se quedó oscilante sobre su cabeza, hasta que se acopló y la embargó una oleada de alivio. Era la reina de una gran nación, ungida por Dios.

Sonaron las trompetas y los niños de la Escuela de Westminster cantaron *Vivat, vivat, regina*.

Con gran alboroto, todos los pares y paresas cogieron sus coronas y se las pusieron. Victoria vio con el rabillo del ojo que Harriet alzaba sus largos y blancos brazos como un cisne y las lágrimas que resbalaban por el rostro de su madre.

Lady Flora se tendió en la cama y cerró los ojos. Los médicos cuchicheaban al otro lado de la estancia. Se aferró a las palabras de su salmo predilecto: «Alzaré mis ojos a los montes; ¿de dónde vendrá mi socorro? Mi socorro viene de Jehová, que hizo los cielos y la tierra». Recitó mentalmente el salmo como si estuviera paseando por el sendero del jardín de su casa en la infancia, encontrando consuelo en la familiar cadencia del ritmo. Al llegar al final del salmo, lo recitó de nuevo desde el principio.

El sonido del órgano cobró intensidad y el coro comenzó a cantar el *Aleluya*. Victoria permaneció inmóvil mientras los pares del reino se acercaban uno a uno a rendirle tributo. Al menor movimiento, la corona le caería sobre un ojo. Como el guarda le había advertido, el peso de las joyas era excesivo. Logró mantener la postura mientras desfilaban los duques y marqueses, pero cuando en mitad de la fila de los condes un par anciano llamado lord Rolle dio un traspié en los escalones del estrado y estuvo a punto de caerse ante ella, Victoria alargó la mano para evitar que tropezara y la corona le resbaló sobre un ojo.

Por suerte, lord Rolle se enderezó antes de que la corona le tapara el otro ojo y logró colocársela disimuladamente. Pero el episodio la sacó súbitamente de su trance. Al ver que lord Rolle volvía a su sitio renqueando, con las vestiduras cubiertas de polvo y la corona torcida, le entró la risa. El corsé se le clavaba mientras sus pulmones pugnaban por aire.

Una reina no podía reírse en su coronación —le constaba—, pero en cierto modo la idea de una reina risueña le resultó aún más divertida. Al mirar al transepto vio el gesto agrio de su tío Cumberland y de su malhumorada esposa, pero ni su patente odio bastó para aplacar el arrebato que sentía por dentro. Justo cuando estaba a punto de desternillarse de risa, vio que Melbourne subía los escalones, pues al ser vizconde era uno de los últimos en presentar sus respetos. Alzó la mirada hacia ella y meneó la cabeza casi imperceptiblemente. Ese fugaz gesto bastó para controlar su histeria, y notó que se serenaba.

Los médicos se bajaron las mangas y cerraron los puños de sus camisas. La doncella les ayudó a ponerse la chaqueta y ellos abandonaron la estancia. Flora permaneció inmóvil.

Por fin acabó. Todos los pares le habían jurado fidelidad y habían regresado a sus asientos en orden de precedencia. El arzobispo y los restantes eclesiásticos ocuparon sus posiciones a la cabeza de la comitiva y Victoria supo que era el momento de levantarse. Lo hizo con sumo cuidado para que no se le torciera la corona. Al bajar los escalones, las ocho damas del séquito se apresuraron a levantar la capa real. Al dar un paso al frente, notó que la capa se tensaba. Por un momento pensó que se caería de espaldas, pero acto seguido oyó que Harriet Sutherland ordenaba a media voz: «Todas a una, ya», y Victoria se atrevió a dar otro paso. Menos mal que la cola la siguió.

La comitiva comenzó a cruzar el pasillo mientras Victoria oía el murmullo de Harriet, «Uno, dos, uno, dos», intentando marcar el paso de las damas de honor. Al pasar por la sillería del coro en dirección a la nave, los soldados se dispusieron a abrir el gran portón del costado oeste de la abadía y, por primera vez, Victoria oyó el clamor de la multitud por encima del sonido del órgano. Se acrecentó a medida que se aproximaba a la puerta.

Ahora las puertas estaban abiertas de par en par y el sol entraba a raudales en la sombría abadía, creando miles de puntos de luz al reflejarse en los diamantes de la corona de Victoria.

Había muchísima gente. Una concentración mucho más grande de lo que jamás había visto. Había banderas, estandartes, incluso globos por doquier. Cualquier otro día se habría sentido abrumada por semejante muchedumbre, pero en ese momento Victoria sentía el cariño de su pueblo en todas las fibras de su cuerpo. Esbozó su sonrisa más radiante, y sus súbditos la correspondieron. Amaba a su pueblo; estaban todos a una.

A más de un kilómetro de distancia, Flora Hastings notó que se le hacía un nudo en el estómago y miró hacia la pared.

19

*D*ash soltó un aullido de protesta cuando Victoria le vertió el agua caliente por el lomo.

—Vamos, Dashy, estate quieto. Sabes que necesitas un baño.

Dash la miró con aire de reproche como diciéndole que, precisamente ese día, le podrían haber ahorrado la humillación del baño.

—Quiero terminar esto antes de cambiarme para los fuegos artificiales.

Victoria se encontraba a solas por primera vez desde que se había despertado. En cuanto Jenkins y Skerrett le quitaron las vestiduras de la coronación, concluyó que lo único que le apetecía hacer era bañar a Dash.

El color del agua fue adquiriendo un tono satisfactoriamente gris a medida que desaparecía la mugre que Dash acumulaba en sus persecuciones de ardillas. Cuando el perro quedó finalmente limpio y Victoria lo soltó del collar, se alejó corriendo de ella sacudiéndose frenéticamente el agua.

Justo entonces Penge anunció que lord Melbourne la estaba esperando en la sala de estar. El mayordomo no pudo reprimir una mueca cuando una salpicadura de agua aterrizó en sus medias de seda.

Victoria intentó contener la risa en vano.

—Dash, ven aquí, eres muy malo. Penge, dile a lord Melbourne que iré enseguida.

Delante del espejo, Victoria se tiró de las trenzas que llevaba recogidas a ambos lados de la cara para que le cayeran en un ángulo más favorecedor.

Al entrar, Victoria encontró a Melbourne de pie junto a la ventana y, a juzgar por la caída de sus hombros, despedía cierta melancolía. Sin embargo, al darse la vuelta él le sonrió con tanta calidez que se dio cuenta de que habían sido imaginaciones suyas.

—Oh, lord M, me alegro tanto de veros. Vaya día. Pensaba que me iba a desternillar de la risa cuando lord Rolle dio un traspié.

Melbourne la miró con un destello de ternura en sus ojos verde mar.

—Afortunadamente, majestad, vuestra dignidad innata se impuso. —Tras una pausa, dijo en tono más grave—: He venido a deciros lo espléndida que habéis estado hoy, majestad. Nadie podría haberlo hecho con mayor dignidad.

Victoria levantó la vista hacia él.

—Era consciente de que estaríais allí hasta el final, lord M, y eso facilitó las cosas. Encuentro que todo me resulta más... llevadero en vuestra presencia.

Melbourne le hizo una ligera reverencia.

—Sois muy amable, majestad —dijo en su tono más cortés—. Es la tercera coronación a la que asisto y sin duda la mejor. La de vuestro tío Jorge, aunque magnífica, quedó bastante deslucida, en gran medida por la presencia de su descarriada esposa, la reina, que aporreó la puerta de la abadía para entrar. Y la ceremonia de vuestro tío Guillermo fue un acontecimiento muy anodino. Una coronación no es momento para escatimar; a la gente le gusta el boato. Hoy lo han tenido.

—¿Oísteis cómo me aclamaban cuando salí de la abadía? Me dio la sensación de que me iban a llevar en volandas.

—Sois el símbolo de una nueva era, majestad, y vuestro pueblo os está agradecido. Están cansados de hombres entrados en años, y saben lo afortunados que son de tener una reina joven y hermosa.

Victoria notó que se ruborizaba.

—Espero ser digna de su afecto.

Melbourne se quedó callado y le sostuvo la mirada. Esta vez fue Victoria la primera en apartarla.

—Estoy deseando ver los fuegos artificiales esta noche. Confío en que no llueva.

—Ya he hecho las gestiones oportunas con el Todopoderoso, majestad.

Victoria le apuntó con el dedo.

—¿Acaso esperáis que os crea, lord M, a sabiendas de que nunca vais a la iglesia?

Ambos estaban riendo cuando entró Lehzen con gesto impasible.

—Disculpadme, majestad, pero sir James Clark está aquí. Le gustaría hablar con vos.

Victoria vio que a Melbourne se le borraba la sonrisa de la cara. Por un momento deseó con todas sus fuerzas haber seguido su consejo y no haber tomado medidas respecto a lady Flora. Pero al recordar la risa de su madre cuando abordó ante ella el tema de Flora y Conroy, asintió a Lehzen.

—Puedes hacerle entrar.

Cuando sir James entró le hizo una reverencia a Victoria, pero rehuyó su mirada.

—Disculpadme, majestad, por osar importunaros en un día como hoy, pero pensé que tendríais interés en conocer los resultados de... la visita a lady Flora.

—Sí, por supuesto, sir James.

El médico bajó la vista al suelo de parqué como si la taracea pudiera revelarle el secreto de la vida eterna.

—He de comunicaros, majestad, que, tras el reconocimiento médico, he comprobado que lady Flora —tragó saliva— está *virgo intacta*.

Victoria no entendió la expresión.

—Pero ¿está encinta, sir James?

El semblante del médico adquirió una tonalidad aún más intensa que el rojo encarnado y negó con la cabeza. Melbourne dio un paso al frente.

—Lo uno por lo general descarta lo otro, majestad.

Al ver su gesto contrito, Victoria cayó en la cuenta de su error garrafal.

—Entiendo. Gracias, sir James. Eso es todo.

El médico arrugó la cara en una mueca de disculpa.

—Antes de marcharme debería explicar, majestad, que opino que la..., hum..., hinchazón, que sin duda alguna podría confundirse con un embarazo, es consecuencia de un tumor. Creo que lady Flora está gravemente enferma.

Victoria no dijo nada. El médico se retiró sin darle la espalda, con Lehzen a la zaga. Cuando se marcharon, Victoria se volvió hacia Melbourne y dijo manifiestamente arrepentida:

—Debería haberos hecho caso, lord M.

Melbourne negó con la cabeza.

—Siempre resulta más fácil dar consejos, majestad, que recibirlos.

Esa noche, al salir al balcón para ver los fuegos artificiales, Victoria percibió una extraña sensación entre la congregación de cortesanos que no identificó de inmediato. Estaba oscuro, de modo que solo pudo ver sus rostros cuando se iluminaron con los alegres colores de las luces.

Su madre estaba de pie junto a Conroy al otro lado de la balaustrada y, cuando el artilugio pirotécnico con las siglas «VR» de «*Victoria Regina*» comenzó a explotar en el cielo, Victoria vio el resentimiento reflejado en el semblante de su madre pasar del rojo al azul y luego al dorado. El rostro de Conroy permaneció en penumbra. Victoria sabía que debía decirle algo a su madre, salvar el abismo que empezaba a abrirse entre ellas. En ese preciso instante otra lluvia de oro cayó del cielo; vio a su madre apoyarse sobre el brazo de Conroy, y el pequeño nudo de rabia que tenía dentro desde Ramsgate ardió en su pecho. Se había equivocado con respecto a Flora y Conroy, pero eso no significaba que se hubiera equivocado con respecto a lo demás. La boca se le llenó de amargor al ver a su madre levantar la vista y sonreír a Conroy.

Oyó un suspiro detrás de ella y notó la presencia de Melbourne.

—Los fuegos artificiales son magníficos, majestad. Un colofón adecuado a este gran día.

Victoria sintió que su ira se aplacaba un poco.

Hubo una exclamación contenida entre los cortesanos del balcón y vítores entre la muchedumbre del Mall cuando la pieza central del espectáculo, el perfil de Victoria a tamaño natural, se iluminó. Victoria se volvió hace Melbourne.

—Qué gracia, estoy aquí de pie contemplando cómo me desvanezco en el aire.

—Esa es una manera de describir el espectáculo, pero yo os veo como un haz de luz que inspira a la nación.

—Siempre tenéis la frase acertada para todo, lord M.

—En este caso, majestad, únicamente estoy siendo preciso.

El perfil crepitante comenzó a desintegrarse. La corona se desmoronó en el centro, y la nariz y la barbilla se fundieron. Victoria suspiró.

—Este es el mejor día de mi vida y también el peor, ¿lo podéis creer?

El rostro de Melbourne se iluminó con el color verde del último cohete.

—Sí, pero solo porque recuerdo la sensación de ser joven. Cuando tengáis mi edad, descubriréis que el mundo no es tan extremo. Que las montañas y los valles se han conformado a una confortable meseta.

—¿Es eso lo único que puedo esperar? ¿Confort? Creo que preferiría ser feliz.

—A medida que pasan los años la comodidad tiene sus ventajas, majestad, si bien no espero que me creáis. Cuando tenía vuestra edad también aspiraba a la felicidad.

Victoria sintió una fugaz punzada en el corazón.

—¿Y lo erais? ¿Erais feliz?

—Sí, supongo que sí.

—¿Con vuestra esposa? ¿Cómo era?

—¿Caro? Cuando la conocí era cautivadora. Jamás había conocido a nadie tan vital o imprevisible. Nunca lograba intuir lo que iba a decir o cómo se iba a tomar las cosas.

—Me da la sensación de que eso me resultaría un tanto agotador —repuso Victoria.

Melbourne contempló el Mall.

—Me atrevería a decir que estáis en lo cierto, majestad.

La efigie de Victoria se desintegró finalmente. El cielo pareció encogerse sin iluminación. Una brisa fresca comenzó a soplar de la nada y el gentío del Mall empezó a moverse, el murmullo de una marea de personas que ponía rumbo a sus casas, con la cabeza colmada con el esplendor del día y la majestuosidad de su reina.

20

*Ll*ovió a diario durante las dos semanas posteriores a la coronación. Hacía tan mal tiempo que Victoria no tuvo más remedio que cancelar sus paseos a caballo diarios con lord M y entretenerse con pasatiempos a puerta cerrada. Practicó con el piano; intentó pintar un retrato de Dash; incluso hojeó los *Comentarios sobre las leyes de Inglaterra*, de Blackstone, pero nada, ya fuera frívolo o serio, disipaba el nubarrón que se cernía sobre ella, tan agobiante como los cielos grises de fuera.

Llegó a la conclusión de que la punzada que había sentido cuando se encontraba en el balcón rodeada de cortesanos la noche de la coronación era fruto de la desaprobación. Nadie decía una palabra, pero Victoria notaba la rigidez en las genuflexiones, las forzadas reverencias, las miradas que rehuían sus ojos. Más de una vez había entrado en una sala y la conversación se había interrumpido tan bruscamente como se apaga una vela de un soplido.

Una mañana llegó incluso a preguntar a Harriet y Emma si les preocupaba algo. Harriet bajó la vista al suelo y Emma respondió que todo el mundo tenía el ánimo decaído por las inclemencias del tiempo. No fue una respuesta muy satisfactoria, pero Victoria agradeció el esfuerzo. Esa noche preguntó a Lehzen lo que la gente comentaba sobre ella, y la baronesa le dijo que lo ignoraba.

Pero a Victoria le constaba que Lehzen mentía. Lo cierto era que lady Flora había empeorado desde la coronación. Guardaba cama en los aposentos de la duquesa y no se la había visto en público desde hacía dos semanas.

Victoria había mandado a sir James a interesarse por el estado de salud de lady Flora, pero este había regresado diciendo que no requería sus servicios. La duquesa y Conroy se recluyeron en el ala norte y solamente se dejaban ver en la iglesia. Aunque en otras circunstancias Victoria lo habría agradecido, ahora su ausencia presagiaba un mal augurio, una tensión como la de los atronadores cielos de fuera.

Normalmente encontraba cierto respiro al repasar las valijas con lord M.

Sin embargo, desde la coronación ese placer se había visto atenuado por la enferma postrada en el ala norte. Aunque no había mencionado a lady Flora en sus conversaciones con Melbourne desde que sir James le comunicó los resultados de su reconocimiento y él tampoco había sacado a relucir el tema, sabía que lo tenía tan presente como ella.

Oyó que se abrían las puertas al fondo del pasillo y el eco del rápido paso de Melbourne sobre el parqué.

—Buenos días, majestad.

—Cuánto me alegro de veros. No os podéis imaginar lo mucho que echo de menos nuestros paseos a caballo.

—En efecto, majestad. Pero el tiempo no acompaña para montar a caballo.

Hubo un silencio. Melbourne echó un vistazo a su alrededor como si hubiera perdido algo hasta que por fin miró a Victoria a los ojos.

—Me temo, majestad, que me han comunicado que lady Flora posiblemente muera.

Victoria se llevó la mano a la boca.

—¿Cómo es posible? Cielos, tenía un aspecto bastante saludable hace tan solo un mes. Sé que mi madre la está cuidando, pero es muy dada a exagerar estas cosas.

—En este caso, sin embargo, me temo que la duquesa no exagera.

Victoria parecía enojada.

—Es increíble. ¿Cómo es posible?

—Creo, majestad, que lady Flora lleva enferma un tiempo; por lo general, así son este tipo de cosas —contestó Melbourne con la mayor delicadeza que pudo—. Últimamente tenía un aire enfermizo. Y, como es natural, los recientes acontecimientos muy posiblemente hayan acelerado su deterioro.

Victoria le dio la espalda.

—He mandado a sir James para que se ofreciese a ayudar, pero ella ha rehusado verle.

—Puedo entender, majestad, que dadas las circunstancias no sea grato para lady Flora ver a sir James.

Victoria, con los hombros hundidos, lo miró de soslayo.

—¿Opináis que debería haber enviado a otra persona?

—Ciertamente, majestad, considero que la única visita que lady Flora recibiría de buen grado en esta coyuntura sería la vuestra.

Victoria se dio la vuelta para mirar de frente a Melbourne con el semblante alterado.

—¿Queréis que vaya?

—No es cuestión de lo que yo quiera, majestad.

Hubo un largo silencio. Victoria miró al suelo. Finalmente alzó la barbilla y su semblante adoptó una expresión desafiante.

—Bien, pienso que todo esto es... hacer una montaña de un grano de arena. No veo motivos para complacer a mi madre tomándome este asunto en serio. Sugiero, lord Melbourne —Victoria únicamente se dirigía al primer ministro por su nombre completo cuando estaba enfadada con él—, que nos dejemos de chismorreos y nos pongamos con las valijas.

Melbourne inclinó la cabeza.

—Como deseéis, majestad.

Victoria se sentó y abrió la valija roja. Tardó diez minutos en invitar a Melbourne a sentarse a su lado. Repasaron el contenido de las valijas concienzudamente, prescindiendo de las habituales charlas y chanzas, con lo cual adelantaron mucho, pero se quedaron con una sensación de desazón. Victoria no le ofreció a Melbourne, como normalmente hacía, una copa de madeira, y este se fue a su casa antes que de costumbre.

Tras su partida, Victoria concluyó que no podía soportar seguir enclaustrada en palacio, así que salió corriendo al jardín con Dash pisándole los talones. Se quedó unos instantes con la cara levantada hacia el cielo bajo la lluvia, sintiendo cómo le caían las gotas en la boca y se deslizaban por su nuca. Observó fijamente el cielo gris y dijo en voz alta: «¡No es culpa mía!», y acto seguido negó con la cabeza ante su desvarío.

Al oír un ruido detrás de ella, se dio la vuelta y se topó con Lehzen.

—Majestad, ¿qué hacéis ahí de pie bajo la lluvia?

—¡Melbourne dice que lady Flora se está muriendo!

A juzgar por la expresión de Lehzen, a Victoria no le cupo ninguna duda de que estaba al tanto. No obstante, Lehzen intentó disimular y esbozó su sonrisa de institutriz más radiante.

—Sabemos que está enferma, majestad, pero sé de casos como el suyo que se han recuperado. Si se está muriendo es porque ha perdido las ganas de vivir. —Al darse cuenta de que había dicho precisamente lo que no debía, Lehzen se apresuró a añadir—: Ya sabéis lo devota que es lady Flora. Creo que desea ir al cielo.

Victoria se quedó callada y Lehzen, consciente de que había vuelto a cometer un grave error, dijo con desesperación:

—Si os quedáis aquí con esta lluvia, majestad, cogeréis un catarro, y entonces tendremos dos enfermas guardando cama en palacio. —Agarró a Victoria del brazo con la intención de acompañarla dentro, pero la reina se zafó.

—Déjame sola.

—Pero, majestad, estáis empapada de pies a cabeza. Al menos dejad que os traiga un paraguas.

—No quiero nada de ti, Lehzen. —Victoria se alejó con paso resuelto hacia los macizos de arbustos; Lehzen se quedó observándola fijamente, al tiempo que negaba con la cabeza.

Seguía lloviendo. Los periódicos empezaban a hablar del libro de Job. Los agricultores contemplaban sus cosechas arruinadas. En los clubes y en los pasillos de la residencia no había brisa que disipara los rumores que circulaban sobre la agonizante lady Flora.

Los ánimos se caldearon conforme la humedad del clima se asentaba. Había indignación en White's, el club frecuentado por los conservadores.

—Hastings tuvo conocimiento de todo por una carta que le envió su hermana. La reina le pidió a sir James Clark que llevara a cabo un reconocimiento médico.

—¿A lady Flora? ¡Pero si la mujer nació con un crucifijo en la mano!

—Con todo, la reina creía que estaba encinta.

—Pues sería una inmaculada concepción, como dicen los papistas. No hay una solterona más convencida en el país que Flora Hastings.

—Sir John Conroy era el presunto autor de los hechos.

—¿¿Conroy?? Pero su interés reside en otra parte, ¿no es así?

El duque de Cumberland, por lo general poco asiduo a White's, donde sentía que los miembros del club no le profesaban el respeto que merecía un príncipe de sangre real, encontró que en la sala de naipes se respiraba un ambiente mucho más agradable de lo habitual. Se dejaba caer todos los días sin falta para regodearse con el último chismorreo del asunto de los Hastings. Era muy cauteloso, por supuesto, con sus comentarios, pero el ángulo de su ceja y el suspiro que daba siempre que se mencionaba el nombre de su sobrina bastaban para que quienes lo escuchaban diesen por hecho lo que opinaba del asunto.

Ni siquiera Brooks's, donde predominaban los liberales, estuvo exento de reacciones ante el escándalo. Cuando Melbourne entraba por el gran salón se interrumpían las conversaciones y los miembros del club, incluso ministros de su mismo partido, bajaban la vista a sus cartas en vez de saludarle con una sonrisa.

Si Melbourne sabía el motivo por el que se interrumpían las conversaciones a su paso, no daba muestras de ello, pues su aire lánguido y cansado permanecía inalterable. El único que sabía que se quedaba sentado hasta altas horas de la madrugada en la biblioteca de Dover House con la licorera a mano era su mayordomo.

El único pasatiempo al que la lluvia no podía afectar era el teatro. Victoria tenía muchas ganas de ver *La sonámbula,* de Bellini. Adoraba la ópera, y a Bellini en particular. Solo había un momento en el que se permitía llorar en público: cuando estaba sentada en el palco real escuchando ópera.

A veces se imaginaba a sí misma de pie en el escenario, embelesando al público con la pureza de su voz. Cómo envidiaba a la Persiani, su cantante favorita. No solo por su voz, sino por la habilidad de expresar sus emociones con esa maestría.

Victoria había aprendido desde temprana edad a reprimir sus emociones en público, a adoptar una expresión tan serena e imperturbable como la de sus muñecas. Pero esta podía ser una ardua tarea. A veces, cuando se iba a la cama, le dolían los músculos de las mejillas por el esfuerzo de mantener el gesto impasible.

Sin embargo, aquí podía relajarse y dejar que la música surtiera su efecto. Notó que se le erizaba el vello de los brazos cuando la diva, sonámbula, comenzó a cantar en el escenario la famosa aria. Fue un momento de gozo puro, el primero del que disfrutaba desde la coronación. Parpadeó mientras suspiraba de placer.

Entonces algo cambió. La música seguía sonando, pero su maravilloso ensueño se interrumpió. Había llegado; lo supo antes de darse la vuelta y encontrarse a Melbourne apostado allí, con el rostro impasible. Se agachó y le musitó al oído:

—Lamento molestaros, majestad, pero me temo que es un asunto que no puede esperar.

Tenía la cara muy cerca de la suya. Victoria percibió el olor a agua de lima y tabaco.

—¿Lady Flora?

—Sí, majestad. Me temo que el fin es inminente.

—Entiendo.

Victoria se levantó y, tras echar con pesar una última mirada hacia el escenario, se encaminó a la puerta del palco. En el pasillo rojo y dorado, dijo:

—¿Consideráis que debo ir a su encuentro?

Melbourne asintió.

—Creo que lamentaréis no hacerlo.

Victoria apoyó la mano contra la pared de terciopelo rojo.

—Tengo miedo, lord M.

Victoria notó el contacto de la mano de Melbourne contra la suya. El roce de su piel le provocó una oleada de calidez. Giró la cabeza para mirarle.

—Lo sé, majestad. Pero también sé que tenéis valor. —La voz de Melbourne le infundió confianza.

—Muy bien. ¿Debo ir esta noche?

—Creo que mañana sería demasiado tarde, majestad.

Victoria oyó al tenor entregándose en el dúo mientras iba a la zaga de Melbourne por el pasillo hasta la puerta, donde la esperaba su carruaje.

Penge les condujo a la estancia del ala norte donde lady Flora yacía moribunda. A Victoria le habría gustado quitarse el traje de gala, pero, en vista de la elocuente mirada de Melbourne, había decidido subir tal cual iba. Mientras caminaban por el pasillo, Victoria reparó en que la gruesa alfombra roja había dado paso a un fino andrajo. No había cuadros en la pared. Las velas de los apliques titilaban; eran de sebo, no de cera de abeja como las que siempre se utilizaban en los aposentos reales.

Al llegar a la puerta de la alcoba, Victoria vaciló. Se volvió hacia Melbourne.

—¿Me acompañáis?

Melbourne negó con la cabeza.

—Hay ciertas cosas, majestad, que debéis hacer sola.

Tras un instante de vacilación, Victoria puso la mano en el tirador de la puerta y empujó para abrir.

Lo primero que notó fue un fuerte olor. A sudor, a fiebre y a algo que no podía ser más que putrefacción. Le dieron ganas de taparse la cara, pero hizo un sumo esfuerzo por mantener los brazos a los lados. Tardó unos instantes en distinguir a lady Flora, pues la estancia solo estaba iluminada por una vela.

La moribunda estaba acurrucada en un revoltijo de sábanas en medio de la cama; su cuerpo encogido quedaba empequeñecido por el dosel que pendía sobre ella. Su tez cetrina contrastaba con las sábanas blancas, y los labios se le habían empezado a retraer sobre los dientes, como si el cráneo ya estuviera asomando bajo la piel. Respiraba pesadamente y con esfuerzo. Victoria alcanzó a oír la aspereza de la exhalación desde el otro lado de la estancia. Se clavó las uñas en las palmas de las manos y avanzó lentamente hacia el lecho. Flora tenía la cabeza girada hacia la pared. Sujetaba una biblia contra su pecho hundido.

La enfermera que estaba sentada junto a la cama se incorporó aturullada y le hizo una desgarbada genuflexión. Victoria le hizo una seña para que se marchara y seguidamente, esbozando la mejor de sus sonrisas, avanzó para que Flora pudiera verla.

—Buenas noches, lady Flora. Lamento que os encontréis en un delicado estado de salud.

Lady Flora giró la cabeza y sus ojos brillaron al ver a Victoria, pero no dijo nada; solo se oía su respiración trabajosa y agonizante.

A Victoria, violenta, le dio por levantar la voz.

—¿Hay algo que podamos hacer por vos? ¿Os apetece un caldo de ternera? ¿Melocotones, tal vez? Los que se cultivan en los invernaderos de Windsor son una auténtica delicia. A lo mejor os ayudan a recobrar la salud.

Flora levantó una débil mano como diciendo «Basta» y, con gran dificultad, respondió con cierto desdén:

—Ya no hay solución.

Victoria negó con la cabeza.

—¡No digáis eso, lady Flora! Estoy segura de que con descanso y cuidados pronto os recuperaréis.

—Voy a un lugar mejor —repuso Flora entrecortadamente. Se aferró a la biblia.

Se hizo un silencio que solo rompió la espantosa respiración de Flora. Llegados a un punto, a Victoria le resultó insoportable.

—Os he juzgado mal, lady Flora. He venido a pediros perdón.

Flora le dio unos golpecitos con los dedos a la biblia y dijo:

—Solo Dios puede perdonaros.

Victoria dio un respingo.

—Bueno, también tengo la intención de pedirle perdón. —Tragó saliva—. Di crédito a algo que no era cierto porque quise creerlo, y cometí una gran injusticia con vos.

Flora cerró los ojos. Durante un largo y agonizante minuto, Victoria intuyó que no volvería a abrirlos, pero a continuación entreabrió los párpados, enrojecidos.

—Vuestros súbditos —jadeó lady Flora— no son muñecas para jugar. —Miró fijamente a Victoria. Irguió la cabeza con sumo esfuerzo y añadió—: Para ser reina, habéis de ser algo más que una cría con corona.

Entonces Flora volvió a hundirse entre las almohadas, consumida, y un hilo de saliva se deslizó por la comisura de su boca.

Victoria sintió que las palabras de Flora le ardían en las sienes. En un acto instintivo, estiró el brazo, agarró la mano de la enferma y la apretó contra sus labios. La sensación de su piel era fría y cérea, como si ya perteneciera a un cadáver. Flora permaneció inmóvil; el único indicio de que aún seguía con vida era el espantoso ritmo irregular de su respiración.

Victoria le puso la fría mano sobre la cama y se dirigió hacia la puerta.

Melbourne la esperaba fuera.

—No habéis estado mucho tiempo ahí dentro, majestad.

—El suficiente —dijo Victoria, y pasó a toda prisa por delante de él en dirección al pasillo para ocultar las lágrimas que amenazaban con hacerle perder la compostura.

Escuchó sus pasos a la zaga y le oyó decir:

—Me figuro que ha sido un trance, majestad, pero considero que debéis tener presente que habéis hecho lo correcto.

—Eso difícilmente compensará el daño que le he infligido —dijo Victoria entre lágrimas.

—Cometisteis un error y habéis pedido disculpas.

—He sido tan necia... —sollozó.

—Tal vez, pero todo el mundo comete desatinos, incluso las reinas.

—Ojalá pudiera creeros, lord M.

—Debéis hacerlo, majestad. A fin de cuentas, soy mayor y más sabio que vos.

La tomó del codo para acompañarla a sus aposentos, donde Lehzen la aguardaba.

—Buenas noches, majestad.

—No voy a pegar ojo —dijo Victoria, aunque sentía que la embargaba un tremendo agotamiento.

Lehzen la agarró del brazo.

—No os preocupéis, majestad. Os prepararé un ponche caliente y dormiréis como un bebé.

Victoria se apoyó en ella durante unos instantes y cerró los ojos. Al abrirlos, Melbourne se había marchado.

21

Al despertarse a la mañana siguiente, Victoria vio que el sol entraba por las ventanas. Salió de la cama de un brinco, con Dash pisándole los talones, y contempló el parque. Hoy saldría a pasear a caballo. Entonces recordó los acontecimientos de la noche anterior y su súbita euforia por la salida del sol se evaporó.

Se preguntó cuándo le llegaría la hora. Aunque se reprochó a sí misma pensar algo tan mezquino, no logró contener la esperanza de que a lady Flora le llegase la hora más pronto que tarde. La espera era lo peor.

No tuvo que esperar mucho. Victoria se hallaba en la sala que miraba al este tocando el piano a dúo con Harriet Sutherland cuando las puertas se abrieron y la duquesa entró a la carrera, con el semblante entumecido de dolor.

—¡Mi pobre Flora ha fallecido!

A Victoria se le congelaron los dedos sobre las teclas. Oyó que Harriet musitaba una disculpa y el frufrú de sus faldones al salir apresuradamente de la sala. Victoria se puso de pie. Cerró la tapa del piano con sumo cuidado.

—Oh, mamá, es terrible.

La duquesa entrecerró los ojos.

—Has precipitado su muerte, Drina.

—Pero anoche fui a verla para pedir perdón por mi... equivocación.

—¿¿Equivocación?? ¡Mandaste a los médicos a humillar a una mujer moribunda!

—Y dije que lo lamentaba. —Victoria intentó reprimir el pánico en su tono de voz.

—¿Crees que basta con eso, Drina? ¿Con decir que lo lamentas, como una cría que rompe un vaso? En cualquier caso, no es a mí a quien debes pedir disculpas, sino a sir John. Lo acusaste, y es totalmente inocente.

Al oír mencionar el nombre de sir John, Victoria sintió que la rabia se le acumulaba tras los ojos. Su madre no pensaba en otra cosa que en su adorado Conroy.

—De ese delito en particular, tal vez. ¡Pero es culpable de cosas mucho peores, mamá!

La duquesa giró la cabeza como si la hubieran abofeteado.

—¿Qué estás diciendo? Sir John siempre ha sido como un padre para ti. Y tú has correspondido a su gentileza con esta..., esta calumnia.

Victoria, presa de un deseo incontenible de agarrar a su madre por los hombros y zarandearla, dio un paso al frente.

—¿Gentileza? ¿Así es como llamas a encerrarme en Kensington como a un prisionero, burlándose de mi estatura, de mi voz, de mi ignorancia? ¡Y tú te burlabas con él, mamá!

La duquesa levantó las manos como para esquivar un golpe.

—Drina, te lo ruego.

Pero Victoria no estaba dispuesta a claudicar, no podía parar.

—¡Desde que tengo uso de razón, mamá, has mirado por él antes que por mí! —Su voz amenazaba con quebrarse, pero Victoria contuvo las lágrimas con la virulencia de su ira.

La duquesa la miró perpleja.

—*Wovon redest du?* ¿De qué estás hablando? Creo que has perdido el juicio, Drina.

Victoria era consciente de que no lograría reprimir sus emociones durante mucho más tiempo. Enderezó los hombros, alzó la barbilla y dijo lenta y claramente, haciendo acopio de toda la dignidad que poseía:

—La audiencia ha finalizado, mamá. Tienes mi permiso para retirarte.

Las palabras se quedaron flotando en el ambiente, separándolas. Pensando que su madre podría salvar esa distancia y tocarla, Victoria se dio cuenta de que anhelaba que la estrechara entre sus brazos. La duquesa se estremeció, como en respuesta al vibrar de una cuerda invisible que las unía. Pero seguidamente bajó la vista y, como sonámbula, abandonó la sala.

Victoria se echó a llorar.

22

El gentío flanqueaba el cortejo de lady Flora: el tipo de muchedumbre que por lo general se congregaba por la defunción de un hombre de Estado o un miembro de rango inferior de la familia real, no en el funeral de la hija soltera de un par conservador. Los hombres se quitaban el sombrero y las mujeres agachaban la cabeza al paso del coche fúnebre, del que tiraban seis caballos negros cuyos penachos ondeaban con la brisa.

Detrás del coche fúnebre había una hilera de carruajes enviados por los dolientes. Se produjeron vítores cuando la multitud advirtió la cimera del duque de Wellington y un reconocimiento más apagado al escudo del duque de Cumberland. Se respiraba un ambiente solemne entre personas que habían acudido a rendir homenaje a una mujer de la que apenas habían oído hablar la semana anterior, pero cuyo fallecimiento ahora lamentaban en lo más profundo.

Conforme avanzaba la larga comitiva de carruajes enviados por los mandamases de los conservadores, hubo un murmullo de expectación. El gentío permaneció a la espera y, cuando asomó el último carruaje, vieron satisfecho su deseo. Un suave abucheo fue *in crescendo* mientras avanzaba de un extremo al otro de la muchedumbre. No hubo burlas ni gritos —a fin de cuentas, se trataba de una concentración de duelo—, pero al pasar el carruaje enviado por la reina, con el escudo real claramente visible en la puerta, fue patente cómo asumía la multitud ese tardío gesto de contrición.

Victoria permaneció en palacio el día del funeral. Tenía previsto visitar a la duquesa en sus aposentos, pero esta le había enviado recado de que se encontraba indispuesta.

Al día siguiente Victoria salió a pasear a caballo por el parque con Melbourne y se dio cuenta de que los viandantes no la saludaban ni sonreían como de costumbre. Cuando hizo esa observación, Melbourne meneó la cabeza.

—Bah, no hagáis caso de la gente que hay en el parque, majestad. ¿Galopamos por última vez? —Al pasar con estruendo junto a un grupo de hombres, oyó a uno gritar y le pareció entender «clemencia». Esto la dejó estupefacta durante el camino de regreso a palacio.

Había esperado que Melbourne se quedara a almorzar, pero por lo visto tenía asuntos que atender en el Parlamento.

Esa noche Victoria se quedó tumbada en la cama escuchando el repiqueteo de las ventanas por el viento y pensando en el grito que había oído por la mañana en el parque. Clemencia, paciencia, demencia... Seguidamente se sofocó al caer en la cuenta de que la palabra que los hombres habían osado proferir era «vergüenza». Permaneció a oscuras con los ojos abiertos. Tal vez estaba equivocada; tal vez los hombres estaban discutiendo entre ellos. Pero en el fondo sabía que le habían gritado a ella, recriminándola por lo que había hecho.

Al día siguiente Victoria se dio cuenta de que no había periódicos en su sala de estar. Cuando preguntó a Penge por ellos, este le dijo con gesto forzado que por lo visto aún no había llegado el reparto. Victoria frunció el ceño y decidió ir en busca de Lehzen, que estaría al tanto de lo que ocurría.

Mientras cruzaba la pinacoteca en dirección a la habitación de Lehzen, se abrió la puerta que había junto al retrato de Jorge III. Para su consternación, se topó con sir John Conroy. Se paró en seco, al tiempo que sopesaba la idea de dar media vuelta y alejarse. No había visto a Conroy, salvo de lejos, desde la noche del baile de coronación. Su pálida cara alargada se iluminó con una sonrisa que acentuó el desasosiego de Victoria. Llevaba un papel en la mano izquierda. A Victoria le pareció que se trataba de una especie de viñeta.

Ella le saludó con un cortés asentimiento de cabeza y se dispuso a seguir caminando. Pero Conroy, cuya sonrisa permanecía inalterable, se interpuso en su camino.

—Buenos días... —hizo la pausa justa para rozar la insolencia—, majestad.

Victoria no contestó. Por su larga experiencia, sabía que deseaba decirle algo y, a menos que lo apartara de un empujón, no había escapatoria. Ojalá lord M hubiera llegado ya. Conroy no se atrevería a nada en su presencia.

Con esa odiosa sonrisa impertérrita en los labios, Conroy le tendió el papel que tenía en la mano y con la otra lo estiró para que viera perfectamente lo que aparecía en él. Ella lo examinó en silencio. Era una vulgar viñeta con una mujer desnuda de cintura para abajo tumbada en la cama con las piernas en el aire. Entre ellas asomaban tres figuras, dos hombres y una mujer. A juzgar por sus patillas, estaba casi segura de que uno de ellos era lord Melbourne; por el perfil adivinó que el otro era Conroy. Detrás de ellos se perfilaba la silueta de una niña baja y regordeta con una ávida sonrisa asomada de puntillas para ver lo que sucedía. Por la diminuta corona que llevaba en la cabeza se dio cuenta de que la niña era ella misma. La leyenda rezaba: «El trance de lady Flora».

Victoria apartó la vista rápidamente y procuró mantener el gesto lo más impasible posible.

—La prensa puede ser realmente cruel, majestad. —La sonrisa de Conroy se acentuó más si cabe—. ¿Os dejo esto para que podáis examinarlo detenidamente cuando os venga bien?

Haciendo acopio de hasta el último resquicio de autocontrol que poseía, Victoria mantuvo el semblante totalmente impertérrito y pasó por delante de Conroy. No estaba dispuesta a darle la satisfacción de verla perder la compostura.

Cuando llegó el emisario, Melbourne estaba en la biblioteca de Dover House leyendo una homilía de san Juan Crisóstomo. Desde el momento en que conoció las escrituras del santo de Capadocia durante el nadir de su matrimonio con Caro, había encontrado un consuelo morboso en las afirmaciones de un hombre que nunca había tenido una esposa infiel ni un partido indisciplinado que dirigir. El santo del siglo IV predicaba en contra de los excesos de cualquier índole, alentando a sus fieles a seguir el ejemplo de Cristo distribuyendo su riqueza entre los pobres. Había una frase que siempre le arrancaba una sonrisa: «¿Cómo podéis aliviaros en un orinal de plata cuando los pobres pasan hambre?».

Melbourne observó los suntuosos revestimientos de nogal de su biblioteca, el tapiz del encuentro de Salomón y la reina de Saba colgado en la pared de enfrente y el retrato de Caro pintado por Lawrence que lucía sobre la repisa de la chimenea. Suspiró ante su propia hipocresía. Poco había hecho por nadie. Había fracasado en su intento de proteger a la reina de las consecuencias de su desatino con Flora Hastings. Según las habladurías, era demasiado indulgente con la soberana, y en este caso tenía la certeza de que eran fundadas. Debería haber insistido en que Flora Hastings, esa virgen que blandía un crucifijo, era la última persona sobre la faz de la tierra que mantendría una relación ilícita, y que el canalla de Conroy era demasiado calculador e interesado como para arriesgarse a provocar un escándalo seduciendo a la dama de compañía de su señora. Pero Melbourne había sido, como siempre, demasiado condescendiente. Del mismo modo que había hecho la vista gorda cuando Caro se arrojó a los brazos de Byron en público, se había replegado por no arriesgar su amistad con Victoria diciéndole que cometía un error.

Caro y Victoria tenían en común esa necesidad impulsiva de autoafirmación sin tener en cuenta las consecuencias, y él no podía resistirse a ninguna. Melbourne sonrió con ironía al recordar cómo había intentado consolar a Victoria con el argumento de que todo el mundo cometía errores, pero él había sido el tonto que había tropezado dos veces con la misma piedra. Ahora la reina estaba en el ojo de un huracán de escándalo y conjeturas, igual que Caroline en su momento. Y él no había sido capaz de impedirlo en ninguna de las dos ocasiones.

Melbourne le dio otro largo trago a la copa de coñac que tenía a su lado. Trató de concentrarse en las convicciones de su severo mentor, pero por primera vez no encontró consuelo en las enseñanzas de una vida tan diferente a la suya.

El mayordomo le llevó la carta en una bandeja de plata.

—De palacio, señoría.

Para su sorpresa, la nota no era de la reina, sino de Emma Portman.

William:

La reina se ha enclaustrado en su alcoba y rehúsa hablar con nadie. No obstante, sospecho que hablará contigo. Esta tarde hay inspección de las tropas y me preocupa que no haga acto de presencia. Te ruego que vengas.

Tu amiga,

Emma

Melbourne apuró el coñac y, al incorporarse, sintió dolor en los huesos. Al dirigirse a la puerta vio fugazmente su reflejo en el espejo. El rostro que lo observaba, arrugado y sin afeitar, parecía el de un hombre avejentado. Melbourne enderezó los hombros y contrajo el vientre.

—Dile a Bugler que traiga agua para afeitarme. He de arreglarme para ir a palacio.

El mayordomo tenía preparación de sobra como para evitar sonreír, pero hizo un movimiento apenas perceptible con los labios y asintió.

—Por supuesto, señoría.

Los relojes estaban marcando las once cuando el carruaje de Melbourne asomó por el Mall. Los árboles que flanqueaban la avenida estaban engalanados de banderas, y se habían colocado gradas para los espectadores en la explanada de Horse Guards Parade. Vio que la gente se arremolinaba junto al recorrido que realizaría la reina esa tarde para inspeccionar las tropas, aunque —Melbourne reparó con desasosiego— no se apreciaban muchos sombreros. Los sombreros eran el rasgo que distinguía a los súbditos leales que acudían a aclamar a su reina del populacho quejumbroso al que podía sobornar cualquiera con los bolsillos llenos.

Melbourne se preguntó si alguno de los conservadores sería capaz de caer tan bajo, y acto seguido pensó con tristeza que tal vez no tuviesen necesidad. Tras el funeral, lord Hastings había publicado en *The Times* una carta de su hermana donde explicaba resumidamente el tratamiento que había recibido por parte de la reina. Lady Flora había pedido que se tratase a la reina con el espíritu cristiano del perdón, pues era demasiado joven para asumir toda la responsabilidad de sus inmaduros actos, pero Melbourne dudaba que se compadecieran realmente de Victoria. Flora Hastings, adusta y mojigata en vida, se había convertido a su muerte en una mártir sacrificada por antojo de una joven y malvada reina. Mandar a los médicos a determinar si Flora era virgen estaba mal, pero humillar a una mujer moribunda era, en opinión del público, imperdonable.

Pasaría, cómo no, pensó Melbourne —al final todo escándalo perdía interés—, pero de momento la gente se regodeaba con la carnaza de la reputación de la joven reina. Circulaban muchas habladurías sobre su juventud y falta de experiencia. Se había enterado de que Hastings la había descrito como una mocosa maliciosa; incluso la prensa conservadora había insinuado que la reina no estaba en su sano juicio y que debía nombrarse a un regente.

Melbourne abrigaba la esperanza de que el pueblo se percatara de que el duque de Cumberland andaba detrás de esos rumores; nada le convenía más al duque que ser nombrado regente mientras certificaban la locura de su sobrina. Sin embargo, la gente todavía recordaba lo que le había sucedido al abuelo de la reina, Jorge III, y existía la creencia generalizada de que las jóvenes solteras eran propensas a la histeria, lo cual solamente podía curarse con el matrimonio y la progenie.

Aunque Melbourne concluyó tras reflexionar que nadie que conociese a Victoria pondría en entredicho su cordura, resultaría muy difícil convencer de ello a sus súbditos. Había demasiada gente inclinada a poner en duda la cordura de la reina. Ahora lo importante era no echar leña al fuego. La reina debía continuar actuando con normalidad.

Emma Portman lo esperaba en la entrada de palacio.

—¡Oh, William, gracias a Dios que has venido! Todas hemos intentado hablar con ella, pero ha cerrado la puerta con llave y se niega a salir. Lo único que se oye en su alcoba es el ladrido de Dash. —Se interrumpió y posó la mano sobre el brazo de Melbourne; su habitual expresión de indiferencia mundana se transformó en alarma—. No creerás que sería capaz de cometer alguna... estupidez, ¿verdad? —Bajó la voz—. No dejo de pensar en Caro.

Melbourne frunció el ceño. En ambos extremos de la galería Larga que estaban cruzando había lacayos haciendo guardia y, aunque a simple vista parecían impasibles, no le cabía duda de que estaban pendientes de cada palabra. No deseaba que los chismorreos de los criados alimentaran los rumores de la inestabilidad de la reina. Caro, efectivamente, había cometido varios intentos de suicidio, pero en ese sentido sabía que la soberana y su difunta esposa no tenían nada en común.

—Estoy convencido de que la reina simplemente está fatigada después de las tensiones de las últimas semanas.

—Espero que estés en lo cierto, William.

—Por supuesto que sí —dijo Melbourne con un dejo de impaciencia.

Mientras subían por la escalera que conducía a los aposentos reales, la duquesa apareció en el descansillo acompañada por Conroy. Ambos iban de luto riguroso. Melbourne le hizo una reverencia a la duquesa y una inclinación de cabeza apenas perceptible a Conroy.

—Supongo que os dirigís a ver a la reina, lord Melbourne. Bueno, os deseo suerte. —Conroy esbozó un espantoso rictus.

Los tirabuzones de la duquesa aletearon al decir:

—No consintió en verme esta mañana, a su propia madre. Me dejó plantada en la puerta como a un acreedor.

—Espero que su... indisposición remita —añadió Conroy—. Sería una lástima que se perdiera la inspección. Daría que pensar a la gente...

—No he pasado todos estos años educándola para esto —aseveró la duquesa—. Para que se esconda en su alcoba. Para negarse a ver incluso a su madre. —A Melbourne le sorprendió percibir un atisbo de verdadera angustia en la voz de la duquesa.

—La reina se niega a ver a todo el mundo, señora —intervino Emma con voz tranquilizadora—. A Harriet y a mí, a la baronesa Lehzen... No ha dejado entrar a nadie.

La duquesa hizo una mueca.

—¿Cómo iba a querer ver a cualquiera de vosotras si no consiente ni en ver a su propia madre? —Acto seguido miró a Melbourne y su semblante adoptó una expresión de desagrado—. Aunque me figuro que sí querrá ver a su adorado lord M.

Melbourne le dedicó una sonrisa casi tan efusiva como la de Conroy.

—Sinceramente, así lo espero, señora. Pero sospecho que abrirá la puerta por hambre más que por mi presencia. Falta poco para mediodía y, que yo sepa, la reina no se pierde una comida.

La duquesa lo miró desconcertada y siguió caminando con Conroy sujetándola del codo.

—Has salido muy airoso, William —dijo Emma con aprobación—. Yo podría haberme mordido la lengua al mencionar a Lehzen. Porque, claro, se tienen mutua aversión.

—Pienso que a la duquesa le preocupa realmente su hija. Conroy, por supuesto, es cosa aparte.

—Creo que ambos sabemos lo que quiere —repuso Emma—. Una reina incapacitada y a la duquesa de regente.

Melbourne se echó a temblar.

—¡Menuda idea! Adelante, lady Portman. Es hora de que la reina se muestre ante su pueblo.

Las damas de honor, inquietas, se habían arremolinado en la antesala contigua a la alcoba de Victoria. Levantaron la vista aliviadas al ver a Melbourne. La única que mostró contrariedad fue Lehzen. Negó con la cabeza y dijo:

—Se está armando un gran alboroto por nada. No son más que nervios.

Melbourne le hizo una ceremoniosa reverencia.

—Estoy seguro de que tenéis razón, baronesa. Conocéis a la reina mejor que ninguno de nosotros, pero, si no tenéis inconveniente, me gustaría probar suerte.

Un poco más aplacada, Lehzen le hizo una seña para que lo intentara.

Melbourne aporreó la puerta doble con fuerza.

—Majestad, ¿puedo hablar con vos? —Tras una larga pausa, la puerta se abrió. Lehzen inspiró ruidosamente cuando Melbourne entró y cerró la puerta.

Victoria se había echado un chal de pura lana de Paisley sobre el bordado del camisón. Llevaba el pelo suelto, que le caía sobre los hombros. Estaba demacrada y ojerosa. También parecía muy joven, pero tenía una mirada apagada que Melbourne nunca le había visto. Ella fue a sentarse en el banco que había bajo la ventana con Dash a su lado.

—Lamento que estéis indispuesta, majestad, pero opino que vuestros regimientos os reanimarán. La Caballería Real luciendo todas sus galas es una fiesta para la vista. —Victoria no dijo nada. Estaba acariciando convulsivamente la larga y sedosa oreja de Dash. Melbourne dio un paso al frente—. Vamos, majestad. No querréis hacer esperar a las tropas...

Victoria levantó la vista y dijo en voz baja e inexpresiva:

—No puedo ir a ningún sitio. ¿Habéis visto eso? —Señaló hacia la viñeta de «El trance de lady Flora» que yacía sobre el tocador—. ¿Cómo voy a salir?

Melbourne le echó un vistazo.

—No lo había visto, pero da igual.

Victoria soltó la oreja de Dash y el spaniel, agradecido, saltó al suelo de un brinco. La reina, esta vez algo más animada, contestó:

—¿Cómo podéis decir eso? Soy el objeto de la chanza pública.

Melbourne rio.

—Si yo me quedara en mi habitación cada vez que la prensa se burla de mí no habría visto la luz del día en los últimos treinta años. —Dio otro paso en dirección a ella—. Cuando acogí a Caro tras abandonarme, alguien, creo que Gillray, la dibujó como una pastora llevándome como un cordero con un lazo. En aquel entonces mi apellido era Lamb*, así que me figuro que resultaba irresistible. En aquel momento me dolió, pero, como veis, he sobrevivido.

Le sonrió con la esperanza de que le devolviera la sonrisa, pero Victoria bajó la vista al suelo. A continuación susurró en un tono prácticamente inaudible:

—Todo es culpa mía. Todo se ha echado a perder.

Melbourne se dio cuenta de que sus intentos de levantarle el ánimo arrancándole una sonrisa eran en vano. La angustia de Victoria iba más allá del orgullo herido. La reconcomía el remordimiento. Él señaló hacia el hueco que había en el banco a su lado.

—¿Me permitís, majestad?

Cuando ella asintió, él se sentó a su lado. Le dieron ganas de echarle el brazo alrededor de los hombros para consolarla, pero sabía que no podía rebasar esa línea. Ya estaba incumpliendo todas las reglas del protocolo estando a solas con ella en su alcoba. Tocarla equivalía a traición y, por supuesto, había muchas otras razones por las que no debía tocarla como a las demás mujeres.

—No puedo más, lord M, es superior a mí. —Las palabras eran propias de una joven, pero escondían una desesperación de adulto.

Melbourne respiró hondo. Un mechón de la melena de Victoria le acariciaba la mano; anhelaba enroscárselo en el dedo como antaño hacía con...

—No creo que os haya contado por qué llegué tarde al baile de la coronación. —Victoria, sorprendida, giró la cabeza

---

* «Lamb» es «cordero» en inglés. [N. de la T.]

para mirarle. Melbourne continuó—: ¿Sabíais que tuve un hijo, majestad? Se llamaba Augustus, y ese día era su cumpleaños. Supongo que era lo que la gente llama un débil mental, pero a mí me parecía que tenía bastante sentido común.

Victoria giró todo el cuerpo para quedar frente a él. Melbourne sintió su mirada con la misma intensidad que la llama de una vela.

—A raíz de la muerte de Caro comenzó a darle miedo la oscuridad, y no lograba conciliar el sueño a menos que lo agarrara de la mano. —Hizo una pausa y Victoria, temiendo perderse una sola palabra, se echó hacia delante—. ¿Sabéis? Creo que jamás he sido tan feliz como en aquellos momentos, observando a mi pobre hijo quedándose dormido.

Melbourne hizo un esfuerzo para continuar.

—Cuando murió hace tres años, pensé que mi existencia ya no tenía sentido.

A Victoria le temblaron los labios.

—Oh, lord M, ¿cómo podéis decir eso?

Melbourne sonrió.

—Pero ya no me siento así, majestad. Desde que me convertí en vuestro primer ministro y, espero, en vuestro amigo, he encontrado una razón para seguir adelante.

Los ojos azules que había frente a los suyos brillaban. Melbourne sintió que Victoria apretaba su pequeña mano sobre la suya, y el gesto le alentó a continuar.

—Ahora debéis hacer lo mismo, majestad. Hoy debéis salir ahí fuera, sonreír y saludar, y no permitir bajo ningún concepto que se den cuenta de lo duro que es de sobrellevar. —Con gran esfuerzo, Melbourne se levantó y se soltó de su mano.

Victoria se incorporó, pero aun así la cara le quedaba treinta centímetros por debajo de la suya. En voz baja, casi en un hilo de voz, dijo:

—Gracias, lord M. Lo haré lo mejor que pueda.

Melbourne asintió confiando en que el gesto resultase paternal.

—Ahora creo que debería hacer entrar a vuestras damas, majestad. Querréis lucir el mejor aspecto en la plaza de armas. Y, si me permitís decirlo, el uniforme de gala es de lo más favorecedor.

Por primera vez ese día, Victoria sonrió.

Esa fue la sonrisa que esbozó mientras montaba a Monarch, su yegua blanca favorita, cruzando Marble Arch de camino a la plaza de armas. Llevaba el traje de equitación, con un corte al estilo del uniforme de Windsor, que Melbourne había mencionado. Al igual que el uniforme masculino, era azul real con vueltas en rojo y botones dorados en la pechera, y llevaba puesto un bicornio. Sabía que lucía su mejor aspecto.

Al tirar de las riendas de Monarch para cruzar el arco, Victoria esperaba oír los habituales vítores de la multitud que anunciaban su llegada. Pero no llegaban. Afortunadamente, la banda que la precedía por el Mall disimuló la falta de entusiasmo. La música sonaba fuerte, aunque no siempre al unísono o afinada. Victoria mantuvo la mirada fija en las plumas que aleteaban en el casco del soldado de la Guardia Real que iba justo delante de ella. A pesar de la música y el repiqueteo de los cascos de los caballos, percibía el silencio de la muchedumbre. Sabía sin necesidad de mirar a los lados que no había banderines ondeando para recibirla, ni padres sosteniendo en alto a sus hijos para ver fugazmente a su reina.

Aunque desde el Mall hasta la plaza de armas había poco más de un kilómetro, Victoria era consciente de cada centímetro. Tenía las mejillas doloridas del esfuerzo por mantener el gesto impasible al pasar por delante de la gente que anteriormente la había hecho sentirse tan querida.

La plaza de armas estaba flanqueada de palcos para los espectadores. A la izquierda se encontraban las esposas e hijas de los militares, a la derecha los políticos, y en el centro la tribuna real. La duquesa de Kent estaba sentada en primera fila con Conroy a su izquierda y, para gran sorpresa de Victoria, el duque de Cumberland a su derecha.

Una voz exclamó: «¡Larga vida a la duquesa de Kent!», y la duquesa, pese a su profundo duelo, se tomó la licencia de esbozar una tenue sonrisa. Conroy hizo una leve inclinación con la cabeza como si la muchedumbre también lo estuviese aclamando. Cumberland permaneció impertérrito con la mirada al frente. Nadie en Londres, ni siquiera los que contaban con el apoyo de los destacados conservadores, era tan rastrero como para vitorear a Cumberland.

Victoria se disponía a entrar en la plaza de armas por un arco ceremonial. Detrás de él había un pequeño toldo donde detuvo a Monarch a fin de reunir fuerzas para la dura prueba que tenía por delante. La inspección de los regimientos duraría como mínimo una hora con el desfile de las tropas. Por lo general siempre le apetecía contemplar a todos sus soldados ataviados con sus mejores galas, pero hoy era consciente de que todas las miradas estaban puestas en ella a la espera de un indicio de flaqueza. También era consciente de que Melbourne tenía razón, que no tendría más remedio que armarse de valor para seguir adelante tal y como él había hecho.

Una reina no podía esconderse de sus súbditos. Y hoy sería la prueba de fuego. La muchedumbre se había congregado, no para rendir homenaje a su reina, sino para condenarla, y la certidumbre de que se lo merecía hacía que le resultase mucho más duro de sobrellevar. Por un momento vaciló —quizá pudiera aducir que se encontraba mareada y regresar a palacio—, pero entonces oyó que volvían a aclamar a la duquesa de Kent. Pensar en la expresión de triunfo de Conroy le infundió arrojo.

Victoria respiró hondo y espoleó a Monarch. Al salir del arco, un rayo de sol se abrió paso entre el gentío, se reflejó en los petos de metal de la Guardia Real y la deslumbró. En ese momento de ceguera temporal oyó el tenue abucheo de la multitud, que cobró intensidad conforme pasaba por delante de la Caballería Real.

Manteniendo el semblante tan impertérrito como le fue posible, Victoria condujo a Monarch hasta el lugar donde recibiría el saludo de las tropas. Anhelaba levantar la vista hacia Melbourne, en la tribuna detrás de ella, pero sabía que no podía permitirse ese lujo. El abucheo del gentío se hizo patente; oyó a alguien gritar al fondo de la multitud: «¿Qué ha pasado con Flora Hastings?». A continuación otra voz tomó la palabra y seguidamente otra hasta que a Victoria le dio la sensación de que la cabeza le iba a estallar. Pero no les daría la satisfacción de mostrar cómo se sentía. Se mordió el interior de los carrillos para reprimir el llanto y mantuvo una sonrisa inmutable en el rostro. Solo le tembló el labio cuando una mujer exclamó: «¡Señora Melbourne!».

Justo cuando Victoria pensaba que ya no podía aguantar ni un minuto más, sonó un redoble de tambores y la banda de la Caballería Real comenzó a interpretar el himno nacional. Los familiares acordes ahogaron el ruido de la multitud y Victoria se cuadró para saludar a las tropas. Mientras las columnas de soldados empezaban a cruzarse entre sí como hormigas rojas y negras, Victoria escuchó las palabras que resonaban en la plaza de armas:

¡Dios salve a nuestra graciosa reina!
¡Larga vida a nuestra noble reina!
¡Dios salve a la reina!
Que la haga victoriosa,
Feliz y gloriosa,
Que tenga un largo reinado sobre nosotros.
¡Dios salve a la reina!

Las voces graves de la Caballería Real resonaron en la plaza. Victoria pensó en todos sus antecesores. De alguna manera habían logrado aguantar; ella haría lo mismo, debía hacerlo. Cuando el gentío recitó la segunda estrofa, Victoria escuchó las palabras como si fuera la primera vez que las oía.

> Tus más selectos presentes en reserva
> Ten el agrado de derramar sobre ella,
> Que su reinado sea largo.
> Que defienda nuestras leyes,
> Y que siempre nos dé motivos
> para cantar con corazón y voz:
> ¡Dios salve a la reina!

Tenía el brazo entumecido de mantener el saludo, pero no estaba dispuesta a flaquear. Cuando el himno finalizó, decidió que en adelante haría todo lo que estuviera en su poder por darle a su pueblo motivos para cantar alto y con sentimiento. Le vino a la cabeza la admonición que le había musitado lady Flora: «Para ser reina, habéis de ser algo más que una cría con corona».

Al término del himno se hizo el silencio. Por lo general, cuando tocaba a su fin había vítores y aplausos, pero ese día lo único que llenó el vacío fue el rítmico paso marcial de los soldados. Victoria mantuvo la mirada al frente, con la mano en la sien.

Entonces se oyó un grito al fondo de la muchedumbre. Era una voz infantil, tenue y clara.

—¡Dios salve a la reina Victoria!

SEGUNDA PARTE

1

La fila de dignatarios que aguardaban para ser presentados se extendía a todo lo largo de la antecámara del Ayuntamiento. Seguramente hubiera al menos sesenta hombres, pensó Victoria, al tiempo que procuraba no perder la sonrisa. Ojalá la tiara no le pesara tanto. La había elegido para impresionar a los burgueses invitados al banquete del alcalde, pero ahora lamentaba su decisión. Empezaba a notar el dolor de cabeza que le atenazaba las sienes.

La respiración del alcalde le hizo cosquillas en la oreja al decirle:

—Tengo entendido que conocéis a sir Moses Montefiore, majestad.

Victoria sonrió al corpulento hombre que tenía delante inclinado para besarle la mano.

—Efectivamente. Me alegro de volver a veros, sir Moses.

Le agradaba ver a alguien conocido. Sir Moses había recibido el título en la primera investidura que había presidido. Era el primer judío al que se le concedía dicha distinción y Victoria se enorgullecía de haber sentado ese precedente.

—¿Cómo se encuentra lady Montefiore? —Victoria recordó el júbilo que reflejaba el rostro de la esposa de sir Moses en la ceremonia de investidura. De entre todas sus obligaciones, conceder títulos era uno de sus grandes placeres. Era un cometido que solamente podía realizar ella, y no cabía ninguna duda de su popularidad.

Sir Moses esbozó una sonrisa radiante.

—Muy bien, majestad, pero se encontrará aún mejor cuando le diga que habéis preguntado por ella.

—Le mandaré una invitación para mi próximo encuentro social.

La sonrisa de sir Moses se hizo aún más patente.

—No cabrá en sí de gozo, majestad. Qué gran gentileza por vuestra parte.

Victoria asintió. Antes de continuar con el besamanos, miró a Melbourne, que se encontraba a su lado, para comprobar si había oído este intercambio. Melbourne siempre la animaba a hacer algún comentario trivial en ocasiones como esta, y ella deseaba que fuera testigo de sus progresos. Para su sorpresa, vio que no la estaba observando, sino mirando la hora en su reloj de bolsillo. Le dieron ganas de fruncir el ceño de irritación ante su desinterés, pero como el alcalde estaba susurrando otra presentación, no tuvo más remedio que sonreír al hombre que ahora permanecía con gesto expectante delante de ella para hacer la reverencia que se había pasado ensayando toda la mañana.

La reina no tuvo ocasión de hablar con Melbourne hasta que la condujeron a la pequeña antecámara donde debía aguardar mientras todos los invitados se sentaban en el banquete para que pudiera hacer su entrada triunfal.

—¿Tenéis un compromiso de fuerza mayor, lord Melbourne? —Como muy rara vez lo llamaba así en vez de lord M, estaba claro que se había enojado. Pero Melbourne no pareció ni mucho menos tan arrepentido como Victoria esperaba. Frunció el ceño al guardarse el reloj en el bolsillo.

—Confieso, majestad, que estoy distraído. En este momento se está debatiendo un proyecto de ley contra la esclavitud en la Cámara de los Comunes, y me preocupa que perjudique a mi gobierno.

Victoria se quedó desconcertada.

—Pero pensaba que la esclavitud se había abolido hace años. Recuerdo que de pequeña tenía una taza con un pobre esclavo encadenado a un lado y otro libre al otro.

Melbourne adoptó un gesto serio.

—El comercio de esclavos lleva prohibido muchos años, majestad. Pero la esclavitud en sí continúa existiendo en nuestros territorios, concretamente en las islas del Caribe. Los terratenientes de Jamaica sostienen que no pueden cultivar sus cosechas sin esclavos que corten la caña de azúcar. Y los conservadores han decidido apoyar su causa con la esperanza de hundir mi gobierno.

Victoria se puso a caminar de un lado a otro de la sala; el eco de sus pasos reflejaba su indignación.

—Pero ¿cómo pueden ser tan retorcidos los conservadores? Seguro que saben que vuestra causa es la correcta, ¿no? No puedo creer que Wellington, el hombre que luchó por la libertad en Waterloo, caiga tan bajo.

Melbourne frunció los labios.

—Ahora Wellington es un político conservador y saca ventaja de lo que puede. Los conservadores piensan que en este asunto pueden hacerse con la mayoría contra mi gobierno; hay muchos miembros de la cámara que tienen intereses en el azúcar, de modo que Wellington y su camarilla lo utilizarán para derribarme.

Victoria dejó de caminar.

—¿Hay algo que pueda hacer? Si apoyo vuestra causa en público, seguramente nadie se atreva a oponerse.

Melbourne adoptó un gesto compungido.

—Me temo que no os he instruido tan bien como debía, majestad. No tenéis potestad para intervenir en asuntos gubernamentales. Podéis aconsejar, y por supuesto alentar, e incluso advertir, pero jamás imponer.

Victoria miró a Melbourne.

—Entiendo. Pero, entonces ¿qué va a ocurrir?

Sin darle tiempo a contestar, la puerta se abrió para que entraran su madre y Conroy. Victoria no tenía ninguna gana de que su madre asistiera al banquete, pero según Melbourne era crucial que, después del incidente de lady Flora, apareciera en buenos términos con la duquesa, al menos en público. Victoria había accedido a invitar a su madre a regañadientes, pero se había negado a compartir carruaje con ella. La presencia de Conroy era la represalia de la duquesa; si no se le permitía acompañar a su hija, no iría sola.

La duquesa tenía las mejillas encendidas. Aparecer en público siempre la excitaba.

—¡Qué ovación de la muchedumbre al paso de mi carruaje, Drina! Ha sido sumamente gratificante.

Conroy le hizo una inclinación de cabeza a Victoria.

—Considero que ha llegado el momento, majestad, de que a vuestra madre se le otorgue un título acorde con la popularidad de que goza entre el pueblo. El de reina madre parece adecuado. —Con la sonrisa que le dedicó le dejó bien claro que sabía que la muchedumbre no había ovacionado con el mismo entusiasmo al paso del carruaje de Victoria.

Victoria torció el gesto. Miró a Melbourne, pero este tenía la vista clavada en el suelo.

—No veo motivos para cambiar tu título, mamá. A fin de cuentas, el nombre pertenecía a mi pobre y querido padre.

Tuvo la satisfacción de ver cómo se le borraba la sonrisa del rostro a Conroy, pero antes de poder añadir algo más, el alcalde hizo su entrada para acompañarla al salón de banquetes.

Mientras se acomodaba en el estrado, en un acto instintivo buscó a Melbourne con la mirada, pero no lo encontró. Conroy se percató y, al pasar por detrás de ella para ocupar su asiento, dijo:

—Si buscáis a lord Melbourne, me temo que será en vano. Han enviado un emisario de su residencia y no ha tenido más remedio que regresar. Al parecer, cabe la posibilidad de que se derroque a su gobierno. Son tiempos de incertidumbre, majestad, tiempos de incertidumbre —añadió, y sonrió una vez más con manifiesta satisfacción ante la idea de la caída de Melbourne.

Sin mover un músculo que delatara que había oído su comentario, Victoria escuchó sentada los interminables discursos de los comensales mientras se preguntaba si Conroy estaría en lo cierto y, en ese caso, qué sucedería.

Mientras contemplaba el despliegue de fasto que había ante ella, a los hombres con sus atuendos de cortesanos regodeándose con su prosperidad y éxito, satisfechos de comer en presencia de la reina, se imaginó hacer todo esto sin Melbourne a su lado lanzándole una mirada para infundirle confianza o enarcando una ceja cuando un discurso fuera especialmente florido. Llegó a la conclusión de que Conroy trataba de amedrentarla. Los liberales seguían gozando de popularidad en el país y seguramente el gobierno no se hundiría por apoyar la abolición de la esclavitud, que después de todo debía ser el criterio de todas las personas sensatas. No obstante, sintió una punzada de temor al recordar el semblante distraído de Melbourne cuando consultó la hora. A continuación el alcalde se dispuso a brindar por la lealtad a la Corona y no le quedó más remedio que dejar a un lado sus preocupaciones y sonreír a los invitados como su graciosa soberana.

Al día siguiente Melbourne envió recado para avisar de que no le sería posible pasear a caballo, así que Victoria salió a montar por el parque con su mozo de cuadra y su ayudante de campo. Lord Alfred era de trato fácil; su familia, cortesana desde hacía varias generaciones, había aprendido desde la cuna el arte de mantener una conversación amena e intrascendente con los monarcas. Mientras charlaba sobre la nueva calesa de lady Lansdowne y la rivalidad entre las hijas gemelas de lady Vesey por el amor del hijo menor de Fitzgerald, Victoria se tomó la licencia de sumergirse de buen grado en un mundo donde las nuevas libreas y las perspectivas matrimoniales eran las únicas cosas que importaban.

Por la tarde posó para su retrato con las vestiduras de la coronación. Hayter, el artista, la había colocado en una pose de pie mirando hacia atrás por encima del hombro. Le costaba mantener esa postura, especialmente porque la corona, a pesar de ser una réplica de estrás, era muy pesada. Al mover ligeramente la cabeza, oyó que Hayter carraspeaba en señal de desaprobación. Trató de erguirse y dijo a sus damas, que estaban sentadas en semicírculo frente a ella:

—En la coronación fue igual. Me pasé todo el rato preocupada por si la corona me resbalaba sobre la nariz. Fue una situación tan enervante que el corazón me latió desbocado, hasta el punto de que temí que el arzobispo lo notara.

Hayter, irritado, carraspeó de nuevo.

Harriet Sutherland miró al artista inquisitivamente.

—Supongo que puedo hablar, ¿no? —Hayter asintió y la duquesa continuó—: Nadie lo habría dicho, majestad. Desde donde yo estaba parecíais bastante a gusto. Melbourne dijo que nunca había visto a un monarca con tanta serenidad en su coronación.

—¿De verdad? —preguntó Victoria, olvidando que debía guardar silencio, ante lo cual se ganó otro carraspeo por parte de Hayter.

Emma Portman saltó en su rescate.

—Oh, sí, majestad. William me comentó lo mismo. Y he de decir que coincido con él. La vuestra es la tercera coronación a la que asisto y con diferencia la más satisfactoria. La ceremonia de vuestro tío Jorge fue sumamente majestuosa, pero estaba tan grueso que prácticamente se quedó embutido en el trono y, claro, luego se produjo aquel desafortunado incidente cuando su esposa, la reina Carolina, intentó que la dejaran entrar. Por otro lado, la coronación de vuestro tío Guillermo fue un evento anodino..., sin música destacable, ni tampoco baile o fiesta después, de modo que fue decepcionante. Sí, como comentó William, habéis devuelto el esplendor a la monarquía, majestad.

Victoria sonrió. Aparte de conversar con Melbourne, nada le gustaba más que hablar de él. A juzgar por la frecuencia con la que Harriet y Emma mencionaban el nombre de Melbourne, por lo visto también disfrutaban hablando de él.

—Pero me preocupa lord M. Últimamente parece muy distraído.

Esta vez Hayter ni siquiera intentó disimular su irritación con un carraspeo.

—Os lo ruego, majestad.

Victoria volvió a su pose regia, pero Harriet retomó el hilo de la conversación.

—Creo que le preocupa la votación contra la esclavitud, majestad.

Emma inclinó la cabeza a un lado y dijo:

—Es curioso; hace un año, William habría cedido de buen grado la batuta del gobierno. Siempre se quejaba de lo tediosa que era la gestión gubernamental y sostenía que prefería, con mucho, pasar el tiempo en la biblioteca de su casa de campo, Brocket Hall. Pero ha cambiado bastante, ¿no te parece, Harriet?

—Oh, sí —contestó Harriet con entusiasmo—, mi esposo dice que nunca ha visto a Melbourne tan entregado. Da la impresión de que ha revivido.

Emma asintió.

—Creo que hacía mucho tiempo que no lo veía tan feliz. Desde que... —Hizo una pausa, dudando sobre lo que decir a continuación—. Bueno, desde que era muy joven.

Victoria escuchaba con agrado en silencio.

A casi dos kilómetros de distancia, en la Cámara de los Lores, Melbourne intentaba hacerse oír por encima del clamor de los bancos de la oposición.

—Y digo ante los nobles lores que la esclavitud en cualquiera de sus formas constituye una afrenta contra la sociedad civilizada. He de reiterar a la cámara que un principio no puede ser ignorado simplemente porque sea poco conveniente.

Hubo un clamor entre sus partidarios, pero quedó sofocado por los abucheos y silbidos de los conservadores. Melbourne vio al duque de Cumberland, al otro lado de la cámara, asintiendo con ahínco, con la cicatriz de la mejilla más lívida que nunca. Aunque el duque no tenía tierras en Jamaica, apoyaba al grupo de presión de los terratenientes del azúcar porque, como ultraconservador, anhelaba que llegara el final de los liberales, a quienes culpaba de todos los males, desde la ley de la reforma electoral hasta la pérdida de las cosechas.

—Lord Hastings. —El lord canciller dio la palabra al portavoz del otro lado de la cámara con un asentimiento de cabeza.

Hastings se puso en pie y comenzó a quejarse del injusto tratamiento que estaban recibiendo los terratenientes del azúcar y de las consecuencias que la quiebra de sus empresas tendría en la economía nacional. Hastings tampoco tenía intereses en el Caribe, pero estaba aprovechando la ocasión para arremeter contra Melbourne, a quien consideraba cómplice del escándalo que había salpicado a su hermana Flora.

Melbourne se volvió hacia Sutherland, que meneó la cabeza.

—Esta noche habrá una votación y creo que va a estar muy reñida, maldición.

Sutherland suspiró.

—Hay demasiada gente que ha invertido en las plantaciones de azúcar. No comulgan con la esclavitud aquí, pero mientras no afecte a sus bolsillos...

—El mundo siempre se ha regido por intereses personales, Sutherland. Lleváis en política el tiempo suficiente como para saberlo.

—Aun así. Hasta Wellington apoya la moción. Pensaba que era un hombre de principios.

—El duque es un político.

—¿Acaso es incompatible?

—Por experiencia, Sutherland, no hay principios lo bastante férreos como para imponerse a las aspiraciones de un hombre de convertirse en primer ministro.

—¿No vais a retirar este proyecto de ley para salvaguardar vuestro cargo? Creo que la reina se lo tomará a mal.

Melbourne bajó la vista a sus botas.

—Sí, eso me temo. Pero la cosa no quedará ahí aunque admita la derrota. Los conservadores aspiran al poder y encontrarán el modo de deponerme.

Sutherland sonrió.

—¿Y preferís ser derrotado en un proyecto de ley en el que creéis? Tenéis principios, Melbourne, a pesar de que hacéis lo posible por dar una imagen de cinismo.

—Todo gobierno ha de caer en un momento dado.

Mientras salía de la cámara, Melbourne pensó en la reina y notó que se le torcía el gesto. Ella, como decía Sutherland, se lo tomaría a mal, pero del mismo modo, pensó, que él. No le importaba tanto perder su posición; ya llevaba en el cargo unos siete años y estaba harto del poder. No echaría en falta los halagos y embelecos necesarios para mantener unida su heterogénea coalición aristocrática de liberales y radicales a ultranza. Estaba cansado de explicar a airados hombres que el poder debe ejercerse con mesura.

Antaño disfrutaba de ello, por supuesto, de la sensación de que el mundo entero le observaba, pero, tras la muerte de Augustus, cada vez le costaba más disfrutar del juego. Desde que Victoria había accedido al trono, no obstante, había encontrado un nuevo estímulo. Su cometido era educar a la muchacha para convertirla en una reina con credibilidad: ella poseía las dotes adecuadas, o en todo caso buena parte de ellas, aunque no estaba versada en las lides del gobierno. No era consciente de la delicada relación que existía entre la monarquía y el Parlamento, de que su poder era una fachada sin sustento. Se preguntaba si sus enseñanzas le habrían hecho entender que un cambio de primer ministro formaba parte inevitable de la vida política. Lo averiguaría si el resultado de la votación resultaba adverso.

En el palacio de Buckingham, Victoria y sus damas jugaban a las cartas en el salón Azul. Pero cuando la reina perdió dos tantos seguidos, Harriet sugirió que en vez de eso tocasen el piano.

Al levantarse Victoria, las damas la siguieron. Se puso a moverse inquieta por la sala.

—Me pregunto lo que habrá ocurrido con lord M. Normalmente se presenta en la sobremesa. ¿Pensáis que tal vez haya sufrido un accidente? Creo que tiene un caballo nuevo que es bastante retozón.

Emma y Harriet se miraron.

—Creo que es más probable que se haya demorado por el proyecto de ley contra la esclavitud en la cámara —contestó

Emma—. Me figuro, majestad, que si el debate se alarga quizá no dé señales de vida en toda la noche.

Victoria se acercó a la ventana que daba al Mall. Nada que Harriet o Emma pudiesen decir o hacer la distraería de su escrutinio de la oscuridad a la espera de divisar el carruaje de Melbourne.

Tras lo que a las damas de Victoria se les antojó una eternidad, oyeron el sonido de caballos entrando por Marble Arch.

—Ese es su carruaje —dijo Victoria—. ¿Veis? Os dije que vendría.

Al cruzar bajo el arco, Melbourne vislumbró la silueta de la diminuta cabeza perfilada contra la ventana de la sala de estar privada de la reina. Sintió cómo el dolor que le causaba lo que estaba a punto de hacer le oprimía el pecho. Al bajar del carruaje las rodillas le crujieron en señal de protesta; cada parte de su cuerpo se resistía a lo que se avecinaba. Mientras cruzaba la pinacoteca de camino a los aposentos privados de la reina, vio fugazmente su reflejo en el espejo y se dio cuenta de que tenía muchas más canas en el pelo que la última vez que se había fijado en ello.

Victoria aguardaba junto a la puerta de la sala de estar. Detrás de ella se encontraban Harriet y Emma, que lo observaron con gesto interrogante. Él negó con la cabeza imperceptiblemente. Pero Victoria estaba demasiado emocionada para reparar en ello.

—Oh, lord M, las demás ya se habían dado por vencidas, pero yo sabía que vendríais. Me he pasado el día deseando hablar con vos. Hay muchísimas novedades. He recibido una carta de mi tío Leopoldo donde me dice que va a venir a visitarme, una petición de aumento de asignación de mi madre, y he conseguido que Dash se siente quieto para acabar el retrato que le estoy haciendo.

Melbourne observó su semblante ansioso, sus resplandecientes ojos azules, y se obligó a sonreír.

—Eso ya es una hazaña con todas las de la ley, majestad. Si habéis convencido a Dash para que se esté quieto, entonces estoy convencido de que ningún logro diplomático en el que intervenga la realeza europea superará vuestro mérito.

Victoria se echó a reír, pero no con su acostumbrada carcajada espontánea; había en su risa una nota teatral que hizo pensar a Melbourne que ella también estaba interpretando un papel.

—Me pregunto si los monarcas serán tan dóciles con los dulces como mi pequeño Dashy.

—Por experiencia, todo el mundo tiene una debilidad, majestad. Pero sospecho que seguramente resultará más fácil averiguar el mayor anhelo de Dash que descubrir el del rey Leopoldo.

Victoria se rio de nuevo.

—De hecho, sé perfectamente lo que desea el tío Leopoldo: casarme con mi primo Alberto cuanto antes. Opina que necesito un esposo que me meta en cintura.

Melbourne se percató de que Emma Portman lo observaba por encima del hombro de Victoria. Sabía que estaban a la espera de que diera la noticia. Pero la reina no dejaba de parlotear, casi como si no quisiera darle la oportunidad de poder hablar.

—Le dije que de momento no tenía intención de casarme y seguramente tampoco en los próximos tres o cuatro años. Y cuando lo haga, desde luego no será con un muchacho como Alberto. Cuando vino de visita hace tres años, no tenía conversación y se puso a bostezar a las nueve y media. —Levantó la vista hacia Melbourne—. Así que ya veis, lord M, no siempre soy tan diplomática.

Melbourne esperó por si tenía intención de añadir algo más. Finalmente dijo en voz baja:

—Tengo algo que deciros, majestad. Como sabéis, vengo de la cámara. Lamento comunicaros que el proyecto de ley de

Jamaica para prohibir la esclavitud en la isla ha sido aprobado por tan solo cinco votos. Por consiguiente... —Titubeó, pues esto le costaba aún más de lo que había anticipado; al fin añadió prácticamente en un hilo de voz—: He decidido presentar mi dimisión.

La voz de Victoria, por el contrario, fue más clara que el agua:

—¿La dimisión? Pero ¿por qué diablos vais a dimitir, si el proyecto de ley se ha aprobado?

Melbourne suspiró.

—Los conservadores, majestad, son como hienas. Una vez que intuyen una debilidad atacarán a mi gobierno hasta hundirlo por completo. Preferiría marcharme ahora, por voluntad propia.

Victoria lo miró sin dar crédito.

—Pero ¿quién será primer ministro?

—Eso depende de vos, majestad —se apresuró Melbourne a responder—. En calidad de soberana, vuestro cometido es nombrar al primer ministro. Yo mandaría llamar al duque de Wellington. Es el conservador más veterano.

—¿Wellington? Pero si es muy brusco, siempre me trata como a uno de sus subalternos.

Melbourne sonrió.

—Dudo que él desee volver a ser primer ministro, majestad. Imagino que os recomendará que emplacéis a sir Robert Peel; es el líder de los conservadores en la Cámara de los Comunes y es de los más prometedores.

Victoria se puso a caminar de un lado a otro de la habitación con aire distraído. Harriet, Emma y Melbourne la siguieron con la mirada.

—¡Pero no conozco a sir Robert Peel! ¿Cómo voy a sentirme a gusto con un desconocido? —Se detuvo y se volvió hacia él—. He decidido no aceptar vuestra dimisión, lord M.

—Inclinó la cabeza a un lado y le sonrió tan cautivadoramente como ella sola sabía hacerlo.

Aunque a Melbourne no se le pasó por alto la intención subyacente en la sonrisa y le conmovió, no se dio por vencido.

—Me temo, majestad, que esto no podéis rebatirlo.

La sonrisa de Victoria se tornó acerada.

—¿En serio? Tenía entendido que el primer ministro servía los intereses de la Corona.

—Efectivamente, majestad, pero he de recordaros que a pesar de ello tengo derecho a dimitir.

Victoria lo miró a los ojos y seguidamente dijo en un tono que conmovió a Melbourne:

—¿De verdad tenéis intención de abandonarme?

Melbourne apartó la mirada, incapaz de soportar la franqueza de su gesto implorante. Le respondió mirándole las manos, que tenía fuertemente entrelazadas.

—Me temo que no tengo elección, majestad.

Victoria separó las manos y se alisó las arrugas del vestido.

—Entiendo. En tal caso creo que he de retirarme. Buenas noches, lord Melbourne. —Y, sin volver la vista atrás, salió de la estancia con Harriet y Emma a la zaga. Emma lo miró con gesto compasivo, como si supiera el trago que había supuesto para él esa conversación. No obstante, pensó Melbourne, nadie imaginaba hasta qué punto había sido un trance.

2

La lluvia había desprendido las flores de los cerezos de los jardines de palacio, y sus pétalos tapizaban los caminos como confeti. Pero Victoria no reparó en las flores ni en los charcos que pisaba. Le traía sin cuidado que lloviese sin cesar, que se le empapara el vestido nuevo de muselina rosa con motivos florales, que las trenzas que le cubrían las orejas le cayeran hacia la cara, o por supuesto que sus damas de compañía se cobijaran bajo un paraguas.

Victoria llevaba el paraguas, no para resguardarse de la lluvia, sino para abrirse paso entre los macizos de arbustos. De alguna manera se regodeaba viendo cómo las orgullosas cabezas de los tulipanes caían ante sus arremetidas. Zas, zas, zas. Tras haber reducido el arriate a un escenario de devastación, Victoria escudriñó a su alrededor en busca de algo más que destrozar.

Harriet Sutherland se aproximó a ella y dijo con tacto:

—¿No deberíamos volver dentro, majestad? Está lloviendo y por nada del mundo querría que os acatarraseis.

—Id dentro si queréis. Estoy igual de bien aquí que en cualquier otro sitio.

Harriet se cobijó bajo su paraguas. Victoria continuó su arremetida contra el macizo de arbustos, al tiempo que recordaba el lecho de peonías junto a la fuente que se regodearía especialmente en diezmar. En una ocasión lord Melbourne le había comentado que las peonías eran sus flores favoritas.

Pero al darse la vuelta oyó otra voz detrás de ella.

—¡Drina!

Victoria se detuvo. Para su sorpresa, la duquesa de Kent caminaba a su encuentro pertrechada con un paraguas.

Al llegar junto a Victoria, se detuvo y rodeó a su hija con el brazo que tenía libre. Victoria se encogió; apenas había cruzado palabra con su madre y mucho menos la había abrazado desde la muerte de lady Flora, pero entonces olió el agua de lavanda que su madre siempre usaba. Por una vez Victoria se permitió relajarse y apoyar la cabeza sobre el hombro de la duquesa.

—Mi pobre Drina. He venido en cuanto me he enterado de lo de lord Melbourne.

—¡Ay, mamá! ¿Qué voy a hacer ahora? Es el único que me comprende.

Victoria notó los latidos del corazón de su madre contra su mejilla.

—No es el único, Victoria.

Victoria no dijo nada, por una vez se permitió recrearse en el consuelo de la presencia de su madre. Levantó la vista y vio la ternura reflejada en su semblante.

—Pero es tan duro...

—Lo sé, Drina. Pero yo te ayudaré; tal vez sea mejor que tengas a alguien de tu familia a tu lado.

Victoria notó que las lágrimas le asomaban a los ojos.

—La gente no deja de decir que tienes una relación demasiado estrecha con lord Melbourne. Ahora verán que eres una mujer hecha y derecha. —La duquesa bajó el paraguas y estrechó a su hija entre sus brazos—. No pasa nada, *Liebchen*. No debes preocuparte tanto. Yo cuidaré de ti, ya lo sabes.

Por unos instantes, por primera vez en años, Victoria se fundió en el abrazo de su madre. Se sentía segura al amparo de esos brazos con fragancia a lavanda, volviendo a ser la pequeña *Maiblume* de su madre.

Esa noche Melbourne asistió a una recepción en Holland House, pero se fue pronto. En el trayecto de vuelta desde Kensington, Melbourne dijo a su cochero que diera un rodeo por Piccadilly en vez de pasar por el palacio de Buckingham. Cuando el carruaje torció en Trafalgar Square, al pasar por la columna del almirante lord Nelson, Melbourne recordó la expresión de Victoria la noche anterior cuando le preguntó si de verdad tenía intención de abandonarla. De repente la biblioteca de Dover House perdió su encanto y le dio al cochero una dirección de una bocacalle de Mayfair.

Melbourne llevaba como mínimo un año sin visitar la casa de camas de madame Fletcher, por lo que su presencia causó un gran revuelo. Madame Fletcher era un dechado de gentileza y tacto y, al dar unas palmadas, media docena de muchachas acudieron al salón en paños menores. Melbourne las miró y reprimió un bostezo. Era incapaz de mostrar el entusiasmo que requería la ocasión. Pero entonces se percató de que una de las muchachas, una rubita que no superaba la veintena, tenía una expresión anhelante que le resultó interesante. La señaló con el dedo y ella le correspondió con una radiante sonrisa triunfal.

Madame Fletcher hizo una seña hacia la muchacha.

—Esta es Lydia, milord. Una de las más demandadas.

Melbourne siguió a Lydia escaleras arriba hasta una amplia habitación en la primera planta. Olía a cera de abeja y colonia, pero se percibía cierto tufillo a algo más oscuro..., una mezcla de sudor y deseo. Melbourne se quitó la chaqueta, se sentó en el sillón que había junto a la chimenea y se aflojó el pañuelo del cuello. Lydia se acercó a él y se bajó la bata para dejar al descubierto los hombros. Se sentó en su regazo y, cuando Melbourne le puso la mano en el muslo, se permitió imaginar qué sensación experimentaría al tener a otra joven entre sus brazos. Lydia se echó a reír y comenzó a desabotonarle los pantalones. Melbourne contempló su nuca desnuda y le preguntó:

—¿Qué edad tienes, Lydia?

Lydia alzó la vista.

—El mes que viene cumplo diecinueve, señor.

—Qué joven eres. —Suspiró—. Supongo que debo de parecerte muy mayor.

Lydia negó con la cabeza enérgicamente.

—Oh, no, milord. Muchos de los que vienen son mucho mayores que vos. Y conserváis todo el pelo, que es más de lo que puedo decir de la mayoría de mis caballeros. —Acarició los mechones rubios entrecanos de Melbourne y sonrió con aire alentador.

Había algo en la manera en la que inclinaba la cabeza que le hizo echarse hacia delante y preguntarle:

—Dime, Lydia, ¿qué edad crees que tengo?

Por la manera en la que se le ensombreció la mirada, presa del pánico, antes de recobrar su profesional sonrisa, Melbourne cayó en la cuenta de que había cometido un error al preguntar.

—Oh, milord, seguramente no tendréis ni un día más de los cuarenta.

Con delicadeza, Melbourne retiró la mano de Lydia de su bragueta. Se levantó y se puso la chaqueta. La muchacha emitió un tenue gemido de desilusión.

—¿He dicho algo malo, milord? No se me da bien calcular la edad, lo sé, pero no parecéis mayor ni mucho menos. ¿Por qué no venís a yacer conmigo? Os prometo que no os arrepentiréis.

—Mis deseos han cambiado —contestó Melbourne en tono cortés—. Pero no te preocupes, le diré a madame Fletcher que no ha sido culpa tuya. —Se tanteó el bolsillo del chaleco y sacó un soberano de oro—. Toma —dijo al ponerle la moneda en la mano. A juzgar por la expresión de dicha de Lydia, había logrado compensar el desaire a su orgullo profesional.

En el carruaje, de regreso a su casa, Melbourne sonrió ante su propio desatino. Cuando llegó a Dover House, pidió coñac. El mayordomo regresó con la licorera y, al tomar un buen trago, Melbourne se dio cuenta de que aún llevaba la bragueta desabotonada.

3

En el reloj de palacio sonaron las once mientras Victoria caminaba con paso marcial de acá para allá por el parqué taraceado del salón del Trono. Apenas había acabado la última campanada cuando el duque de Wellington fue anunciado. Victoria se dio la vuelta y le tendió la mano con la mejor de sus sonrisas al gran general. Lo conocía desde que era niña, pero siempre había encontrado alarmantes su porte alto y rígido y sus bruscos modales.

—Gracias por venir, duque. Estoy segura de que sabéis por qué os he convocado hoy. Me gustaría que formarais gobierno.

—Es un honor, majestad —repuso Wellington con tacto—, pero me temo que he de declinar vuestro ofrecimiento. Soy demasiado mayor para volver a servir como primer ministro. Debéis encomendárselo a sir Robert Peel, el único hombre capaz de manejar la cámara en este momento.

Victoria dio unos golpecitos con el pie en el suelo.

—¡No conozco a sir Robert Peel y a vos os conozco de toda la vida, duque!

Wellington movió su gran cabeza leonina de lado a lado.

—Pese a ello, majestad, he de declinarlo.

Victoria probó con otra táctica y dijo con todo el arrojo del que pudo hacer acopio:

—¿Acaso vais a desacatar a vuestra soberana? —Hizo una pausa y añadió—: ¿Y comandante de las Fuerzas Armadas?

Wellington sonrió.

—Un buen soldado sabe cuándo retirarse, majestad, y me temo que esta es una batalla que no podéis ganar.

Victoria suspiró.

—Sois sumamente descortés.

—Si me lo permitís, majestad, opino que encontraréis en sir Robert un hombre de lo más capaz. Soy consciente de que estáis acostumbrada a tratar con Melbourne. Si bien Peel carece de la desenvoltura del vizconde, es el único que puede granjearse respaldo suficiente por parte de ambos bandos para formar un gobierno que tenga alguna posibilidad de estabilidad. Puede que lo descartéis, pero el país necesita a Peel.

Victoria no dijo nada.

—Así pues, os deseo un buen día, majestad.

Wellington se retiró sin darle la espalda dando dos rígidos pasos; acto seguido se dio la vuelta y abandonó la sala. Victoria volvió a caminar de un lado a otro por la estancia. Todo lo que había oído sobre sir Robert Peel apuntaba a que no sería de trato agradable en absoluto. Emma Portman le había contado que no tenía más vicio que el cálculo y que desaprobaba el vals. ¿Cómo iba a encontrarse a gusto con un hombre que no apreciaba los placeres de la vida? Tenía que haber algo que pudiera hacer.

Llamó al lacayo y le pidió que le llevara inmediatamente el secreter. Escribió rápidamente una nota a Melbourne pidiéndole que la visitara a la mayor brevedad posible y le dijo al lacayo que enviara a un emisario a Dover House. Seguramente

Melbourne transigiría al saber que su intento con Wellington había fracasado. No sería tan cruel e indiferente como para dejarla en manos de sir Robert Peel.

Pero las horas pasaban y Melbourne seguía sin dar señales de vida. Victoria intentó ensayar un nuevo dueto de Schubert con Harriet Sutherland, pero por mucho que lo intentaba no conseguía encontrar el tempo. Al final desistió y se puso a caminar de un lado a otro de la sala de música. Sus damas permanecieron expectantes en semicírculo.

—No entiendo lo que puede haberle ocurrido a lord Melbourne. Envié la misiva esta mañana. Normalmente acude sin demora.

Victoria vio que Harriet y Emma intercambiaban una mirada. Antes de que pudiera preguntarles el significado de esta, la duquesa de Kent irrumpió en la sala sin anunciar su llegada. Su estado de excitación era patente.

—Drina, acabo de enterarme de lo ocurrido con Wellington. Qué lástima. Pero no debes preocuparte, tengo un plan.

—¿Un plan, mamá?

La duquesa se acercó y tomó las manos de Victoria entre las suyas.

—Sí, *Liebes,* he hablado con sir John y opina que lo más conveniente es nombrar a Robert Peel.

Victoria se zafó de su madre ante la mención de Conroy.

—Entiendo. Bien, gracias por preocuparte, pero da la casualidad de que tengo un plan de mi propia cosecha. —Se volvió hacia Emma Portman—. Tu carruaje no lleva emblema, ¿verdad, Emma?

Emma, perpleja, negó con la cabeza.

—Si eres tan amable, haz que lo traigan. Lehzen, necesitaré que me acompañes.

Lehzen se dirigió a la reina.

—¿Adónde vamos, majestad?

—A Dover House.

La duquesa inspiró bruscamente.

—Pero Drina, lord Melbourne ha dimitido. Una reina no puede ir persiguiendo a su primer ministro. ¿Acaso quieres provocar otro escándalo?

Victoria la ignoró y salió de la sala con Lehzen a la zaga.

—¿Qué pensará la gente? —gimió la duquesa. Pero no hubo respuesta.

Melbourne estaba sentado en su sillón predilecto en la biblioteca. No era ni mucho menos la más elegante de sus posesiones; el cuero verde estaba deteriorado y rajado por varios sitios, pero el sillón había pertenecido a su padre y ningún otro era tan cómodo. Había cogido una obra de Gibbon con la esperanza de distraerse leyendo sobre los excesos de la Antigua Roma, pero las palabras rehusaban hacerse inteligibles. No se quitaba de la cabeza la nota de palacio. «Os ruego que vengáis a la mayor brevedad posible», decía.

Le constaba que debía responder, explicarle que las cosas eran diferentes ahora que había dejado el cargo de primer ministro. No podía presentarse en palacio sin más; la gente daría por sentado que ella lo había convocado para formar gobierno. Sería un error por su parte acudir hasta que no nombrase un nuevo primer ministro. No obstante, mientras pensaba en la carta que debía escribir, también pensaba en la carita y en los brillantes ojos azules de Victoria, y era incapaz de hacer acopio de la determinación que necesitaba.

Un sonido interrumpió su ensimismamiento. La puerta se abrió detrás de él y, sin volver la vista, gruñó:

—Pensaba que había ordenado que no se me molestase.

Tras un carraspeo, una tenue voz aguda que le resultaba tremendamente familiar dijo:

—Espero que me disculpéis, lord M.

La reina estaba allí, en su biblioteca. Melbourne se levantó de un respingo, se estiró el chaleco y se colocó el pañuelo a toda prisa.

—Su majestad. Disculpadme, no esperaba visita.

Victoria sonrió. Le dio cierto placer sorprender a Melbourne con la guardia baja.

—Evidentemente.

Echó un vistazo a la habitación. Había libros apilados y montones de papeles por todos sitios. Sobre el escritorio había un plato con una empanada a medio comer y una licorera vacía. No era una estancia apropiada para una reina. Melbourne dio gracias a Dios por llevar las botas puestas.

—Siempre habláis de vuestra biblioteca, de modo que me alegro de verla por fin.

—Si hubiera sabido que vendríais, majestad... —Le hizo una ligera reverencia.

—Como no respondisteis a mi carta, pensé que debía venir yo.

—¿Sola, majestad?

—No, Lehzen está fuera.

—Entiendo. Pero ¿en qué estaré pensando? Os ruego que paséis y toméis asiento.

La condujo al sillón donde había estado sentado, pero ella negó con la cabeza y se sentó en el de enfrente.

—No os privaré de vuestro sillón favorito, lord M —dijo, sonriendo.

Melbourne la miró y, tras un asentimiento, tomó asiento. Le resultaba muy extraño ver a la reina sentada frente a él cinco minutos después de haber imaginado su presencia.

—¿Qué puedo hacer por vos, majestad?

—He visto al duque de Wellington esta mañana. Dice que es demasiado mayor para ser primer ministro y que debería nombrar a Robert Peel. —Inclinó la cabeza hacia un lado y lo miró con zalamería.

—Me lo temía, majestad. Pero no hay motivos para alarmarse. Sir Robert Peel no es tan mal tipo. Algo serio, quizá, pero honesto y sin dobleces. En principio no deberíais tener ningún problema con él. —Hizo un esfuerzo por esbozar una sonrisa tranquilizadora—. ¿Recordáis el día de vuestro ascenso, majestad? Estabais jugando con vuestras muñecas, y me pregunté si una muchacha tan joven podía realmente ser reina.

Victoria alzó la barbilla.

—No estaba jugando con las muñecas. Me preguntasteis por ellas.

A Melbourne le hizo gracia su vehemencia.

—El caso es que en cuanto os oí hablar supe que erais una reina en todos los sentidos, majestad. Serviros ha sido el mayor privilegio de mi vida, pero os desenvolveréis muy bien sin mí.

—¡Pero es que no quiero!

Melbourne se echó hacia delante.

—Hasta las reinas han de hacer cosas que no les agradan.

Victoria empezó a hacer mohínes.

—Me da la impresión de que nunca hago nada que me agrade de verdad. ¿Por qué no podéis regresar y punto? Aún no habéis perdido ni un voto. Estoy convencida de que saldríais bien parado.

Melbourne vaciló y seguidamente, en un tono que difería bastante de su habitual desenfado, dijo:

—Sabéis, majestad, que no tengo muchas convicciones. Pero si hay algo en lo que sí creo es en la Constitución británica con toda su vetusta gloria. Para mí, volver sin el apoyo de la cámara sería inconstitucional, y nada —hizo una pausa y bajó el tono de voz—, ni siquiera la dedicación que os profeso, me impedirá cumplir con mi deber.

Victoria se quedó mirándolo desconcertada.

—Entiendo.

—Como he dicho, Peel no es mal tipo. Tan solo tened presente que si propone algo con lo que discrepéis, decidle que necesitáis tiempo para meditarlo. En caso de duda, posponed-lo siempre.

Tras un instante de vacilación, ella dijo en su tono habitual:

—¿Y vendréis a cenar esta noche, lord M? ¿Para que pueda contároslo todo?

Melbourne parpadeó. Esto le estaba costando mucho más de lo que había imaginado.

—Esta noche no, majestad. No hasta que se resuelva este asunto, e incluso entonces tampoco podré estar con vos con la constancia con la que lo he hecho.

Victoria se puso de pie y, cuando él se incorporó, dijo:

—Pero ¿por qué no? Puede que no seáis mi primer ministro, pero seguís siendo, creo, mi amigo.

Alzó la vista hacia él al decir esto y Melbourne sintió la intensidad de sus ojos azul celeste. Él bajo la mirada y dijo con suma delicadeza:

—Creo que debéis entender el motivo. —Tras una pausa, añadió con algo más de resolución—: No es conveniente que un monarca trate con favoritismo a un partido. Debéis cenar con Robert Peel.

Victoria miró hacia otro lado. Él se fijó, sintiendo una punzada, en su delicada oreja rodeada por la gruesa trenza. Pero debía continuar.

—Probablemente os pedirá que realicéis algunos cambios en la casa real. Harriet Sutherland y Emma Portman están casadas con ministros liberales. Sir Robert querrá que tengáis un círculo de damas conservadoras.

Victoria lo miró y él pudo ver cómo se le habían encendido las mejillas.

—¿Damas conservadoras? ¡No, gracias!

Esta vez Melbourne rehuyó su mirada.

—Recordad, majestad, que yo pediría lo mismo estando en su lugar. Un primer ministro no puede ejercer el cargo si considera que no cuenta con la confianza de su monarca.

Para su sorpresa, Victoria no protestó ante su comentario, y un fugaz destello de algo que no logró identificar pasó por su semblante. Se alisó los faldones con ese rápido y diestro gesto tan suyo y dijo en tono resuelto:

—No os molestaré más, lord Melbourne. Gracias por vuestro asesoramiento.

Melbourne vio a Lehzen, que esperaba en el vestíbulo con el ceño fruncido. En parte por el bien de Victoria, dijo:

—¿Mandaréis llamar a Peel?

—No os preocupéis, lord Melbourne. Puede que no seáis mi primer ministro, pero todavía os escucho. Hablaré inmediatamente con Peel.

—Una sabia decisión, majestad.

Victoria no dijo nada. Se echó el velo por la cara para que no la reconociera ningún viandante y subió al carruaje; Lehzen se afanó en seguirla. No volvió la vista atrás.

Victoria había reflexionado sobre dónde celebrar su primer encuentro con sir Robert Peel. Siempre recibía a Melbourne en su salón privado, pero era demasiado íntimo para el líder conservador. El salón del Trono sería más imponente; mientras que con Melbourne se reunía a solas, decidió que esta vez la acompañasen sus damas. No conocía personalmente a Peel y era importante contar con todo el apoyo que tenía a su alcance.

A las tres en punto, la hora a la que Peel había sido convocado, ella estaba examinando los diseños de las monedas de nuevo cuño con sus damas. Los dibujos estaban extendidos sobre una mesa delante de ella, junto con un prototipo de la nueva pieza de la Corona.

Victoria resopló exasperada al examinarlos.

—En este no tengo mentón, y en el siguiente tengo papada. ¿Cómo pueden decir que son reproducciones precisas cuando las imágenes no se parecen entre sí? —Airada, dio unos golpecitos con el pie en el suelo.

Harriet cogió la moneda y se la mostró con su sonrisa más zalamera.

—Pero mirad la moneda en sí, majestad. En mi opinión, resulta más convincente en relieve.

Los repiqueteos de Victoria se convirtieron en pisadas marciales.

—¡Pero si parezco un ganso con corona!

Antes de que Harriet y Emma tuvieran ocasión de replicar, la puerta se abrió y Penge anunció a sir Robert Peel.

Victoria extendió la mano para que Peel se la besara. Como era de una altura fuera de lo común, tuvo que doblarse y ella se fijó en el rodal rosáceo de su coronilla, donde el pelo le clareaba. Esto le infundió confianza.

—Buenas tardes, sir Robert. Justo ahora estaba examinando los diseños para las nuevas monedas. No terminan de convencerme. Decidme, ¿qué opináis?

Señaló hacia la moneda que había encima de la mesa. Peel la cogió y sacó el monóculo para examinarla detenidamente y apreciar hasta el último detalle. Finalmente, tras una larga deliberación, dijo:

—No le veo nada inapropiado, majestad. Es más, diría que se trata de una excelente reproducción.

Victoria, que intuía que no le agradaría sir Robert Peel, en ese momento confirmó sus sospechas.

—Una excelente reproducción. ¿De verdad?

Su voz fue tan sumamente fría que Harriet y Emma se miraron la una a la otra con gran inquietud, pero por lo visto Peel no percibió la frialdad de su voz y continuó hablando en el mismo tono.

—Sí, majestad. La mayoría de las monedas son bastante toscas en cuanto a los detalles, pero esta es muy precisa.

Victoria se quedó mirándolo con mala cara.

El perfil de la moneda era espantoso; bajo ningún concepto debía quedar inmortalizada así. Ni que decir tiene que Melbourne habría llegado a esa conclusión enseguida. Negó con la cabeza.

—Sin embargo, no sirve.

Cuando Peel se disponía a añadir algo, Emma Portman le lanzó una mirada de advertencia que le hizo guardar silencio.

Victoria continuó:

—Pero os he convocado para hablar de trabajo, sir Robert.

Aliviado de encontrarse en un terreno más seguro, Peel asintió y acto seguido observó a las damas de compañía, que estaban apostadas detrás de la reina como la guardia pretoriana ataviada con enaguas. Tragó saliva y dijo:

—Si me concedierais una audiencia privada, majestad...

Victoria alzó la barbilla, al tiempo que sopesaba su próximo movimiento. Decidió que sería mejor celebrar esa parte de la audiencia a solas, de modo que accedió de mala gana y con un gesto de la cabeza invitó a sus damas a abandonar la sala. Así lo hicieron, acompañando su marcha con un agraviado frufrú de sus vestidos.

Victoria cogió en brazos a Dash, que estaba gruñendo a los pies de Peel, y se acomodó en un sofá. Como no invitó a Peel a sentarse, este se quedó vacilante delante de ella como una garza en actitud renuente. Tras unos instantes, Victoria enarcó una ceja y dijo:

—¿Y bien, sir Robert?

Peel se llevó el pulgar al bolsillo de su chaleco, gesto que a menudo adoptaba cuando comparecía ante la Cámara de los Comunes.

—Estoy aquí para aseguraros, majestad, que cuento con suficiente apoyo en la cámara para formar gobierno.

Victoria inclinó la cabeza con un movimiento casi imperceptible, dejándole bastante claro a Peel que aunque contara con el respaldo de la cámara, en palacio las cosas eran bastante diferentes. Peel, no obstante, se había enfrentado a interlocutores más amenazantes que una adolescente, por mucho que fuera la soberana. Se metió el otro pulgar en el bolsillo del chaleco y plantó cara a la reina como si se tratara del líder de la oposición.

—Como sabéis, majestad, ningún gobierno accede a los caprichos de la Corona.

Victoria se puso a juguetear con la oreja de Dash.

—Sé perfectamente lo que estipula la Constitución, sir Robert.

Peel intentó ignorar la frialdad de su tono.

—Y, por supuesto, majestad, sabréis que es crucial que la Corona... —Al recordar que, a fin de cuentas, no se encontraba en la cámara, titubeó y continuó en un tono menos retórico—: Es decir, debéis dar la imagen de estar por encima de las políticas partidistas sin favoritismos.

Victoria irguió la cabeza para mirarle, y él hizo todo lo posible para no amilanarse.

—¿Habéis venido a darme lecciones de gobierno, sir Robert?

Peel respiró hondo y dijo con descaro:

—Está la cuestión de la casa real, majestad.

—¿La casa real? —repitió Victoria despacio.

Peel decidió lanzarse en picado y, en el que consideraba su tono más comedido, contestó:

—Dos de vuestras damas de compañía, majestad, están casadas con ministros de Melbourne, y todas vuestras damas de honor son hijas de pares liberales. Si sustituyeseis a un par de ellas por damas que estén vinculadas a mi partido en la cámara, no se pondría en entredicho vuestra imparcialidad.

La reina se puso muy derecha; Peel notó que Dash también se ponía tenso, como si estuviera listo para abalanzarse sobre un ratón desprevenido.

—Pretendéis que renuncie a mis damas, a mis amigas más íntimas y queridas. ¿Qué será lo siguiente, sir Robert? ¿Mis ayudas de cámara? ¿Las doncellas? ¿Queréis rodearme de espías?

El tono airado de Victoria sorprendió a Peel, que explicó:

—No es mi intención privaros de vuestras amigas, majestad, únicamente pediros que ofrezcáis vuestra amistad a todos.

Victoria se sacudió una mota de polvo imaginaria de los faldones.

—¡Bajo ningún concepto prescindiré de mis damas, sir Robert!

—¿Cómo? ¿Ni siquiera de una? —replicó Peel sin pensar.

Victoria lo observó durante un instante, y acto seguido respondió:

—Creo que he sido bastante clara. Buenas tardes, sir Robert.

Peel vaciló, sopesando si debía decir algo más, pero al captar un fugaz destello azul concluyó que no tenía sentido. Antes de recordar que no debía dar la espalda a la reina, hizo amago de darse la vuelta. Dio unos torpes pasos hacia atrás y seguidamente, como la reina parecía pendiente de su perro, se dio la vuelta y salió de la estancia lo más rápido que pudo.

Victoria aguardó hasta perder de vista a sir Robert, aún al alcance del oído, y cogiendo a Dash del hocico dijo juguetonamente:

—Ni sir Robert Peel ni nadie va a decirle a tu mamá lo que tiene que hacer.

Y Dash, al escuchar el tono desafiante de la voz de su ama, movió la cola con vigor.

Sir Robert no se marchó a casa directamente. En vez de eso, le dijo al cochero que parara en Apsley House, o, como al duque de Wellington le gustaba denominarla, Number One London. Encontró a Wellington en su biblioteca. A juzgar por su intenso rubor y su actitud algo malhumorada, Peel intuyó que lo había despertado de la siesta. Esto le hizo lamentar su impulsiva visita, pero consideraba que debía contarle a alguien su audiencia con la reina.

Wellington se volvió hacia él; sus ojos azul claro lo escudriñaron.

—¿Habéis venido directamente de palacio? ¿Os apetece un té? No, a juzgar por vuestro aspecto, necesitáis algo más fuerte. —Hizo un gesto al mayordomo—. Coñac y soda. —A continuación dijo a Peel—: Deduzco que vuestra audiencia no ha sido fructífera.

Peel le dio un trago a la copa de coñac que le pusieron delante.

—Me ha despachado como a un criado al que han pillado robando la plata.

Wellington enarcó una ceja.

—Por lo visto la reina tiene el temperamento de su abuelo. Pero no puede rechazaros.

Peel se dejó caer pesadamente en uno de los sillones de cuero capitoné.

—Me temo que sí. No está dispuesta a cambiar a una sola dama.

Wellington emitió un sonido entre el gruñido y el bufido.

—Tonterías. Volved y ofrecedle a alguien con el encanto de Emily Anglesey. Estoy seguro de que su pequeña majestad la cambiaría por una metomentodo como Emma Portman.

Peel apuró su copa y dijo desde lo más hondo:

—Lo siento, duque, pero no puedo formar un gobierno cimentado en el encanto de lady Anglesey.

Wellington le dio unas palmaditas en el hombro y, al levantar la vista, Peel sintió lo poderosa que debía de haber sido la presencia del duque en el campo de batalla.

—¿No podéis o no queréis? No hay agallas para luchar, ¿eh? Tenéis que ganárosla como ha hecho Melbourne.

Peel se puso de pie; a todas luces, su visita había sido un error. Dijo con frialdad:

—Me temo que no tengo la mano izquierda de Melbourne.

A Wellington le hizo gracia su gesto ofendido.

—Ni su gancho para las mujeres, Peel. Con agasajarla un poco la tendríais comiendo de vuestra mano.

Peel añoraba estar en su salón y el consuelo de su esposa. Su cometido era formar gobierno, no consentir los caprichos a mocosas de dieciocho años.

—Ignoraba que el agasajo era un requisito para ser primer ministro, duque. Y ahora, si me disculpáis, no os entretendré más.

Por segunda vez ese día sir Robert Peel salió de una habitación con la sensación de haber recibido un trato injusto.

4

La cena de aquella noche en palacio fue poco afortunada. Victoria se sentó a un extremo de la mesa y la duquesa de Kent al otro y, como no se dirigían la palabra, fueron los cortesanos quienes hubieron de mantener cierta apariencia de cordialidad. Lord Alfred Paget contó una larga y enrevesada historia sobre sus intentos de enseñar a su perra, la señora Bumps, a jugar al ajedrez. Harriet y Emma trataron de adornar la anécdota hasta casi darle el cariz de una conversación. Emma comentó que su tía tenía un gato que jugaba a los cientos, y Harriet confesó que en Ragsby había un loro que llevaba la cuenta de los tantos en la sala de billar. Normalmente este tipo de plática absurda hacía las delicias de Victoria; los cortesanos la observaban para ver si esbozaba una sonrisa.

Pero la reina por lo visto no se estaba divirtiendo; estaba diseccionando la comida con el cuchillo y el tenedor como si se tratase de un espécimen de laboratorio. La duquesa, entretanto, no hizo el menor intento por seguir la conversación y comió tanto como pudo en silencio absoluto.

Victoria observó a su madre apurando el último bocado de albóndigas de lucio del plato y suspiró. Ojalá lord M estuviera allí; encontraría la manera de distender el ambiente. A tenor de su comportamiento esa tarde, sir Peel no poseía esas dotes. No es que ella esperara halagos, pero ni siquiera se había mostrado cortés. Irrumpir así y proponer despedir a todas sus amigas... Era como si no hubiera tenido presente con quién estaba hablando. ¿Cómo había sido capaz Melbourne de dejarla a merced de un hombre tan zafio? Posó con brusquedad el cuchillo y el tenedor y los lacayos se afanaron en retirar los platos, a pesar de las protestas de la duquesa porque no había terminado.

Después de cenar, Victoria se sentó a hojear un ejemplar de *La mode illustrée*. Le gustaba el nuevo escote que rozaba la clavícula y el cuello. Lord M había comentado en una ocasión que tenía unos hombros preciosos. Invitó a Harriet y Emma a sentarse a su lado y les enseñó un vestido que le gustaba especialmente. Harriet, a quien la mayoría consideraba una de las mujeres mejor vestidas de Londres, señaló con el dedo un modelo que le favorecería especialmente a Victoria, y estuvieron media hora felizmente pasando las páginas, deliberando sobre la pasamanería y el largo ideal de un volante de encaje.

Al llegar a la última página, Emma miró a Victoria.

—Me consta, majestad, que tendréis que realizar algunos cambios en la casa real con la nueva Administración, y opino que debería ser yo la que se marche. Harriet está mucho más preparada que yo y considero que su gusto os resultará de un valor inestimable, mientras que yo apenas sé tocar el piano y no despunto en moda ni mucho menos.

Harriet negó con la cabeza.

—No, Emma, tú tienes sabiduría y experiencia. Sutherland siempre dice que eres el mejor hombre del gabinete. ¡Sin lord Melbourne, creo que la reina necesitará tu asesoramiento más que nunca!

—Eres muy amable, Harriet, pero opino que la reina necesita compañía más joven. Yo tengo edad suficiente como para ser su madre.

Ambas miraron hacia la duquesa de Kent, que estaba en un sofá junto a la chimenea, con los párpados entrecerrados.

Victoria, que escuchaba la conversación en silencio, alzó la vista.

—El caso es que considero que ambas sois valiosísimas. No solo sois mis damas, sino también mis amigas, y no tengo intención de prescindir de ninguna de las dos.

Harriet y Emma se miraron la una a la otra. Emma fue la primera en hablar.

—Pero, majestad, es costumbre cambiar a las damas de la corte cuando lo hace el gobierno.

—Eso es ridículo. ¿Qué derecho tiene Robert Peel a elegir mis amistades?

—Creo, majestad, que le resultaría difícil formar gobierno si no se da la imagen de que cuenta con vuestro apoyo —apuntó Harriet con tacto.

Victoria les sonrió con complicidad.

—Precisamente.

Emma y Harriet, sorprendidas por la reacción de Victoria, volvieron a intercambiar una mirada.

Victoria se puso de pie y, cuando todas las presentes en la sala hicieron lo mismo, se dirigió a ambas.

—Así que ya ven, señoras, queda descartado que alguna abandone la corte.

Harriet hizo una gran reverencia y Emma la imitó.

La duquesa salió de su ensimismamiento y dijo en tono lastimero:

—¿Que pretendes, Drina? Quiero hablar contigo. No puedes actuar siempre sola. Es peligroso.

Victoria se volvió hacia ella, con los ojos centelleantes.

—No estoy actuando sola, mamá. Tengo a mis damas.

La duquesa resopló.

—Olvidas, Drina, que la sangre es más espesa que el agua.

Victoria se detuvo.

—¿De verdad crees eso, mamá? ¡Tal vez deberías decírselo a sir John Conroy!

La duquesa levantó las manos con ademán impotente.

—Eres tan infantil, Drina... Sir John y yo solo pretendemos servir tus intereses. Es lo único que siempre he deseado. —La duquesa sacó un pañuelo y se puso a darse toquecitos en los ojos.

Victoria vaciló; su madre jamás lloraba en público. Se dio la vuelta y se sentó a su lado.

—Mamá, sé que estás preocupada, pero no hay por qué. He aprendido a arreglármelas por mí misma.

—Creo, Drina, que eso es cuestionable. Visitaste Dover House sola desoyendo mis consejos, y ahora, según tengo entendido, le has dicho a sir Robert que rehúsas renunciar a tus damas. —La duquesa fulminó con la mirada a Harriet y Emma, que se encontraban una junto a otra al otro lado de la sala.

—Sí, mamá, efectivamente. Pero no fue fruto de un capricho. Sé lo que hago.

—Eso crees, pero, en opinión de sir John, estás jugando con fuego. Este país necesita un primer ministro y por lo visto estás impidiendo que se forme gobierno, lo cual el país te echará en cara.

Victoria se levantó.

—Como bien dices, mamá, la sangre es más espesa que el agua. Tal vez deberías confiar en mi criterio en vez de en el de sir John Conroy. —Le dio la espalda a su madre y salió rápidamente de la sala. Emma y Harriet la siguieron.

A la mañana siguiente, Emma Portman fue a Dover House a una hora que por lo general se consideraba intempestiva teniendo en cuenta los patrones sociales, pero en semejantes circunstancias había que ser más laxo con las reglas. El mayordomo de Melbourne le dijo que su señoría aún se encontraba en la cama, pero Emma hizo caso omiso y se dispuso a subir las escaleras para ir directamente a su alcoba. El mayordomo hizo amago de protestar, pero al ver la mirada de lady Portman supo que era inútil resistirse.

Melbourne estaba tumbado en la cama leyendo *The Times* cuando Emma irrumpió en la habitación. Vio el gesto de disculpa del mayordomo y asintió dándole a entender que se hacía cargo. Emma se sentó en el extremo de la enorme cama con dosel.

—Caramba, Emma, podías haberme avisado. No estoy presentable.

—El asunto no podía esperar, y soy demasiado mayor para escandalizarme por tu mentón sin afeitar o por la mancha de huevo que tienes en el batín.

Melbourne bajó la vista y vio que, efectivamente, tenía una mancha de yema cuajada en la solapa del batín de Paisley.

—Bueno, en tal caso, has de aceptarme tal como soy, Emma. Pero ¿qué asunto es ese que no puede esperar para que te reciba en la biblioteca como a una respetable dama casada?

—La reina vio a Peel ayer.

—Ya. Le dije que era la única opción sensata.

Emma lo miró inquisitivamente.

—Pero ¿sabías que le dijo que no estaba dispuesta a renunciar a ninguna de sus damas?

Melbourne suspiró.

—No. De hecho, le dije que si no realizaba cambios en la corte, a Peel le daría la impresión de que no contaba con su confianza.

—Vi a Peel cuando se marchaba. ¡Tenía las orejas encarnadas como si la reina se las hubiera abofeteado!

Melbourne suspiró de nuevo.

—Pero ¿cómo es posible que Peel no la haya convencido de que los cambios son por su bien? La imagen de que es la reina de un solo partido la perjudicaría.

Emma Portman rio.

—Sabes de sobra por qué no pudo convencerla. Se niega a cambiar a sus damas porque eso implica tu regreso, William.

Melbourne salió de la cama y tocó la campanilla para avisar a su ayuda de cámara.

—Esa decisión no le corresponde a ella —espetó.

—No obstante, esa es su intención. —Emma enarcó una ceja—. La verdad es que no se la puede culpar. ¿Cómo va a aguantar a un zoquete como Peel pudiendo tener a su encantador lord M?

La puerta se abrió y el mayordomo entró seguido por uno de los emisarios de la corte, que le entregó una carta a Melbourne.

—De la reina, milord.

Melbourne rasgó el sobre y frunció el ceño.

—¿Ves? —dijo Emma, sonriendo—. Ahí tienes tu citación.

Melbourne emitió un sonido que de haber salido de la boca de un hombre menos civilizado se habría considerado un bufido.

—Espero haber enseñado a la reina a lo largo de este año la diferencia entre la inclinación y el deber.

Emma se acercó a él y le besó en la mejilla.

—Estoy segura de que esa fue tu intención, William. Pero olvidas que la reina es también una muchacha que quiere obtener lo que desea.

A menos de un kilómetro, en el club White's de St. James, el bastión del partido conservador, el duque de Cumberland hacía su entrada en la biblioteca. Si se percató de que algunos miembros del club volvían la espalda a su paso, no dio muestras de ello; enfiló en dirección a Wellington, que estaba rodeado de una camarilla de gerifaltes del partido conservador, Robert Peel incluido, al fondo de la sala.

El duque se apostó en medio del grupo, con la cicatriz lívida en la mejilla, y, sin saludar a nadie, se lanzó al ataque.

—¿Cómo es posible que el partido conservador, el partido de Burke y Pitt, haya sido derrotado por los caprichos de una muchacha de dieciocho años? —Sus ojos azules inyectados en sangre se posaron en Peel, que dio un paso atrás.

—Señor, no puedo formar gobierno —dijo con un patente dejo del norte de Inglaterra— sin el apoyo de la soberana. —Sostuvo la mirada a Cumberland sin pestañear.

Cumberland se llevó el índice a la sien y se dirigió a Wellington.

—¿Pensáis, Wellington, que el comportamiento de la soberana es propio de alguien que está en su sano juicio? Armar tanto alboroto por sus damas... Me recuerda a mi padre. No estaba en su sano juicio al principio de su... triste aflicción.

Peel enarcó una ceja.

—¿Estáis diciendo que la reina no está en sus cabales, señor?

—Estoy diciendo que no posee los suficientes arrestos para la gestión del gobierno. Lo que necesita es asesoramiento. Cuando mi padre enfermó, se nombró a un regente. ¿Acaso no deberíamos hacer lo mismo?

Wellington se apoyó contra la repisa de la chimenea y escrutó a Cumberland con mirada fría.

—Estoy convencido de que la duquesa de Kent estaría dispuesta a tomar cartas en el asunto y, ni que decir tiene, ella sí que goza de gran popularidad entre el pueblo. —La indirecta de Wellington fue clara; la duquesa contaba con la clase de respaldo público que le faltaba a Cumberland.

Cumberland lo miró fijamente con acritud.

—Opino que la duquesa difícilmente será capaz de asumir la regencia sin ayuda.

Wellington sonrió.

—Oh, no me cabe duda de que sir John Conroy la asesoraría de muy buen grado. Según tengo entendido, es muy ambicioso.

El color del semblante de Cumberland se acentuó.

—Una tontaina alemana y un charlatán irlandés... Menuda pareja.

Peel intervino desde el rincón.

—Entonces ¿a quién teníais en mente, señor?

Wellington dio un paso hacia Cumberland.

—Oh, creo que el duque considera que la regencia debería asumirla un miembro de la familia real británica, ¿cierto?

Cumberland retrajo los labios a modo de sonrisa.

—Efectivamente, Wellington. La duquesa, como madre de la reina, tiene derecho a ello, pero necesitaría un corregente de sangre real.

Wellington asintió.

—Bueno, confiemos en que no se dé esa circunstancia. Al país no le convendría otra regencia.

Cumberland intentó disimular su irritación.

—Mejor una regencia que una muchacha desquiciada en el trono.

Peel carraspeó.

—Yo no diría que la reina estaba desquiciada, señor. De hecho, me dio la impresión de que estaba bastante serena.

Cumberland giró la cabeza bruscamente.

—Pero se ha comportado de manera completamente irracional, ¿no es así?

Wellington sonrió.

—Me atrevería a decir que, según el criterio de la reina, su comportamiento es bastante racional. Me figuro que piensa que negándose a renunciar a sus damas conseguirá que Melbourne regrese.

—Pero eso es inconstitucional —farfulló Cumberland.

—Igual que sustituir a una soberana en sus cabales por un regente, su alteza real —repuso Wellington con una cortesía exagerada. Los labios de Peel esbozaron una mínima sonrisa.

—Hay que hacer algo —rezongó Cumberland, ignorando el insulto tácito.

Wellington asintió.

—Sí, necesitamos un primer ministro. Ahora ella mandará llamar a Melbourne, pero me pregunto qué hará él.

—Sin duda, accederá a sus deseos; el hombre está prendado de ella —dijo Cumberland.

—Quizá, pero hasta Melbourne se mostrará reacio a convertirse en el segundo perrito faldero de la reina —señaló Wellington—, e independientemente de lo que penséis de su política el hombre tiene presente cuál es su deber.

Peel miró a Wellington y seguidamente a Cumberland.

—Lamentablemente, sus nociones de economía política son insuficientes, pero es un hombre de honor.

Cumberland miró a ambos con incredulidad.

—¡Vamos, honor y deber! No se trata de una novela de sir Walter Scott. Melbourne es hombre y político; hará cualquier cosa en interés propio.

Wellington mantuvo la sonrisa impasible.

—Bueno, eso está por ver, pero de momento estamos en sus manos.

Cumberland hizo amago de seguir amonestándoles, pero evidentemente se lo pensó mejor. Saludó a ambos con un frío asentimiento de cabeza, se giró en redondo y se alejó de allí, mientras los miembros del club apartaban rápidamente la mirada a su paso como borregos asustados.

Peel se volvió hacia Wellington.

—Supongo que si la reina no se atiene a razones..., en un momento dado habría que plantearse la idea de una regencia.

Wellington entrecerró los ojos.

—Es posible, por supuesto, pero no me cabe la menor duda de una cosa: el pueblo preferiría que Pulgarcito ocupase el trono antes que ser gobernado por el duque de Cumberland. La mitad del país piensa que asesinó a su ayuda de cámara y la otra cree que engendró un hijo con su hermana. Puede que la pequeña Vicky sea joven e insensata, pero no es ningún monstruo. Al menos de momento.

5

Victoria esperó a Melbourne en su salón privado. Abrió una de las valijas y trató de concentrarse en un escrito relativo al nombramiento del deán de la catedral de Lincoln, pero fue inútil. Cerró la tapa de la valija roja y se escrutó en el espejo de la repisa de la chimenea. Llevaba puesto el vestido rosa que en una ocasión Melbourne le había dicho que le favorecía, pero en el espejo le dio la impresión de que le hacía la tez cetrina. ¿Le daría tiempo a cambiarse?

Miró el reloj de Boulle que había sobre la consola de malaquita; eran casi las once. Si se cambiaba de vestido en ese momento, era posible que Melbourne llegara, y no quería hacerle esperar. Se pellizcó las mejillas con fuerza y se mordió los labios para intentar darle un poco de color a su semblante, pero seguía pálida. Le había costado mucho conciliar el sueño la noche anterior. Se preguntó si Melbourne repararía en ello; por lo general era muy observador.

Antes de que en el reloj terminaran de sonar las once, el lacayo abrió la puerta para dejar entrar a Melbourne.

Victoria se dio cuenta enseguida de que su sonrisa no era tan afectuosa como esperaba, pero no permitió que la suya se quebrara mientras le tendía la mano.

—Querido lord M, no os imagináis cuánto me alegro de veros. —Sonrió con gesto cómplice—. ¿No creéis que he manejado la situación de maravilla?

—Habéis sido de lo más hábil, majestad —repuso Melbourne con un tono carente de expresión.

—Sir Robert pretendía quitarme a todas mis damas y sustituirlas por espías conservadoras.

Para su gran alivio, vio que Melbourne sonreía al señalar:

—Peel es un magnífico político y un hombre de principios, pero me temo que nunca ha entendido al sexo débil.

Se quedó mirando a Victoria y ella le sostuvo la mirada. A continuación, en un tono más bajo, dijo:

—Os he echado de menos, lord M.

Melbourne enarcó una ceja.

—Ha sido un día y medio. —Dio un paso al frente y ella levantó la vista expectante, pero él le habló en un tono muy serio.

—He venido a deciros, majestad, que volver a asumir el cargo de primer ministro iría en perjuicio de vuestros intereses.

Victoria, asombrada, tuvo que repetir las palabras mentalmente para asimilar su significado, y a continuación exclamó:

—¿En perjuicio de mis intereses? Pero si es lo único que deseo en este mundo.

Melbourne inclinó la cabeza y continuó en el mismo tono grave:

—Me halagáis, majestad, pero no puedo permitiros que pongáis en peligro la posición de la Corona por mi culpa.

Victoria sintió que la cabeza le iba a estallar. En ningún momento se le había pasado por la cabeza que Melbourne no regresara una vez que ella se hubiera deshecho de Peel. Y ahora la trataba como si fuera una niña testaruda en vez de su soberana.

Alzó la barbilla.

—¿Que no podéis *permitirme*, lord Melbourne?

—Peel estaba en todo su derecho a solicitar los cambios en vuestra corte —continuó Melbourne—. Después de todo, vuestras damas son las que yo propuse.

A Victoria le dio un retortijón en el estómago y comenzó a jadear.

—Pero mis damas son mis amigas. Si las pierdo como a vos, me quedaré sola. Todo volverá a ser como en Kensington, con mi madre y sir John. No creo que pueda soportarlo. —Notó que los ojos se le anegaban en lágrimas y se mordió el labio—. Sir Robert Peel no entiende esto, pero considero que vos debéis haceros cargo, lord M.

Melbourne suspiró; su atractivo rostro pugnaba por mantener la compostura. Victoria pensó que seguramente cedería, pero cuando retomó la palabra lo hizo en ese detestable tono.

—Lo siento, pero si accedo a formar gobierno ahora vos saldréis perdiendo, majestad. Los críticos, y tengo muchos, argumentarán que he manipulado a una joven impresionable en beneficio político personal.

—Pero eso no es cierto —repuso Victoria con rotundidad—. No soy un pedazo de barro para que me moldee nadie.

Entonces él la miró y dijo despacio y con tacto:

—No, ya no sois ninguna niña, y por eso debéis tratar de entender que no importa quién os guste u os deje de gustar.

Victoria torció el gesto; ¿acaso no comprendía que necesitaba su apoyo, no un sermón sobre las obligaciones de una soberana?

—¡Cómo no va a importar! Soy la reina. —Mientras lo decía, él negó con la cabeza.

—Vic... —Se interrumpió—. Majestad, seguramente entenderéis lo que hay en juego.

Victoria irguió los hombros y, con toda la entereza de la que pudo hacer acopio, dijo:

—¡Lord Melbourne! ¡Sois vos quien lo olvidáis!

Pero Melbourne mantuvo el gesto impasible. Su rostro, por lo general tan expresivo, parecía de granito. Sus tiernos y vivarachos ojos la observaban con dureza, y su eterna sonrisa había dado paso a una adusta línea. A Victoria le dio la sensación de que se le rompía el corazón; había confiado totalmente en él y ahora se negaba a acceder a lo único que ella deseaba en este mundo.

Al final le dijo en voz baja:

—¿No queréis ser mi primer ministro?

Él respondió como si le estuvieran extrayendo las palabras una a una.

—No en estas circunstancias, majestad. La relación entre la Corona y el Parlamento es sagrada, y no permitiré que la pongáis en peligro. —Y, antes de darle tiempo a replicar, Melbourne añadió en tono seco—: Os ruego que me disculpéis, majestad. —Sin esperar a que le diese permiso, le dio la espalda y salió a paso rápido de la sala.

Conroy se disponía a ir a palacio desde su residencia en Bruton Street cuando un emisario se presentó con una carta donde se le citaba en Cumberland House. La mente ágil de Conroy comenzó a cavilar sobre los intereses que podían tener en común la duquesa y Cumberland, y se puso de camino al palacio de St. James, donde el duque disponía de aposentos, con una sensación de anticipación. Con Melbourne fuera de juego y Cumberland de aliado, vislumbraba ciertas posibilidades de progreso.

Cumberland lo recibió en el arsenal, una sala donde hasta el último milímetro de pared estaba cubierto de armas. Un haz de luz se proyectó sobre un armero de sables y el reflejo deslumbró por un momento a Conroy.

Cumberland se hallaba de pie junto a un hacha cincelada en plata, como un hombre que no pestañearía ante una ejecución. Cuando Conroy fue anunciado, el duque se disponía a aspirar un gran pellizco de rapé, y se puso a dar fuertes estornudos. Cuando el ataque remitió, observó a su invitado con los ojos entrecerrados.

—Estáis aquí, Conroy —dijo.

Conroy percibió la impaciencia en el tono de voz del hombre y contestó con tacto:

—He venido en cuanto he recibido vuestro mensaje, señor. Aunque he de confesar que me ha sorprendido un poco su llegada. Mantengo, como sabéis, una relación muy cercana con la duquesa de Kent, con quien no siempre habéis cultivado una cordial amistad.

Cumberland volvió a estornudar.

—Las cosas han cambiado, Conroy. —El duque dio un par de pasos hacia su invitado y dijo en un susurro teatral—: Estoy preocupado por mi sobrina. Me da la impresión de que ha perdido el juicio. —Tras una pausa, añadió con una piadosa caída de ojos—: Como mi pobre padre.

Conroy bajó la vista, al tiempo que intentaba averiguar las intenciones del duque. La reina era de temperamento nervioso, proclive a la histeria como todas las jóvenes, pero de ahí a cuestionar su cordura comparándola con el loco del rey Jorge III, era prematuro. No obstante, como esto era obviamente el preludio de algo más, asintió con aire grave.

—Coincido con vos, señor. Es de naturaleza nerviosa desde que era una niña. Es posible que la presión de su posición haya alterado sus sentidos.

—¡Exacto! —Una de las comisuras de la boca de Cumberland se elevó—. Pensé que posiblemente coincidiríais conmigo. Padre solía hablar solo y chillar sin motivos aparentes. ¿Mi sobrina hace cosas así?

Conroy correspondió al duque con una sonrisa.

—El comportamiento de la reina ha sido ciertamente... errático. Primero el incidente de Hastings y ahora este asunto de las damas. ¿Sabéis que de hecho fue a Dover House a mantener un *tête-à-tête* con Melbourne?

—Semejante comportamiento es impropio de una soberana —aseguró el duque, negando con la cabeza—. Nadie, por supuesto, quiere creer que la cabeza que porta la corona no esté en sus cabales, pero si ese es el caso no debemos eludir nuestro deber.

Conroy inclinó la cabeza a modo de aprobación.

—No, indudablemente, señor. —Esperó a que el duque continuara, al tiempo que se preguntaba qué cartas pondría boca arriba.

El duque sacudió una mano.

—Estoy seguro de que la duquesa debe de estar muy preocupada por el bienestar de su hija. A mí me preocupa, naturalmente, el país. Cabe la posibilidad de que podamos llegar a algún tipo de acuerdo.

Conroy levantó la vista.

—¿Respecto a una regencia, señor?

Cumberland asintió.

—Por supuesto, siendo su madre, la duquesa es la alternativa obvia. Pero dudo que el Parlamento desee que ocupe el trono otra mujer, especialmente porque es extranjera. Si la duquesa tuviera un corregente de la familia real británica —esbozó otra de sus sonrisas ladeadas—, creo que no habría posibilidad de objeciones.

Conroy le devolvió la sonrisa.

—Estoy convencido de que la duquesa estaría de acuerdo, señor.

—No obstante, necesitaremos pruebas. En principio su comportamiento reciente debería bastar, pero Wellington y Peel son terriblemente cautelosos.

—¿Pruebas?

—Algún indicio de que el estado mental de la reina está trastornado.

—Entiendo, señor.

—Bien. —El duque sacó la caja de rapé de nuevo, se echó una pizca en la mano y aspiró. Al cabo de tres estornudos, miró a Conroy como sorprendido de que todavía siguiera allí—. Bueno, creo que eso es todo lo que deseaba deciros. Podéis retiraros.

Conroy salió en silencio de la habitación. La arrogancia del duque era intolerable. Puede que Conroy hubiera puesto en entredicho los rumores de que Cumberland había asesinado a su ayuda de cámara, pero ahora les daba toda la credibilidad. Despacharle como si fuera un criado en vez de un inestimable aliado... Ojalá estuviera en posición de actuar por su cuenta, pero Conroy tenía presente que para que la duquesa tuviera alguna oportunidad de ostentar el poder y ejercer la influencia que le correspondía por derecho propio (y a él, naturalmente), necesitaría aliarse con Cumberland.

Por supuesto, llegado el caso, Conroy no tenía intención de apoyar una corregencia. La duquesa ya tenía un consejero, pero de momento el duque era la única persona que podía llevar a un punto crítico el asunto de la regencia. Este planteamiento lógico calmó a Conroy y, cuando cruzó caminando el Mall en dirección al palacio de Buckingham y a los aposentos de la duquesa, ya había recobrado la serenidad.

Encontró a la duquesa revisando sus cuentas con su ayuda de cámara, frau Drexler. Cuando entró, ella suspiró.

—Oh, sir John, ¿sabéis que madame Rachel, mi modista, no me da más crédito? Pronto me veré obligada a vestirme con harapos. No está bien que se humille así a la madre de la reina.

Conroy sonrió.

—Oh, no creo que tengáis que preocuparos por vuestras facturas de ahora en adelante, duquesa. Tengo noticias que creo que os interesarán mucho.

Miró a Drexler, y la duquesa agitó la mano para indicarle que se retirara.

Conroy se sentó en el sofá al lado de la duquesa. Quizá más cerca de lo que imponía la urbanidad, pero sabía que la duquesa era una mujer que reaccionaba a la proximidad física. Cuanto más se acercaba a ella, más poder tenía.

—Acabo de ver al duque de Cumberland.

La duquesa se volvió hacia él asombrada.

—¡Cumberland! Pero ¿por qué? Es mi enemigo.

Conroy posó una de sus fuertes manos en la de la duquesa, enfundada en un mitón.

—Puede que así fuera en el pasado, pero ahora creo que tenéis más en común con él de lo que sois consciente.

La duquesa lo observó con sus ojos azules acuosos.

—Pero ¿qué tengo yo en común con ese espantoso hombre?

—Al duque le preocupa, como a nosotros, la reina. En su opinión, las presiones de su cargo están haciendo mella en su juicio.

La duquesa negó con la cabeza.

—No, no, puede que Drina sea obstinada y testaruda, pero no está loca.

Conroy le apretó la mano.

—Loca exactamente no... —Hizo una pausa para buscar la palabra adecuada—. Sobrepasada. El duque considera, y yo coincido con él, que lo que necesita es un periodo de tranquilidad y reclusión para poder recuperar las fuerzas.

La mano de la duquesa tembló debajo de la suya.

—¿Tranquilidad y reclusión?

—Sí. Naturalmente, para que eso ocurra habría que nombrar a un regente que se ocupe de las gestiones gubernamentales.

La duquesa bajó la vista a la mano que aferraba la suya.

—Una regencia. Es lo que siempre he anhelado, tener la oportunidad de guiar a mi hija en vez de quedarme al margen. Pero no entiendo qué interés puede tener Cumberland.

—Se figura que necesitaríais un corregente.

Los tirabuzones rubios se movieron.

—No, sir John, eso no puede ser. No puedo traicionar a mi hija para ayudar a ese hombre.

Conroy se reprendió a sí mismo por haberse precipitado.

—Creo que a la única persona a la que ayudaríais, señora, sería a vuestra hija. En mi opinión, actualmente corre el riesgo de perder toda credibilidad ante la opinión pública. Un periodo de reflexión lejos de la perniciosa influencia de lord Melbourne sería beneficioso para ella. Y, por supuesto, si sois regente, cuando se recupere del todo podréis devolverle el trono. Si lo ocupase el duque... —Hizo una pausa y miró a los ojos a la duquesa con elocuencia—. En fin, digamos que el duque tiene mucho interés en el trono y dudo que renunciara a él una vez que lo ocupe.

Entonces le apretó la mano y entrelazó los dedos entre los suyos. Al intuir que necesitaba que le infundiera más confianza, continuó:

—Un breve periodo de regencia bastaría para demostrar a vuestra hija y obviamente al país de lo que sois merecedora como reina madre. Os granjearíais el debido respeto y, cómo no, dispondríais de todos los vestidos que necesitaseis.

La duquesa apartó la mano.

—¿Pensáis que haría esto por unos vestidos?

Conroy adoptó un gesto profundamente contrito y alargó la mano con ademán suplicante. Tras unos largos instantes la duquesa le tendió la suya de nuevo.

—Considero que únicamente actuaríais en beneficio de los intereses de vuestra hija, duquesa. No obstante, me complacería en gran medida veros vestida como corresponde a vuestra condición. Una mujer como vos debería estar resplandeciente. —Al decir esto, le cogió la mano enfundada en el mitón y se la besó.

La duquesa suspiró profundamente.

—He de hablar con Drina. Debería entender lo que ocurrirá si no actúa con sensatez.

—Con todos mis respetos, majestad, no debéis mencionar nuestro plan a vuestra hija —replicó Conroy en tono bajo y apremiante—. En mi opinión, no entendería que nuestros motivos son totalmente desinteresados, y creo que podría usarlo en vuestra contra. Es mucho mejor no decir nada y prepararse para actuar en caso de que hubiera más indicios de inestabilidad mental.

La duquesa se puso de pie y Conroy la imitó.

—No confío en Cumberland, sir John.

Conroy se quedó delante de ella y la agarró por los codos.

—No, majestad, yo tampoco. Pero considero que es mejor aliarse con él que permitir que actúe solo. Esa es la única manera de proteger los intereses de la reina.

La duquesa lo miró con el rostro ensombrecido por la indecisión. Conroy insistió:

—Decidme, duquesa, que os consta que tengo razón.

Le sujetó los codos con fuerza hasta que asintió y acto seguido dijo con voz trémula:

—La protegeremos juntos.

Calculando que ya había dejado claras sus intenciones, Conroy soltó a la duquesa y le hizo una gran reverencia antes de retirarse. Una vez fuera de los aposentos, apoyó la frente contra una columna de mármol, la piedra fría contra su piel ardiente.

6

*H*abía pasado una semana desde la dimisión de Melbourne como primer ministro y el país seguía sin gobierno. Se había corrido la voz de que la reina había rehusado la petición de sir Robert Peel de renunciar a sus damas y en los clubes y pasillos circulaban habladurías de lo que se conocía como la «crisis de la alcoba». Peel había escrito a Victoria el día después de su entrevista para decirle que sin su cooperación en el asunto de la casa real le resultaría imposible formar gobierno. Ella le había respondido que no renunciaría a sus amigas. Victoria había disfrutado redactando aquella carta, pero no había tenido noticias de Melbourne desde su último desastroso encuentro. En un principio había estado convencida de que Melbourne aplaudiría su estratagema, pero en vez de eso habían reñido y ahora se encontraba sola.

Esa tarde cogió a Emma y le preguntó en un aparte si sabía por qué Melbourne no iba a palacio.

Emma parecía violenta.

—Imagino, majestad, que está esperando a que toméis la decisión sobre el primer ministro. No desea dar la imagen de que interfiere.

Victoria negó con la cabeza sin dar crédito.

—Pero ¿qué voy a hacer? Peel no formará gobierno a menos que yo acceda a sus abusivas demandas, y lord M, que debe de ser consciente de lo mucho que dependo de tu apoyo, el de Harriet y el de todas mis damas, sostiene que debo acceder a los deseos de Peel. Se mostró bastante brusco conmigo la última vez que nos vimos y desde entonces no he vuelto a tener noticias de él. Mañana es mi cumpleaños. —A Victoria se le torció el gesto—. ¿Crees que vendrá a la celebración? De no ser así, dudo que yo disfrute.

—Lo ignoro, majestad. Pero sospecho que no vendrá a palacio hasta que se nombre a un nuevo primer ministro.

Esa noche, Victoria se quedó tendida en la cama escuchando las campanadas del reloj de su alcoba, que sonaban cada cuarto de hora. Normalmente se quedaba dormida en cuanto apoyaba la cabeza en la almohada, pero esa noche no lograba aquietar la mente. Le costaba creer que Melbourne fuera tan duro de corazón. Se sentía enojada y desvalida al mismo tiempo. Sin él a su lado se veía privada de todos los pequeños placeres del reinado. Siempre estaba deseando revisar las valijas por la mañana en compañía de él, pero sin él para explicarle e ilustrarla, los nombres no eran más que nombres y los documentos una tarea tediosa.

Le dio un escalofrío al imaginar lo que sería realizar los nombramientos con sir Robert Peel. Le daba la sensación de que Peel era un hombre que no asociaba el disfrute o el placer con el ejercicio del deber público. A juzgar por su breve encuentro, sabía que la aleccionaría en vez de intentar instruirla sin hacerla sentir estúpida como hacía Melbourne. En su opinión, a Peel le traerían sin cuidado sus sentimientos. Además, no era más que un zoquete. Era un hombre con el que nunca le apetecería bailar.

Las campanadas volvieron a sonar: diez, once, doce. Medianoche. Oficialmente ya era su cumpleaños. Diecinueve años.

Victoria concluyó que no podía seguir en la cama ni un minuto más. Se levantó y se puso el salto de cama y las zapatillas. Pensó en despertar a Lehzen, que dormía en la habitación contigua, pero sabía que la baronesa la reprendería por andar dando vueltas en camisón. Además, no podía hablar de lord Melbourne con Lehzen.

Encendió la vela que había junto a su cama y se internó en el largo pasillo, con Dash correteando detrás. Había luna llena y, al entrar en la pinacoteca, los rostros de sus regios antepasados resplandecían en la luz argéntea. Contempló el retrato de Isabel I, cuya boca formaba una adusta línea. Antes se había preguntado por qué Isabel habría optado por ser retratada con un aire tan desagradable, pero esa noche sospechó que lo entendía. A Isabel, una mujer sola, sin esposo, le traía sin cuidado no gustar; quería ser respetada, incluso temida.

A la derecha de Isabel se hallaba Carlos I con su familia. A lord Melbourne le gustaba mucho ese cuadro; decía que el pintor había hecho un espléndido trabajo al mostrar cómo un hombre podía ser magnífico y estúpido a la vez. «Fijaos en el gesto pertinaz de su boca —le había dicho—; esa es la única cualidad imperdonable en un rey. La monarquía es esencialmente absurda y son los soberanos necios quienes olvidan eso». Victoria había adoptado una expresión recelosa ante esa observación, y Melbourne se había reído. «¿En vuestra opinión estoy siendo irrespetuoso, majestad? Quizá sí. Aunque no hay mayor partidario de la monarquía constitucional que yo, el sistema únicamente puede sostenerse si ningún bando se apoya demasiado en ella». Victoria observó el gesto malhumorado de Carlos. Esperaba que su retrato, en el que llevaba las vestiduras de la coronación, no reflejase una cualidad que no le hiciera justicia.

Dash ladró; el spaniel salió en persecución de una presa invisible. Victoria confiaba en que no se tratase de un ratón; tenía pavor a los ratones desde que uno le pasó correteando por la cara cuando dormía en el palacio de Kensington. Se había despertado chillando horrorizada. Su madre se había negado a creer que tal cosa pudiera haber pasado, pero Victoria aún conservaba la sensación de las diminutas patas tanteando su pecho y el espantoso movimiento suave de la cola. Desde entonces se empeñaba en que Dash durmiera encima de un cojín a los pies de la cama. Prefería las molestias de su olfateo y ronquidos a ese terrible correteo veloz.

Dash estaba rascando el revestimiento de paneles de madera que había bajo el retrato a escala real de su abuelo, Jorge III. A Victoria le desagradaba especialmente ese cuadro desde que Conroy le había comentado que se parecía a su abuelo. No se había tomado su comentario como un cumplido, pues en el cuadro el rey aparecía con sus ojos azules saltones y una expresión de perplejidad y desconcierto. De repente se sintió cansada y, al concluir que seguramente conciliaría el sueño por fin, se agachó para coger a Dash, pues sabía que no se iría a menos que se lo llevara a la fuerza.

Dash no estaba dispuesto a abandonar su presa sin oponer resistencia. Mientras intentaba apartarlo del rodapié, Victoria dio un respingo al oír una voz detrás de ella.

—Pero, Drina, ¿qué haces aquí sola en plena noche?

Al volver la cabeza vio a su madre, que parecía un puercoespín con el pelo recogido en rulos de papel. A la luz de la vela que llevaba en la mano, las sombras se proyectaban en su rostro.

—No podía dormir, mamá.

—Pero no deberías deambular en camisón en plena noche. Cogerás un catarro y, si los criados te vieran, podría haber habladurías. Creo que a lo mejor me echas en falta en tu habitación. Solías dormir muy bien en la cama al lado de la mía. —Le echó el brazo alrededor del cuello y le dio un apretoncito en el hombro.

—Es lógico que no duerma bien ahora que soy reina, mamá. Tengo muchísimas responsabilidades.

La duquesa acercó la vela a la cara de Victoria para escrutarla.

—Espero que no te resulten demasiado abrumadoras, *Liebchen.* Considero que es duro ser tan joven y tener tantas obligaciones.

—No tan joven, mamá. Es más de medianoche, de modo que ya he cumplido diecinueve años.

La duquesa sonrió y le dio un beso a su hija en la mejilla.

—No debes acatarrarte en tu cumpleaños. Deja que te acompañe a tu alcoba y me quede contigo hasta que te duermas. No creo que tengas motivos de preocupación si tu madre está a tu lado.

Cuando Victoria hizo amago de darse la vuelta para seguir a la duquesa, vio con el rabillo del ojo un rápido movimiento y un fugaz destello rosa, y soltó un gritito de terror.

—¿Has visto eso, mamá? Creo que era un ratón, o puede que una rata.

Como confirmando sus sospechas, Dash se puso a aullar y ladrar con el hocico pegado al zócalo.

—Estás temblando, Drina —dijo la duquesa—. ¿Cómo es posible que te asustes tanto por un ratoncito?

—Ya sabes lo mucho que los odio, mamá. Desde que el ratón aquel pasó correteando por mi cara.

—Tonterías, Drina. Solo fue producto de tu imaginación.

La duquesa movió la mano y la posó en la mejilla de su hija.

—No debes tener miedo a las sombras, Drina, o la gente rumoreará sobre ti. —Alzó la vista hacia el semblante blanco de Jorge III que resplandecía a la luz de la luna—. Se acuerdan de tu abuelo.

Victoria la miró confusa.

—¿Mi abuelo? ¿Qué estás diciendo, mamá?

La duquesa negó con la cabeza.

—No es lo que *yo* esté diciendo. Pero tal vez necesites un poco de descanso y tranquilidad.

Victoria volvió a alzar la vista hacia el rostro bovino de su abuelo, y comenzó a caer en la cuenta de lo que insinuaba su madre.

La duquesa continuó hablando con un fervor apasionado:

—Pero no debes preocuparte. Yo te protegeré, Drina, y no permitiré que te arrebaten lo que es tuyo.

Victoria se estremeció, pero esta vez de rabia, no de miedo. Cuando habló, toda traza de temor había desaparecido de su voz.

—Hubo un tiempo, mamá, en el que necesité tu protección, pero en vez de proporcionármela permitiste que sir John te manejara a su antojo.

La vela que la duquesa sujetaba en la mano se movió, proyectando sombras erráticas a su alrededor. Habló con el mismo tono airado que su hija.

—Al menos sir John se preocupa por mi existencia. Tú me has privado de todo tu afecto.

La contestación de Victoria no se hizo esperar.

—¿De quién es la culpa, mamá?

La duquesa se quedó mirándola y acto seguido se alejó a toda prisa aleteando sus rulos de papel.

Victoria la observó mientras se alejaba y, dando la espalda a sus antepasados, echó a caminar en dirección a su alcoba. Aún tenía tibia la mejilla que le había tocado su madre.

La mañana siguiente amaneció luminosa y espléndida. En las cocinas de palacio, el señor Francatelli, el repostero de la reina, daba los toques finales a su tarta de cumpleaños. Se había pasado semanas trabajando, había horneado las capas de pudin hacía un mes y las había macerado en coñac para conferirles el tono de la madera de caoba. Después había cubierto de *fondant* cada capa y había elaborado las columnas que sustentaban un piso encima del otro. En ese momento estaba preparando con azúcar la *pièce de résistance,* una miniatura de la reina con su perrito faldero.

En el salón del Trono, la esposa del vicario de la iglesia de St. Margaret, en Westminster, trataba de imponer orden entre sus jóvenes pupilos mientras cantaban el himno nacional. Para el vicario había sido un placer ofrecer a los alumnos que asistían a la escuela dominical de su esposa para que cantasen en el cumpleaños de la reina, pero, pensó ella arrepentida, él jamás se había visto en la coyuntura de mantener en silencio a ocho niños de siete años en un palacio. Los críos chillaron de júbilo cuando Francatelli entró empujando un carrito con la tarta de cumpleaños.

—Creo que es la tarta más grande del mundo.

—Apuesto a que es más grande que la propia reina.

—¡Mirad ahí arriba, la reina jugando con su perrito!

La esposa del vicario se apresuró con una velocidad fruto de la larga experiencia a interceptar una pequeña mano bastante mugrienta que pretendía darle palmaditas en la cabeza al spaniel de azúcar.

—Aparta de ahí, Daniel.

Los lacayos comenzaron a abrir la puerta de doble hoja y la esposa del vicario hizo una seña a sus jóvenes pupilos para que se pusieran en fila debajo de una pancarta donde aparecía pintado: «Feliz cumpleaños, majestad».

—¿Cantamos ya, señora Wilkins?

—No, esa es la madre de la reina, la duquesa de Kent.

—¿Quién es ese hombre que va con ella? ¿Es su marido?

—No, hijo, su esposo murió. Ese, creo, es sir John Conroy.

—Parece su marido.

—Eres un impertinente, Daniel Taylor. Haz el favor de guardarte las opiniones para tus adentros.

Se hizo el silencio en la sala mientras los lacayos de la puerta hacían una seña para anunciar que el séquito de la reina avanzaba por la pinacoteca. La señora Wilkins miró a sus pupilos y, cuando Victoria hizo su entrada —la esposa del vicario jamás se habría imaginado que pudiera ser tan baja—, les asintió para que comenzaran a cantar.

¡Dios salve a nuestra graciosa reina!
¡Larga vida a nuestra noble reina!
¡Dios salve a la reina!
Que la haga victoriosa,
Feliz y gloriosa,
Que tenga un largo reinado sobre nosotros.
¡Dios salve a la reina!

Los niños, como de costumbre, desafinaron, pero la reina sonrió y aplaudió al término del himno. La señora Wilkins le hizo una seña a Eliza, la más pequeña del coro, para que le hiciera entrega del ramo de violetas. La reina hundió la cara en las flores y dijo:

—Huelen de maravilla. Qué deliciosa felicitación de cumpleaños.

Los niños, incluso Daniel, sonrieron henchidos de orgullo. A continuación, con un ademán de la baronesa Lehzen, la señora Wilkins les indicó que hicieran las reverencias e inclinaciones de cabeza y la siguieran.

Cuando se encontraban a buen recaudo en las cocinas de palacio tomándose los helados que había encargado para ellos la baronesa, Daniel preguntó:

—¿Está casada la reina, señora Wilkins?

—No, todavía no.

—¿Por eso está tan triste? —preguntó Eliza.

—La reina no está triste —dijo Daniel en tono burlón.

—Sí que lo está. Le he visto lágrimas en los ojos cuando le he dado las flores. Lágrimas de verdad.

—Seguramente lloraba porque tenía que mirarte esa cara tan fea.

Cuando la señora Wilkins intervino para separarlos y consolar a Eliza, que desde luego era una niña poco agraciada, pensó en la carita de congoja de la reina y deseó que pudieran consolarla con la misma facilidad.

En el inmenso salón del Trono, engalanado de oro, Victoria contemplaba su magnífica tarta de cumpleaños. No pudo evitar expresar su júbilo cuando le llevaron un taburete para que pudiera apreciar la figurilla de azúcar del último piso de la tarta, donde aparecía con Dash. La reproducción era tan exacta que alcanzaba a distinguir el tocado de trenzas que llevaba alrededor de las orejas y la minúscula corona del collar de Dash.

Era realmente original y enternecedora. En un acto instintivo, Victoria se dio la vuelta para señalar la reproducción de azúcar de la Orden de la Jarretera a lord M, cosa que seguro le agradaría, pero enseguida recordó con una punzada en el estómago que este no se encontraba allí. Esa mañana se había pasado una hora junto a la ventana con la esperanza de divisar su carruaje, pero no había rastro de él.

—¿Me permitís que os felicite por vuestro cumpleaños, majestad? —Conroy inclinó la cabeza—. Confío en que sea el primero de muchos como reina. —Al decir esto, sonrió con pedantería, y a Victoria no se le pasó por alto la amenaza subyacente en sus palabras. Se preguntaba qué haría allí; su madre sabía de sobra que no le agradaba su presencia. Miró en dirección a su madre para dejar constancia de su disgusto, pero la duquesa estaba asomada a la ventana.

Victoria se dio la vuelta sin contestar, y Harriet se apresuró a romper el incómodo silencio.

—He dispuesto todos los regalos en esta mesa, majestad. Hay una daga con piedras preciosas del sah de Persia y una caja de música de lo más original de la corporación de Birmingham donde aparecéis sentada en el trono saludando mientras suena *Rule Britannia**. Permitidme que le dé cuerda para que lo escuchéis.

Victoria se quedó mirando con desgana cómo su pequeña doble movía su diminuta mano arriba y abajo.

—Muy original. —Se volvió hacia Lehzen—. Por favor, asegúrate de darles las gracias.

Cogió la daga, que tenía un rubí del tamaño del ojo de Dash en la empuñadura, y pensó que tenía un palacio repleto de armas que no se le permitía utilizar.

Emma Portman entró bulliciosamente, cargada con un paquete envuelto en papel de estraza y un cordel que entregó a Victoria.

—De lord Melbourne, majestad.

Victoria se sentó para abrir el paquete. Después de todo, se había acordado de su cumpleaños. Bajo el envoltorio había un estuche de madera con una placa de bronce en la parte de arriba que decía: «Presente para su majestad la reina Victoria en ocasión de su decimonoveno cumpleaños. De su fiel servidor, lord Melbourne».

Abrió rápidamente el estuche. Dentro, sobre un lecho de terciopelo azul, había un tubo de cobre. Lo cogió y vio que tenía un ocular en un extremo.

---

* Canción patriótica de 1740 que celebra el control marítimo del que Gran Bretaña disfrutaba en la época. De enorme fama, aún se canta en algunas celebraciones y eventos públicos. *[N. de la T.]*

—Oh, majestad —dijo Emma—, creo que es un telescopio. Qué típico de William elegir un presente tan fuera de lo común. —Lo dijo en tono animoso, como si supiera que Victoria necesitaba convencerse.

Victoria cogió el telescopio y se lo pegó al ojo. No veía nada, pero entonces Emma se acercó para enseñarle cómo desplegar el instrumento.

—Tenéis que tirar así, majestad, para poder ver. Probad ahora.

Victoria volvió a pegar el ojo contra el cristal y enfocó hacia el techo. Distinguió los hoyuelos de la mano de un querubín que sujetaba una lira; incluso alcanzó a ver la capa de polvo de la cornisa. Conforme bajaba el instrumento, vio una boca deformada en un gesto de cólera. Al apartar el telescopio, comprobó que era la boca de su madre.

—Oh, majestad, mirad, hay una tarjeta de lord Melbourne. —Harriet le puso la tarjeta en la mano.

El corazón empezó a aporrearle en el pecho al reconocer la letra de lord Melbourne. Despegó el lacre y, con una punzada de decepción, vio que la nota solamente tenía dos líneas.

Para ayudaros a ver las cosas desde otra perspectiva, majestad.
Como siempre, vuestro leal y obediente servidor,
Melbourne.

Victoria dejó caer al suelo la nota; Dash la recogió como un trofeo y echó a correr con ella por la habitación aullando de júbilo.

—Y aquí tienes mi regalo, Drina. —Al levantar la vista, Victoria vio que su madre le tendía un paquete. No sonreía.

—Gracias, mamá.

—No es gran cosa, me consta, pero no tengo a mi disposición fondos ilimitados.

Al percibir la amargura en el tono de voz de su madre, Victoria dijo con la mayor ligereza que pudo:

—No necesito regalos caros, mamá. Lo que cuenta es el detalle.

Retiró el papel y vio un libro. Era una edición de *El rey Lear* encuadernada en cuero marroquí rojo.

—¿Shakespeare, mamá?

—¿Por qué no lo abres? He marcado un pasaje que creo que deberías leer.

Victoria examinó el libro que tenía entre las manos. Notó la insistencia en la mirada de su madre y la presencia de Conroy detrás de ella. Abrió el libro despacio y a regañadientes, tratando de evitar el temblor de sus manos.

El libro se abrió fácilmente y vio que había dos líneas subrayadas en tinta roja. «Más dolorosa es la ingratitud de un hijo que el colmillo de una serpiente».

—¿Por qué no lo lees en voz alta, Drina? —dijo su madre con retintín.

Victoria cerró el libro bruscamente. Se levantó y, cuando estaba a punto de marcharse, vio un fugaz movimiento a sus pies. En un primer momento pensó que se trataba de Dash, pero acto seguido vio un destello rosáceo y una enorme rata parda le pasó por encima del pie.

Sus gritos fueron tan fuertes que más tarde los criados aseguraron que los brillantes de la lámpara de araña habían vibrado. Intentó reprimirse, pero seguía notando ese repentino movimiento en el empeine. No se encontraba a salvo en ningún lugar.

Lehzen se colocó a su lado.

—No os preocupéis, majestad, ya la ha atrapado Dash. Mirad, la tiene en la boca.

Pero Victoria chilló aún más fuerte. A continuación alargó el brazo hacia atrás lo máximo que le permitía el corsé y lanzó con todas sus fuerzas el ejemplar de *El rey Lear* contra la ventana que daba al balcón. El cristal se rompió con un agradable estrépito. Victoria dejó de gritar y se puso a reír meciéndose de atrás adelante, hasta que rompió a carcajadas al ver a Dash correteando alrededor de la sala con la rata entre los dientes.

Un par de manos fuertes la agarraron de los hombros para sujetarla. Al levantar los ojos vio que Conroy la miraba esbozando una sonrisa. Aquella sonrisa le oprimió el corazón.

—Estáis fuera de vos, majestad. Por lo visto la excitación del día os ha sobrepasado. Baronesa, creo que deberíais llevaros a la reina para que se recueste. Mandaré llamar a sir James.

Victoria hizo amago de hablar, pero no pudo pronunciar palabra. Como tenía la voz ronca de tanto gritar, negó con la cabeza con todo el vigor que pudo.

—En serio, majestad, he de insistir. Habéis estado sometida a una gran tensión; las obligaciones del cargo obviamente os han superado. Lo que necesitáis es un periodo de descanso y reclusión. Es una suerte que os encontréis entre amigos, pero pensad en la reputación de la monarquía si cualquiera hubiera presenciado uno de estos episodios. —Conroy lo dijo con firmeza y serenidad, como si estuviera imponiendo el orden tras un periodo de anarquía.

—¿No os parece, duquesa, que vuestra hija necesita una temporada de retiro sereno? —Conroy se volvió hacia la madre de Victoria.

—Creo que mi hija necesita que la cuiden.

Victoria quería protestar, pero le dio por llorar. Lehzen la agarró del codo.

—Venid conmigo, majestad, es lo mejor.

Victoria percibió la lealtad en el tono de Lehzen. Sabiendo que la baronesa al menos jamás la traicionaría, dejó que su antigua institutriz la condujera fuera de la sala.

Lehzen la ayudó a quitarse el corsé y Victoria se quedó dormida en cuanto se tumbó en la cama. Al despertarse vio a la baronesa inclinada sobre ella y a su lado a sir James Clark humedeciéndose los labios con nerviosismo.

—En mi opinión os encontráis agotada, majestad. —La agarró de la muñeca e hizo una mueca al tomarle el pulso.

Victoria giró la cabeza y vio a su madre al otro lado de la cama junto a Conroy, cuyo rostro era una máscara de preocupación y compasión. La embargó una inmensa sensación de agotamiento. Qué fácil le resultaría cerrar los ojos y esperar a que se marcharan. Pero al ver que Conroy tenía a su madre agarrada del codo como si fuese una marioneta, un arrebato de cólera la hizo incorporarse.

—De verdad, majestad. Creo que es esencial que paséis un periodo de reposo absoluto.

Victoria respiró hondo y se zafó bruscamente del médico. Mirando a Conroy, dijo lo más alto que pudo:

—De ninguna manera, sir James. No me pasa absolutamente nada.

—Pero, majestad, estos episodios de histeria a menudo se repiten. La baronesa me dice que tenéis un compromiso en el palacio de Westminster esta tarde. Sería aconsejable cancelarlo.

—Sería de lo más desafortunado —señaló Conroy— que os encontraseis... indispuesta en semejante acto. Creo que está previsto que haya una congregación muy numerosa de pares y miembros del Parlamento para inaugurar vuestro retrato.

Victoria agarró con fuerza la sábana con la mano y se sentó lo más erguida que pudo.

—Creo que estoy recuperada. Vi una rata, eso es todo. Podéis retiraros todos. Menos tú, Lehzen. Quiero preparar contigo algunos detalles sobre la inauguración del retrato.

Sir James Clark se dispuso a objetar, pero Conroy le puso la mano en el brazo.

—Debemos hacer lo que dice la reina, sir James. Es evidente que cree encontrarse bastante bien. —Acompañó a la salida al doctor y a la duquesa.

Cuando se fueron, Lehzen hizo amago de hablar, pero Victoria levantó la mano para impedírselo.

—No, Lehzen, no voy a quedarme en la cama. Simplemente he sufrido una conmoción. El... regalo de mi madre y luego la rata... me han provocado desasosiego, nada más.

—Pero, majestad, parecéis cansada. Creo que sería conveniente que descansarais.

Victoria alzó la vista hacia la baronesa, que la miraba con expresión preocupada.

—Descansaré ahora, Lehzen, pero esta tarde he de ir a la ceremonia. Si no, habrá rumores, y ya ha habido demasiados. Ya sabes lo que dice lord M: para que un monarca tenga credibilidad ha de dejarse ver.

Lehzen se encogió ante la mención de lord Melbourne, pero asintió.

—Entiendo, majestad.

—Además, ¿quién querría pasar el día de su cumpleaños en la cama?

Lehzen se llevó la mano a la boca.

—Oh, majestad, casi se me olvida. Tengo algo para vos. —Hurgó en sus faldones, sacó un pequeño estuche y se lo puso en la mano a Victoria.

Dentro había una miniatura esmaltada de una joven con una larga melena pelirroja. Victoria la examinó y reconoció a Isabel I. El retrato, obviamente pintado antes que el de la galería, era de una niña que aún no se había endurecido reinando. Su gesto era cauteloso, pero su mirada despedía serenidad. Miraba fuera del cuadro como buscando a alguien en quien confiar, pero el frunce de su boca y su barbilla alzada indicaban que ya sabía lo que era sentirse decepcionada.

Victoria sonrió.

—Isabel I. Gracias, Lehzen. Me gusta mucho.

—Fue una gran reina, majestad. Nadie pensaba que sería capaz de gobernar sola, pero trajo la paz y la prosperidad al país.

Victoria miró a Lehzen.

—La Reina Virgen. ¿Crees, Lehzen, que debería seguir su ejemplo?

La institutriz se quedó desconcertada, pero seguidamente levantó la mirada hacia la reina.

—Opino, majestad, que algunas mujeres necesitan tener a un hombre en todo momento, pero considero que en el caso de una reina no es necesario.

—¡Dudo que Conroy esté de acuerdo contigo!

Lehzen sonrió.

—No, majestad.

Victoria se echó hacia delante y la agarró de la mano.

—Pero hasta una reina necesita amigos, Lehzen.

Conroy no tardó en enviar una nota al palacio de St. James y en recibir un mensaje pidiéndole que se reuniera con el duque de Cumberland a la mayor brevedad posible. Salió enseguida, antes de que la duquesa de Kent tuviera oportunidad de preguntarle dónde iba.

Esta vez el duque no estaba con la caja de rapé y permaneció de pie mientras anunciaban a Conroy.

—Me perturbó vuestra nota, Conroy. ¿Histérica, decís, por una rata?

Conroy asintió.

—Me temo que se la oyó en todo el palacio. Naturalmente, enseguida mandé llamar a sir James Clark.

Cumberland se pasó el dedo índice por la cicatriz de la mejilla.

—¿*Había* una rata, o pudo haberse tratado de una alucinación? ¿Sabéis? Mi padre solía ver un perro de pelaje rojo. —Miró a Conroy esperanzado.

Conroy negó con la cabeza.

—Creo que había una rata, señor, pero la reacción de la reina fue desproporcionada. En opinión de sir James, sufre de histeria.

Cumberland apretó los labios.

—Entonces lamentablemente nuestro deber es plantear la cuestión de su estado mental. Creo que Wellington y Peel tendrán que darme la razón cuando se enteren de este episodio. El país continúa sin gobierno, y mi sobrina pierde el control por un roedor.

Pronunció las últimas palabras con entusiasmo. Conroy se dio cuenta de que el duque ya estaba asumiendo que obtendría el poder, y añadió rápidamente:

—La duquesa no quiere que su hija sufra ningún daño.

Cumberland lo miró fugazmente, irritado por el recordatorio de su alianza. Agitó la mano con un ademán de altivez regia.

—Por supuesto. La duquesa y yo cuidaremos de ella juntos.

Conroy hizo una inclinación de cabeza.

—A la duquesa le reconfortará saberlo, señor.

Cumberland lo calibró.

—No hay tiempo que perder. —Sacó el reloj de su bolsillo—. He de ir a White's; apuesto a que a esta hora Wellington estará allí. —Cumberland cogió su sombrero de la mesa y echó a andar hacia la puerta.

Conroy se percató de que lo estaba despachando.

—La duquesa necesitará estar informada de todos... los avances, señor.

Cumberland volvió la cabeza, sorprendido de encontrar a Conroy aún allí.

—Cómo no.

Había vestidos amontonados sobre el diván en el vestidor de Victoria. Tenía previsto ponerse el estampado de seda rosa, pero al probárselo no fue de su agrado. Aunque Lehzen objetó que era de lo más favorecedor, Victoria adujo que era un color espantoso y que parecía un tallo de ruibarbo. Después mandó llamar a Harriet Sutherland, que sugirió el de brocado crema, pero Victoria repuso que parecía un bollo. Ahora, vestida con el de seda azul, se estaba mirando al espejo, con Harriet, Emma y Lehzen a la espera de que se pronunciara. A juzgar por la expresión de estas, Victoria intuyó que su actitud era poco razonable, pero ninguna de ellas sabía lo que era entrar en una sala llena de desconocidos siendo el centro de todas las miradas.

—¡Con este vestido parezco... una espuela de caballero!

—Siempre he pensado que es una flor preciosa, majestad —dijo Harriet con una pequeña reverencia.

—¡Pero quiero parecer una reina!

—*Sois* la reina, majestad —dijo Emma—. ¿Cómo vais a parecer otra cosa?

Cuando Victoria estaba a punto de responder, un paje entró sin resuello.

—Disculpadme, majestad, pero ha venido el duque de Wellington. Solicita audiencia.

Victoria notó la expresión de asombro de sus damas.

—Bien. Dile que enseguida estaré con él.

El paje se marchó y Victoria se volvió hacia Emma.

—¿Crees que habrá cambiado de parecer con respecto a formar gobierno, Emma?

Emma reflexionó sobre ello.

—Me extrañaría, majestad. El duque no es de los que cambian de parecer.

—Bueno, espero que no haya venido para persuadirme de que ceda ante ese horrible Peel y me rodee de harpías conservadoras.

Emma sonrió.

—El duque es valiente, pero no insensato, majestad.

La señora Jenkins entró en la habitación con la banda azul de la Orden de la Jarretera. Cuando estaba a punto de dejarla allí, Victoria dijo:

—Gracias, Jenkins, me la pondré ahora.

Jenkins le colocó la insignia en el brazo de manera que no se le soltara. Victoria respiró hondo.

—Me siento como si fuera a librar una batalla.

Lehzen cogió la miniatura de Isabel y se la dio.

—Tal vez deberíais llevarla encima, majestad, para recordaros lo que es posible.

Victoria asintió y se la guardó en el bolsillo.

Wellington la esperaba en el salón del Trono. Mientras se inclinaba para besarle la mano, Victoria se percató de que la observaba atentamente, como buscando algo.

Consciente de que el duque le sacaba como mínimo treinta centímetros de altura, Victoria tomó asiento y le invitó a hacer lo mismo. Tras una breve pausa, Wellington dijo:

—He venido para interesarme por vuestro estado de salud, majestad.

Victoria lo miró sorprendida.

—Estoy muy bien, gracias.

El duque asintió y sonrió.

—No sabéis cuánto me alegra oír eso, majestad. En el club he tenido conocimiento de un... incidente en vuestra celebración de cumpleaños, y estaba preocupado.

Victoria entrecerró los ojos.

—Pero, como podéis comprobar, estoy en perfecto estado de salud, duque.

Wellington se puso las manos en las rodillas en un gesto que anunciaba que se disponía a hablar de negocios.

—Entonces debéis de ser consciente de que es hora de que llaméis a alguien para formar gobierno, majestad. Sé que Peel no tiene el encanto de Melbourne, pero es lo bastante cabal.

Victoria alzó la barbilla.

—Si decís que sir Robert es cabal, tendré que creeros. Pero no renunciaré a mis damas. No solo son mis amigas; son mis aliadas. —Hizo una pausa y lo miró a los ojos—. Sois un soldado, duque. ¿Os gustaría librar una batalla solo?

Wellington se rebulló en el asiento.

—No era consciente de que estabais librando una batalla, majestad.

Victoria no le correspondió a la sonrisa. Al erguirse un poco, sintió la silueta de la miniatura que llevaba en el bolsillo.

—Eso es porque no sois una mujer joven, duque, y me figuro que nadie os dice lo que tenéis que hacer. Pero yo he de demostrar mi valía todos y cada uno de los días, y no puedo hacerlo sola.

El duque reflexionó sobre ello, y en su rostro de facciones bien marcadas asomó una amplia sonrisa que le iluminó el semblante. Si Victoria hubiera sido un soldado, la habría seguido de buen grado a la batalla.

—En tal caso, majestad, no os culpo por manteneros firme.

Victoria sintió que la embargaba una oleada de alivio, pero el duque continuó:

—Y, sin embargo, vuestro mayor aliado, el vizconde Melbourne, ¿no está a vuestro lado?

Victoria bajó la vista al suelo y negó con la cabeza.

—Él y yo... discrepamos.

—Qué adversidad. Por lo visto, majestad, necesitáis un nuevo plan de ataque.

Victoria aguardó a que continuara, pero él cogió el bastón y la miró pidiéndole permiso para retirarse.

Ella se levantó y él la imitó. Inclinándose, dijo:

—Como sabéis, conocí a vuestro padre, majestad. Pero he de deciros que creo que preferiría teneros a vos a mi lado en el campo de batalla.

Le hizo un escueto asentimiento de cabeza y se marchó.

Victoria se llevó la mano a la mejilla. La tenía ardiendo.

Los carruajes estaban en fila ocupando toda la avenida de Whitehall. Melbourne se asomó por la ventana y, viendo que no avanzaba lo más mínimo, decidió bajar y caminar. No tenía previsto ir a la inauguración del retrato, pero había recibido un mensaje de Wellington pidiéndole que se reunieran allí y sabía que sería una grosería rehusar ir. Sin duda Wellington pretendía que ejerciese su influencia sobre la reina para persuadirla de que realizara algunos cambios entre sus damas. No tendría más remedio que explicarle que su influencia sobre la reina no llegaba hasta tal punto.

Era importante que Wellington comprendiese que el empecinamiento de la reina no era debido a su influencia, sino algo bastante propio de ella. Lo irónico era que todo el mundo asumía que la había animado a no ceder ante Peel. Tanto Sutherland como Portman y lord John Russell le habían llamado para preguntarle cuándo iba a formar gobierno y les había desconcertado saber que no tenía intención de volver a asumir el cargo de primer ministro.

Mientras caminaba por Whitehall, vio que la razón del retraso era un pastor vestido con un sayo que conducía a un rebaño de ovejas por en medio de la calzada. El pastor parecía indiferente al caos que había provocado. Melbourne observó su rostro rubicundo y sus pausados gestos y envidió su libertad.

Melbourne había pensado que su decisión le proporcionaría la misma confianza, que le reconfortaría haber hecho lo correcto, pero lo cierto era que ni san Juan Crisóstomo mitigaba su sensación de pérdida. El día antes había sido el primero en el que no se había reunido ni comunicado por carta con la reina desde que esta había accedido al trono. Sabía que se produciría un distanciamiento, a fin de cuentas había dejado el cargo, pero no había anticipado lo mucho que le molestaría el silencio de su estudio, el incesante tictac del reloj marcando las horas que ya no se interrumpían con valijas rojas, paseos a caballo por Rotten Row o una vocecilla clara llamando a lord M.

Melbourne notó que las conversaciones a su alrededor se volvían cuchicheos conforme subía los escalones de Westminster Hall. Alguien estaba diciendo: «Gritando como un alma en pena, por lo visto. Tuvieron que sujetarla entre seis lacayos», pero se calló al ver a Melbourne.

Dentro vio que el Hall estaba a rebosar de pares y miembros del Parlamento que habían acudido a la inauguración del retrato de la reina, pero también a tantear de qué lado soplarían los vientos políticos. Vio al duque de Sutherland de pie con lord Russell y lord Durham y, a tenor de sus expresiones furtivas, intuyó que hablaban de él. Para distraerse, levantó la vista hacia la cercha gótica del techo. Llevaba allí desde tiempos de los Plantagenet y había sobrevivido al gran incendio de 1834 que había reducido a cenizas al resto del edificio del Parlamento. Aquella noche había habido personas que de buen grado habrían presenciado la destrucción íntegra del edificio, pero Melbourne había ordenado que salvaran el Hall. Su interés y un afortunado cambio en la dirección del viento habían propiciado que, aparte de unas cuantas marcas de fuego, se conservase el techo al que había mirado Carlos I mientras estaba siendo juzgado a vida o muerte. Al fondo del Hall, sobre una tarima de madera con un caballete tapado con una tela de terciopelo rojo, estaba el retrato que Hayter había hecho de la reina con las vestiduras de la coronación. El cuadro, encargado por el Parlamento, se colgaría en los nuevos edificios cuando por fin se construyeran.

Melbourne se preguntó si la reina conocería la historia del Hall. Tal vez le hiciera plantearse seriamente las consecuencias de su comportamiento. El país no podía funcionar sin gobierno. Podía, por el contrario, sobrevivir sin monarca, como habían dejado patente los diez años de interregno.

Notó una mano sobre el hombro y al darse la vuelta se encontró con el semblante aguileño del duque de Wellington.

—Por fin os encuentro, Melbourne —dijo el duque.

—¿Y si vamos a un lugar con más privacidad? —Melbourne señaló hacia la zona que había detrás del retrato, donde estarían fuera del alcance de las miradas.

Mientras se dirigían allí, Wellington fue al grano.

—Habéis jugado muy bien vuestras cartas, Melbourne. Nuestra pequeña reina es tan partidaria de los liberales que no está dispuesta a ceder el menor hueco a mi partido. Me pregunto de dónde sacará semejante tozudez.

Melbourne esperó hasta que estuvieron a salvo tras la tarima para responder:

—Le aconsejé a la reina que hiciera ciertos cambios entre sus damas, duque.

Para su sorpresa, el hombre soltó una risotada.

—¿Y tampoco os hace caso? Mujeres. —Entonces Wellington se acercó y añadió en tono confidencial—: Bueno, si no os hace caso, ¿quién le da las pautas? Cumberland piensa que oye voces en su cabeza, como su abuelo.

—¿El viejo rey? Pero si estaba loco... —dijo Melbourne, estupefacto.

Wellington se dio unos golpecitos en la nariz con el índice.

—Efectivamente. —A continuación, casi en un hilo de voz, añadió—: Es más, Cumberland está haciendo campaña para una proposición de regencia.

A Melbourne le dio un vuelco el corazón, pero mantuvo la mirada imperturbable.

—Os aseguro, duque, que la reina es tan cabal como cualquiera de los presentes. La única voz que oye es la suya propia.

Para su gran alivio, el hombre asintió con firmeza.

—Doy fe de vuestra palabra, Melbourne. Pero cuanto más se demore el asunto de las damas..., en fin, no pinta bien. Si la reina no está bien de la cabeza, hay que hacer algo.

—¿Qué queréis decir? —exclamó Melbourne en un tono más alto del que pretendía.

Algunos de los presentes volvieron la cabeza.

Wellington se llevó el dedo a los labios y observó fijamente a Melbourne.

—Si la reina no nombra a un primer ministro, el Parlamento tendrá que nombrar a un regente. Alguien ha de imponer el sentido común.

A Melbourne le costaba creer que precisamente Wellington diera crédito a tan disparatado planteamiento.

—No podéis hablar en serio, duque.

Wellington negó con la cabeza y lanzó una perspicaz mirada a Melbourne.

—Puede que no.

Y seguidamente, acercándose y apuntándole al pecho con el dedo, dijo:

—Pero no soy *yo* quien ha de desmentir esos rumores, Melbourne.

Melbourne escrutó los penetrantes ojos azules del viejo soldado y se dio cuenta de que le estaba dando una orden.

Algo cambió en los murmullos a su alrededor y las cabezas comenzaron a volverse hacia las puertas del Hall. La comitiva real se aproximaba. Wellington hizo un asentimiento de cabeza a Melbourne y se abrió paso hacia los veteranos conservadores que estaban reunidos en pie. Cuando el grupo se movió para hacerle hueco, Melbourne vio que Cumberland le comentaba algo con urgencia a sir Robert Peel.

El portón se abrió y Melbourne vio la silueta de Victoria perfilada contra el sol vespertino. Le asombró lo menuda que era, y sin embargo despedía un aire regio por el modo en el que inclinaba la cabeza con determinación y por el paso firme con el que atravesó la cámara, flanqueada —y ese era el único término para describirlo— por sus damas.

La reina se detuvo al pie del estrado, donde fue recibida por James Abercrombie, el presidente de la Cámara de los Comunes. Era del tipo de escoceses que jamás dicen dos palabras pudiendo decir veinte. Tras aclararse la garganta con ceremonia, comenzó su discurso.

—Me gustaría hacer extensible la bienvenida a esta cámara, la madre de los parlamentos, a su majestad en ocasión de la presentación de este retrato que ha realizado George Hayter, miembro de la Real Academia, para la nación. ¿Tendríais la gentileza de hacernos el honor de descubrir este tributo pictórico ante esta audiencia de vuestros más leales y fieles súbditos?

Al pronunciar la última frase, varias cabezas se volvieron hacia Cumberland, que no despedía un aire de lealtad ni fidelidad. Alguien chistó cuando la reina subía los escalones del estrado. Se colocó junto al caballete, examinando a la multitud como tratando de localizar a alguien. A continuación se dispuso a agarrar el cordón para tirar de la tela de terciopelo que cubría el cuadro. Como alguien había calculado mal la altura del caballete en proporción a la soberana, la reina tuvo que ponerse de puntillas y estirar los brazos para alcanzar el cordón. Parecía insegura y algo ridícula. Melbourne vio que Cumberland enarcaba una ceja y echaba un vistazo a los presentes que había a su alrededor mientras la reina intentaba agarrar el cordón en vano para retirar la tela.

La cara se le puso roja del esfuerzo; impotente, frunció el ceño. Dio un saltito con la esperanza de que tirando del cordón con todo su peso este terminara cediendo. Melbourne oyó una risita por detrás y, al volver la cabeza, vio que todos los presentes a su alrededor estaban haciendo un esfuerzo por contener la risa. Vio a Victoria erguir sus pequeños hombros para realizar otro intento y, sin ser consciente de lo que hacía, se colocó a su lado y dijo:

—¿Me permitís que os ayude, majestad?

Victoria volvió la cabeza y la cara se le iluminó de tal modo que Melbourne pensó que lo recordaría durante el resto de su vida.

—Os lo agradecería mucho. Por lo visto no puedo arreglármelas sola.

Melbourne estiró el brazo y le quitó el cordón de las manos.

—Entonces será un placer serviros, majestad.

Sus manos se rozaron y Victoria lo miró con gesto interrogante.

—¿Queréis decir que...? —Se le apagó la voz, al tiempo que una chispa de esperanza iluminaba sus ojos.

—Me refiero a que si su majestad me hiciera el honor de pedirme que formara gobierno, para mí sería un privilegio aceptar.

Reparó en que Victoria no le estaba escuchando realmente, sino escudriñando su rostro buscando el significado. Melbourne le sonrió y en ese momento tiró del cordón para descubrir el retrato.

El público contuvo el aliento, pero resultaba imposible saber si el motivo era el esplendor del retrato o el espectáculo de la reina junto al que fuera su primer ministro.

En el óleo, Victoria contemplaba el mundo por encima de su hombro. Hayter le había conferido otra proporción a la corona de tal modo que en vez de colgarle precariamente se ajustaba a la cabeza de Victoria como si se la hubiesen hecho a medida. Llevaba el pelo recogido en trenzas alrededor de las orejas y los vistosos colores de las vestiduras oficiales y el estandarte real que había detrás del trono le conferían a la pintura un matiz mítico, como si no solo se tratase de la reina, sino del símbolo de la soberanía en sí.

Victoria alzó la vista hacia Melbourne.

—¿Os gusta, lord M?

Aunque hacía menos de una semana que no le llamaba así, Melbourne sintió una absurda punzada en el corazón.

—No hay pintura que os haga realmente justicia, majestad.

Ella le correspondió a la sonrisa.

—Es mejor que esas espantosas viñetas donde me dibujaron como un bollo.

—Confío en que nadie vuelva a dibujaros como un bollo, majestad. Al menos mientras yo sea primer ministro.

Victoria se echó a reír.

—Entonces espero que permanezcáis en el cargo durante todo mi reinado.

Abercrombie apareció al lado de la reina.

—¿Tendríais la gentileza de permitirme que os presente a algunos de los miembros de la cámara que han refrendado la realización del retrato?

Victoria miró fugazmente a Melbourne.

—Cómo no. Creo que ya he terminado mi conversación con el... —hizo una pausa y sonrió— primer ministro.

—Ciertamente, majestad.

Los ojos de Abercrombie se abrieron de par en par mientras conducía a la reina hacia la fila de los miembros del Parlamento para presentárselos. Melbourne los siguió a un par de pasos de distancia, consciente de que sería la manera más rápida de dar a entender a sus pares que había decidido regresar al gobierno. Conforme la reina avanzaba por la fila de hombres, respondiendo a sus saludos con una tenue y fugaz sonrisa, de tanto en tanto miraba de reojo a Melbourne como para cerciorarse de que seguía allí.

Cumberland, que se encontraba junto al duque de Wellington al otro lado de la sala, se pasaba el dedo convulsivamente por la cicatriz de la mejilla mientras observaba a su sobrina en el besamanos, su menuda figura empequeñecida entre la marea de hombres que la rodeaba.

—Y esa es la ungida del Señor. Los franceses sabían lo que se hacían cuando adoptaron la ley sálica.

Wellington se tomó la licencia de sonreír.

—Las mujeres pueden llegar a ser un incordio infernal, pero al público le agrada tener a una joven reina. Hace rejuvenecer al país, ¿no os parece?

—Nadie quiere una reina que haya perdido el juicio.

—Oh, en mi opinión la reina está bastante cuerda. Fijaos cómo ha logrado que Melbourne vuelva. Creo que no hay duda de que se andará con pies de plomo.

Algo en el tono del duque hizo que Cumberland volviera la cabeza.

—Me pregunto si Robert Peel coincidirá con vos, duque. Que se haya descartado su posibilidad de ser primer ministro porque la reina no estaba dispuesta a prescindir ni de una sola enagua...

—Sir Robert tiene presente que pronto llegaremos al poder —dijo Wellington, enarcando una ceja—, pero solo en las circunstancias adecuadas.

Victoria casi había llegado a su altura al otro lado de la sala. Al ver a Wellington, miró fugazmente a Melbourne y acto seguido al duque y sonrió. Una sonrisa que le fue correspondida.

Cumberland, que reparó en el gesto, decidió que no tenía sentido quedarse. Se marchó del Hall con aire ofendido, sin despedirse ni dejar de tocarse la marca de la cicatriz con el dedo.

Esa noche Melbourne cenó en palacio, y los cortesanos lograron apurar sus platos sin interrupciones mientras la reina escuchaba embelesada las anécdotas que contaba sobre la corte en la época de Jorge III. Después de cenar, la reina tocó el piano a dúo con Harriet Sutherland.

Melbourne solo atendía a la música a medias; se dedicó a fijarse en la pequeña cabeza de la reina y en la manera en la que contraía las mejillas al interpretar un fragmento difícil.

—La reina parece muy feliz esta noche —dijo Emma Portman. Melbourne no se había dado cuenta de que estaba detrás de él. Respondió sin apartar los ojos de Victoria.

—Tan joven y con semejantes responsabilidades... No debería tener que lidiar con ello sola.

En ese momento Victoria alzó la vista del teclado y, al ver que Melbourne la observaba, le sonrió dejando al descubierto sus dientecillos blancos. Emma reparó en el gesto y acto seguido comentó:

—Sabes que tienes los días contados, ¿verdad, William?

Melbourne siguió mirando fijamente a la reina al responder:

—Por supuesto. Todo primer ministro lo sabe.

—No, no me refiero a eso. Es muy joven, como bien dices, pero algún día se casará, y entonces...

—Y entonces mirará a su esposo, no a mí —dijo Melbourne—. Sí, Emma, lo sé.

Emma fue lo bastante lista como para zanjar la conversación.

Cuando terminaron la pieza, Victoria se levantó y fue a su encuentro.

—¿Os gustaría jugar a las cartas, lord M? He echado de menos nuestras partidas de cientos.

Melbourne bajó la vista hacia ella y sonrió.

—Yo también, majestad, yo también.

TERCERA PARTE

1

*H*ay una carta para vos, majestad, de Bruselas. —Lehzen se sacó la carta de uno de los bolsillos de su falda.

Victoria suspiró.

—Ahora no tengo ganas de leerla, Lehzen. Hoy no.

Lehzen dejó la carta encima del tocador y se retiró. Skerrett le estaba quitando a Victoria los pasadores del elaborado peinado que había llevado en la inauguración oficial del Parlamento. Victoria miró la carta con expresión temerosa. El día había sido agotador; había estado en público desde por la mañana. Había realizado el trayecto en berlina hasta el Parlamento sin dejar de saludar con la mano y sonreír al gentío, respondieran o no al saludo, y luego se había visto sometida a escrutinio en la propia cámara por todos aquellos hombres grises, como ella llamaba para sus adentros a los miembros de la Cámara de los Lores y de los Comunes. Lo peor había sido tener que leer el discurso donde se perfilaban en líneas generales los planes gubernamentales para la siguiente sesión parlamentaria.

Se había quejado a lord M de que era como leer aquellos sermones que la hacían quedarse dormida en la iglesia de pequeña, pero Melbourne se había echado a reír y había dicho que nadie podía quedarse dormido mientras ella hablaba a riesgo de ser detenido por traición. Ni siquiera lord M entendía el esfuerzo que le suponía mantener la voz serena mientras leía el discurso ante esa audiencia. Cada vez que levantaba la vista del papel, como lord M le había sugerido, veía a algún par de rostro rubicundo con la mano ahuecada sobre la oreja simulando sordera, o a algún diputado cadavérico sonriendo con superioridad por considerar que su pronunciación era peculiar. En ningún momento miró a la derecha, donde sabía que se encontraba sentado el duque de Cumberland, expectante y deseoso de que cometiera un error. Eran muy pocas las ocasiones en las que preferiría haber nacido hombre, pero la dura prueba de ese día le había hecho desear contar con una voz de barítono que no necesitara luchar por ser oída.

En un momento dado, tenía la voz tan ronca que necesitaba un trago de agua. Consciente, no obstante, de que todo el mundo la observaba para ser testigo de un indicio de flaqueza, tragó saliva y continuó, permitiéndose levantar la vista al final de la frase y captar la sonrisa de ánimo de Melbourne.

De lo único que tenía ganas ahora era de dejarse caer en la cama, cerrar los ojos y dormir, pero la carta aún yacía sobre el tocador. Era de su tío Leopoldo, el hermano de su madre, que había asumido el trono de Bélgica, el nuevo país, hacía cinco años. Antes de nacer Victoria había contraído matrimonio con la princesa Carlota, heredera del trono inglés, pero ella había muerto en el parto junto con el bebé. Ser el rey de Bélgica en cierto modo le servía de consuelo por no estar casado con la reina de Inglaterra, pero no lo bastante, de modo que había concluido que ser tío de la reina de Inglaterra era una responsabilidad de peso que debía asumir al margen de que a su sobrina le agradase o no. Le escribía como mínimo una vez a la semana para aconsejarla sobre cómo actuar en calidad de reina. Si no recibía respuesta por su parte inmediatamente, le escribía de nuevo en tono de reproche, recordándole que era la única persona que le ofrecía asesoramiento desinteresadamente, porque «Mi querida sobrina, te escribo no solo en calidad de tío a sobrina, sino de soberano a soberana. Por ello harías bien en escuchar mis consejos y en recordar que mi única preocupación es tu bienestar».

Aunque Victoria estaba deseando contestarle que su única preocupación debía ser el bienestar de sus súbditos, le faltaba valor para hacerlo. Se preguntó cuál sería el contenido de la carta; la última había sido una perorata por empecinarse en negarse a renunciar a sus damas a petición de Robert Peel. «La obligación de un monarca constitucional es anteponer el deber público al ejercicio del criterio personal. Me consta el vínculo que mantienes con tus damas y por supuesto con el inestimable lord Melbourne, pero has de tener presente que haciendo gala de semejantes lazos personales te expones a acusaciones de parcialidad y favoritismo. La reina de Inglaterra ha de dar la imagen de estar por encima de las artimañas partidistas y presidir, no interferir. Si no eres consciente del desatino de tu comportamiento, es posible que tu pueblo deje de venerarte como monarca y empiece a preguntarse por qué está siendo dirigido por una joven irreflexiva».

Había roto en mil pedazos aquella carta y se había sentado a escribir una contestación a su tío para decirle que no deseaba saber nada de él jamás. Sin embargo, incluso mientras su pluma arañaba con furia el papel, era consciente de que nunca la enviaría.

Al día siguiente decidió que la mejor venganza era escribirle con tanta gentileza que Leopoldo no tuviera más remedio que dudar si habría leído sus insultos. De modo que escribió una larga y farragosa carta preguntándole por sus primos, los

Coburgo, y dándole cuenta pormenorizada de todos sus nombramientos eclesiásticos recientes. Como rey de Bélgica, Leopoldo se había convertido al catolicismo, y a Victoria le dio una gran satisfacción recordarle el cargo que ella ostentaba como máxima autoridad de la Iglesia de Inglaterra.

—¿Es todo, majestad? —Skerrett rondaba detrás de ella—. ¿Os gustaría que os pusiera los rulos de papel?

—No, puedes irte. —Y la joven ayuda de cámara le hizo una genuflexión y salió de la habitación.

Victoria cogió la carta y se tumbó en la cama. Cuando Dash interrumpió su momento de reposo, lo cogió y acarició su suave pelaje rizado.

—¿Sobre qué crees que va a aleccionarme ahora el tío Leopoldo, Dash? A él no le agradaría que le escribiese para darle instrucciones sobre su política exterior. Tengo el mismo linaje real que él, de hecho, más si cabe, pues mi país lleva mil años existiendo y el suyo solo cinco.

Dash levantó la vista hacia ella con adoración moviendo su larga cola. Victoria le dio un beso en el hocico.

—Si todo el mundo fuera como tú, Dash, qué fácil sería mi vida.

Dash le lamió la mano a modo de asentimiento. Victoria cogió la carta y por fin despegó el lacre. Para su sorpresa, no era la habitual misiva larga, sino una breve nota donde le comunicaba que la visitaría a la semana siguiente porque deseaba hablarle de su primo Alberto. Victoria lanzó la carta al otro lado de la habitación, lo cual hizo que Dash ladrara alarmado.

La puerta que comunicaba con la habitación contigua se abrió y Lehzen apareció envuelta en un chal, con rulos de papel en el pelo y su ancho semblante preocupado.

—¿Pasa algo, majestad? ¿Os encontráis indispuesta?

—¡Sí! ¡Pasa algo grave! Mi tío Leopoldo me ha comunicado que viene de visita para hablarme de Alberto. ¿Cómo se atreve? No tengo intención de casarme hasta dentro de unos años, y cuando lo haga no será con un pusilánime como Alberto.

Lehzen asintió.

—La verdad es que creo que vuestro primo Alberto no es un candidato para vos.

—¿Recuerdas cuando vino con Ernesto hace unos años? Durante el baile, se puso a bostezar y a decir que estaba demasiado cansado para bailar. ¡Cómo va a estar alguien demasiado cansado para bailar! Y fue tan aburrido, preguntándome todo el rato cuántas hectáreas tenía el parque de Windsor y si había estado alguna vez en la Casa de la Moneda. Ernesto no está tan mal; al menos sonríe alguna que otra vez y le gusta bailar, pero Alberto es demasiado infantil. De acuerdo, solo le llevo tres meses, pero es como si fueran tres años.

—¿Cuándo llega el rey Leopoldo? —preguntó Lehzen.

—La semana que viene. No me explico cómo da por sentado que le recibiré con los brazos abiertos. Supongo que le habrá escrito a mi madre y ella le habrá dicho que será bienvenido. Me figuro que los dos habrán estado tramando esta visita. Pero me niego. Nadie va a elegir marido por mí.

—No, majestad. Debe ser elección vuestra.

—Al tío Leopoldo le trae sin cuidado si Alberto y yo congeniamos; lo único que quiere es asegurarse de que los Coburgo ocupen todos los tronos de Europa. Le hace sentir como un emperador en vez del rey de un país que ni siquiera existía hace cinco años. Al fin y al cabo, ¿quiénes son los Coburgo? Una familia noble de poco rango que se ha procurado buenos matrimonios.

Lehzen carraspeó.

—Vuestra madre es una Coburgo, majestad.

—Sí, pero mi padre tiene un linaje real que se remonta a Guillermo el Conquistador.

—Estoy segura de que el rey se hará cargo cuando le digáis que de momento no tenéis intención de casaros.

Victoria se echó a reír.

—Inclinará la cabeza a un lado y dirá: «Ay, mi pequeña *Maiblume*, eso es porque eres una joven que no entiende cómo funciona el mundo. Por eso debes escuchar a los mayores» —contestó adoptando un marcado acento alemán, y añadió suspirando—: El tío Leopoldo y mi madre siguen pensando que pueden controlarme, pero no consentiré que ni ellos ni nadie me digan lo que tengo que hacer.

Habló con tanto énfasis que Dash gruñó a modo de complicidad, y las dos mujeres rieron. Lehzen posó la mano en la de Victoria, una libertad que solo se tomaba cuando ambas se encontraban a solas.

—Por favor, no os preocupéis, majestad. Nadie puede obligaros a hacer nada en contra de vuestra voluntad. Ya no.

—Efectivamente —convino Victoria—. Ya no.

A la mañana siguiente, cuando Melbourne llegó para revisar las valijas, Victoria tenía la miniatura de Isabel Tudor que le había regalado Lehzen junto al tintero.

Melbourne reparó en ello enseguida y, pidiéndole permiso a Victoria con una mirada, la cogió para examinarla.

—Qué preciosidad. Qué arrestos tenía vuestra predecesora.

—Me pregunto cómo tendría la voz. Me resulta muy difícil alzar la voz para que me escuchen.

Melbourne la miró.

—Estoy seguro de que la gente la escuchaba porque era la reina, al igual que os escuchan a vos.

—¿No os parece que tengo la voz demasiado suave para ser reina? Ayer me dio la impresión de que la gente parecía contrariada, sobre todo mi tío Cumberland.

—Vuestro tío Cumberland parece contrariado desde que lo conozco. Si los demás parecían descontentos es porque no les agrada mi política, no por la manera en la que os expresáis. En mi opinión, majestad, tenéis una voz muy hermosa y vuestra intervención de ayer no pudo ser más digna. Qué duda cabe, si me permitís decirlo, de que vuestra actitud fue mucho más regia que la de vuestro difunto tío, que solo era capaz de terminar el discurso consumiendo grandes cantidades de rapé. Creo que los matices más sutiles de nuestra política se perdían en los estornudos.

Victoria rio.

—Siempre decís la frase oportuna, lord M.

—Os aseguro, majestad, que los conservadores no comparten vuestra opinión. Parecéis apagada esta mañana. ¿Ocurre algo?

—Estoy acosada por mis tíos. Primero mi tío Cumberland me escruta como una gárgola, y ahora mi tío Leopoldo me ha escrito para decirme que viene de visita.

Melbourne sonrió.

—Parecéis entusiasmada ante la perspectiva, majestad.

—Quiere casarme con mi primo Alberto.

Melbourne miró la miniatura que tenía en la mano.

—Creo que no congeniasteis con vuestro primo en vuestro último encuentro.

—Desde luego que no.

—No todas las reinas se casan, majestad. —Melbourne dejó la miniatura de la Reina Virgen sobre el escritorio.

Victoria la miró y a continuación levantó la vista hacia Melbourne.

—¿Creéis que se sentía sola?

—Por lo visto encontró... compañeros —contestó Melbourne tras una pausa.

Victoria lo miró fijamente.

—Bueno, yo no tengo intención de casarme de momento. —Continuó—: No conozco demasiados matrimonios felices.

Melbourne suspiró.

—Yo tampoco, majestad, yo tampoco.

Al ver su gesto apesadumbrado, Victoria se dio cuenta de que, mientras ella había hecho un comentario a la ligera, él había hablado con el corazón en la mano. Antes de que pudiera añadir nada, Lehzen apareció en el umbral con gesto de disculpa y a la vez de determinación.

—Disculpadme por la interrupción, majestad, pero un emisario del Parlamento dice que tiene que hablar urgentemente con lord Melbourne.

Victoria percibió la fugaz expresión de alarma en el semblante de Melbourne, que rápidamente ocultó con su característica media sonrisa. Le hizo una inclinación de cabeza a modo de disculpa.

—Perdonadme, majestad, pero creo que debo atender esto. —Comenzó a retirarse sin darle la espalda.

—Por supuesto. —Victoria asintió y acto seguido, sin poder contenerse, añadió—: Lord M, ¿volveréis?

Melbourne se dio la vuelta para mirarla.

—Sí, majestad.

Victoria asintió y lo observó mientras se marchaba.

Se acordó de que Lehzen seguía en la habitación al oír un ruido, una mezcla de suspiro y chasquido de desaprobación.

Victoria le plantó cara directamente.

—¿Ocurre algo, Lehzen?

Lehzen titubeó y a continuación respondió con firmeza:

—No será vuestro primer ministro indefinidamente, majestad.

—¿Acaso piensas que no soy consciente de ello, baronesa? Lehzen apoyó la mano en la pared.

—No, majestad, pero a veces me preocupa que no estéis preparada. Confiáis mucho en él y no siempre estará ahí.

—Obviamente —repuso Victoria en tono gélido.

La mujer inclinó la cabeza. Seguidamente dijo en voz baja:

—He cuidado de vos, majestad, desde que erais una cría. Ha sido mi vocación, de modo que debéis perdonarme si a veces me extralimito en mi cometido. En lo que a vos respecta, yo antepongo todo a vuestra felicidad. —Las últimas palabras las pronunció en un tono tan bajo que a Victoria le costó entenderlas. Al terminar, Lehzen se dispuso a retirarse.

—¡Espera!

Lehzen se detuvo; Victoria se acercó a ella y la cogió de la mano.

—Sé lo mucho que te preocupas por mí, Lehzen, y te lo agradezco, pero tengo que labrarme mi propio camino.

2

$\mathcal{L}$eopoldo I, rey de Bélgica, era un hombre altanero y tenía en la más alta consideración su propio talento. De joven había sido sumamente apuesto y había cautivado al mayor partido de Europa: Carlota, la princesa de Gales, hija única de Jorge IV y heredera al trono inglés. El padre de esta aspiraba a un candidato más ilustre que el heredero sin fortuna más joven de un ducado alemán, pero incluso él tuvo que reconocer que Leopoldo tenía un porte gallardo con el uniforme de húsar.

Al final, el encaprichamiento de Carlota y el glamur de Leopoldo ganaron la batalla, y Jorge dio su beneplácito al matrimonio. Su hija había heredado gran parte de la tozudez de su madre y, cuanto antes tuviera un marido que la vigilara, mejor. Leopoldo y Carlota, perdidamente enamorados, recibieron con entusiasmo la noticia de que ella estaba encinta poco después de su boda.

Leopoldo pensaba mucho en ese descendiente y en cómo afianzaría definitivamente la posición de los Coburgo en el eje central del poder europeo. Pero a medida que avanzaba la gestación y Carlota ganaba peso y perdía el aliento, los médicos comenzaron a ponerse serios y a utilizar sus instrumentos de tortura: sangrías, tratamientos con ventosas... Leopoldo rogaba a su esposa que los despachara, pero ella consideraba que debía escucharles porque llevaba en su vientre al heredero del trono inglés. Cuando los médicos le dijeron que estaba ganando demasiado peso, hasta dejó de comer las castañas confitadas que le gustaban más que nada en el mundo. Sin embargo, como Leopoldo había sabido desde el principio, ninguno de los médicos ni sus tejemanejes pudieron salvar a su hijo, que nació grande y guapo, pero muerto, ni a su esposa, que falleció al día siguiente consumida por la fiebre.

Leopoldo lloró la pérdida de su esposa desde lo más hondo, pero también lloró la pérdida de los sueños que albergaba con su matrimonio. A lo largo del año siguiente, mientras los hermanos solteros de Jorge IV pugnaban por encontrar esposas a fin de asegurar la sucesión, vio que aún cabía la posibilidad, si bien exigua, de que los Coburgo encontraran una vía para acceder al trono británico. Sugirió a su cuñado Eduardo, el duque de Kent, que al igual que sus hermanos estaba peinando Europa en busca de una princesa protestante adecuada, que sopesara la posibilidad de cortejar a su hermana Victoria, que estaba viuda. Era guapa, fértil —le había dado dos hijos a su primer esposo— y, a diferencia de algunas jóvenes candidatas con cara de caballo oriundas de Brunswick o Mecklemburgo-Strelitz, tenía cierta experiencia en cómo complacer a un esposo. Eduardo, aprovechando la oportunidad, abandonó a madame St. Laurent, su amante durante los últimos veinticinco años, en Nueva Escocia, para poner rumbo a Alemania, donde cortejó y conquistó a Victoria en menos de una semana.

No obstante, la alianza distaba de ser idónea. El hermano mayor de Eduardo, Guillermo, el duque de Clarence, también había contraído matrimonio, y sus descendientes tenían prioridad en la línea sucesoria. Pero, como Leopoldo le escribió en una carta a su hermana: «La tal princesa Adelaida no tiene tu experiencia con los hombres, mi querida hermana, ni tus evidentes dotes en esta área». Victoria correspondió a la fe que tenía en ella quedándose encinta unos meses después de la boda.

En vista de que las deudas del duque no le permitían costearse una esposa en Londres, vivían en la casa de Victoria en Amorbach, pero Leopoldo instó a su hermana a que regresase a Inglaterra para el parto. «Si no, no considerarán a tu hijo inglés. Pero asegúrate de que te acompañe una comadrona. Los médicos ingleses son unos carniceros». Atendiendo a los consejos de su hermano, a los siete meses de embarazo Victoria emprendió el arduo periplo por Europa con su esposo, su plata, un loro y frau Siebold, la comadrona. Hubo ocasiones en las que daba la impresión de que el futuro heredero al trono de Inglaterra iba a nacer en un carruaje alquilado en algún lugar de la campiña de Normandía, pero la duquesa aguantó hasta que la comitiva real llegó a Inglaterra, donde dio a luz a una niña pequeña pero sana.

Leopoldo, por supuesto, había asistido al bautizo en la capilla de St. James, donde se había producido una indecorosa disputa sobre cómo debía llamarse la niña. A su padre le habría gustado ponerle un nombre de la realeza, como Isabel o María, y Carlota de segundo nombre, pero el rey, contrariado por la idea de que la hija de su despreciado hermano menor reinase algún día, lo impidió. Así pues, se produjeron muchas deliberaciones alrededor de la pila bautismal mientras los padres proponían nombres y el petulante monarca los rechazaba. Al final se acordó llamarla Alejandrina en memoria de su abuelo, Alejandro, el emperador de Rusia. Luego estaba la cuestión del segundo nombre. El rey lanzó una mirada pérfida a su cuñada con sus acuosos ojos azules y dijo con desdén: «Ponle uno de la madre».

El comentario provocó más confusión, pues el primer nombre de la duquesa, María Luisa, sonaba demasiado católico, así que al final se decantaron por el de Victoria. El nombre sonaba raro y el arzobispo que estaba oficiando la ceremonia trastabilló al pronunciarlo. Con todo, al término el duque de Kent se puso a caminar de un lado a otro de la capilla con el bebé en brazos con la cantinela «Alejandrina Victoria, Alejandrina Victoria», y diciéndole a todo el que escuchase: «¿Sabéis? Creo que suena de lo más triunfador. Victoria es un nombre bastante apropiado para la hija de un soldado, ¿no os parece?».

Leopoldo coincidía con él, por supuesto, aunque no pudo evitar pensar que él había luchado en Waterloo, mientras que el duque de Kent había pasado los últimos veinte años al mando de una guarnición en Nueva Escocia bajo la amenaza de poco más que inviernos intempestivos. No obstante, a Leopoldo le complacía que se hubiera añadido un nombre de su rama familiar.

Le sorprendía que su sobrina hubiese decidido reinar con el nombre de Victoria al acceder al trono. Le había reprochado que no le hubiese consultado: «¿Consideras que elegir un nombre que suena tan extraño a tus súbditos es lo más conveniente, mi querida sobrina?». Pero ahora pensaba que tal vez hubiera acertado. Tenía cierto sentido elegir un nombre que la distanciaba de sus predecesores de Hannover. A pesar de su singularidad, el nombre de Victoria sonaba como el comienzo de una nueva era triunfal.

Con todo, pensó Leopoldo mientras su carruaje se internaba por el Mall, la joven reina todavía no podía enorgullecerse de gran cosa. El incidente de Flora Hastings había puesto en evidencia una absoluta falta de tino y decoro, a lo que había sucedido el desafortunado asunto de Peel con respecto a la composición de la casa real y, sobre todo, su apego irracional a lord Melbourne. Personalmente, Leopoldo no albergaba resquemor hacia Melbourne, pero la influencia que este ejercía sobre Victoria era insana. Su sobrina, claro está, jamás reconocería que tenía algo en común con su madre, pero, todo sea dicho, ambas estaban subyugadas por hombres poderosos.

Lo que Drina —lo que *Victoria,* Leopoldo se corrigió mentalmente— necesitaba era un marido que controlase la impulsividad propia de su juventud. Desde que su pobre cuñada, Luisa, la esposa de su hermano, el duque Ernesto, diera a luz a un hijo a los tres meses del nacimiento de Victoria, Leopoldo no había dejado de pensar que el mejor arreglo sería el de su sobrina Victoria y su sobrino, el infante Alberto. A medida que Alberto había crecido y demostrado ser un auténtico Coburgo por su actitud seria, diligente y ambiciosa, Leopoldo estaba cada vez más convencido de la idoneidad de su plan.

Cuando llevó a sus sobrinos a Inglaterra tres años antes, fue una lástima que a Victoria no le cayera en gracia Alberto, que se había sentido abrumado por la timidez. Pero los jóvenes maduraban con mucha rapidez. Alberto había superado su apocamiento de la adolescencia y, si bien no era un donjuán consumado como su hermano mayor, no cabía duda de que era apuesto.

Al conocer a Alberto, muchos habían comentado a Leopoldo lo que se parecía a su tío, comentarios que Leopoldo siempre acogía con una sonrisa. Nada sugería que Alberto y él fueran algo más que sobrino y tío. Y desde luego muy posiblemente su relación se ciñera a ese mero parentesco.

La pobre Luisa, su cuñada, tan infeliz con su hermano Ernesto, el duque de Coburgo, se había mostrado muy amable con él durante el primer trance que había padecido. Habían hecho lo posible por consolarse mutuamente y, cuando Alberto nació a los nueve meses, Leopoldo se tomó verdadero interés por su futuro. Cuando Luisa, incapaz de seguir soportando el comportamiento disoluto de Ernesto, se fugó con su ayudante de campo, Leopoldo no había tenido agallas para culparla.

Públicamente, por supuesto, censuró su comportamiento, pero también le escribió a título confidencial con la promesa de velar por los dos hijos que posiblemente esta supiera que no volvería a ver. Ella no respondió a la carta. Pero Leopoldo mantuvo su palabra y se aseguró de que la educación de Alberto estuviera a la altura del futuro titular del trono británico.

Hacía seis años, cuando la pérdida del bebé de la reina Adelaida hizo evidente que nada impediría que Victoria se convirtiera en la siguiente reina de Inglaterra, Leopoldo instó a los jóvenes primos a mantener contacto por correspondencia (asegurándose de recibir copias de las cartas). Aunque esta relación epistolar había sido intermitente, Leopoldo no había perdido la oportunidad de recordar a ambas partes que era el comienzo de una gran alianza. Atribuía el angustioso hecho de que Victoria se hubiera tomado la correspondencia con más dejadez si cabe desde que había ascendido al trono a la distracción que le prodigaba lord Melbourne. Había llegado la hora de que ambos primos se reencontrasen. No le cabía duda de que, una vez que tuviera ocasión de hablar con Victoria personalmente, esta se daría cuenta de que su propuesta era la única opción sensata.

Con su enlace, el triunfo de los Coburgo sería absoluto. Ahora era rey de Bélgica; tenía otro sobrino casado con la reina de Portugal; y estaba convencido de que su familia no tardaría en ocupar un lugar preeminente en las cortes europeas gracias al encanto personal, a las garantías de fertilidad y a la ambición desmedida.

Leopoldo esbozó una tenue sonrisa mientras el carruaje cruzaba Marble Arch. Antes de apearse, sacó un pequeño espejo que siempre llevaba en el bolsillo del chaleco y observó la altura a la que le caía el tupé. El rey de los belgas no bajó del carruaje a saludar a su sobrina hasta cerciorarse de que el peluquín estaba perfectamente colocado de la manera más favorecedora.

Pero le molestó comprobar que Victoria no le esperaba en la escalera. En vez de ella, lo recibió la baronesa Lehzen, que compensó el desaire de su señora con una ceremoniosa genuflexión que le resultó gratificante.

—Bienvenido al palacio de Buckingham, majestad.

—Me complace enormemente veros aquí, baronesa, pero confieso que esperaba ver a mi sobrina.

Lehzen bajó la mirada.

—La reina tiene numerosos asuntos oficiales que resolver esta mañana, pero confía en que tengáis a bien esperarla hasta mediodía.

—¿Qué asuntos puede haber más importantes que recibir a su tío, que se ha tomado la gran molestia de atravesar Europa para verla?

—Estoy segura, señor, de que si la reina hubiera tenido conocimiento de vuestras intenciones con más antelación habría dispuesto los asuntos como corresponde.

Leopoldo la miró y sonrió.

—Sois un ejemplo de lealtad, baronesa. Dice mucho a vuestro favor que no reconozcáis la desconsideración de mi sobrina.

La baronesa negó con la cabeza.

—Su majestad no permite que nada interfiera en sus obligaciones.

—¿Ni siquiera lord Melbourne?

Lehzen frunció los labios.

—Si me acompañáis, señor, os mostraré vuestros aposentos.

A las tres en punto, Leopoldo bajó por la alfombra roja de la escalera de camino al salón del Trono, donde le habían comunicado que Victoria le recibiría. Le agradó comprobar que el lugar se encontraba en buen estado de conservación; se acababa de retocar el pan de oro de las cornisas y las arañas estaban limpias de cera. Se había tomado un interés de amo y señor del palacio desde la primera vez que cruzó los pasillos imaginando que algún día sería su residencia.

Mientras el mayordomo lo anunciaba, Leopoldo echó un vistazo a la sala. La pequeña figura de Victoria, flanqueada por sus damas de compañía, llamaba la atención en medio de la estancia. Al desviar la mirada ligeramente hacia la derecha vio a su hermana y la alta figura de Conroy.

Caminó al encuentro de su sobrina y, esbozando una radiante sonrisa, la besó en ambas mejillas, un saludo de monarca a monarca. A continuación se apartó y la miró de arriba abajo.

—Qué suerte, Victoria, que hayas heredado el excelente porte de la rama Coburgo de la familia. Tu falta de estatura no tiene remedio, pero una reina baja y encorvada sería una tragedia nacional.

Victoria esbozó una sonrisa de compromiso.

—Bienvenido al palacio de Buckingham, tío Leopoldo.

Leopoldo dio un suspiro teatral y se enjugó una lágrima, o mejor dicho un amago de lágrima.

—Perdóname. Estar aquí me recuerda a mi pobre Carlota. Si hubiera vivido, ahora este sería mi hogar.

Victoria hizo un ligero movimiento de impaciencia.

—Por supuesto que lo recuerdo, tío Leopoldo. ¿Cómo iba a olvidarlo?

Miró fijamente a Leopoldo hasta que su madre rompió el silencio adelantándose rápidamente para abrazar a su hermano.

—Querido Leopoldo, no te imaginas lo que me alegro de verte. —Pegó la cabeza a la suya y le susurró al oído en alemán—: ¿Vas a hablarle de Alberto?

Victoria se puso a dar golpecitos con los pies en el suelo y dijo en inglés:

—¿Por qué debería el tío Leopoldo hablarme de Alberto, mamá? ¿Acaso ha tenido un accidente?

Leopoldo se zafó de su hermana. Sabía que para que su plan tuviera una mínima posibilidad de éxito era crucial que la madre de Victoria no se inmiscuyera.

—Todo lo contrario; Alberto ha finalizado sus estudios y es un joven francamente digno de admiración. No podrías esperar un marido mejor. —Sonrió con gesto triunfal a su sobrina, que no le correspondió a la sonrisa.

—Entonces debe de haber cambiado desde la última vez que le vi. No sonreía, no bailaba y se quedó dormido a las nueve y media.

—Creo que la última vez que coincidisteis, hace tres años, aún jugabas con las muñecas. La gente cambia, Victoria. Me consta que a tu edad parece imposible, pero por eso necesitas rodearte de personas con más juicio.

Victoria se dirigió a la puerta con el séquito de seda que componían las damas a la zaga y dijo girando la cabeza:

—Creo que me desenvuelvo bastante bien.

A Leopoldo no le tembló la sonrisa.

—Cómo no, cuentas con el extraordinario y entregado lord Melbourne. Pero no estará a tu lado eternamente, mi querida sobrina.

La duquesa asintió y le aletearon los tirabuzones rubios.

—Todas las mujeres necesitan un esposo, Drina. Incluso las reinas.

Leopoldo siguió a Victoria en dirección a la puerta, obligándola a aminorar el paso.

—Y si, Dios no lo quiera, si el Señor Todopoderoso te llamase a su gloria el día de mañana, tu perverso tío Cumberland reinaría.

Victoria alzó la barbilla con aire desafiante.

—Según tengo entendido, en los tiempos de mi predecesora, Isabel, quien por cierto no llegó a casarse, el mero hecho de mencionar la muerte de un monarca era un acto de traición.

Leopoldo sonrió. Al ver las mejillas de Victoria encendidas, señal de que se había resarcido por su desconsiderado gesto de no darle la bienvenida a palacio, le hizo una ligera inclinación de cabeza.

—Me limito a señalar los hechos.

Victoria se dispuso a abandonar la sala y dijo con arrogancia:

—Os ruego que me disculpéis. He de atender asuntos de Estado. Pero estoy segura de que tendréis muchas cosas que hablar con mi madre.

Leopoldo no pudo evitar observar con admiración el perfecto porte de la cabecita de su sobrina conforme se alejaba de él. Constató con asombro que poseía una dignidad que había transformado a la impetuosa e inmadura muchacha en una reina con credibilidad. Habría que meterla en cintura, claro está, pero Leopoldo, que se había impuesto el estudio de la realeza como cometido en la vida, estaba impresionado.

Su hermana, rebosante de alegría por tener un interlocutor que entendiese los reproches hacia su hija, rompió el silencio. Dijo a borbotones, entre el alemán y el inglés:

—¿Te das cuenta de lo imposible que resulta? No escucha a nadie salvo a su preciado lord M. Me ignora por completo, después de todo lo que he hecho por ella. ¿Sabes, Leopoldo? A veces pienso si no sería mejor que regresase a Amorbach a vivir en paz y aislamiento en vez de pasarme todo el tiempo preocupada por una niña que no profesa el menor respeto hacia su familia.

Leopoldo reparó en que Conroy, que estaba de pie junto a la ventana, se encogía cuando la duquesa mencionó Amorbach. Estaba convencido de que el amo y señor de su hermana no tenía intención de pasar el resto de su vida en un pueblucho alemán.

—Mi querida hermana, no debes alarmarte. Ahora que estoy aquí, estoy seguro de que Victoria entrará en razón en lo que concierne a sus obligaciones.

—No mientras no se aparte de lord Melbourne —repuso su hermana, al tiempo que negaba con la cabeza—. ¿Sabes que se niega a concederme el estatus de reina madre y a darme una asignación digna para poder vestirme como la madre de una reina? Todo es cosa del pérfido de Melbourne. Antes de que se interpusiera entre nosotras estábamos muy unidas. Antes de que llegara ella me escuchaba... y a sir John.

Conroy asintió a modo de confirmación.

—La reina necesita un esposo que la guíe, señor. La duquesa y yo hemos hecho lo imposible por encaminarla, pero es ingobernable. El matrimonio es la única manera de domarla.

—Y Alberto es muy buen chico. Se asegurará de que Victoria entienda lo que su madre merece.

Había tiempos, pensó Leopoldo, en los que los aliados eran más peligrosos que los enemigos. Le chocó el hecho de que quizá la única manera de lograr que Victoria contrajese matrimonio con Alberto sería que la duquesa y Conroy se opusieran rotundamente. Se dio cuenta de que Conroy, cuyas esperanzas de ejercer el poder a través de Victoria habían sido frustradas, aún acariciaba la perspectiva de hacerlo por medio del futuro esposo de esta. Estas aspiraciones, por supuesto, eran desatinadas, pues la única persona que ejercería influencia sobre Alberto al casarse con Victoria sería el propio Leopoldo.

Se guardó estas reflexiones para sus adentros; asintió y dijo:

—Estoy aquí, cómo no, para propiciar el enlace, pero me da la sensación de que debemos proceder con prudencia. Si como decís, sir John, Victoria es ingobernable, entonces es mejor proponer y engatusar que ordenar. Sospecho que es así como lord Melbourne consigue controlarla. Opino que sería conveniente que siguiésemos su ejemplo.

La duquesa le puso la mano en el brazo.

—Oh, me alegro de que estés aquí, Leopoldo. Tu criterio siempre es muy acertado.

Leopoldo notó que Conroy fruncía el entrecejo ante el comentario de la duquesa.

—Si me disculpáis, señora, señor. —Conroy hizo una brusca inclinación de cabeza y salió de la sala.

Al marcharse, Leopoldo tanteó a su hermana. Aunque sabía que Conroy la manejaba, se preguntaba si alcanzaría a entender las ventajas de romper los lazos con él con tal de casar a Victoria con Alberto. Pero no siempre podía confiarse en que las mujeres, ni siquiera las Coburgo, actuasen en interés propio.

—Me pregunto, mi querida hermana, si tendrías a bien considerar la posibilidad de distanciarte de sir John. Me temo que Victoria nunca te profesará el respeto que te mereces mientras continúes a su lado.

—¿Qué quieres decir, Leopoldo? —A la duquesa empezó a temblarle el labio inferior.

—Opino que en algún momento tendrás que elegir entre tu... compañero y tu hija. No puedes tenerlos a los dos.

A la duquesa se le anegaron los ojos de lágrimas.

—Pero, Leopoldo, lo es todo para mí. No puedo vivir sin él.

Leopoldo suspiró.

—Entonces, querida, tal vez debas plantearte regresar a Coburgo.

La duquesa se tapó la cara con las manos y los hombros le empezaron a temblar.

—Es muy ingrata. Estoy muy sola, una pobre mujer que ha enviudado dos veces. Sir John es mi único consuelo; sin él, no tengo nada. Es el único que me tiene en cuenta.

Leopoldo la rodeó con el brazo.

—Entiendo lo duro que es estar sola, *Liebes,* y ya veo que sir John es sumamente atento. Tal vez encuentres algo de felicidad teniéndole a tu lado en Coburgo. Si tu deseo es marcharte, haré cuanto esté en mi mano por ayudarte.

La duquesa alzó la mirada hacia él, perpleja.

—¿Crees que debería volver a Coburgo con sir John?

—Tal vez sea mejor que permanecer aquí para ser ninguneada por Victoria. ¿Le sugerirás esta posibilidad a Conroy?

A juzgar por el gesto de su hermana, Leopoldo supo que había sembrado la primera semilla de duda en ella.

—No creo que sir John tenga intención de abandonar Inglaterra. Tiene muchísimos intereses aquí.

—Pero seguro que ninguno puede equipararse a garantizar tu felicidad, mi querida hermana. No si es tanta la devoción que siente por ti como dices.

La duquesa negó con la cabeza.

—No es algo que hayamos tratado nunca. Pero, a fin de cuentas, ¿por qué debería exiliarme? Me he ganado mi lugar como reina madre en Inglaterra.

—Por supuesto que sí, querida. Pero si Victoria persiste en su obstinación, merece la pena sopesarlo. Tal vez deberías hablarlo con sir John.

Leopoldo vio que su hermana se mordía el labio.

—Tal vez —dijo sin mirarle a los ojos.

—Mi querida hermana, debemos hablar de cosas más agradables. Creo que mañana vamos a la ópera, y tengo entendido que habrá un baile de disfraces en Syon House.

La duquesa se distrajo, tal y como él esperaba, con el comentario sobre la fiesta.

—Efectivamente. Los bailes de disfraces de la duquesa de Richmond son famosos. Yo voy a ir de Colombina y sir John de Arlequín. ¿Y tú, Leopoldo?

—Yo me he decantado por el emperador Augusto. Encuentro que las coronas de laurel son de lo más favorecedoras.

Victoria no fue la única persona que no se mostró exultante ante la visita del rey de Bélgica. El sonido que emitió Ernesto, el duque de Cumberland, al ver el anuncio de la visita del rey Leopoldo en la circular de la corte hizo que su esposa levantara la vista alarmada, temiendo que le hubiese dado un síncope. La duquesa era una princesa alemana que, a pesar de ser unos años menor que su esposo, había enviudado en dos ocasiones. Se rumoreaba que la precipitada muerte de sus dos primeros esposos guardaba algún tipo de relación con la esposa que ambos habían elegido, pero las habladurías no habían impedido que el duque contrajese matrimonio con ella hacía veinte años. Tenían un hijo que, para desgracia de ambos, había comenzado a perder la vista a los diez años y ahora estaba totalmente ciego.

La duquesa no podía evitar sentir que su hijo, incluso con sus limitaciones, sería un monarca mucho más adecuado que la actual reina. Había sido confidente, cómo no, de su esposo en su gran afán de convertirse en regente, y había clamado con él a diario contra la injusticia de un sistema donde una insensata niña tenía prioridad al trono ante un hombre con experiencia. Pero como insistía en recordarle, el duque en teoría seguía siendo el heredero al trono. Si algo le ocurriera a Victoria —y las jóvenes, incluso aquellas con una irritante salud de hierro como la reina, podían ser inesperadamente vulnerables—, Ernesto sería rey, no solo de Hannover, sino también de Gran Bretaña.

—¿Qué ocurre, querido?

—El charlatán de Leopoldo está en palacio. El rey de los belgas, cómo no. Me gustaría saber lo que es Bélgica... Un país inventado hace cinco minutos. Recuerdo cuando era oficial de caballería, cuando no tenía donde caerse muerto y le hacía ojitos a Carlota de Gales.

—Pues se ha labrado un buen porvenir.

El duque resopló.

—Hizo un buen casamiento, como todos esos Coburgo. Por eso está aquí.

Federica se quedó perpleja.

—Leopoldo ha venido para emparejar a Victoria con uno de los Coburgo. Está decidido a mantener el trono inglés en la familia.

La duquesa miró a su marido, que iba y venía por la sala, con la cicatriz pálida sobre su rubicunda mejilla. Entendía su frustración, aunque había momentos en los que pensaba que de buena gana se iría a Hannover para pasar el resto de sus días viviendo como reyes apaciblemente. Tras haber pasado los primeros años de su vida tratando de cambiar las circunstancias, ahora veía las ventajas de contentarse con lo que era viable. Si bien era cierto que Hannover no tenía comparación con Gran Bretaña en cuanto a tamaño o riqueza, Federica en el fondo sabía que le convenía reinar en cualquier parte antes que estar siempre viviendo de expectativas. No obstante, jamás se lo diría a su esposo. Buscaba alguna otra manera de canalizar su rabia.

—Bueno, si Leopoldo va a proponer a un candidato, tal vez también tú deberías buscarle marido a Victoria.

El duque se dio la vuelta para mirar a su esposa y acto seguido giró bruscamente la cabeza en dirección a la sala de música, donde su hijo estaba tocando el piano. Tocaba muy bien de oído y, al escucharle, nadie habría dicho que estaba ciego.

—¿No te referirás a...? —dijo, al tiempo que enarcaba una ceja.

—No, creo que nuestro pobre hijo se contentará de buen grado con sucederte como rey de Hannover. Tenía en mente a tu sobrino.

—¿A Jorge de Cambridge?

Federica, aliviada, vio que su esposo había dejado de ir de acá para allá y se había quedado en medio de la estancia pasándose el dedo por la cicatriz de la mejilla, señal de que estaba concentrado.

—Sí. Es un joven agradable, aunque no inteligente. Estoy segura de que podrías... encaminarlo.

Cumberland se quedó inmóvil y sonrió a su esposa.

—Qué afortunado soy de haberme casado contigo, querida. Siempre tienes recursos. Mi hermano me debe una fortuna; si su hijo se casa con la reina recuperaría mi dinero con intereses. Y sería magnífico conservar el trono en la familia real británica.

—Efectivamente. Deberías hacerle una visita a Jorge para que sea consciente de la oportunidad que se le presenta.

—Me extraña que no se le haya pasado por la cabeza ya. Pero, claro, supongo que se parece a mi hermano Adolfo, que nunca ha sido muy brillante.

—Has sido bendecido con la inteligencia de la familia, mi amor.

Cumberland cogió de la mano a su esposa.

—Y en ti he encontrado mi igual.

3

—¿A qué viene esa cara larga, lord M? —Victoria se apoyó en el escritorio de su sala de estar privada, donde Melbourne y ella estaban ocupados revisando las valijas rojas. Como Melbourne no contestó enseguida, añadió—: Cuánto me alegro de veros. No podéis imaginar lo agotador que está siendo mi tío Leopoldo.

Melbourne levantó la vista del escrito que estaba leyendo.

—A riesgo de ser impertinente con un miembro de vuestra familia, debo decir que lo recuerdo como un hombre vanidoso e interesado.

Victoria se echó a reír.

—Nada ha cambiado. Ahora lleva peluquín y planea casarme con mi primo Alberto.

—No creo que el matrimonio entre primos hermanos sea conveniente, majestad.

Victoria lo miró fijamente.

—Si eso es lo que os preocupa, lord M, no tenéis motivos para alarmaros. ¡Le dije que jamás lo haría!

Tras una pausa, Melbourne se puso de pie y dijo:

—Si parezco preocupado, majestad, no es debido a vuestro tío Leopoldo. Me temo que ha habido un alzamiento en Gales por parte de un sector, una turba en realidad, que se hacen llamar cartistas.

Victoria se acercó a él.

—Qué nombre más curioso.

Melbourne suspiró.

—Se llaman así porque han redactado una carta reivindicando el sufragio universal, elecciones anuales, una votación secreta e incluso remuneración para los miembros del Parlamento. Sus ideas son a todas luces descabelladas, pero cuentan con un gran apoyo por parte de cierta clase.

Victoria se quedó estupefacta.

—Pero sus ideas son extremistas. Siempre me habéis dicho que los británicos no son un pueblo revolucionario.

Melbourne negó con la cabeza.

—Como sabéis, majestad, el año pasado y este ha habido malas cosechas. Cuando la gente tiene hambre se radicaliza.

Victoria asintió.

—Entiendo. Pero ¿son peligrosos estos..., estos cartistas?

Melbourne miró por la ventana. Contempló Marble Arch y la explanada del Mall flanqueada de banderas que se extendía más allá. A la izquierda se encontraban las plazas e hileras de casas adosadas de estuco asalmonado de la Belgravia de Thomas Cubitt, que había pasado rápidamente a rivalizar con Mayfair como el barrio más de moda de Londres. Pero si giraba la cabeza hacia la derecha y contemplaba la verja que rodeaba el palacio, alcanzaba a ver los tejados a dos aguas de los barrios populares en torno a Pimlico. Si abría la ventana, percibiría el tufillo de la pobreza que impregnaba incluso el palacio. Como es obvio, la reina se encontraba a salvo aquí, custodiada a todas horas por la Caballería Real; sin embargo, era conveniente recordar lo cerca que estaban, incluso aquí, de las fuerzas insurgentes.

Cuando se volvió hacia Victoria, se aseguró de adoptar una expresión que inspirara confianza.

—Oh, no, majestad, los alborotadores de Newport solo iban armados con horquillas y guadañas. La guarnición desplegada allí los despachó sin dificultad. Los cabecillas han sido trasladados aquí para ser procesados por traición. Si damos ejemplo con ellos ahora, disuadiremos a otros en el futuro.

Miró fijamente a Victoria.

—No tenéis motivos para preocuparos. Es mi trabajo. Vuestra seguridad es lo único que me perturba.

Posiblemente la observara con un poco de más intensidad de lo debido, porque Victoria se sonrojó y dijo en tono desenfadado:

—¿Vendréis a la ópera esta noche? La Persiani va a cantar *Lucia di Lammermoor*. Sé que preferís a Mozart, pero no creo que pueda aguantar una noche a solas con mi tío Leopoldo. —Sonrió.

Melbourne declinó la invitación.

—Dudo que mi presencia sea necesaria. Olvidáis que el gran duque también asistirá. Permitidme que os recuerde que disfrutasteis bastante de su compañía en el baile de la coronación.

Victoria se miró las manos.

—El gran duque es un bailarín excelente y una compañía agradable, pero —lo miró con sus ojos azul claro— no os puede sustituir, lord M.

Melbourne percibió la expresión suplicante de sus ojos y se preguntó si sería consciente de lo insinuante que se estaba mostrando. Aunque era sumamente joven e inocente comparada con las mujeres con las que siempre se había relacionado, tenía una mirada inquisitiva que le producía desasosiego. Tuvo que recordarse a sí mismo que la reina no tenía ni idea de lo que estaba haciendo.

Inclinó la cabeza y le dedicó la sonrisa más cortés que pudo esbozar.

—Me halagáis, majestad, y, como el resto de los hombres, no soy inmune a los halagos.

—¡A lo mejor debería probar eso con el tío Leopoldo!

—Debería haber dicho como el resto de los hombres salvo vuestro tío Leopoldo.

El sonido de la risa argéntea y dichosa acompañó a Melbourne durante el resto del día.

Victoria se esmeró especialmente en acicalarse para la ópera. Tras largas deliberaciones con Skerrett, se decidieron por un recogido de trenzas en la coronilla, estilo que le estilizaba el cuello, pues daba la impresión de que le nacía en el pronunciado escote del vestido.

—Creo que esta noche voy a ponerme el collar de diamantes de la reina Carlota.

—Sí, majestad, lo traigo enseguida. —Jenkins fue a buscarlo con el soniquete del manojo de llaves que llevaba enganchado a la cintura, volvió con el estuche de piel verde desvaído y lo dejó delante de Victoria. Al abrirlo, ambas mujeres contuvieron el aliento al ver el destello de los diamantes a la luz de las velas.

—Sí, definitivamente me los pondré —dijo Victoria, y le dio el collar a Jenkins para que se lo abrochara.

Skerrett, que en ese momento regresaba a la alcoba con las flores para el peinado de Victoria, chilló de asombro al ver el collar.

—Parece que os arde el cuello, majestad.

Victoria se miró al espejo satisfecha. Efectivamente, daba la impresión de que el collar tenía una caldera interna. Mientras Skerrett le colocaba la diadema a juego sobre la coronilla, Victoria se recreó en su imagen.

Había recibido con agrado la noticia de lord Melbourne de que el gran duque Alejandro, tras realizar el *Grand Tour* por

Europa, había decidido pasar por Inglaterra antes de volver a San Petersburgo. Bailar se le daba de maravilla y tenía una interesante conversación. Su reaparición resultaba providencial; le serviría de escudo contra el tío Leopoldo. Esa noche, por ejemplo, había invitado al gran duque a acompañarla en el palco real a sabiendas de que, como Bélgica no tenía ningún vínculo formal con Rusia, al tío Leopoldo le resultaría imposible acompañarles.

Al tío Leopoldo no le había hecho gracia que le dijera que por razones diplomáticas tendría que compartir el palco real con el gran duque.

—Pero podéis sentaros con mamá, tío Leopoldo. Me consta que tenéis mucho de qué hablar.

Él había objetado que tener ese tipo de favoritismo con el gran duque podía dar lugar a malas interpretaciones, pero Victoria lo había anticipado.

—Oh, no os preocupéis por eso. Lord M también nos acompañará. Se encargará de evitar un incidente diplomático.

Leopoldo apretó los labios, pero no dijo nada más.

Cuando Victoria hizo su entrada en el palco real con el gran duque, la orquesta de Her Majesty's Theatre tocó *Dios salve a la reina* y a continuación el himno nacional ruso. Al término de este, la reina y el gran duque tomaron asiento. Naturalmente, no miraron de reojo para comprobar que las sillas estaban en su debido lugar. Al pertenecer a la realeza desde la cuna, simplemente dieron por sentado que así sería.

El teatro estaba lleno. La versión de Donizetti de *La novia de Lammermoor*, de sir Walter Scott, ya era un éxito, pero esa noche al público le interesaba el espectáculo de dentro y fuera del escenario.

Estaba el palco real, donde la reina permanecía sentada junto al gran duque de Rusia, cuyas condecoraciones con incrustaciones de diamantes relucían con tanto brillo como el collar de Victoria. Detrás de los dos miembros de la realeza se encontraban el primer ministro y lady Portman, condenados a permanecer de pie durante toda la obra por exigencias del protocolo.

Al otro lado de la platea estaba el palco del rey de los belgas y su hermana, la duquesa de Kent. Al sentarse hubo una ovación, una ovación que cada uno de los hermanos consideró un merecido homenaje. Pero a sir John Conroy, que, como siempre, se apostó de pie justo detrás de la duquesa, no le cupo duda de a quién iba dirigida la ovación.

No hubo ovaciones para el duque de Cumberland cuando entró en su palco acompañado por su esposa y su sobrino Jorge de Cambridge. El príncipe tenía los ojos azules saltones y la papada de los Hannover. Vestía de uniforme y daba la impresión de que habría preferido estar en el casino de su regimiento que en la ópera.

Cuando la obertura tocó a su fin y la Persiani salió a escena a cantar su primera aria, hubo el mismo número de anteojos enfocando al palco real que a la diva.

Al duque de Cumberland le encantó comprobar que Leopoldo no se encontraba en el palco real, pero no le hizo tanta gracia que el gran duque estuviera sentado junto a su sobrina. Algún día sería zar de todas las Rusias, de modo que no era un serio aspirante a la mano de Victoria, pero despedía un exotismo del que Cumberland se temía que carecía su sobrino Jorge.

—La reina se está poniendo tremendamente cariñosa con el ruso, Jorge. Creo que deberías ir a presentar tus respetos antes de que se siente en su regazo.

Jorge resopló.

—Mientras no tenga que quedarme al segundo acto... Se canta mejor en el casino.

Tal vez la única persona que observaba el escenario con la atención que merecía la Persiani fuera la propia reina. Mientras Lucia entonaba su amor eterno por Edgardo, a Victoria le asomaron las lágrimas a los ojos y una se deslizó por su pequeña mejilla blanca.

El gran duque, que estaba observando el perfil de Victoria con atención, sacó un pañuelo de proporciones imperiales y se lo ofreció. Ella lo cogió con una sonrisa.

—Gracias. Estoy sobrecogida.

El gran duque se acercó a ella y dijo en voz baja:

—Vos y yo no tenemos muchas oportunidades de llorar.

Victoria asintió.

—Tenéis razón. Claro, supongo que por eso me gusta tanto la ópera.

—Tenéis alma rusa.

—O inglesa.

En ese momento la música fue *in crescendo* conforme Lucia llegaba al final del aria hasta sufrir un desvanecimiento y caer desplomada sobre el escenario. El público se perdió la escena, pues estaba observando al heredero del trono de Rusia sonriendo a su reina.

En el entreacto, el príncipe Jorge se presentó en el palco real. Victoria lo miró sorprendida.

—No sabía que te gustase la ópera, Jorge.

El semblante lechoso de Jorge se ruborizó mientras se afanaba en encontrar una respuesta. Finalmente contestó:

—Me figuro que es un interés reciente, prima Victoria.

Ella sonrió.

—Entonces la próxima vez que venga insistiré en que me acompañes.

Victoria se volvió hacia el gran duque.

—Permitidme que os presente a mi primo Jorge de Cambridge.

Jorge hizo una inclinación de cabeza adecuada, pero no efusiva, ante el ruso. El gran duque asintió y dijo:

—Tuve el honor de pasar revista al regimiento del príncipe. Qué uniformes tan magníficos.

Su tono dio a entender que lo único magnífico habían sido los uniformes. Conforme el insulto tácito calaba en Jorge, su rubor se acentuó más si cabe. Le dieron ganas de decir que al menos sus hombres eran una fuerza de combate disciplinada y no un puñado de cosacos borrachos, pero en vez de eso no tuvo más remedio que quedarse mirando al impertinente ruso.

—¿A que Lucia es maravillosa? —preguntó Victoria a su primo—. ¿Te has emocionado con la escena de la locura?

A Jorge le alivió que le preguntara algo a lo que podía responder con sinceridad.

—Desde luego que sí.

Permaneció allí unos minutos más, notando que Cumberland no le quitaba ojo de encima, y, cuando la música comenzó de nuevo, se disculpó y se marchó.

Leopoldo presenció toda la escena con sus anteojos. Enseguida comprendió las intenciones de Cumberland al llevar al príncipe Jorge. Pese a que tenía presente que Jorge era, con diferencia, inferior a Alberto en lo referente a atractivo e intelecto, le alivió ver que Victoria no había revelado el menor indicio de excitación ante su presencia. Más bien daba la impresión de que prefería la compañía del gran duque, pero a Leopoldo le complació descartarlo como un coqueteo inofensivo. El matrimonio entre dos soberanos era inviable desde el punto de vista práctico y diplomático. La última vez que se había intentado, entre María Tudor y el rey español Felipe II, no había dado frutos para ninguna de las partes.

Al marcharse Jorge, Leopoldo centró su atención en el escenario, donde estaban representando un ballet muy agradable. Pero su apreciación de las torneadas pantorrillas de las bailarinas se vio interrumpida por la duquesa, que estaba observando a su hija con los anteojos.

—Mira a Drina. Creo que está flirteando con el gran duque. Es de lo más inadecuado.

—Mi querida María Luisa, no te alarmes. El gran duque tan solo puede ser un entretenimiento inofensivo. Ni siquiera Victoria es tan ingenua como para imaginar que entre ellos pueda haber algo más que un flirteo.

La duquesa suspiró.

—Espero que estés en lo cierto, hermano, porque es capaz de cometer cualquier disparate.

Conroy hizo un ruido a modo de asentimiento.

Leopoldo movió los anteojos del escenario al palco real. El rostro de Victoria apareció en su campo de visión a una escala mucho mayor y, para su sorpresa y alarma, su expresión se asemejaba mucho a la mansedumbre propia de una mujer enamorada. Pero ¿a quién estaba mirando? Cuando Leopoldo movió ligeramente los anteojos para seguir su mirada, localizó el atractivo rostro de lord Melbourne. Leopoldo se dio cuenta de que Melbourne correspondía al gesto de Victoria con el mismo afecto.

Leopoldo bajó los anteojos. Su hermana tenía razón; estaba claro que Victoria era capaz de cometer cualquier disparate. ¿Imaginaría en serio que Melbourne podía llegar a ser algo más que un primer ministro para ella? No, era imposible; ni siquiera Victoria podía ser tan ilusa. Pero era consciente de lo que había presenciado y le inquietaba profundamente. Decidió no comentárselo a su hermana. Lo único que provocaría que Victoria cometiese un auténtico disparate sería una intervención de su madre. No, debía ser él quien hablase con Victoria. Decidido a tomar esa iniciativa, Leopoldo volvió a centrar su atención en el escenario, donde, para su decepción, las bailarinas habían sido sustituidas por un coro de fornidos escoceses de las tierras altas cantando en italiano.

La comitiva de la reina, por supuesto, fue la primera en abandonar el teatro. El gran duque acompañó a Victoria escaleras abajo hasta la entrada de Haymarket, donde la esperaba su carruaje. Al salir, a Victoria le complació oír unos cuantos vítores entre el gentío que se había concentrado fuera.

El gran duque se volvió hacia ella y sonrió.

—El pueblo os quiere, Victoria.

—Creo que le gusta ver a su reina. Seguro que en Rusia os saludan con el mismo entusiasmo.

—Puede. Pero vuestro pueblo tiene libertad para vitorear a su antojo, mientras que el mío no. Los vítores de los siervos no son iguales que los de los ciudadanos.

Victoria se fijó en que al duque se le había apagado la mirada al agacharse para besarle la mano.

—Buenas noches, Alejandro. —Se sintió cohibida al dirigirse a él por su nombre, pero él la había llamado Victoria.

El gran duque se cuadró para despedirse.

Al subir al carruaje, oyó un ruido y vio que Dash estaba dando brincos para besuquearle las manos.

—¡Oh, Dashy, mi pequeñín, qué encantadora sorpresa!

Cogió al perro y lo estrechó contra su cuerpo. Lord Alfred Paget, su ayudante de campo, asomó su atractiva cabeza de pelo rubio por la ventana del carruaje.

—Espero que no os moleste, majestad, pero, como estaba desesperado en palacio, me he tomado la libertad de traéroslo.

—Qué detalle por vuestra parte, lord Alfred. No se me ocurre mejor compañía para el trayecto de vuelta. A Dash le encanta escuchar ópera, ¿a que sí, Dashy? —El perrito se retorció de placer cuando le rascó la tripa.

—Espero que no te importe tener compañía humana, Victoria. —Al levantar la vista, Victoria se encontró, irritada, con su tío Leopoldo. Sin esperar su respuesta, el rey de los belgas pasó por delante de lord Alfred y se sentó enfrente de ella.

Victoria se recostó en el asiento agarrando a Dash entre los brazos. Estaba cansada y lo último que deseaba era un *tête-à-tête* forzado con su tío. Pero no tenía escapatoria, a menos que pidiera a los soldados que se lo llevaran, lo cual provocaría un incidente diplomático. Sonrió ante la idea y acto seguido le tiró a Dash de la oreja para susurrarle al oído:

—No sabes lo contenta que está de verte tu mamá, Dashy.

Leopoldo se sacó una cerilla del bolsillo y encendió la vela que había junto a su asiento. Al iluminársele la cara desde abajo, parecía casi demoníaco.

—Mi querida sobrina, sabes que siempre he tratado de ser un padre para ti.

Victoria se puso a juguetear con las orejas de su perro.

—Desde luego me habéis escrito muy a menudo. ¿A que sí, Dash?

Leopoldo suspiró.

—Te ruego que hables conmigo y no con tu perrito faldero. Tengo algo importante que decirte.

Victoria acercó la cara de su perro a la suya.

—Os estamos escuchando.

Leopoldo ignoró su descaro.

—Dices que no quieres casarte con Alberto, pero me gustaría saber si tienes intención de casarte con otro.

Victoria lo miró y dijo con frialdad:

—De momento no entra en mis planes casarme con nadie.

Leopoldo se llevó la mano a la cabeza para comprobar cómo llevaba colocado el peluquín.

—Espero que no imagines que tu lord M pudiera ser algún día algo más que tu primer ministro.

Dash aulló cuando Victoria, furiosa, le tiró de la oreja.

—Ese comentario no merece respuesta.

—Entonces, de soberano a soberana, te aconsejaría que tuvieras cuidado —dijo Leopoldo.

Victoria, indignada, repuso con voz tensa:

—Y de soberana a soberano, debo aconsejaros que no interfiráis.

—Puede que seas demasiado joven para entender el peligro que entraña tu situación. El país se encuentra en un equilibrio precario. Estoy tremendamente preocupado por los disturbios de Gales. Todos los movimientos revolucionarios comienzan así, con el descontento popular.

—Según lord Melbourne, no debo tener ningún temor a los cartistas. Dice que ha habido una mala cosecha y que cuando la gente tiene hambre se radicaliza.

—Tu lord Melbourne no es infalible, Victoria. Me temo que hasta la Corona británica es vulnerable.

Victoria emitió un sonido a medio camino entre el resoplido y la risotada. Pero Leopoldo continuó hablando como si tal cosa, al tiempo que se sacaba unas cerillas del bolsillo y encendía una delante de ella, iluminando su gesto enfurruñado.

—Tú piensas que la llama de tu monarquía arde con fuerza, Victoria, pero con un sola bocanada de aire de la dirección opuesta... Cásate con Alberto y crea una familia de la que se enorgullezcan tus súbditos. De lo contrario... —Leopoldo apagó la cerilla de un soplo.

Victoria apretó a Dash con más fuerza y no dijo nada durante el resto del —gracias a Dios— corto trayecto.

4

Los tíos de Victoria no eran los únicos que se tomaban verdadero interés en su futuro matrimonio. En los salones de todo el país se consideraba que una joven y agradable reina en edad casadera debía aspirar a un marido. En el club Brook's, el bastión de los valores liberales, la comidilla era el deber de la reina de engendrar un heredero al trono que estuviese más en sintonía con los tiempos que el duque de Cumberland. Al otro lado de la calle, en White's, el baluarte de los conservadores, se sostenía igualmente que la reina debía casarse porque era la única manera de poner freno a la influencia de lord Melbourne.

Pero, aunque todos coincidían en que la reina debía contraer matrimonio, se discrepaba en cuanto a quién podría ser el marido idóneo. En el comedor del servicio del palacio de Buckingham se especulaba mucho sobre el tema. Tanto era así que Penge, el mayordomo de la reina, había organizado una apuesta con los posibles ganadores y perdedores. Había apostado una moneda de seis peniques por el príncipe Jorge. Tras su breve experiencia al servicio de la princesa Carlota cuando contrajo matrimonio con el príncipe Leopoldo, Penge no tenía ninguna gana de trabajar para otro príncipe Coburgo. Los Coburgo eran, en su mordaz opinión, «la peor especie de extranjeros». Cuando la señora Jenkins le presionó para sonsacarle los motivos de sus quejas, Penge señaló que el rey de los belgas no solo había protestado por la humedad de las sábanas de su cama, sino que tampoco alcanzaba a entender el importe de los honorarios del personal de palacio.

—Los Coburgo son avaros, charlatanes glotones que no tienen cabida en el trono británico. Lo que necesitamos es un candidato británico.

La señora Jenkins, que se había percatado del esmero con el que la reina se había acicalado para la ópera, se inclinaba a apoyar la candidatura del gran duque.

—Qué pareja tan bonita haría con un joven tan apuesto.

Penge había objetado que el enlace entre la reina y el heredero al trono ruso era imposible desde el punto de vista diplomático, pero que estaba dispuesto a aceptar su dinero si cometía la estupidez de apostar por él. La señora Jenkins, muy dada a creer que el amor lo conquistaba todo, se empeñó en apoyar a su candidato.

El chef, el señor Francatelli, que no le tenía aprecio al señor Penge, se decantó por el príncipe Alberto de Sajonia-Coburgo-Gotha; y Brodie, el mozo, señaló que de tener una moneda de seis peniques apostaría por lord Alfred Paget, pues siempre bromeaba con la reina. Penge y la señora Jenkins enarcaron las cejas por la elección de Brodie, pero ninguno se sintió en la obligación de manifestar que lord Alfred no era del tipo de hombres que se casaban. La señorita Skerrett, la segunda ayuda de cámara, dijo que no tenía seis peniques para apostar por las perspectivas matrimoniales de la reina, pero que le daba la impresión de que el único hombre que a esta le importaba era lord Melbourne. En esto la segunda ayuda de cámara coincidía totalmente con Leopoldo, rey de los belgas.

A la mañana siguiente del encuentro con Leopoldo, Victoria solo sabía que era un tremendo alivio para ella poder dar su habitual paseo a caballo por el parque junto a Melbourne. Aunque adoraba la ópera y había disfrutado de la agradable compañía del gran duque, se encontraba mucho más a gusto paseando por Rotten Row con el primer ministro. Se habían citado, como de costumbre, detrás de Apsley House, la casa del duque de Wellington, en la esquina del parque. Melbourne, cosa rara, no estaba allí y tuvo que esperarle por lo menos cinco minutos.

Cuando llegó, estaba cubierto de polvo y se disculpó.

—Perdonadme, majestad. He recibido un mensaje justo cuando me estaba poniendo en camino, y he tenido que atenderlo inmediatamente.

Victoria le sonrió.

—Debe de haber sido importante. Dudo haberos visto nunca perder la compostura.

Melbourne se miró la polvorienta ropa con gesto contrito.

—No quería haceros esperar.

La miró con aire preocupado.

—Me pregunto si será conveniente que inauguréis las casas de beneficencia mañana, majestad. Es un espacio abierto y habrá mucha gente. Puede que no sea del todo seguro.

Victoria se volvió hacia él sorprendida.

—Pero he de ir. Esas casas de beneficencia son en memoria de mi padre. Sería una falta de respeto no asistir. Y en cuanto a la seguridad, bueno, siempre me decís que una reina ha de dejarse ver para tener credibilidad.

Melbourne negó con la cabeza.

—En general lo considero cierto, pero acabo de enterarme de que los alborotadores de Newport han sido condenados a muerte, y me temo que puede que haya consecuencias.

Victoria se quedó mirando al primer ministro.

—Parece un castigo muy duro. ¿Es necesario ejecutarlos? Creo que no han herido a nadie. Es más, creo que las únicas víctimas son de los propios cartistas.

—Más vale que mueran algunos ahora, majestad, a que haya una insurrección más adelante.

—¿Pensáis que se podría llegar a eso? —preguntó Victoria.

—Sí, majestad, en efecto.

—Entiendo. Aun así, asistiré a la ceremonia.

—Muy bien, majestad.

Pasearon unos minutos en silencio. Llegados a un punto, Victoria no aguantó más.

—¿Qué os pareció *Lucia?* No hemos tenido ocasión de comentarlo.

Melbourne se encogió de hombros.

—No era Mozart, majestad. —A continuación, volviendo la cabeza hacia ella, le preguntó—: ¿Y vos? ¿Disfrutasteis de la velada? Daba la impresión de que estabais bien acompañada.

Victoria sonrió, complacida de cambiar de tema.

—He de decir que el gran duque es entretenido. Es reconfortante hablar con alguien que entiende las responsabilidades de mi posición. Pero creo que es demasiado foráneo para sentirme del todo cómoda en su compañía.

—¿Y qué tal el príncipe Jorge de Cambridge? Me dio la impresión de que estuvo sumamente atento.

Victoria hizo una mueca.

—Nunca nos caímos bien de pequeños. Él siempre solía decir que reinar no era cosa de niñas.

—¿Y vos qué respondíais? —preguntó Melbourne.

—¡Yo decía que cuando reinase lo enviaría a la torre como a todos los traidores!

Melbourne se echó a reír.

—¡Muy bien dicho! ¿Y qué impresión os da ahora que ha madurado?

—Bueno, no es tan bajo ni rechoncho como antes, pero no creo que sus opiniones sobre la conveniencia de que las mujeres ocupen el trono hayan cambiado mucho.

—Ah, ¿no? —Melbourne tiró de las riendas para que el caballo girase y quedar frente a Victoria—. Pues es una lástima, porque pienso que le gustaría ser candidato para pedir vuestra mano.

—¿Que Jorge aspira a ser mi esposo? —Victoria lo miró sin dar crédito.

Melbourne asintió.

—Eso creo, majestad. Y, como es lógico, un matrimonio con un inglés tendría muy buena acogida en el país.

Victoria lo miró fijamente con sus ojos azules.

—¿Un matrimonio con un inglés?

—Funcionaría muy bien, majestad.

Victoria le sonrió de oreja a oreja.

—Pues lo tendré presente, lord M.

El padre de Victoria, el difunto duque de Kent, se había distinguido, incluso entre los libertinos hijos de Jorge III, por sus excesos. Había pasado la mayor parte de su madurez en el extranjero, en Canadá, en parte por su carrera militar, pero sobre todo porque pretendía zafarse de sus numerosos acreedores.

Al acceder al trono, a Victoria le había sorprendido comprobar la gran cantidad de deudas de su padre que continuaban pendientes. Como el Parlamento le había concedido una asignación a la duquesa expresamente con ese fin, el bochorno de Victoria fue doble. Había manifestado que saldaría las deudas pendientes de su padre de inmediato incluso si esto implicaba que su madre y ella tuvieran que privarse de nuevos sombreros. Melbourne había reído y había dicho que no consideraba necesario que pasasen semejante apuro, y había señalado que ella era muy frugal en comparación con sus predecesores en el trono.

Tras saldar las deudas, Victoria pensó que era hora de hacer algo más positivo en memoria de su progenitor. Su padre, según tenía entendido aunque sin demasiadas pruebas, había sido de condición caritativa, y ella deseaba hacer algo que dejase constancia de su generosidad. Su madre no se había mostrado muy dispuesta a colaborar, pues había comentado que lo que más le habría gustado a su padre era ver a su viuda con la estabilidad que le correspondía. «Le gustaba que yo fuese elegante en todo momento, Victoria. Siempre me compraba ropa bonita». Victoria había respondido que en su opinión podría rendirse un homenaje más duradero a la generosidad de su padre que un nuevo quitasol.

Había consultado, naturalmente, a lord M, quien le había aconsejado que hiciera algo filantrópico. «Hay estatuas de vuestros tíos por todo Londres y, aunque decoran la silueta urbana, tienen poca utilidad a efectos prácticos». Victoria lo había escuchado con atención, como hacía con todas las opiniones de Melbourne, y se había puesto a pensar en una iniciativa adecuada.

Harriet Sutherland, cuya familia se tomaba muy en serio la filantropía, le había sugerido un proyecto de construcción de casas de beneficencia para socorrer a los pobres de la parroquia de Camberwell. «Majestad, allí hay ancianos que viven en condiciones de pobreza extrema después de haber trabajado diligentemente durante toda su vida. Y pensar que viven en semejante miseria a poco más de un kilómetro de palacio...». Al visitar de incógnito la parroquia con la duquesa, a Victoria le había consternado ver las condiciones en las que vivían. Aunque no se había atrevido a salir del carruaje por temor a que la reconocieran, había visto a niños harapientos mendigando en las calles y a una anciana con un vestido negro polvoriento que en otros tiempos había sido de buena calidad sentada en la acera con un pequeño fardo a su lado y una jaula con un loro.

Le había pedido al lacayo que hiciera indagaciones sobre la situación de la mujer y había averiguado que había sido doncella de una dama y que había sido despedida debido a su edad. Sin hijos ni pensión, la mujer carecía de medios para subsistir con su loro. A Victoria le había conmovido el loro, su plumaje polvoriento y el brillo de sus ojos amarillos. Le había indignado la actitud de los antiguos señores de la mujer. ¿Cómo habían podido arrojarla a la calle de esa manera? Harriet le había comentado que era bastante habitual. «No a todo el mundo que tiene criados, majestad, le han inculcado que hay una obligación para ambas partes».

Victoria había querido remediar la situación de la mujer enseguida y, como nunca llevaba dinero encima, no había tenido más remedio que pedirle a Harriet que le prestara. Harriet había sugerido que tal vez fuera mejor llevarla a palacio, donde podrían darle de comer y cierta orientación para su porvenir.

Los apuros de la señora Hadlow, la doncella (lo de señora era un título honorífico), habían convencido a Victoria para construir casas de beneficencia donde los pobres respetables pudieran pasar sus últimos días en paz. Había aportado una considerable suma para financiar el proyecto tras acordar que se las llamara Casas de Beneficencia del Duque de Kent. La señora Hadlow y su loro figurarían entre los primeros ocupantes.

Los edificios se habían construido magníficamente, pensó Victoria mientras el carruaje paraba junto a la pequeña plaza. Las construcciones de dos plantas, con puertas rojas y jardines en la entrada, parecían el arquetipo del confort y el refinamiento, un espléndido contraste con la miseria de la que había sido testigo anteriormente. Había banderas y banderines colgados en los tejados y las verjas; una banda de metales empezó a interpretar el himno nacional cuando el lacayo de Victoria desplegó la escalerilla del carruaje.

En medio de la plaza había un pedestal con una dedicatoria en memoria de su padre cubierto por un manto de terciopelo. Victoria tenía previsto pronunciar un breve discurso antes de inaugurar el pedestal y anunciar la apertura de las casas de beneficencia. Había expresado su deseo de que la ceremonia no fuese un evento de boato, pero en vista de la visita de su tío se había visto en el compromiso de invitarle y Melbourne le había aconsejado que, para que la ceremonia fuese más entretenida, invitase también al gran duque. A ella le había parecido una idea excelente, pero le había agradado menos enterarse de que el duque de Cumberland se había ofendido tremendamente por no haber sido invitado. Ella no tenía ninguna intención de hacerlo, pero Melbourne le había dicho que de lo contrario provocaría un escándalo innecesario y que estaba convencido de que ella no quería que nada desmereciera el homenaje en memoria de su padre. Así pues, Victoria, consciente de lo que había sucedido la última vez que había desoído los consejos del primer ministro, había claudicado e invitado a los Cumberland y al resto de su familia paterna.

Bajó del carruaje con cierta inquietud. En la tribuna que rodeaba el pedestal estaban sentadas todas las personas que le causaban desasosiego: su madre, Conroy, los Cumberland —que iban acompañados del príncipe Jorge— y sir Robert Peel. Lo que en un principio iba a ser un homenaje a su padre se había convertido, de buenas a primeras, en una especie de prueba de su autoridad. Su sensación de alarma se vio acuciada por la presencia de una fila de soldados del regimiento real que separaba a los miembros de la realeza de la muchedumbre congregada en la calle. Victoria se sintió escrutada desde todos los ángulos. Echó un vistazo a su alrededor. Se dio cuenta de que solo había un rostro que deseaba ver, pero no había rastro de él. Esbozó una sonrisa de compromiso al encargado de las casas de beneficencia cuando Harriet Sutherland se lo presentó.

En ese momento notó su presencia detrás de ella y la embargó una cálida sensación de alivio.

—Mis disculpas, majestad, por no haber estado aquí a vuestra llegada, pero hay tal tumulto de gente que mi carruaje apenas podía abrirse paso.

Victoria se dio la vuelta y sonrió.

—Estáis disculpado, lord M. Pero ¿a qué vienen tantos soldados? Me consta que mi padre era militar, pero me da la sensación de que desmerecen el carácter apacible del evento.

Melbourne se quedó mirándola.

—Como os mencioné, temo que puedan producirse disturbios por parte de los cartistas, majestad.

Victoria miró hacia la muchedumbre y negó con la cabeza.

—¿Acaso los cartistas llevan sombrero de mujer, lord M? Porque aquí hay infinidad de ellos.

Ahora le tocó a Melbourne sonreír.

—De hecho, majestad, algunos cartistas sostienen que las mujeres deberían tener derecho a voto.

Victoria rio.

—Os estáis burlando de mí.

—No, majestad, os aseguro que os hablo muy en serio.

Victoria señaló hacia un grupo de niños que agitaban banderines.

—¿Y les concederán el derecho a voto también a los menores?

—No, majestad, no creo que ni siquiera los cartistas lleguen tan lejos.

La reina siguió a Melbourne al estrado que había junto al pedestal. Se produjo una pequeña refriega cuando el gran duque y el príncipe Jorge se disputaron el hueco más próximo a la reina. Jorge, que sentía cierta antipatía por el príncipe ruso, no solo porque lo consideraba como un posible rival para ganarse el afecto de Victoria, sino porque el uniforme del gran duque era mucho más majestuoso, dijo en tono altivo y glacial:

—Tenemos la suerte, señor, de que vuestro padre el emperador pueda prescindir de vos para asistir a la inauguración de una casa de beneficencia.

El gran duque, que no consideraba a Jorge como un adversario ni mucho menos, replicó:

—Mi padre y yo sentimos una gran admiración por las instituciones británicas y en particular por vuestra reina.

Jorge se movió para colocarse delante de él, pero el ruso le bloqueó el paso. Permanecieron allí, en una incómoda proximidad, sin que ninguno hiciese amago de ceder.

Al presenciar este pequeño contratiempo, Melbourne se tomó la licencia de esbozar una tenue sonrisa y acto seguido miró a Victoria para comprobar si esta se había dado cuenta de la rivalidad entre sus dos admiradores. Pero ella estaba observando el pedestal mordiéndose el labio, señal, sabía Melbourne, de que estaba nerviosa.

—¿Comienzo ya, lord M? —le preguntó en voz baja.

—Si estáis lista, majestad...

Se acercó un poco más al pedestal, y Melbourne se fijó en que le temblaba la mano donde tenía el papel con el discurso que había redactado. En voz alta y ligeramente trémula, comenzó a hablar:

—No llegué a conocer a mi padre, pero sé que por encima de todo creía en la caridad cristiana.

Melbourne oyó al duque de Cumberland decir entre dientes a su esposa:

—El único acto de caridad al que accedió mi difunto hermano fue mantener a la amante que desechó al casarse. Y ni siquiera eso duró mucho.

Melbourne volvió la cabeza para ver si la duquesa de Kent había oído el comentario, pero afortunadamente estaba flanqueada por su hermano y sir John Conroy y demasiado absorta para prestar atención a su cuñado. La reina se encontraba demasiado lejos para oír los comentarios de su tío.

—Así pues, me complace enormemente dedicar estas casas de beneficencia a su memoria.

Con el sonido de los aplausos de los presentes en la tribuna y la muchedumbre, la pequeña reina caminó hacia el pedestal para descubrir la placa en memoria de su padre. El gran duque y el príncipe Jorge se movieron al mismo tiempo, por lo visto con intención de ayudar a la reina. Se quedaron allí, a ambos lados del pedestal, Jorge observando fijamente al gran duque y el ruso ignorando por completo al príncipe inglés.

Cuando Victoria se dio cuenta de la situación, hizo lo posible por no sonreír.

—Muchas gracias, pero creo que puedo arreglármelas sola.

Se quedó mirándolos lo suficiente como para que ambos hombres retrocedieran un poco y a continuación dio un paso al frente y tiró del cordón para retirar el manto de terciopelo. Se sintió aliviada al conseguirlo a la primera, dejando al descubierto una placa con el inconfundible perfil hannoveriano del duque de Kent.

Se dio la vuelta para mirar al gentío.

—Y ahora, me complace enormemente inaugurar estas casas de beneficencia para alivio de los pobres y ancianos de esta parroquia.

Hubo otra ronda de aplausos entre la multitud y unos cuantos vítores de «Dios salve a la reina», pero también se dejó sentir un ruido más seco, más estridente. La reina lo oyó y, justo al volverse hacia Melbourne, una piedra se estampó contra el pedestal y estuvo a punto de darle a la misma Victoria. Entonces la bulliciosa muchedumbre exclamó a una: «¡Justicia para los cartistas de Newport!», «¡Justicia para los cartistas de Newport!».

Melbourne la agarró del brazo y tiró de ella para colocarse delante; en un momento del revuelo, Victoria apoyó la mejilla contra la áspera tela de su chaqueta y le rodeó la cintura con los brazos. Pese al bullicio y la confusión, al acre olor del pánico que impregnaba el ambiente, pese al roce áspero de la lana contra su piel, a Victoria le dio la sensación de estar envuelta en el cachemir más delicado, en una burbuja que la protegía del caos reinante. Esta, pensó, era la sensación de seguridad.

Entonces sonó un disparo entre la multitud que sacó a Victoria bruscamente de su ensimismamiento.

—Lord M, no permitáis que abran fuego —dijo en tono apremiante—. Recordad los sombreros de mujer.

Melbourne se dio la vuelta, con sus ojos verdes brillantes y alerta, pero al verla su semblante se suavizó.

—No os preocupéis, majestad, no permitiré que nadie resulte herido. Pero debéis volver a palacio sin demora.

—No quiero separarme de vos. Sois el único que...

Sus palabras se ahogaron entre otra salva de disparos. Melbourne echó un vistazo por encima de la cabeza de la reina y vio al príncipe Jorge a la izquierda con la mano en la empuñadura de la espada dirigiéndose hacia la muchedumbre como un caballero errante y al gran duque con la misma actitud marcial a la derecha. Ninguno de ellos resultaba adecuado para lo que tenía en mente, de modo que suspiró aliviado al localizar a Alfred Paget, con el semblante sereno e imperturbable.

—Lord Alfred —le dijo con premura—, creo que la reina se marcha. ¿Podéis escoltarla a ella y a la duquesa hasta palacio?

Lord Alfred, con una destreza que se había forjado con la experiencia en el campo de los círculos diplomáticos más que en el fragor de la batalla, se las ingenió para conducir a Victoria a regañadientes en dirección al carruaje a fuerza de pura persuasión y al mismo tiempo para llevarse a la duquesa, indicándole con un simple movimiento de ceja que en un momento de semejante agitación su deber era estar al lado de su hija.

Victoria dejó que la metieran en el carruaje sin protestar, pero al apoyar la cabeza contra el cristal y ver a Melbourne con la expresión manifiestamente preocupada hablando con el oficial al mando de las tropas, sintió tanta angustia por separarse de él que le asomaron las lágrimas a los ojos.

Al reparar en ello, la duquesa posó la mano en la mejilla de su hija.

—No tengas miedo, *Liebes*. No vas a sufrir ningún daño. Te lo prometo.

Pero Victoria apartó la cara para asomarse a la ventana y verlo fugazmente por última vez. Se encontraba en medio de la muchedumbre con el oficial al mando. Deseó con todas sus fuerzas que se diera la vuelta para mirarla y, cuando al fin levantó la cabeza, le dio la impresión de que la estaba mirando directamente. Pero cuando el carruaje avanzó dando bandazos entre el gentío, lo perdió de vista. Victoria se reclinó sobre el respaldo de piel capitoné y cerró los ojos.

Melbourne vio cómo se alejaba el carruaje y le pareció distinguir el pequeño rostro blanco de la reina junto a la ventana. Tremendamente aliviado al verla marchar, se volvió hacia el capitán y dijo con más énfasis que antes:

—Debéis dispersar a la muchedumbre de manera pacífica. Que vuestros hombres solo disparen al aire. No quiero que nadie resulte herido. ¿Entendido, capitán?

El capitán asintió de mala gana. Pensó que Melbourne no era un soldado; de haberlo sido, sabría que cuantas más personas resultaran heridas en ese momento menos probabilidades habría de que episodios así se repitieran.

Cuando Melbourne se puso a buscar a Emma Portman con la esperanza de que pasara con la reina el resto del día, oyó una voz justo detrás de él.

—Lord Melbourne, ¿podemos hablar un momento? —Melbourne reconoció el acento entrecortado del rey de los belgas. Intentó controlar su irritación.

—¿Podéis esperar, señor? Ahora mismo estoy algo preocupado. —Hizo un gesto hacia el tumulto que había delante. El príncipe Jorge y el gran duque estaban expectantes con las espadas desenvainadas; no estaba claro si estaban listos para luchar contra la muchedumbre o el uno contra el otro.

Leopoldo negó con la cabeza.

—Creo que no.

Melbourne suspiró y, resignado, observó a Leopoldo con hastío.

—Bien. Entonces, señor, estoy a vuestra disposición.

Leopoldo le indicó a Melbourne con un gesto que le siguiera hasta un rincón situado detrás del pedestal donde nadie los oyera, por imposible que pareciera entre el barullo imperante. El rey, pensó Melbourne, no perdía ocasión.

Leopoldo se echó hacia delante hasta casi pegar la boca a la oreja de Melbourne.

—Deseo hablaros sobre mi sobrina.

Melbourne dio un paso atrás y se cuadró delante del hombre.

—¿Y bien?

Leopoldo esbozó una sonrisa que sugería que ambos eran hombres de mundo.

—Me figuro que estaréis de acuerdo en que, cuanto antes se case, mejor. Su reinado ha sufrido complicaciones hasta la fecha. Un esposo e hijos darían estabilidad a su actitud atolondrada.

Tras una pausa, Melbourne repuso:

—No veo que haya ninguna prisa en que la reina se case. En mi opinión, lo más importante es que haga una elección prudente.

Miró en dirección a los dos príncipes. Leopoldo le siguió la mirada.

—No podría estar más de acuerdo. Y no podría haber mejor candidato que su primo Alberto. Es un joven serio, y me he tomado mucho interés en su educación. —Giró la cabeza hacia Melbourne—. Y, por supuesto, tiene la edad adecuada.

Melbourne mantuvo el gesto impasible.

—Tengo entendido que la reina no congenió con él en su último encuentro.

Leopoldo sonrió ante la insensatez de su sobrina.

—Era demasiado joven para hacerse una opinión. Victoria cambiará de parecer, siempre y cuando, creo, entienda que ese enlace es lo que más conviene a sus intereses. —Bajó el tono de voz y añadió—: En mi opinión, señor, podríais persuadirla.

Melbourne sonrió con amargura.

—No soy mago, señor. La reina tiende a escuchar únicamente lo que piensa.

Leopoldo inclinó la cabeza a un lado y dijo con picardía:

—Vamos, lord Melbourne, sois demasiado modesto. He visto cómo os mira mi sobrina. —Hizo un lento guiño insinuando las argucias de flirteo de la coqueta reina.

Melbourne dijo en el tono más sereno que pudo:

—Creo, señor, que sobreestimáis mi influencia.

—Si vos lo decís, Melbourne... Pero estoy seguro de que, si reflexionáis, un hombre de vuestra... —hizo una pausa— experiencia se hará cargo de lo que hay que hacer.

Otra descarga de disparos le ahorró a Melbourne la necesidad de responder. Hizo una inclinación de cabeza al rey apenas perceptible.

—Os ruego que me disculpéis, señor. —Y echó a andar en dirección a la marea de gente.

Leopoldo lo observó mientras se alejaba. Había logrado su objetivo. Ahora Melbourne sabía que su relación con Victoria estaba bajo escrutinio.

5

A la mañana siguiente, Victoria esperó a Melbourne como de costumbre en la sala de estar, con la pila de valijas rojas delante de ella. Se había esmerado en acicalarse para la reunión; llevaba puesto su nuevo vestido de muselina estampado y el tocado de trenzas alrededor de las orejas que, según le había comentado lord M en una ocasión, tanto le favorecía. Los acontecimientos del día anterior la habían alterado; de hecho, la habían perturbado hasta tal punto que se había ido a la cama sin cenar. Pero en mitad de la noche, agitada, se había levantado de la cama.

Había luna llena y los jardines de palacio estaban bañados en una luz argéntea. Vio un animal, quizá un conejo, cruzando el césped en dirección al lago. En palacio a veces le costaba tener presente que se encontraba en pleno centro de Londres. Y sin embargo, las casas de beneficencia se hallaban a menos de tres kilómetros de allí. Qué alivio saber que nadie había resultado herido aquella tarde; le alegraba que Melbourne le hubiera hecho caso.

Se había quedado esperando recibir noticias de él por la noche; le extrañó que no se presentara después de cenar y que ni siquiera le mandara una nota. En cierto modo había respirado aliviada porque necesitaba tiempo para reflexionar sobre sus sentimientos; todavía notaba el áspero roce de la lana de su chaqueta contra la mejilla. Por repentino y fortuito que hubiera sido ese contacto, la había removido por dentro de una manera inexplicable. Había sido como encontrar algo sin saber que lo andaba buscando.

De camino a su alcoba, la luna brillaba tanto que no había necesidad de velas. Vio el telescopio que Melbourne le había regalado en su cumpleaños. Abrió la caja, sacó el instrumento y lo extendió al máximo. Se puso de rodillas en el asiento que había junto a la ventana, se lo pegó al ojo e intentó localizar la luna. Cuando la lente por fin enfocó el paisaje lunar, observó sobrecogida las sombras que creaba.

Aunque no era ni mucho menos el regalo de cumpleaños que esperaba de lord Melbourne, ahora le pareció entender el significado. Él le había aconsejado que tratara de ver las cosas de manera diferente, que se planteara la vida y las situaciones desde una perspectiva diferente. Por entonces, claro, pretendía que ella asumiera que le resultaba imposible seguir siendo primer ministro, pero Melbourne al final había entendido que su lugar estaba a su lado. Ahora, mirando a través de la lupa del telescopio, pensó que tal vez fuera hora de mirar a Melbourne desde un prisma diferente.

Era su amigo, su consejero y su confidente, pero se planteó la posibilidad de que fuese algo más. Su cuerpo había llegado a esa conclusión enseguida —ese repentino roce había sido electrizante—, pero su mente tenía que procesar esta nueva perspectiva. Si realmente iba a casarse, ¿podía haber alguien más adecuado o deseable que el hombre que ya ocupaba sus pensamientos? Tenía presente que sería una elección poco ortodoxa que provocaría ciertas protestas. Aunque el tío Leopoldo no lo aprobase, seguramente fuera mejor para ella casarse con el hombre al que amaba que acceder a un matrimonio de conveniencia amañado.

La Ley de Matrimonios Reales impedía que un miembro de la familia real contrajera matrimonio sin el consentimiento del soberano, pero ella era la soberana. Sabía, naturalmente, que sus tíos y tal vez esos odiosos conservadores pondrían objeciones, pero a fin de cuentas ¿quién iba a impedírselo?

Sería difícil, pensó mientras giraba el ocular del telescopio, comunicarle su decisión a Melbourne. Se preguntó si lo intuía, dado que siempre era muy perspicaz, pero, aun así, cualquier propuesta —en ese momento agarró con fuerza el telescopio— debía hacerla ella. Los soberanos siempre tomaban la iniciativa.

Suspiró y trató de imaginar cómo declararse. La única manera sería acercándose tanto a él que le permitiera sentir su calidez sin necesidad de mirarle a los ojos. Desconfiaba de su capacidad para decir lo que debía bajo el escrutinio de aquellos ojos verdes. Pero debía hacerlo, y sin demora. Recordó la cita que lord M siempre utilizaba cuando tenía intención de hacer algo: «Existe una marea en los asuntos de los hombres que, tomada en pleamar...».

Ella la tomaría en pleamar.

Al abrirse la puerta de la sala de estar justo cuando el reloj marcaba las nueve, alzó la vista con una sonrisa, pero en vez del primer ministro apareció Emma Portman, que, cosa rara en ella, parecía inquieta.

—¡Emma! Esperaba a lord M.

—Lo sé, majestad, motivo por el cual he venido a deciros que se ha ido a Brocket Hall.

—¿A Brocket Hall? ¿Cómo es que se ha ido allí ahora?

Emma Portman bajó la vista.

—No estoy segura, majestad. A lo mejor sentía necesidad de tomar un poco el aire en el campo.

—Pero si siempre me dice que no hay nada más tonificante que un paseo por el parque de St. James...

Emma esbozó una sonrisa apenas perceptible.

—Me temo que hasta lord Melbourne puede ser incoherente, majestad.

Victoria se levantó de golpe y la pila de valijas cayó al suelo. Emma se agachó a recogerlas, pero Victoria alargó la mano para impedírselo.

—No pasa nada. ¿Está aquí tu carruaje, Emma?

Emma asintió despacio con gesto aprensivo.

—Si me lo permites, lo tomaré prestado. O mejor, me apetece que vayamos de excursión juntas.

Emma se quedó mirando a la reina y formuló una pregunta cuya respuesta ya conocía.

—¿Dónde vamos, majestad?

—A Brocket Hall. Tengo algo muy importante que comunicarle a lord M.

Emma Portman respiró hondo.

—Es un largo trayecto, majestad. Puede que sea mejor mandar a un emisario. Estoy segura de que William volvería a la ciudad enseguida.

Pero Victoria, que estaba caminando de un lado a otro de la estancia, repuso:

—No, es urgente. Emma, existe una marea en los asuntos de los hombres que, tomada en pleamar, conduce a la fortuna.

—No puedo llevarle la contraria a Shakespeare, majestad.

—Bien. Hemos de salir de inmediato. Y, por supuesto, debemos ir de incógnito.

—Por supuesto —convino Emma Portman, haciéndose eco de las palabras de su señora en un tono apagado. Si había percibido la falta de entusiasmo de su dama de compañía,

Victoria no dio muestras de ello, pues ya se había internado en el pasillo con su habitual paso ligero.

El trayecto a Brocket Hall, que se hallaba en el condado de Hertfordshire, duraba poco menos de dos horas. Victoria insistió en ir directamente sin hacer ninguna parada. Iba sentada en el borde del asiento del carruaje, toqueteándose el velo y ensayando mentalmente el discurso que daría a lord Melbourne. De tanto en tanto miraba a Emma y hacía algún comentario sobre el tiempo o el paisaje, pero estaba claro que el cúmulo de pensamientos que tenía en la cabeza no le permitía mantener una conversación normal.

Por fin, para alivio de Emma, el carruaje se internó en el camino flanqueado de olmos que conducía a Brocket Hall, una mansión palladiana con fachada de piedra de Portland.

—Ahí está, majestad; si miráis hacia este lado del carruaje divisaréis la casa. Según tengo entendido, se construyó durante el reinado de vuestro tatarabuelo Jorge II, y se considera uno de los ejemplos más exquisitos de la época.

Victoria echó un vistazo por la ventana, pero no era la casa lo que había venido a ver.

—¿Llegaste a conocer a la esposa de lord M, Emma?

—¿A Caro? Sí, claro. Es..., era una prima lejana.

—¿Cómo era? ¿Era muy guapa?

—¿Guapa? No, yo no diría tanto. Pero sí de lo más vivaracha. Cuando estaba en una habitación era imposible fijarse en otra persona.

—Entiendo. Pero era una persona de poca moral, ¿verdad?

Emma sonrió.

—¿Por su aventura con Byron? Yo no diría eso. En mi opinión era una insensata; creo que él la encandiló y ella no tuvo agallas para resistirse.

—¡Da la impresión de que la eximes de culpa!

—Me dio lástima, majestad. Si la hubieseis visto cuando terminó la aventura, lo comprenderíais. Fue como si se le apagara toda la chispa. Él era un hombre perverso, muy atractivo, pero sin un ápice de corazón. Se zafó de la pobre Caro como si ella fuera un vilano.

—Pero ella rompió los votos de su matrimonio, Emma. ¿Cómo puedes compadecerte de una mujer que hace eso?

Emma se quedó mirando el pequeño rostro de Victoria; se fijó en el rubor de sus mejillas, en el brillo de sus ojos azules, en su boca expectante.

—No es la primera mujer casada que lo ha hecho, majestad, ni será la última.

—Pues en mi opinión su comportamiento fue escandaloso. Nunca he entendido por qué lord Melbourne la perdonó después de haberlo tratado de manera tan vergonzosa.

—Yo lo admiré más que nunca, majestad. Su madre, sus amistades, el partido, todos trataron de convencerle de que se divorciara de ella, pero hizo oídos sordos. Dijo que no la abandonaría cuando más lo necesitaba. Y cuidó de ella hasta el fin de sus días, aun cuando me temo que la mayor parte del tiempo se encontraba fuera de sí.

Victoria negó con la cabeza.

—Ella no lo merecía.

Emma, a su vez, negó con la cabeza.

—Al principio era adorable, y luego... En fin, creo que William se sentía responsable.

El carruaje aminoró la marcha conforme se aproximaba a la casa.

Emma miró a la reina.

—Si me lo permitís, entraré primero, majestad. Conozco al mayordomo y puedo advertirle de que debe ser discreto.

Victoria tiró hacia abajo del tupido velo negro para cubrirse la cara.

—¿Pensáis que alguien me reconocerá con esto?

Emma reprimió una sonrisa.

Hedges, el mayordomo, bajó los escalones con el gesto arrugado de preocupación mientras el cochero abría la puerta. Al ver a Emma, le hizo una gran reverencia.

—Lo siento mucho, milady, mi señor no me ha avisado de vuestra visita.

—No pasa nada, Hedges. No lo sabe.

El rostro de Hedges se contrajo de inquietud.

—Tal vez no debiera decir esto, señora, pero, como sois una vieja amiga íntima de la familia, he de advertiros de que me temo que no encontraréis a su señoría de buen talante. Anoche llegó de improviso y con una actitud de lo más impropia en él.

—Gracias, Hedges, me prepararé para lo peor. —Bajó la voz y continuó—: Traigo conmigo a una acompañante, a una acompañante sumamente *distinguida,* para ver a lord Melbourne. —El mayordomo se quedó desconcertado, pero al echar un vistazo a la pequeña figura oculta tras un velo que había en el carruaje, su semblante arrugado reveló un atisbo de entendimiento.

—Entiendo, señora.

—Ha venido de incógnito, ¿comprendido?

Hedges asintió.

—Perfectamente, milady.

—Bien. Ahora será mejor que le digas a tu señor que tiene visita.

—Está en el parque, señora. Creo que ha bajado a la arboleda que hay junto al lago, lo que él llama la colonia de grajos. —Enarcó las cejas como si quisiera dar a entender que hacerle más preguntas al respecto carecía de sentido.

Emma asintió.

—Gracias, Hedges. Creo que vamos a ir caminando a su encuentro.

Incapaz de seguir esperando, Victoria se apeó del carruaje.

—¿Va todo bien? Está aquí, ¿no?

Emma la agarró del brazo y se apartaron hacia el sendero para que no pudieran oírlas.

—Sí, majestad, William está aquí. El mayordomo dice que está por ahí —dijo, al tiempo que señalaba hacia el bosquecillo del otro lado del lago, atravesado por un puente de piedra gris.

Victoria siguió su mirada.

—Entonces iré a buscarlo.

—¿Preferís que vaya yo delante para avisarle? Puede que no esté preparado para recibiros.

Victoria se echó a reír.

—Oh, Emma, lord M y yo no nos andamos con ceremonias. Fíjate, a menudo se presenta en palacio sin previo aviso. ¿Por qué va ser esto diferente?

—Muy bien, majestad.

Victoria echó a andar por el sendero de gravilla que conducía al puente; cuando Emma hizo amago de seguirla, se volvió hacia ella.

—Creo, Emma, que tal vez prefieras esperar sentada en la casa. —Cuando la mujer se dispuso a protestar, Victoria dijo con cierta firmeza—: Creo que puedo arreglármelas sola.

—Si estáis segura, majestad...

—Muy segura.

Emma observó la pequeña figura de Victoria con el voluminoso velo negro alejarse con brío colina abajo y cruzar el puente hasta la otra orilla. Al darse la vuelta, se topó con Hedges. Se miraron el uno al otro, conscientes de la escena que tenían delante, y acto seguido lady Portman recobró la compostura.

—El trayecto me ha dado sed. ¿Serías tan amable de pedirme un té?

—Cómo no, milady.

Victoria lo vio primero, el verde oscuro de su chaqueta contra la piedra gris del banco. Él miraba en otra dirección, contemplando un robledal cuyas ramas verdes estaban moteadas de negro con las siluetas de los grajos. Se hallaba totalmente inmóvil, con la cabeza apoyada contra la piedra, hasta que los grajos, alarmados al notar la presencia de la reina, comenzaron a revolotear en círculos; el eco de sus graznidos reverberó en el agua del lago. Melbourne se incorporó despacio y sus hombros reflejaron su malestar por ser importunado. Pero al distinguir la inconfundible figura que caminaba a su encuentro, adoptó una postura alerta y en guardia.

Aguardó a que se acercara más para saludarla con la mano. No dijo nada hasta que Victoria se aproximó al banco y se levantó el velo.

—Sois vos, majestad. No estaba seguro.

Victoria alzó la vista hacia él.

—El mayordomo ha dicho que este era uno de vuestros rincones favoritos.

Melbourne volvió la cabeza y señaló hacia los árboles que había detrás, donde las aves seguían protestando por la aparición de una intrusa.

—Vengo por los grajos, majestad. Son animales sociables. A las bandadas como esta se las llama «parlamento». Pero es mucho más civilizado que su equivalente humano.

Se quedaron escuchando los siniestros graznidos de las aves. Victoria se mordió el labio y a continuación dijo:

—Lamento molestaros, lord M, pero he de hablar con vos.

Melbourne inclinó ligeramente la cabeza.

—Vuestra presencia en Brocket Hall es un honor, majestad.

—He venido con Emma Portman. De incógnito, claro.

Melbourne esbozó una sonrisa.

—Por supuesto, majestad. Pero vuestra presencia no pasa del todo desapercibida.

Victoria levantó la mano para sujetarse el velo, arrastrado por el viento. Los grajos respondieron a su gesto con una algarabía de graznidos.

—Veréis, lord M. Ayer..., ayer me di cuenta de algo.

Melbourne la escrutaba sin apartar la mirada. Aguardó a que continuara y, al ver que titubeaba, la animó en voz baja:

—¿Sí, majestad?

Victoria dijo rápidamente, como si tuviera que deshacerse de las palabras antes de que le ardieran en la boca:

—Creo que ahora tal vez esté hablando como mujer, no como reina.

Titubeó de nuevo, pero Melbourne siguió mirándola a la espera de que estuviera lista para continuar.

—Al principio pensé que erais el padre que nunca tuve, pero ahora siento... —levantó la vista—, *sé* que sois el único compañero que jamás podré desear.

Al decirlo, un haz de luz se filtró entre las nubes y se proyectó directamente sobre el rostro de Melbourne, por lo que giró fugazmente la cara. Luego, al ocultarse el sol entre las nubes, miró de frente a Victoria y le cogió la mano para estrecharla con la suya. Ella notó el contacto de su mano incluso a través del guante blanco que llevaba, como si fuera un trozo de carbón al rojo vivo que la quemaba.

Con la mano libre, pero sin apartar los ojos de Victoria en ningún momento, él hizo un gesto hacia las aves que había detrás.

—¿Sabíais, majestad, que los grajos se emparejan de por vida? Cada año se cortejan mientras fabrican el nido, reavivando esos pequeños detalles de consideración que dan chispa a un matrimonio. Podríamos aprender tanto de ellos...

Victoria escuchó sus palabras, pero lo único que sentía era la mano que apretaba con fuerza la suya. Melbourne vaciló unos instantes al ver su rostro alzado hacia él y continuó:

—Si hubiera prestado más atención a los grajos, tal vez mi esposa se habría sentido más atendida.

Victoria, indignada, repuso:

—¡No tendría que haberos abandonado jamás! *Yo* nunca haría tal cosa.

Melbourne tragó saliva y a continuación dijo en tono muy serio:

—Efectivamente, creo que cuando entreguéis vuestro corazón será sin la menor vacilación. —Y seguidamente añadió en voz baja—: Pero no podéis entregármelo a mí.

Victoria estuvo a punto de echarse a reír. ¿Acaso no entendía el motivo de su visita?

—Creo, lord M, que ya es vuestro. —Acercó la cara a la suya en la medida en que lo permitía su diferencia de estatura. A pesar de que sabía que él no se aprovecharía de una reina, si le dejaba claro que no le importaba que la besara seguramente él se dejaría de miramientos. Cerró los ojos, expectante, pero, en vez de notar su proximidad, sintió que le soltaba la mano.

Al abrir los ojos se fijó en el frunce que tenía entre la nariz y la boca, en el que nunca había reparado.

—No, querida, debéis manteneros pura para otro —dijo él en tono resuelto.

Volvió la vista hacia los grajos como si tuvieran algún mensaje para él y a continuación se dio la vuelta y añadió con contundente claridad:

—Veréis, yo no puedo aceptarlo. —Trató de sonreír—. Yo me emparejo de por vida, como un grajo.

Victoria tardó unos instantes en comprender lo que había dicho, unos instantes en asimilar que todo lo que pensaba, lo que anhelaba, no podría hacerse realidad. Se había equivocado; no le importaba ella, sino el recuerdo de la mujer que lo había traicionado.

Era consciente de que debía marcharse antes de romper a llorar. Con la mayor dignidad que pudo, dijo:

—Entiendo. Entonces, lamento haberos molestado, lord Melbourne. —Se cubrió la cara con el velo, comenzó a alejarse caminando y luego echó a correr huyendo de él lo más deprisa que pudo, al tiempo que los graznidos de los grajos ahogaban su llanto.

Desde el salón de Brocket Hall, Emma Portman vio la pequeña silueta de la reina cruzando el puente. A juzgar por cómo recorría el sendero en diagonal, como si no viese el camino que tenía por delante, tuvo la certeza de que la reina estaba llorando.

Tocó la campanilla y pidió a Hedges que llevaran el carruaje a la puerta, pues se marcharían inmediatamente. Hedges asintió, pero antes de retirarse dijo con una pesadumbre que reflejaba el gran afecto que sentía por él:

—Mi señor no ha disfrutado de la felicidad que merece, milady.

—No, pero en mi opinión ha prestado un buen servicio a su país.

El mayordomo inclinó su cabeza de pelo cano y fue a avisar al cochero. Emma Portman esperó a la reina.

Victoria subió la colina y se metió en el carruaje. No se retiró el velo. Vio a Emma a su lado cuando esta entró, pero se quedó muda. ¿Qué podía decir? ¿Que el único hombre al que había amado en su vida, al que siempre amaría, la había rechazado porque prefería el recuerdo de su difunta esposa, una mujer que lo había tratado de manera vergonzosa?

Victoria se sintió desprovista de ese momento de lucidez que había experimentado al apoyarse contra Melbourne en las casas de beneficencia. A fin de cuentas, tampoco había estado segura; a él no le importaba ella lo más mínimo, solo la malvada y adúltera Caroline, que lo había humillado, mientras que ella no había hecho otra cosa que demostrarle su amor y cariño. El hecho de pensar lo mucho que odiaba a Caroline y el monstruo que debía de haber sido hizo que se sintiera un poco mejor. Resultaba más fácil echar la culpa a la difunta esposa que al esposo que seguía fiel a su memoria. Qué pronto había pasado de la esperanza a la desesperación. Pensó en cómo él le había sonreído al retirarse el velo y después en el arrebato de pura felicidad que había sentido cuando él le había cogido la mano, no en calidad de primer ministro, sino de enamorado. Le había dado la sensación de que la cara se le iba a hacer mil pedazos de sonreír con tanto ahínco, pero a continuación él se había puesto a hablar sobre los grajos y, aunque había seguido agarrado a su mano como un enamorado, la había apartado de él con sus palabras. Su única oportunidad de ser feliz se había esfumado para siempre. No sabía cómo lo iba a superar. El único consuelo era que nadie excepto ambos se enteraría jamás de lo que había sucedido entre ellos.

En un minuto, cuando hubiera recobrado la compostura, le diría algo a Emma para dejar claro que el motivo de su visita había sido consultar a Melbourne sobre un asunto de Estado. Pero eso le recordó las valijas rojas y las horas felices que habían pasado cada mañana revisando los documentos, sus burlas sobre los deanes del campo, el día que recibió una cebra del emir de Mascate. Habían sido días de dicha absoluta, pero ya eran agua pasada. Se preguntó si sería capaz de volver a mirar a la cara a Melbourne algún día. ¿Cómo iba a dirigirse a él como antes? Todo se había desmoronado. Las lágrimas empezaron a deslizarse por sus mejillas y notó que Emma la miraba fugazmente. Victoria apartó la cara. No quería que Emma la viese llorar. Cerró los ojos fingiendo que no pasaba nada y que seguía siendo la misma muchacha que había realizado el trayecto de ida a Brocket Hall.

Notó un pequeño objeto metálico en la mano.

—¿Me permitís que os sugiera que bebáis un sorbo de coñac, majestad? Lo encuentro muy eficaz cuando se sufren... mareos en los viajes.

Victoria se llevó la petaca a los labios y el abrasador brebaje le escaldó la garganta. Tosió por la impresión, pero cuando la quemazón inicial se atenuó para dar paso a una sensación cálida volvió a llevársela a la boca.

Después del tercer trago, se vio con fuerzas de decir:

—Gracias, Emma, el coñac es mano de santo.

—Siempre llevo un poco encima cuando voy de viaje, por si acaso. —Emma mintió. Hedges le había puesto la petaca en la mano con toda la intención cuando se marchaban.

Conforme Victoria notaba la cálida marea atravesando su cuerpo, la congoja inicial fue remitiendo hasta que la embargó un tremendo agotamiento. Al minuto siguiente se quedó dormida, con la cabeza apoyada en el hombro de Emma.

Para alivio de esta, Victoria pasó durmiendo todo el trayecto de vuelta a palacio. Cuando el carruaje cruzó Marble Arch, Emma vio a Lehzen apostada en la puerta con la cara tensa de preocupación. Al detenerse el carruaje, Victoria se despertó sobresaltada. Emma sintió una punzada cuando vio que a la reina se le desencajaba el semblante al recordar lo sucedido. Le hizo una seña a Lehzen para que fuera a ayudarla. Sin darle ocasión de hablar a Victoria, Emma dijo:

—La reina está agotada del viaje. Necesita irse directamente a la cama. Tal vez le siente bien tomarse un ponche.

Al bajar del carruaje, Victoria estuvo a punto de arrojarse a los brazos de Lehzen. Emma reparó en la expresión de la institutriz: de compasión, pero con un atisbo de triunfo.

6

Leopoldo se encargó de mantenerse al tanto de todo lo que acontecía en palacio, así que la noticia de la excursión de Victoria a Brocket Hall le llegó a través de su ayuda de cámara, que se había enterado por Brodie, el mozo. Así pues, no le sorprendió —sin duda más bien respiró aliviado— cuando su sobrina no hizo acto de presencia aquella noche. Resultaba agradable disfrutar de una cena donde poder terminar todos los platos en paz, y le daba la impresión de que la decisión de Victoria de quedarse en su habitación daba a entender que su misión, fuera cual fuera, había fracasado.

A la mañana siguiente, encontró a su hermana paseando por los jardines. Parecía preocupada.

—¿Sabes dónde fue ayer Victoria? Nadie me lo dice, y ahora está en su alcoba y se niega a ver a nadie.

Leopoldo miró a su hermana. Decidió no contarle lo ocurrido en Brocket Hall. Si la visita había sido un fracaso para Victoria, la duquesa sin duda diría alguna impertinencia, y Leopoldo no deseaba que el distanciamiento entre madre e hija se acrecentara.

—¿Por qué no vamos a verla? Dudo que se niegue a recibirnos si vamos juntos. En mi opinión, es importante que le hablemos de Alberto. Creo que es hora de que venga a Inglaterra.

—El querido Alberto, qué buen muchacho. Me recuerda tanto a ti a su edad...

Leopoldo sonrió.

—Sí, parece ser que Alberto ha salido como Dios manda. Es un auténtico Coburgo.

Encontraron a Victoria tumbada en un diván en su sala de estar, aferrada a Dash como si fuera una bolsa de agua caliente. Lehzen trató de impedirles entrar, pero la duquesa se abrió paso bruscamente con Leopoldo a la zaga.

—¿Dónde fuiste ayer, Drina? Nadie supo decirme dónde estabas. Estaba muy preocupada; pensaba que te había ocurrido algo.

Victoria no levantó la vista. Cuando habló, lo hizo en tono monocorde e inexpresivo.

—No importa, mamá.

Leopoldo se acercó al diván para mirarla a la cara. Al fijarse en la hinchazón de sus ojos, dijo con delicadeza:

—Fuera donde fuera, da la impresión de que no fue un buen trago.

Victoria miró a otro lado. Leopoldo continuó con tacto:

—Me pregunto si es buen momento para hablar de la visita de tus primos los Coburgo.

Victoria no dijo una palabra, pero Dash soltó un gañido como si le hubieran dado un fuerte pellizco.

—¿No? En ese caso, creo que voy a ocuparme de mis preparativos para el baile de la duquesa de Richmond. Me agrada bastante mi disfraz. Por favor, no me preguntes de qué voy a disfrazarme; quiero que sea una deliciosa sorpresa.

Dash, que a esas alturas asociaba a Leopoldo con un insólito trato cruel por parte de su ama, se puso a ladrar al rey de los belgas, y Leopoldo decidió retirarse sin demora. Tenía que escribir una carta y enviarla cuanto antes.

La duquesa se acercó, se puso de rodillas delante de Victoria y le posó la mano en la mejilla, manchada de lágrimas.

—Mi queridísima Drina, ¿por qué estás tan melancólica? Creo que es porque te sientes sola. Por favor, invita al querido Alberto a que venga de visita; te sentaría bien su maravillosa compañía.

A Victoria empezó a temblarle el labio inferior, pero se lo mordió con fuerza, cogió un cojín y lo lanzó al otro lado de la sala, donde se estampó contra una pequeña arpa que había en un rincón, que cayó al suelo con un estrépito de cuerdas.

Victoria fulminó a su madre con la mirada.

—¡No quiero a un muchacho estúpido como Alberto, mamá! Ni a ningún otro. —Se incorporó y se metió en su alcoba dando un portazo tras de sí.

Su madre se quedó vacilando, con la duda de si llamar o no a la puerta y pedir permiso para entrar, pero al ver que Lehzen la observaba prefirió no rebajarse delante de la institutriz.

—Drina está fuera de sí hoy, baronesa. Opino que sería mucho más feliz con un esposo e hijos a los que amar.

—Seguro que tenéis razón, majestad —dijo Lehzen—, pero, claro, ya sabéis que no soy experta en esa materia.

Cuando la duquesa se marchó, Lehzen llamó suavemente a la puerta de la alcoba.

—Ya podéis salir, majestad; se han ido.

No hubo respuesta desde el otro lado de la puerta. No la abrió hasta que Dash regresó de perseguir a Leopoldo y se puso a aullar quejumbrosamente y a arañar la puerta; solo dejó entrar al perro.

No obstante, Lehzen se quedó apostada junto a la puerta. Le daba la impresión de que era la única medida que podía tomar para proteger a su señora, lo cual constató al cabo de unos minutos cuando vio a Conroy caminando por el pasillo en dirección a ella.

Al verla, le dedicó su sonrisa más inexpresiva.

—Oh, baronesa, ¿estáis haciendo guardia por si vuelve a desaparecer vuestra pupila? Me he enterado de que fue a Brocket Hall sin escolta, aunque sin duda estabais al corriente.

A Lehzen le faltó rapidez para disimular su sorpresa por el hecho de que Conroy estuviera tan bien informado. Victoria no le había dicho que había ido a Brocket Hall, pero ella lo sospechaba. Le sorprendió, no obstante, que Conroy estuviera al tanto. La única explicación posible era que había sobornado a uno de los criados.

—Ya no soy la institutriz de la reina, sir John.

Conroy asintió.

—Ni su confidente, por lo visto. No somos más que juguetes de la princesa, baronesa..., para ser desechados a su antojo.

Su voz reflejó un cierto dejo melancólico que hizo a Lehzen mirarle de frente.

—No tenéis por qué preocuparos, sir John. Dudo que la duquesa se deshaga de vos.

Sir John negó con la cabeza.

—Albergaba tantas esperanzas de darle algo de rigor a la monarquía, pero, en vez de eso, se ha permitido que la «reina Victoria» —pronunció el nombre con manifiesto desprecio— dilapidara la buena voluntad del país con una serie de sórdidos episodios. Y perseguir a Melbourne hasta Brocket Hall no es sino otro de sus bochornosos errores garrafales.

La baronesa miró de frente a Conroy.

—¡No tenéis derecho a hablar así de la reina!

—¿Cómo que no? Como vos, he estado atento a ella desde que era niña. Quiero que sea una gran reina, no una vergüenza para su país. —Miró hacia la puerta y suspiró—. Ahora la única esperanza es que se case con un hombre que pueda manejarla. —Y sin más, Conroy echó a andar sin darle opción a réplica a Lehzen.

A Conroy le había afectado seriamente la noticia de la visita de la reina a Brocket Hall. Había hecho conjeturas sobre el motivo que la habría llevado a ignorar el protocolo y el decoro para ir a visitar al primer ministro de incógnito a su casa de campo. Aunque había observado con consternación su creciente encaprichamiento de lord Melbourne, en ningún momento se le había pasado por la cabeza que ella pudiera considerarlo como un posible candidato al matrimonio. Ni siquiera una reina de diecinueve años podía ser tan insensata como para imaginar que podía casarse con un hombre que rondaba los cincuenta y era además un libertino consumado. Por no mencionar que era su primer ministro y su súbdito.

No podía haber un candidato menos apropiado en Europa, hecho que era obvio para todo el mundo salvo quizá para la propia reina. Lo que Victoria necesitaba era contraer matrimonio con un príncipe como Alberto de Sajonia-Coburgo-Gotha. El príncipe era un joven serio que se dejaría orientar por su tía, la duquesa, y, pensó, por el consejero de esta. Por culpa de Melbourne, era demasiado tarde para ejercer influencia directamente sobre Victoria, pero Conroy vislumbró una chispa de esperanza en el talante dócil del príncipe Alberto.

Primero, no obstante, debía persuadirla de que se casara con él. Lógicamente, ese era el objetivo de la visita de Leopoldo, pero de momento lo único que al parecer había conseguido era empujar a Victoria a los brazos de lord Melbourne.

Conroy se preguntó cómo habría reaccionado el primer ministro ante la visita de la reina. Había hombres que se habrían aprovechado de la situación sin vacilar, pero por mucha aversión que sintiera hacia Melbourne, Conroy no lo creía de esa calaña. Nada le habría gustado más a Conroy que mirar a Melbourne por encima del hombro, pero con su comportamiento en la gestión de la «crisis de la alcoba» había demostrado que en última instancia siempre pondría a su país por encima de sus inclinaciones personales.

Con todo, si Victoria se había declarado y él la había rechazado, se encontraría en una coyuntura sumamente incómoda. Sin duda, lo único que mitigaría el bochorno sería la caída del gobierno liberal o, más posiblemente, que la reina contrajera matrimonio. Conroy sonrió para sus adentros. Si Melbourne coincidiera en que lo que más convenía a la reina era casarse, cabían muchas posibilidades de que hubiese un enlace.

La cuestión era: ¿a favor de cuál de los diversos candidatos a la mano de la reina estaría Melbourne? No respaldaría al gran duque ruso, pues la perspectiva de un matrimonio entre dos soberanos no encajaría con sus convicciones políticas. No siempre convendría que Rusia y Gran Bretaña fueran aliados, y difícilmente cabría otra alternativa si sus respectivos monarcas se convertían en marido y mujer. Era probable que Melbourne se inclinase por un candidato inglés, pero las posibilidades se restringían a sus primos hermanos: el hijo ciego de Cumberland y el príncipe Jorge de Cambridge. La ceguera descartaba al hijo de Cumberland, opinión que compartía el propio padre, cuyo mecenazgo del príncipe Jorge no se le había pasado por alto a Conroy. Pero Jorge era un muchacho insulso y para colmo en los clubes circulaban comentarios de que no quería casarse con la enana real. Conroy se preguntó si Melbourne habría oído esos rumores y si sería conveniente advertirle de lo inapropiado que Jorge resultaría como pretendiente.

Teniendo en cuenta la poco cordial relación entre Melbourne y él, Conroy decidió esperar a ver cómo se desarrollaba el baile de esa noche. Jorge asistiría y, si había algún indicio de preferencia por parte de Victoria, Conroy intervendría. Pero dudaba que fuese necesario. Victoria era una necia, pero no tanto como para pasar por alto que el príncipe Jorge era un bobo rematado.

Por primera vez desde que Melbourne era primer ministro, Conroy comenzó a recobrar las esperanzas. Melbourne llegaría a entender las ventajas de que la reina se casase con Alberto y, una vez que la boda se celebrase, él, Conroy, gozaría del excepcional privilegio de guiar al novio en las dificultades de su posición. Leopoldo, cómo no, ejercía un gran influjo sobre el príncipe Alberto, pero no tendría más remedio que regresar a Bélgica en un momento dado. Había mucho por hacer, y era posible que aún hallase la manera de hacerlo.

Encontró a la duquesa en sus aposentos probándose el disfraz para el baile. Se había vestido de personaje de la comedia del arte, con un dominó negro, un tricornio y una máscara dorada que le tapaba casi todo el rostro. Al verle, se bajó la máscara y sonrió con deleite.

—¿Qué opináis de mi disfraz?

—Me parece espléndido, salvo por la máscara. Es una lástima cubrir un rostro tan hermoso como el vuestro.

La duquesa se rio tontamente.

—No digáis bobadas, sir John. A nadie le agrada mirarme.

—Disculpadme, pero en eso os equivocáis. Por mi parte, me agrada mucho miraros.

Halagada por el cumplido, la duquesa estiró el cuello como un gato.

—Estáis siendo ridículo, sir John, pero no puedo negar que me agrada que reparen en mi presencia.

—¿Acaso es posible lo contrario?

La duquesa movió la cabeza.

—Mi hija prácticamente ignora mi existencia.

Conroy la cogió de la mano y la miró a los ojos.

—Eso cambiará cuando Victoria se case con Alberto. Él la hará entender lo afortunada que es de tener una madre así.

—Pero dice que jamás se casará con Alberto, ni con ningún otro.

—Las jóvenes a menudo dicen cosas sin pensar.

—Quizá. Pero le tiene tanto afecto a lord Melbourne que creo que le costará encariñarse de otro.

—Es sabido que las jóvenes cambian de opinión, majestad.

—Eso espero.

—Yo también. Mi mayor deseo es que ocupéis el lugar que os corresponde como reina madre.

La duquesa suspiró.

—Ay, sir John, ¿qué haría yo sin vos?

Skerrett cogió la larga peluca pelirroja y se la puso a Victoria.

—¿Qué os parece, majestad?

Victoria alzó la vista y se miró al espejo. El tono pelirrojo no le favorecía precisamente, pero ¿qué más daba eso ahora? Hacía tiempo que había decidido asistir al baile de la duquesa de Richmond disfrazada de reina Isabel, pero ahora, pensó, su elección entrañaba una presciencia melancólica. Daba la impresión de que sería una reina virgen, incapaz de encontrar a un hombre que le interesase lo bastante como para casarse y que a su vez la correspondiera con su afecto.

—Me parece muy adecuada.

No tenía ninguna gana de ir al baile. Le había escrito una nota a la duquesa diciéndole que se encontraba indispuesta, pero cuando Lehzen le dijo que el gran duque iba a asistir pensó que echarse atrás podría provocar un incidente diplomático. Además, el gran duque bailaba muy bien. No tan bien como Melbourne, claro, pero con él no volvería a bailar.

Skerrett le sujetó la peluca y seguidamente le tendió el vestido, con un miriñaque tan tieso que podía sostenerse solo. Victoria se lo metió por los pies y la ayuda de cámara se dispuso a abrochar los corchetes de la espalda. Cuando terminó, a Victoria le sorprendió lo que pesaba el vestido. Le dio la sensación de que el rígido corpiño con incrustaciones de piedras preciosas y la pesada caída de la falda le imprimían un aire militar. Era más una armadura que un vestido para un baile, y esa idea la reconfortó.

Skerrett le tendió un largo collar de perlas con un colgante de rubí que pendía como un sable sobre el corpiño de incrustaciones. Durante un breve instante, Victoria pensó lo maravilloso que sería portar un arma: saber que una podía arreglar las cosas no con palabras, sino con obras. Recordó el discurso que pronunció Isabel en Tilbury, en el que mencionó el hecho de tener la constitución débil de una mujer, pero el corazón y la mente de un rey. Se imaginó a sí misma repitiendo esas palabras montada en un palafrén frente a sus tropas.

La puerta se abrió y entró un lacayo con un prendido de orquídeas en una bandeja de plata.

—Por cortesía de lord Melbourne, majestad.

Victoria observó la blancura cérea de las flores sin dar crédito. ¿Lord M le enviaba flores después de lo que había pasado entre ellos?

—¿Queréis que os las prenda, majestad?

Victoria negó con la cabeza.

—No, no creo que lleve flores esta noche. Desentonan con el vestido.

—En ese caso, majestad, voy corriendo a por la corona.

Victoria se quedó de pie mirándose en el espejo a solas. Ahora tenía que plantearse la posibilidad de encontrarse a Melbourne esa noche. Había dado por sentado que mantendría las distancias, pero las flores apuntaban a lo contrario. ¿Cómo iba a plantarle cara? Aunque quizá fuera mejor verlo rodeado de gente, donde no tendrían que dirigirse la palabra, que encararse con él por primera vez a solas para revisar las valijas rojas.

Sobre el tocador yacía la miniatura de Isabel que Lehzen le había regalado. Victoria la cogió y apretó los labios formando una adusta línea como la mujer del retrato. Se hallaba tan absorta imitándola que no se dio cuenta de que Emma Portman estaba detrás de ella.

—Estáis espléndida, majestad.

Victoria se dio la vuelta. Emma, disfrazada de Diana, diosa de la caza, llevaba un arco y flechas con puntas doradas.

—¿De verdad?

—Sí, majestad. Aunque tal vez algo adusta.

Victoria relajó el gesto de la cara.

—Estaba imitando su expresión en el retrato. No parece muy feliz.

—Creo que el pintor no captó su verdadera expresión. Tengo entendido que era de lo más ingeniosa.

Emma vio las flores encima del tocador.

—Qué flores más bonitas. Oh, hay una orquídea. ¿Quién las ha enviado?

Victoria no la miró al responder.

—Las han mandado de Brocket Hall.

Emma contuvo el aliento.

—Pero pensaba que William había cerrado los invernaderos cuando Caro... Debe de haberlos vuelto a abrir por vos.

Victoria se giró hacia Emma y dijo lentamente:

—Dudo que haya hecho nada por mí.

Emma negó con la cabeza.

—¿Sabéis lo difícil que es cultivar una orquídea? Lo juzgáis mal, majestad.

—A lord Melbourne lo único que le importa es la memoria de su esposa.

Tras una pausa, Emma preguntó con delicadeza:

—¿Es eso lo que os ha dicho, majestad?

Victoria asintió. No se veía capaz de hablar.

Emma vaciló; le constaba que sería más prudente dejar que la reina se creyese el cuento de Melbourne, pero al ver la amargura reflejada en su rostro no pudo contenerse.

—Entonces eso será lo que pretende que creáis. Pero, majestad, estas flores... En fin, no creo que sean una muestra de indiferencia. —Suspiró.

Victoria le dio la espalda, y Emma salió de la habitación.

Las orquídeas resplandecían a la luz de las velas. Victoria cogió el prendido y observó las curiosas flores exóticas. Emma había dicho que las había plantado especialmente para ella. Encontró el broche bajo el ramillete y se lo prendió en el corpiño.

Skerrett entró con la réplica de la corona de Isabel.

—¿Estáis lista, majestad? El carruaje está esperando.

Victoria cogió la corona y se la colocó encima de la peluca.

—La reina Isabel está lista.

El baile de Syon House iba a ser el más majestuoso de la temporada. La casa, de piedra color miel, estaba iluminada con sartas de farolillos chinos que también salpicaban los jardines que descendían hasta el Támesis. Centuriones romanos con diosas clásicas, madame de Pompadour con Luis XV, bufones de corte con esclavas circasianas, caballeros medievales con Titania, reina de las hadas paseaban por los jardines. Todas las monarquías —la francesa, la romana, la egipcia— estaban representadas, excepto, lógicamente, la inglesa; como estaba previsto que asistiera la reina, sería un delito de lesa majestad ir disfrazado de uno de sus antepasados.

Vestida de Circe, la hechicera que embrujó a Ulises, la duquesa de Richmond se apostó en lo alto de la escalinata que conducía al salón de baile para dar la bienvenida a los invitados. Su esposo, el duque, iba disfrazado de alabardero de la torre de Londres; no le apetecía nada disfrazarse, pero su esposa se había empeñado; al menos su disfraz era inglés.

Leopoldo iba disfrazado de emperador Augusto, un disfraz que en su opinión era muy acorde a su estatus. Pensó que ojalá la corona de laurel siguiese de moda, pues realzaba muy bien su perfil. Satisfecho, se vio momentáneamente contrariado al ver que el duque de Cumberland también iba disfrazado del primer emperador romano; pero su punzada de malestar no tardó en tornarse en complacencia al comprobar que la toga le favorecía mucho más a sus piernas. Cumberland las tenía flacuchas y, si un hombre pretendía enseñar las piernas a esa edad, era fundamental lucir unas pantorrillas bien torneadas. La esposa de Cumberland iba a la zaga de este, vestida de lady Macbeth y pertrechada con una daga, y el príncipe Jorge, disfrazado de caballero de la Mesa Redonda.

Leopoldo buscó a su hermana con la mirada y la localizó al otro lado del salón con Conroy. Ambos iban caracterizados de personajes de la comedia del arte veneciana, con máscaras, la de ella dorada, la de él negra. Leopoldo suspiró. Qué imprudencia por parte de su hermana expresar su lealtad hacia Conroy tan abiertamente en público, pero tanto la madre como la hija eran muy proclives a mostrar sus sentimientos en público.

Los invitados daban vueltas por el salón de baile, traspasando las puertaventanas hasta ocupar los jardines de abajo. La orquesta tocaba de fondo, pero el baile no podía comenzar hasta que la reina llegase para inaugurarlo. Un considerable número de ninfas y pastores esperaban con ardor que no se retrasase.

La llegada del gran duque suscitó una tremenda excitación. Su séquito y él iban vestidos de cosacos, con blusas blancas con el cuello desabrochado y voluminosos bombachos remetidos en botas rojas de caña alta. Llevaban repujados fajines en la cintura, sobre los que asomaban las empuñaduras de plata cinceladas de sus dagas. En la cabeza llevaban *shapkas*, gorros de astracán. Cuando el grupo de cosacos cruzó con porte erguido el salón, despertó alborozo entre las ninfas y cierto resquemor de juego sucio entre los bufones y arlequines. Los disfraces se aceptaban con la condición de que todo el mundo tuviera un aspecto ligeramente ridículo, en tanto que los trajes rusos no hacían sino realzar su glamur natural. El príncipe Jorge de Cambridge, quien, como sir Lancelot, consideraba que había optado por un disfraz que estaba a la altura de un oficial de la Guardia Real, ahora lamentaba llevar puesta la cota de malla y el incómodo peto, y observó con envidia las botas rojas de los cosacos. Cuando el gran duque y su séquito pasaron por delante con brío, inclinó la cabeza lo mínimo que el compromiso exigía, con tan mala suerte que la cota de malla se le enganchó en el pelo a la altura de la nuca y pasó unos instantes violentos tratando de levantar la cabeza. Cumberland, que se encontraba detrás de él, le dio una palmada entre los hombros realmente dolorosa y le gruñó al oído:

—Es una gran oportunidad para conquistar a tu prima. En mis tiempos mozos pude comprobar que cuando más receptivas se encontraban las jóvenes era bailando. *Carpe diem*, Jorge. *Carpe diem*. Has de ser lo más atento posible.

Jorge intentó borrar de su mente la imagen del joven Cumberland mostrándose atento con las damas y masculló:

—Me pegaré a ella como una puñetera lapa, tío, pero todo depende de ella. No queda otra: es la reina y tiene que tomar la iniciativa. No puedo tratar de conquistarla como haría con una mujer corriente.

Al decir esto, le llamó la atención una ninfa de aspecto núbil que parecía sonreírle desde el otro lado de la pista de baile.

—¡Tonterías! —contestó Cumberland con aspereza—. El que algo quiere, algo le cuesta, muchacho. Es una joven de diecinueve años, y tú eres sir Galahad.

Jorge miró a su tío, que para su fastidio contaba con la ventaja de superarle en altura, y puntualizó:

—En realidad soy sir Lancelot.

Cumberland se encogió de hombros.

—¡Me trae sin cuidado quién seas, siempre y cuando le hagas ojitos a ella y no a esa maldita ninfa!

El champán y la jarra de burdeos corrían a raudales, lo cual no hizo sino acentuar la sensación de impaciencia y anticipación: ¿dónde estaba la reina? Corría el rumor de que se encontraba indispuesta; la doncella de una dama se había enterado por el cochero de lady Portman, y la tensión, especialmente entre las ninfas, se palpaba en el ambiente.

Pero acto seguido se hizo el silencio en el salón y sonaron las campanadas de las once en la torre. Victoria apareció en el umbral disfrazada de Gloriana con Emma Portman y Lehzen, que iba vestida de doncella del Rin, a la zaga. La duquesa la recibió con una amplia genuflexión; el atuendo vaporoso de Circe dejó al desnudo una escandalosa proporción de sus muslos. Al duque, sorprendido, casi se le cayó el bastón; hacía años que no veía tanta porción de las piernas de su esposa.

—Bienvenida a Syon House, majestad —dijo la duquesa, que estaba tan abrumada por la presencia de la realeza en su baile que no se había dado cuenta de que estaba enseñando las piernas a sus invitados. Victoria, que reparó en ello, se compadeció de ella.

—Me alegro mucho de estar aquí. Duquesa, qué disfraz más bonito. ¿Puedo tocar el tejido? ¿Es seda? —Al inclinarse para acariciar la seda plisada estiró disimuladamente los pliegues de la falda para taparle las piernas a la duquesa.

—Encargué que la tejieran en Venecia, majestad.

—Tiene una caída preciosa.

La duquesa sonrió satisfecha con la esperanza de que su acérrima rival, lady Tavistock, hubiera presenciado la escena; estaba deseando contar los pormenores de la conversación más tarde. Emma Portman sonrió a Lehzen. Le tranquilizaba comprobar que su pupila era capaz de comportarse con sumo tacto, una cualidad que en opinión de Emma nunca se valoraba lo suficiente.

Antes de dar tiempo a Victoria a poner un pie en la escalera que conducía al salón de baile, Leopoldo se apostó a su lado. Como en su opinión era el único monarca reinante entre los presentes aparte de la reina, pues el gran duque no era más que el heredero al trono, quiso hacer valer su derecho a acompañarla al baile antes de que a Cumberland, rey de Hannover, se le ocurriera pensar que tenía derecho al mismo privilegio. Llegó justo a tiempo y le lanzó una fugaz mirada triunfal al tío paterno de Victoria mientras la conducía al salón.

—Estás francamente espléndida, Victoria. Si no me equivoco, vas disfrazada de una de tus predecesoras reales.

—De Isabel I, la *Reina Virgen*.

Leopoldo hizo un ligero gesto de sorpresa ante el énfasis de Victoria, pero ella siguió observándole con sus fríos ojos azules.

—Creo que tengo mucho que aprender de Isabel. No permitió que nadie la controlase.

—Efectivamente. Pero creo que prefiero a la reina Victoria, mi querida sobrina.

Continuaron bailando en silencio; Leopoldo reparó en las flores que Victoria llevaba prendidas en el corpiño.

—Qué ejemplares más exóticos. Nunca había visto esas flores.

—Se llaman orquídeas, tío. Proceden de Oriente y es tremendamente difícil cultivarlas.

Leopoldo observó las flores y, al percibir un dejo inquietante en su voz, miró a su sobrina.

—Pero ¿de dónde proceden estas, Victoria? No creo que vengan de Oriente.

—No, estas orquídeas se han plantado en los invernaderos de Brocket Hall. —Victoria se asomó por detrás del hombro de su tío como si estuviera buscando a alguien.

Leopoldo no dijo nada; sabía a quién buscaba su sobrina, pero le reconfortó la constancia de que la carta que había enviado por la mañana a Coburgo pronto arreglaría esa situación.

Cuando la música tocó a su fin, Leopoldo acompañó a Victoria fuera de la pista de baile, donde inmediatamente fue abordada por el gran duque, a la izquierda, y el príncipe Jorge, a la derecha. Jorge, que consideraba que a Lancelot le habría gustado beber champán, caminaba con paso ligeramente vacilante, a pesar de lo cual se las ingenió para llegar el primero al lado de la reina.

—¡Prima Victoria! ¿O debería decir prima Isabel? ¿Me concedes este baile? —Trató de emular lentamente lo que esperaba que fuera una inclinación de cabeza caballerosa.

Antes de que a Victoria le diera tiempo a responder, el gran duque se había plantado a su lado y le estaba besando la mano que Victoria le había tendido.

—¿Puede un cosaco bailar con la reina?

Victoria miró a sus dos pretendientes. No tenía ganas de bailar con ninguno de los dos, pero el gran duque era un mal menor. Jorge era, en el mejor de los casos, torpe, y pensó que sus pies no sobrevivirían a la cota de malla.

Fingió consultar el carné de baile y a continuación sonrió a los dos hombres.

—Tengo entendido que puede ser peligroso llevar la contraria a los cosacos, así que bailaré con vos primero y luego con vos, sir Galahad.

Jorge se enfurruñó.

—En realidad, soy sir Lancelot.

Victoria no lo oyó, pues el gran duque tiró de ella en dirección a la pista de baile; bailaba incluso mejor de lo que ella recordaba. Precisamente cuando estaba haciéndola dar un complicado giro, ella vio con el rabillo del ojo la figura cuya llegada llevaba esperando con emoción y temor. Melbourne se había disfrazado de un cortesano isabelino, el conde de Leicester, vestido con jubón y calzas. Él sabía que ella iría al baile disfrazada de Gloriana; a Victoria le dio un vuelco el corazón al ver el disfraz que había elegido. Se tambaleó ligeramente y el gran duque alargó la mano para sujetarla.

—Quizá mis modales de cosaco sean demasiado bruscos para vos.

—En absoluto. Ha sido culpa mía; estaba distraída.

El gran duque sonrió, dejando a la vista sus dientes blancos.

—¿Distraída? ¿Bailando con un cosaco? Espero que fuera por vuestro sir Galahad; me complacería enormemente utilizar a mi amiga para resarcir mi honor. —Le dio unas palmaditas a la daga que llevaba en la cintura.

Victoria, a sabiendas de que Melbourne estaría observándola, se rio exageradamente.

—Aunque me complacería enormemente veros retar a mi primo Jorge, he de recordaros que en este país está prohibido batirse en duelo.

—Una verdadera lástima. Creo que vuestro primo se beneficiaría de un encuentro con un cosaco.

—No me cabe duda.

Entonces el gran duque agachó la cabeza y dijo con delicadeza:

—Si no es vuestro primo quien os distrae de mí, ha de ser otro. No veo a nadie entre los presentes que sea un candidato adecuado para pedir vuestra mano. —Al ver el gesto de Victoria, añadió—: Pero tal vez sea un candidato inadecuado.

Victoria, confundida, se sonrojó.

—Siento avergonzaros, pero ni vos ni yo podemos amar a quien nos plazca. Mejor dicho, podemos hacerlo, pero no casarnos.

—No creo que me case nunca.

—¿No? Puede que tengáis razón. Más vale reinar sola que casarse sin estar enamorada. —El gran duque bajó la vista hacia ella y suspiró—. Pero, en mi opinión, vos tenéis elección, mientras que yo no.

Victoria vio que se le ensombrecía fugazmente el semblante.

—Nadie puede forzaros a hacer nada.

—No conocéis a mi padre, a vuestro estimado padrino. Tiene las ideas muy claras sobre mi matrimonio. Mis deseos le traen sin cuidado. —La mirada que dedicó a Victoria fue una indirecta sobre la posibilidad de que ella fuera uno de sus deseos.

Victoria sonrió y, cuando estaba a punto de decir algo, la música se interrumpió. Le resultó imposible mantener una conversación en privado porque el príncipe Jorge, aguijoneado por su tío, fue a su encuentro para reclamar su premio.

—Creo que me toca este baile.

Victoria echó un vistazo hacia Melbourne, que estaba conversando con Emma Portman. Con la satisfacción de que la estaba observando, posó la mano en la de Jorge con una radiante sonrisa.

Emma se percató de la estratagema de la reina y le dijo a Melbourne:

—Espero que la reina Isabel le haya reservado un baile al conde de Leicester. Si no me equivoco, se profesaban mutua devoción.

Melbourne la miró de soslayo.

—Estás muy bien informada, Emma, como siempre. Pero no creo que la reina tenga tiempo para bailar con un hombre mayor.

—Oh, creo que te podría dispensar un baile, por deferencia al conde de Leicester.

—Quién sabe. —Melbourne miró en dirección a Victoria, que estaba bailando con Jorge con una radiante sonrisa impertérrita en el semblante.

—Qué bonito prendido lleva, William. Debe de ser de un admirador.

—Sí, Emma, supongo.

Victoria acabó la pieza con Jorge con los pies magullados. La había pisado en cada vuelta y, puesto que sus pies estaban enfundados en una armadura, no pareció darse cuenta. La conversación fue igual de forzada.

—El baile es una maravilla, ¿no te parece? —preguntó Victoria, pensando que debía hacer algún comentario.

Jorge frunció el ceño y volvió a pisarla.

—Sí. Un espectáculo aceptable, supongo, pero si quieres ver algo realmente espléndido deberías venir a uno de los bailes de nuestro regimiento. Eso sí que es espectacular.

—¿De verdad?

—Sí. De hecho, si asistieras al próximo sería un evento excepcional. A mi regimiento le haría mucha ilusión bailar con la reina.

—No estoy segura de poder comprometerme a bailar con todos —señaló Victoria, al tiempo que se encogía de dolor por un nuevo pisotón.

—Oh, no será necesario que bailes con los soldados rasos. Ni siquiera lo esperarían.

Victoria enarcó una ceja.

—¿De verdad? —repitió.

Jorge no percibió el dejo de advertencia de su voz y siguió comentando alegremente las maravillas de su regimiento y cómo su presencia sería una gran baza para su posición entre los oficiales de su rango.

Cuando la música dejó de sonar, Victoria, horrorizada, se dio cuenta de que Jorge hacía amago de bailar con ella la siguiente pieza.

—Te ruego que me disculpes, Jorge, pero creo que voy a sentarme durante esta pieza.

—Entonces permíteme que te acompañe.

—Ni pensarlo. Hay muchas ninfas que anhelan bailar con sir Galahad.

—En realidad, Victoria, soy sir Lancelot.

Victoria sonrió y se dirigió al excusado. Lehzen enseguida fue a su encuentro.

—¿Os encontráis bien, majestad?

—Salvo por mis pies, que nunca se recuperarán del baile con el príncipe Jorge...

En el excusado, se miró al espejo y se ajustó la peluca. Tenía el semblante ruborizado después del baile. Observó el prendido de flores que llevaba en el pecho; los pétalos de las orquídeas lucían frescos e intactos. Se preguntó si hablaría con Melbourne esa noche. Decidió que, si la abordaba, no lo ignoraría, pero permanecería impasible. No lo miraría, y mucho menos le sonreiría. Las cosas no podían ser como antes.

Al salir del excusado con Lehzen a la zaga, vio a Cumberland y Jorge de espaldas.

—¿Por qué te has separado de ella, Jorge? El tiempo es oro. ¿Acaso no aspiras a ser el hombre más poderoso del país?

Cumberland estaba apuntando con el dedo a Jorge, pero este, que a todas luces había pasado el intervalo desde su último baile refrescándose con la jarra de burdeos, se tambaleó ligeramente y dijo:

—No vale la pena, tío. Aunque me casara con Victoria, jamás sería el amo de la casa. No quiero pasar el resto de mi vida pendiente de una enana.

Lehzen, que también estaba oyendo la conversación, hizo una exclamación de disgusto que provocó que ambos hombres se volvieran. Victoria tuvo la satisfacción de ver sus caras: se quedaron helados al percatarse de su presencia. Pasó de largo sin mirarles y oyó que Cumberland decía indignado:

—¡De verdad, sir Lancelot!

Victoria vio que lord Alfred Paget caminaba a su encuentro desde el otro lado del salón, pero antes de que llegara hasta ella oyó la voz que estaba esperando.

—¿Me haríais el honor, majestad?

—Me temo que he prometido este baile a lord Alfred.

—Espero que haya un hueco para mí en vuestro carné de baile.

Victoria fingió consultar el carné. Alfred se dio cuenta enseguida de que estaba de más y le hizo una pequeña reverencia a Victoria.

—Si me disculpáis, majestad, para este baile. Creo que nuestra anfitriona precisa mi ayuda. Confío en que lord Melbourne me sustituya.

Melbourne miró a Victoria y ella, sin atreverse a pronunciar una palabra, se limitó a asentir.

Pasaron un par de minutos bailando en silencio. Melbourne alcanzaba a notar que Victoria estaba temblando a través del recio caparazón de su vestido. Finalmente habló.

—Veo que no os han faltado parejas de baile, majestad. Os he visto bailar con el príncipe Jorge. Espero que fuera atento como corresponde.

—Creo que quiere bailar con la reina, pero no necesariamente conmigo —dijo Victoria—. Casualmente he oído que le decía al tío Cumberland que no quería pasar el resto de su vida pendiente de una enana.

—Entonces es más tonto de lo que tenía entendido —comentó Melbourne en tono enojado. Miró a Victoria con más atención—. Un hombre con tan limitada inteligencia no os puede insultar.

—Quizá solo decía la verdad desde su punto de vista.

Melbourne negó con la cabeza.

—Es un idiota. No le hagáis caso, majestad.

—¿Pensáis que es idiota porque no aspira a casarse conmigo? —preguntó Victoria, alzando la vista hacia Melbourne con gesto desafiante.

Melbourne no contestó, pero, a continuación, cuando tuvieron que separarse por el baile, reparó en las flores que llevaba prendidas en el vestido. Victoria se ruborizó al ser escrutada.

—Son muy bonitas. Las flores.

Melbourne deslizó la mano un poco más al centro de su cintura.

—Entonces están a vuestra altura.

Victoria, confundida, percibió algo en su voz que le hizo apartar la mirada.

—No sabía si bailaría con vos esta noche.

Melbourne la observó fijamente.

—Esperaba que la reina Isabel no abandonara a su Leicester.

Victoria enarcó una ceja.

—¿Leicester era su amante?

Melbourne la miró fijamente.

—Efectivamente. Primero estuvo casado, pero ella murió.

Victoria le sostuvo la mirada, aunque la conversación le resultaba casi insoportable. ¿Qué quería decir?

—Pero ¿a pesar de ser libre no se casaron? —preguntó.

Melbourne se quedó callado hasta que dieron la vuelta al rincón de la pista de baile y, a continuación, bajando la voz, dijo:

—Creo que, por mucho que lo deseasen, tanto él como la reina tenían presente que no estaban en condiciones de contraer matrimonio.

Victoria observó sus melancólicos ojos verdes.

—¿Lo deseaban de verdad? —preguntó en voz baja.

Melbourne contestó casi en un hilo de voz:

—Sí. Eso creo.

Victoria sintió un tremendo alivio. Él le estaba diciendo que, después de todo, le importaba, pero luego suspiró porque al mismo tiempo le estaba diciendo que jamás podrían casarse. Ella no podía bajar la guardia otra vez. Alzó la barbilla.

—Isabel fue una gran reina. Tengo intención de seguir su ejemplo.

Melbourne asintió, satisfecho de que lo entendiera.

—Tuvo un largo y esplendoroso reinado, majestad. Sin interferencias.

La música dejó de sonar y Melbourne soltó a Victoria con una reverencia.

—Y ahora debo dejar a... mi lord Leicester —dijo Victoria—. He prometido al gran duque que podía acompañarme a la cena.

Melbourne sonrió.

—No puedo interponerme en el camino de un cosaco.

Después de la cena, Victoria bailó una polca con lord Alfred, que tenía tanta ligereza en los pies como desenvoltura para mantener una conversación. Salieron de la pista de baile riendo y sin aliento y, sin darse cuenta, Victoria fue a parar delante de una alta figura completamente de negro salvo por la máscara blanca. Al quitarse la máscara, vio que se trataba de Conroy.

Compuso un amago de sonrisa y, con una cortés floritura, le tendió la mano y dijo:

—¿Me permitís el siguiente baile, majestad?

Victoria vaciló unos instantes y luego posó su mano enfundada en un guante sobre la de él.

No era un vals, lo cual agradeció Victoria, sino un minueto, por lo que no tenían que estar pegados en todo momento. Cuando se colocaron el uno frente al otro en la cabecera de la fila, Conroy dijo:

—Es un honor que bailéis conmigo, majestad.

—Me gustaría entender lo que mi madre ve en vos, sir John —contestó Victoria mientras se cruzaban en diagonal.

—Creo que aprecia mi compañía —repuso Conroy sin alterarse—. Lleva viuda mucho tiempo y, naturalmente, al tratarse de vuestra madre, no ha tenido posibilidad de volver a casarse.

Victoria cruzó al otro lado de la fila.

—Ya.

Cuando se aproximaron para pasar entre la fila de bailarines, Conroy comentó:

—Pero en vuestro caso es distinto. El país necesita un heredero al trono y vos necesitáis un esposo que vigile vuestro comportamiento.

Ambos tenían la vista fija al frente y Victoria dijo sin mirarle:

—¿En serio, sir John? ¿Y a quién me recomendaríais para mantenerme bajo control?

Se agacharon para pasar por debajo del arco que habían formado los bailarines con los brazos extendidos y, al erguirse, Conroy respondió:

—Vuestra madre opina que seríais feliz con vuestro primo Alberto.

—¿Y vos qué opináis, sir John? —preguntó Victoria al apartarse de él.

A la vuelta, Conroy respondió:

—Opino que es un hombre serio que entiende las obligaciones de un monarca moderno. No se dejará dominar por los sentimientos ni los caprichos. Y estoy convencido de que apreciará el valor de la experiencia.

Victoria, que intentaba entender los motivos por los que Conroy recomendaba a un candidato como Alberto, comenzó a discernir el plan de este.

—Entiendo. Y me figuro que imagináis que necesitará un consejero.

Conroy esbozó una media sonrisa al acercarse a ella para hacer un arco.

—¿Quién sabe, majestad? Al fin y al cabo, tengo cierta experiencia en esas lides.

Victoria bajó los brazos y dijo en voz baja y clara:

—De momento no tengo intención de casarme, sir John. Pero, de hacerlo, no sería con alguien que se dejase aconsejar por vos. Puede que os hayáis metido a mi madre en el bolsillo, pero jamás, jamás lo conseguiréis conmigo.

Para su sorpresa, Conroy sonrió.

—Como sabéis, majestad, llevo diecinueve años al servicio de vuestra madre, pero quizá vaya siendo hora de que regrese a Irlanda. Tengo una finca allí que ha estado bastante abandonada.

—Parece un plan excelente, sir John. —Se dio la vuelta y se alejó de la pista de baile.

Pero Conroy no estaba dispuesto a que lo despachara tan fácilmente.

—Para ello necesitaría ciertas garantías. Sería mucho más cómodo volver a mi tierra natal con alguna distinción del fiel servicio que he prestado a la Corona.

Victoria lo miró con desagrado.

—¿El galardón que solicitáis conllevaría un título, sir John?

—En mi opinión, una baronía reflejaría la labor que he realizado al servicio de vuestra madre y de vos. Pero, naturalmente, dicho título habría de ir acompañado de una retribución que me permitiese mantenerme de manera que no mancillara mi estatus.

Victoria asintió. A pesar de que no le parecía bien hacer ninguna concesión a Conroy, la idea de no volver a verle merecía cualquier cantidad de títulos nobiliarios irlandeses. Ay, de haber sabido que se vendería por tan bajo precio se lo habría propuesto el día en que accedió al trono.

—Estoy segura de que podremos llegar a algún acuerdo, es decir, siempre y cuando me garanticéis que vuestro retiro será... permanente.

Ahora le tocaba asentir a Conroy, pero aún tenía algo que añadir.

—¿Sabéis, majestad? Creo que mi partida será muy difícil de sobrellevar para la duquesa. En mi opinión, sin mí se sentirá sola. Tal vez si le prestaseis las atenciones que merece...

Victoria levantó la mano para indicarle que ya había oído lo suficiente.

—Sé cómo cuidar de mi madre, sir John. —Volvió a darle la espalda y se alejó en dirección al comedor, desperdigando a ninfas y pastores a su paso.

La duquesa, que había observado la escena desde el otro lado del salón de baile, fue al encuentro de Conroy.

—¡Habéis bailado con Drina! No podía creer lo que veían mis ojos, pero se ha alejado de vos. ¿Qué ha pasado, mi querido sir John? ¿Os ha enojado? No se hace cargo de lo mucho que hacéis por ella.

Conroy se fijó en la expresión de inquietud de la duquesa y percibió en su tono la ansiedad por aplacar su cólera. Le constaba que su partida sería muy difícil de sobrellevar para ella. Y habría momentos, pensó, en los que él la echaría de menos, echaría en falta esa manera que tenía de levantar la mirada hacia él y aletear las manos. Sí, echaría de menos su entrega, pero ni siquiera la sensación de ser venerado podía compensar una vida sin poder. Conroy prefería marcharse a Irlanda, ennoblecido y rico, y convertirse en un gran hombre allí en vez de vivir sin pena ni gloria aquí viendo cómo esa ignorante mocosa daba al traste con sus oportunidades. Ahora sabía que las cosas nunca mejorarían aquí. Aun cuando ella se casara con Alberto, le impediría ejercer la influencia que podría reportar tantos beneficios a la monarquía. Era demasiado testaruda para cambiar de parecer.

No, volvería a Irlanda y se convertiría en un hombre de peso en un lugar donde las cosas aún importaban. Se preguntaba si debía poner al corriente de su decisión a la duquesa, pero al escrutar sus acuosos ojos azules y sentir el etéreo roce de su mano sobre el brazo, se lo pensó dos veces. Sería mejor cerciorarse de que Victoria cumplía sus promesas antes de provocar una escena dolorosa. Sí, esperaría. Este baile era tan esplendoroso que sería un disparate no disfrutarlo; no habría muchas ocasiones semejantes en Ballymeena.

—No hay por qué preocuparse, duquesa. La reina y yo hemos mantenido una conversación muy instructiva. En mi opinión, ha limado asperezas entre nosotros. Y ahora me gustaría pedirle a la mujer más atractiva de la sala si me concedería el grandísimo honor de bailar conmigo. —Le tendió la mano a la duquesa, que la aceptó con tal sonrisa que incluso las oxidadas bisagras del corazón de Conroy chirriaron.

A Leopoldo, que había presenciado con interés la conversación entre Conroy y Victoria, le decepcionó la expresión de entrega que reflejaba el semblante de su hermana mientras Conroy la conducía por la sala. Había llegado la hora de que Conroy hiciera gala de sus encantos en otra parte. Su mirada se posó más felizmente en su sobrina, que estaba bailando con Alfred Paget. A juzgar por lo que Leopoldo había visto de lord Alfred, dudaba que su sobrina corriese el menor riesgo de sucumbir a los encantos de esta pareja de baile en concreto. Pero ¿dónde estaba Melbourne? Leopoldo lo localizó apoyado contra una columna, vestido de cortesano isabelino, un disfraz que —constató algo despechado— le permitía lucir sus piernas. Lentamente, para que Melbourne no adivinara sus intenciones y decidiera alejarse, Leopoldo rodeó la pista de baile y se apostó detrás del primer ministro.

—Buenas noches, lord Melbourne.

Melbourne se dio la vuelta y, aunque lo intentó, no logró disimular del todo su disgusto por ser importunado por el rey de los belgas.

—Majestad.

Leopoldo se acercó un poco más y dijo:

—Tengo entendido que mi sobrina os hizo una visita inesperada en Brocket Hall.

Melbourne se volvió hacia él.

—Estáis muy bien informado, señor.

Leopoldo sonrió.

—He observado que pareció dejarla con el ánimo abatido. Tal vez algún factor del clima de allí no le sentara bien.

Melbourne miró hacia los bailarines y dijo en tono inexpresivo:

—No sabría deciros, señor.

—Deberíais saber, lord Melbourne, que he escrito a mis sobrinos Alberto y Ernesto esta mañana. Llegarán dentro de una semana.

Esto hizo que Melbourne, arrancado finalmente de su impasible tedio, se volviera hacia él.

—¿Sin permiso de la reina?

Leopoldo se encogió de hombros.

—Son sus primos. No creo que precisen una invitación oficial. Y, en mi opinión, cuanto antes vengan, mejor. —Se llevó la mano a la cabeza para ajustarse la corona de laurel—. Porque, como seguro sabréis, lord Melbourne, las jóvenes son muy volubles.

7

Victoria se despertó a la mañana siguiente con una sensación que no supo identificar del todo. Normalmente después de un baile se quedaba en la cama hasta la hora de comer, pero ese día prácticamente saltó de un brinco. Había muchísimas cosas que hacer. Mientras caminaba por su alcoba con Dash pisándole los talones cayó en la cuenta de que el nubarrón que se cernía sobre ella desde su visita a Brocket Hall se había desvanecido. Los acontecimientos de la víspera le habían infundido un nuevo sentimiento de esperanza. La conversación que había mantenido con lord M sobre Isabel y el conde de Leicester le había hecho sentir que había un hueco para ella en su corazón por mucho que pudiera hablar sobre su difunta esposa. Tal vez no les fuera posible casarse; y, reconoció Victoria para sus adentros por primera vez, tal vez no fuera eso a lo que ella aspiraba. Un matrimonio sería demasiado difícil desde el punto de vista político y, de alguna manera que no se explicaba del todo, también incómodo. Le bastaba, pensó, con saber que le importaba en la misma medida que él a ella.

Melbourne le había dicho que sería su «compañero», al igual que Leicester lo había sido para Isabel. Ese arreglo le había convenido a la única gran reina que había tenido Gran Bretaña hasta la fecha, y Victoria no veía motivos para actuar de manera diferente. Leopoldo y su madre no dejaban de repetirle que necesitaba casarse, pero ella no estaba de acuerdo. Seguiría los pasos de Isabel, dueña y señora de sus actos. Se miró al espejo al decirlo y le satisfizo el rostro que vio. Determinación era la sensación con la que se había despertado; ese día haría lo que le diera la gana. Lo primero sería deshacerse de Conroy. Fuera lo que fuera lo que tuviera que concederle para que se marchara, valdría la pena si ello significaba olvidar para siempre la amargura de sus primeros años en el palacio de Kensington. Y una vez resuelto ese asunto, le diría a Leopoldo que no tenía ninguna intención de casarse, ni con Alberto ni con nadie, y le sugeriría que había llegado el momento de regresar a Bélgica. Victoria sonrió a su imagen en el espejo.

Tocó la campanilla y al cabo de un minuto entraron las ayudas de cámara. Skerrett, la más joven, parecía un poco aturullada.

—Majestad, disculpad por no haber llegado antes. A decir verdad, no pensábamos que os levantaríais tan temprano después de una noche tan larga.

—No pasa nada. Creo que hoy voy a ponerme el de rayas verdes.

—Sí, majestad. —Skerrett fue a por el vestido mientras Jenkins traía los accesorios para el aseo.

Cuando Jenkins puso el lavamanos delante de ella, Victoria se dio cuenta de que la ayuda de cámara tenía los ojos enrojecidos. Daba la impresión de que había llorado. Jenkins comenzó a verter agua caliente sobre las manos de Victoria, pero de repente el chasquido del disparo de un rifle cortó el aire y Jenkins soltó el aguamanil con un chillido.

Victoria, un poco alarmada por el ruido y ahora bastante mojada, se acercó a la ventana para ver qué ocurría y vio que un oficial de alto rango le estaba echando un rapapolvo a un miembro de la Guardia Real en el patio de palacio.

—Oh, es solo un soldado que ha disparado sin querer. No hay por qué preocuparse. —Al darse la vuelta vio a Jenkins acurrucada en el suelo sollozando, con la cabeza entre las manos, y a Skerrett rodeándola con el brazo tratando de consolarla. Victoria la miró sorprendida; no tenía a Jenkins por una de esas mujeres que se ponen histéricas con el sonido de un disparo.

—Señora Jenkins, creo que se encuentra indispuesta. Tiene mi permiso para retirarse.

Skerrett se llevó a Jenkins, que seguía sollozando, de la habitación y volvió al cabo de unos minutos. Respondiendo a la mirada inquisitiva de Victoria, dijo:

—Os ruego que la disculpéis, majestad. Se encuentra mal por la ejecución de los cartistas de Newport, majestad. Se comenta que se les va a aplicar la muerte con la que se castiga a los traidores. La señora Jenkins es de esa zona, y creo que le está afectando mucho.

Victoria observó a la chica que tenía delante.

—¿Hay mucha gente que se siente como la señora Jenkins por lo de los cartistas de Newport?

Skerrett bajó la vista al suelo y titubeó antes de responder. A continuación alzó la cabeza y explicó:

—El castigo por traición, majestad, es ser colgado en la horca hasta que estás prácticamente muerto y luego te abren en canal mientras sigues con vida. No es que la señora Jenkins apoye a los cartistas, majestad, pero opina que, al margen de lo que hayan hecho, no merecen morir así. —Skerrett entrelazó los dedos y añadió entrecortadamente—: Disculpadme, majestad, pero estoy de acuerdo con ella. Y no creo que sea la única.

Victoria hizo un ademán con la mano.

—No pasa nada, Skerrett; te he pedido tu opinión y me la has dado. Y tienes razón: es una manera espantosa de morir.

Mientras esperaba en la sala de estar a que Melbourne llegara para su audiencia, Victoria pensó en la conversación que había mantenido con Skerrett. En el castillo de Windsor había un cuadro de un hereje al que estaban destripando durante el reinado de María —¿o era Isabel?— que solía ver en las esporádicas visitas que hacía a su tío, el rey Guillermo, de pequeña. Había pasado en muchas ocasiones por delante sin fijarse en él hasta que un día se le pasó por la cabeza que la ristra de bultos grumosos no eran salchichas, como ella imaginaba distraídamente, sino las tripas del pobre mártir. Recordó sentirse aliviada por vivir en una época menos brutal.

Por lo visto se había equivocado al dar eso por supuesto. Aquellos hombres de Newport, sobre los que hasta lord Melbourne había comentado que los movía más el hambre que la maldad, iban a ser ejecutados de un modo especialmente cruento. Notó un picor en los párpados y se estremeció con un sollozo. No estaba bien que alguien tuviera una muerte tan terrible. Y toda la emoción que había experimentado en los últimos días se trastocó y se volcó en el destino de los galeses que se enfrentaban a su horripilante muerte. Sintió un ligero desmayo por la pena y tuvo que agarrarse al alféizar de la ventana para no caerse.

Recordó lo que Flora Hastings le había dicho aquella espantosa noche mientras yacía moribunda: «Para ser reina, habéis de ser algo más que una cría con corona. Vuestros súbditos no son muñecas para jugar». En aquel momento Victoria intentó borrar aquellas palabras de su memoria, pero ahora parecían cobrar un nuevo significado. Sus súbditos eran responsabilidad suya; no podía aceptar sus vítores y hacer oídos sordos a sus gritos de dolor. Debía tomar cartas en el asunto.

En ese estado la encontró Melbourne unos minutos después: lívida y temblando. Se percató de ello en el acto y se acercó a ella a toda prisa con tal preocupación que olvidó hacerle una reverencia.

—¿Qué ocurre, majestad? ¿Os sentís mal?

Victoria negó con la cabeza y a continuación dijo con gran esfuerzo:

—¿Cuándo van a ser ejecutados los cartistas de Newport?

Melbourne trató de disimular su sorpresa; se le ocurrían muchas razones por las que Victoria podía estar llorando, pero el destino de los cartistas no estaba entre ellas.

—El próximo viernes, majestad.

Victoria respiró hondo.

—¿Y van a colgarlos, abrirlos en canal y descuartizarlos?

—Ese es el castigo por traición, majestad. —Pero, al ver su expresión, Melbourne añadió—: Al parecer, hay obispos organizando una petición de clemencia.

Victoria irguió la cabeza con un movimiento rápido y decidido.

—¡Pues me gustaría firmarla! —Dio un paso adelante—. Semejante castigo no es civilizado.

—Me temo que no entendéis la gravedad del delito, majestad —dijo Melbourne en voz baja.

—Por supuesto que sí —repuso, recuperando el color del semblante de un modo que a Melbourne le pareció admirable—. Pero creo que vos no entendéis la gravedad del castigo. Puede que este tipo de cosas fueran necesarias en el reinado de Isabel... —Hizo una pausa y recobró la compostura para adoptar su actitud más regia—. Pero a mí me gustaría que *mi* reinado fuera clemente.

Melbourne pensó que irradiaba algo extraordinario; nunca había visto a Victoria mostrar tanta pasión por algo que no le incumbiera directamente. Sin duda estaba equivocada; era preciso tratar a esos cartistas públicamente con la máxima severidad posible para disuadir a todas esas otras personas hambrientas que creían que podían llenar sus estómagos con elevados ideales y consignas grandilocuentes, pero no pudo evitar admirar su espíritu. De modo que sonrió ligeramente al decir:

—Entonces debéis saber, majestad, que en calidad de reina podéis conmutar las penas.

Ella vaciló antes de responder; Melbourne se dio cuenta de que necesitaba cierta aclaración.

—Disculpadme, majestad, no me he expresado con claridad. La Corona tiene derecho a conmutar una pena, a atenuarla. De modo que tenéis la posibilidad de decidir que, en vez de ser ejecutados como traidores, estos hombres sean trasladados a una colonia penitenciaria en Australia, lo cual algunos podrían considerar un castigo menor. —No pudo evitar concluir con esa salida, pero Victoria no sonrió.

Por el contrario, dijo en tono rotundo:

—Entonces me gustaría ejercer mi derecho. Quiero conmutarles —Victoria se recreó al articular esta nueva y agradable palabra— la pena... de la ejecución al traslado.

—¿Estáis segura, majestad? —objetó Melbourne en tono de advertencia, a pesar de conocer la respuesta.

—Totalmente. —Y por primera vez desde el inicio de la audiencia, Victoria sonrió.

Melbourne señaló las valijas.

—¿Nos ocupamos de esto, majestad?

Victoria negó con la cabeza con ademán autoritario.

—No. Considero que esos hombres encarcelados deberían conocer su destino cuanto antes. No se me ocurre mayor tormento —se estremeció— que estar en una celda imaginando esa espantosa muerte.

—Vuestra compasión os honra, majestad, aunque no puedo evitar tener la sensación de que esos hombres se merecen ese suplicio. No obstante, si me requerís para acceder a vuestros deseos y tomar medidas de inmediato, me encargaré de ello sin demora. —Le hizo una inclinación de cabeza con aire formal para dejar claro que actuaba acatando órdenes, no por voluntad propia.

—Antes de que os marchéis, hay otra cosa que me gustaría que hicierais por mí. Sir John Conroy me ha pedido que le otorgue un título irlandés y una pensión, y tengo intención de concedérselo.

—¿En serio, majestad?

—Sí. Considera que ha llegado la hora de retirarse a su finca de Irlanda.

Melbourne se quedó mirándola con asombro y respeto. ¿De verdad había urdido un plan para deshacerse de Conroy?

—En mi opinión, un título irlandés con una pensión de, digamos, mil libras al año sería una compensación muy justa por todos los años de servicios prestados a la Corona —señaló Melbourne.

Victoria asintió.

—Precisamente lo que pensaba, aunque considero que sería más seguro aumentarla a dos mil. No me gustaría que se quedara sin dinero y se viera en la necesidad de regresar a la corte.

—Desde luego que no. Resultaría muy desafortunado.

Victoria se acercó a él y sonrió.

—Quiero que el «traslado» de sir John Conroy sea definitivo.

Cuando Melbourne se marchó, Victoria llamó a Dash y salió al jardín. Cuando estaba bajando por las escaleras, Lehzen la alcanzó y le tendió un chal.

—Hoy hace frío, majestad; no deberíais salir sin esto. Si esperáis un momento, voy a por mi sombrero y os acompaño.

—No, gracias, Lehzen, esta mañana me apetece pasear sola. Deseo hablar con mi madre.

Lehzen asintió a regañadientes.

—Como deseéis, majestad. Me ha parecido ver a la duquesa paseando con sir John Conroy en dirección al lago hace diez minutos.

Victoria sonrió.

—Gracias, Lehzen. —Cogió el chal—. ¡Vamos, Dash! —Echó a correr por el sendero del lago con el perro pisándole los talones.

Vio a su madre y a Conroy de pie junto a la residencia estival del otro lado del lago. Tenían las cabezas muy juntas; la duquesa tenía la cara inclinada hacia Conroy como un girasol al sol. La imagen de la actitud sumisa de su madre espoleó a Victoria, que echó a andar a paso casi marcial por el sendero en dirección a ellos y se plantó detrás, de modo que no la vieron llegar.

—Buenos días, mamá. —La duquesa y sir John se separaron inmediatamente, sobresaltados por su repentina aparición.

Victoria saludó a Conroy con una inclinación de cabeza prácticamente imperceptible.

—Qué fortuna la mía encontraros aquí con mi madre, sir John.

La duquesa, desconcertada, observó fijamente a su hija.

—Tienes muy buen aspecto, Victoria.

—Sí, mamá, me encuentro bien. —Tras una pausa, añadió—: Me alegro de encontraros juntos porque quería comunicaros personalmente, sir John, que he decidido concederos la petición.

La duquesa desplazó la mirada de Victoria a Conroy con una lentitud angustiosa.

—¿Qué petición?

A Conroy le dio un tic nervioso en la comisura del ojo, pero, sin darle opción a intervenir, Victoria contestó sin apenas disimular su regocijo:

—¿No te lo ha contado, mamá? Voy a otorgarle a sir John un título irlandés y una pensión de dos mil libras al año para que pueda retirarse a su finca de Irlanda con todas las comodidades.

La duquesa se quedó inmóvil, con sus tirabuzones rubios inertes. Finalmente, observando fijamente a Conroy, dijo:

—¿Me abandonaríais por...? —Titubeó y a continuación, con un tono estentóreo que hizo que Victoria se encogiera, añadió—: ¿Por dinero?

Conroy se quedó callado y miró al suelo. Victoria se volvió hacia él.

—Confío en que no hayáis cambiado de parecer, sir John.

Conroy permaneció petrificado hasta que negó lentamente con la cabeza.

—Bien. Me alegro de que esté arreglado.

Cuando Victoria se disponía a marcharse, vio el semblante acongojado de su madre y se detuvo.

—He decidido aumentar tu asignación, mamá. Es hora de que te compres ropa nueva. Deberías vestir como corresponde a tu estatus de reina madre.

La duquesa no dio indicio alguno de haberla oído; seguía mirando fijamente a Conroy como tratando de memorizar hasta el último detalle de sus facciones. Victoria, ligeramente intimidada por su propio arrojo, se dispuso a marcharse.

—Vamos, Dash.

Cuando perdieron de vista a la reina y a su perrito faldero, Conroy, con la mirada aún clavada en el suelo, dijo:

—Debéis entender que no tenía elección. No hay nada que me retenga aquí.

La duquesa, que hasta ese momento había permanecido inmóvil, estalló:

—¿Nada? ¿Después de diecinueve años decís que no soy nada?

Conroy levantó la cabeza y trató de esbozar una sonrisa.

—Sabéis que, si me marcho, será más amable con vos.

La duquesa negó con la cabeza sin dar crédito y gritó:

—¿Sabéis cuántas veces me ha pedido Drina que me deshaga de vos? Me habría resultado de lo más fácil. Pero no estaba dispuesta a hacerlo. Le decía que no podía prescindir de vos. Pero vos simplemente os alejáis de mí, como si no existiera.

Conroy hizo amago de cogerla de la mano, pero ella se apartó enfurecida. Le estaba resultando aún más doloroso de lo que había imaginado. Había confiado en poder comunicarle la noticia a su manera, pero por lo visto Victoria había decidido llevarlo a cabo del modo más brutal posible. La duquesa tenía los ojos llorosos, y Conroy se fijó en las líneas de tristeza que surcaban el contorno de sus ojos y su boca. Por un momento vio a la mujer avejentada que no tardaría en ser.

—Creedme, no es mi deseo abandonaros. Pero vuestra hija es ingobernable, alteza, y debo hacer uso de mi talento en algún lugar.

Con un gesto que le constaba que era la única respuesta apropiada al desconsuelo de la duquesa y a su traición, se arrodilló lenta y trabajosamente ante ella. Estrechó su mano entre las suyas, se la llevó a los labios y exclamó con voz ronca:

—¡Por favor, perdonadme!

Se puso de pie y echó a andar rodeando el lago en dirección a palacio. Aunque no volvió la vista atrás, notó en su espalda la mirada fija de la duquesa a cada paso.

8

El gran duque estaba esperando a Victoria en la puerta de Roehampton, en Richmond Park. Esa mañana le había mandado una nota preguntándole si podían pasear a caballo juntos en algún lugar donde pudieran galopar a sus anchas.

—Vuestro Rotten Row es un sitio para contemplar a las damas con sus mejores galas, pero hoy no me interesa la moda.

Tras el encuentro con su madre y Conroy, Victoria sabía exactamente a lo que se refería el ruso. A ella también le apetecía galopar a tal velocidad que el mundo retrocediera y que nada importara excepto la estrecha franja de tierra que se extendía delante de la cabeza de su caballo. Así pues, propuso ir a Richmond Park, con árboles centenarios y manadas de ciervos, donde los caballos podían galopar con libertad sin temor a chocar con un carruaje o a tirar al suelo a una niñera a su paso.

Mientras el mozo de cuadra la ayudaba a montar a Monarch, se fijó en que el gran duque tenía el rostro impasible; el gesto de la boca más adusto que nunca. Era evidente que no se encontraba de humor para entablar conversación, de modo que sujetó las riendas y dijo:

—¿Una vuelta al parque?

El gran duque asintió y Victoria espoleó a Monarch. El caballo, encantado de que le diera carta blanca, salió a la carrera con el gran duque a la zaga. Cabalgaron a toda velocidad por el parque, dispersando a los ciervos y espantando a los faisanes que estaban acurrucados en el bosque, que alzaron el vuelo dando graznidos, agachándose al pasar bajo las ramas de grandes robles y chillando de júbilo mientras bajaban a toda velocidad por la colina que conducía a los dos estanques que dividían el parque.

Riendo y sin aliento, detuvieron la marcha de mutuo acuerdo. El gran duque saltó de su caballo con un grácil movimiento y, sin dar tiempo al mozo de cuadra a ayudarla, cogió en volandas a Victoria para bajarla. Ella reparó en que se había disipado la tensión de su semblante.

—Gracias por traerme aquí, Victoria. Necesitaba desesperadamente montar así.

Victoria sonrió.

—Mi predecesora, Isabel, solía cazar venados en este parque.

—La reina que nunca se casó.

—Pero cuyo reinado fue largo y glorioso.

—Estoy seguro. Una gran reina está por encima de cualquier hombre. —Se le iluminó la cara con una sonrisa. A continuación se volvió hacia su ayudante de campo, que estaba matando el tiempo a una distancia respetable, y chascó los dedos. El hombre sacó un pequeño paquete y se lo dio al gran duque.

—Tengo algo para ti, Victoria. Un pequeño detalle de amistad.

Era una caja de rapé esmaltada en azul con un ribete dorado. En la tapa de la caja había una «V» y una «A» de diamantes entrelazados formando un elegante monograma con puntas y aristas prácticamente simétricas.

Victoria contuvo el aliento.

—Es preciosa. ¿Y este monograma? —Alzó la vista hacia él. El gran duque asintió.

—«V» y «A», de Victoria y Alejandro. Tal vez no sea apropiado, pero espero que me perdonéis. —Le puso el estuche en la mano y posó los dedos sobre los suyos.

—«V» y «A». Las letras encajan muy bien, ¿verdad?

El gran duque asintió y, tras soltarle la mano, dijo:

—El zar, mi padre, me ha ordenado que regrese a San Petersburgo.

—¿Está enfermo? —preguntó Victoria.

El gran duque negó con la cabeza.

—Goza de espléndida salud, pero como se imagina que tiene los días contados ha decidido que debo casarme. —Miró a Victoria y suspiró—. Mi padre ha elegido a una princesa danesa. Se me olvida su nombre. Parece que le gustan mucho los arenques. —Se encogió de hombros y esbozó una media sonrisa.

A Victoria le conmovió su suspiro. Aunque ambos tenían presente que la única alianza posible entre ellos era diplomática, estaba interpretando el papel de un enamorado desilusionado. Y pese a que ella estaba prácticamente convencida de que era una farsa, le agradó.

Inclinó la cabeza a un lado y sonrió.

—Seguro que es un encanto. Un encanto ahumado, pero un encanto.

El gran duque la cogió de la mano y, mientras la escrutaba, ella recordó lo que le había dicho en el baile: «Ni vos ni yo podemos amar a quien nos plazca». —Victoria suspiró a su vez. Oyó el graznido quejumbroso de un grajo por detrás y recordó el momento en el que Melbourne le había cogido la mano en Brocket Hall.

Alejandro la miró con aire melancólico con sus largas pestañas. Se figuró, por supuesto, que estaba pensando en él.

—En otras circunstancias...

Se inclinó, obviamente esperando un beso de despedida, pero Victoria lo esquivó y dijo en tono jovial:

—Estoy segura de que la amante de los arenques y vos seréis muy felices.

Alejandro extendió los brazos de par en par.

—Cumpliré con mi deber, me casaré con ella, tendré muchos hijos y algún día escogeré a sus novias.

Victoria se echó a reír.

—Espero que escojáis sabiamente.

—Tal vez vos tengáis una hija que vendrá a gobernar Rusia con mi hijo.

—Olvidáis que he decidido no casarme.

El gran duque negó con la cabeza.

—No, no lo olvido, pero no creo que una mujer como vos pueda vivir sin un esposo. Siento que no pueda ser ruso. —Se llevó la mano de Victoria a la boca y la besó.

La duquesa no bajó a cenar esa noche y, cuando Victoria mandó a Lehzen a ver cómo se encontraba, la baronesa no fue recibida. Victoria sintió que se le hacía un nudo en el estómago. Sabía muy bien que debería haber ido a los aposentos de su madre ella misma, pero le había faltado valor. Por mucho que Victoria detestara a Conroy, le constaba lo mucho que significaba para su madre. A pesar de que no aprobaba el apego que le tenía su madre, desde su visita a Brocket Hall pensaba que tal vez podía entender el alcance de sus sentimientos.

A la mañana siguiente pidió a Skerrett que le enseñara el encaje que había. Skerrett sacó una cajonera que impregnó el ambiente de aroma a cedro al sacar los encajes. Victoria examinó los delicados cuellos y los vaporosos velos hasta dar con un chal tan exquisitamente bordado que al sacudirlo relució como la escarcha. Oyó a Skerrett ahogar una exclamación.

—¿A que es precioso?

—Es la cosa más bonita que jamás he visto, majestad.

Victoria se metió el chal bajo el brazo y, antes de perder el arrojo, puso rumbo al ala norte.

Encontró a su madre sentada en un sofá con la mirada perdida. Iba vestida, como de costumbre, de negro, pero sus tirabuzones rubios yacían sin vida y descuidados. Al ver la desolación de su madre, Victoria notó que el nudo del estómago se le tensaba.

Al sentarse en el sofá junto a su madre, la duquesa no dio muestras de reparar en su presencia, sino que mantuvo esa terrible mirada vidriosa. Victoria se preguntó si había hecho bien en ir a su encuentro, pero por muchas ganas que tuviera de marcharse, era consciente de que debía hacer algo para arreglar la situación.

Se inclinó hacia ella y puso el chal de encaje en las inertes manos de su madre. La duquesa no se inmutó. Victoria extendió el chal y le cubrió el regazo a su madre.

—Es para ti, mamá. El encaje lo han bordado en un convento de Brujas. Fíjate qué delicado es. —Lo sujetó en alto delante del semblante pétreo de su madre y, al sacudirlo, se agitó como una telaraña con la brisa.

Pasó un minuto, aunque a Victoria se le antojó una hora, hasta que su madre por fin volvió la cabeza. Clavó esos ojos apagados en su hija y dijo en voz baja y carente de toda emoción:

—Lo has apartado de mí, Drina.

Victoria dejó caer el encaje en el regazo de su madre.

—No, mamá —repuso en voz baja—, él deseaba irse. —La cogió de la mano y continuó—: Pero me consta que sientes su pérdida y, créeme, mamá, lo entiendo.

Al bajar la vista a la mano de su madre vio la alianza de oro embutida junto al hinchado nudillo del dedo anular.

—¿Cómo vas a entenderlo? No eres más que una cría; ¿cómo vas a saber lo que siente una mujer? —A la duquesa se le quebró la voz al pronunciar la palabra «mujer» y sus ojos, hasta entonces secos, se anegaron en lágrimas.

Victoria sintió que se le deshacía el nudo de la boca del estómago y las palabras le salieron a borbotones sin darle tiempo a pensar:

—No, mamá. Te equivocas. Sí que sé lo duro que es perder a alguien a quien aprecias.

Su madre percibió el dejo de desesperanza en la voz de su hija y vio más allá de su propia amargura. Al escrutar los ojos azul claro de su hija, del mismo tono que los suyos, lo entendió. Y, reprimiendo sus propias lágrimas, posó la mano en la mejilla ruborizada de Victoria y la acarició con infinita ternura.

—Ningún hombre renunciaría a ti, Drina, a menos que supiera que es su deber.

Ante este inesperado gesto de aprecio, Victoria finalmente se vino abajo y se arrojó a los brazos de su madre llorando a lágrima viva.

—Oh, mamá... Creo que nunca seré feliz.

La duquesa estrechó entre sus brazos el cuerpo tembloroso de su hija y la abrazó con fuerza.

—Todavía eres joven, *Liebes.* Encontrarás un lugar donde dejar tu corazón, te lo prometo.

Cuando los sollozos de Victoria comenzaron a remitir para dar paso a un hipo entrecortado, la duquesa la agarró de la barbilla para que la mirara de frente.

—Las dos hemos perdido algo, Drina. Pero —dijo con el cariño patente en sus ojos— hoy también he encontrado algo. —Victoria la miró desconcertada con los ojos llorosos—. He encontrado tu *Schockoladenseite.* Tu faceta dulce. Y pensaba que la había perdido para siempre.

Victoria percibió el dejo implorante de la voz de su madre y apoyó la cabeza en su regazo. Mientras su madre le acariciaba el pelo, cerró los ojos y aspiró la fragancia a lavanda.

Leopoldo, que había ido a los aposentos de la duquesa para decirle que Alberto y Ernesto ya estaban de camino a Inglaterra, presenció la escena desde la puerta y se alejó de puntillas. Estaba al tanto, cómo no, de que habían desterrado a Conroy, lo cual agradecía, pero le preocupaba que el distanciamiento permanente entre madre e hija supusiera una amenaza a las posibilidades que Alberto tenía con Victoria. La escena de su sobrina recostada en el regazo de su madre como una *Pietà* moderna era de lo más alentadora, sin duda de lo más alentadora. Si Victoria se reconciliaba con su madre, no rechazaría a Alberto como pretendiente por el mero hecho de ser un Coburgo.

En cuanto a la duquesa, echaría de menos a Conroy, pero suponía que si recuperaba el afecto de su hija su pérdida sería un precio que valdría la pena pagar. Y con el tiempo su hermana llegaría a la conclusión de que Conroy únicamente había permanecido a su lado por su ambición de poder; una vez constatado que nunca llegaría a ser nada más que el consejero al servicio de la duquesa de Kent, había prescindido de ella. Era una lástima que la duquesa no encontrase a otro hombre que la entretuviera, pero la madre de la reina, como la mujer del César, debía tener una conducta irreprochable. Pensó en su querida, escondida en una villa en St. John's Wood, y en lo mucho más fácil que resultaba arreglar estas cosas siendo hombre. Mientras caminaba por el largo pasillo de vuelta a sus aposentos captó fugazmente su reflejo en el espejo y le agradó ver que el peluquín seguía colocado exactamente en el ángulo correcto.

9

En el malecón de Ostende, dos jóvenes temblaban con el frío viento de noviembre. Ambos eran altos y apuestos y guardaban un evidente parecido familiar en la anchura de sus frentes y la delicada forma de sus labios, pero mientras que uno tenía la espalda ancha y el porte erguido de un soldado, el otro, aunque escasos milímetros más alto, carecía por completo de la actitud libre y despreocupada de su hermano; se movía con cuidado, como calculando el gran esfuerzo que le costaría cada paso. Observó el mar picado con gesto aprensivo, se volvió hacia su hermano y dijo en inglés con un marcado acento alemán:

—Parece que el mar está embravecido para navegar hoy.

Su hermano le dio unas palmaditas en el hombro.

—Tonterías, Alberto, los paquebotes que van a Inglaterra navegan en condiciones mucho peores. —Acto seguido observó más de cerca el rostro lívido de su hermano y añadió—: Te sentirás mejor cuando llegues, ¿sabes? ¿Cómo es esa cita de Shakespeare que siempre me mencionas? «Existe una marea en los asuntos de los hombres que, tomada en pleamar...».

—«... conduce a la fortuna». —Alberto terminó la cita, tal y como su hermano esperaba—. Pero, Ernesto, no sé si estoy predestinado a esto. Victoria no es seria. Solo le interesa bailar y los helados. Dudo que hagamos buenas migas.

Ernesto sonrió.

—Es una joven a quien le gusta pasarlo bien. Creo que eso es bueno. Las alocadas siempre son las más divertidas. Además, es encantadora, bajita y... —Hizo un gesto curvilíneo con los brazos.

Alberto se quedó mirándolo.

—Pues en ese caso a lo mejor deberías casarte tú con ella, Ernesto.

—Creo que al tío Leopoldo no le haría ni pizca de gracia. —Ernesto frunció los labios imitando con bastante acierto al rey de los belgas—. «El destino de Alberto es casarse con Victoria».

—Pero ¿y si ella no cree que estemos predestinados a casarnos? La última vez que nos vimos no parecía que yo le importara demasiado.

Ernesto miró a su hermano de arriba abajo simulando calibrarlo, fijándose en los ojos azul oscuro de Alberto, en su distinguido perfil, en sus largas piernas enfundadas en botas rojas.

—Has cambiado mucho en los últimos tres años, Alberto. No reparas en ello, pero las muchachas de Coburgo ahora te miran de una manera que, de no saber que eres el hombre más serio sobre la faz de la tierra, me pondría bastante celoso. Puede que sea reina, pero también es una mujer joven, y pienso que se alegrará bastante de verte.

—¡Es que no quiero exhibirme ante ella como una figura de cera para que me dé su aprobación, Ernesto!

—Bah, no te andes con tantas sensiblerías. ¿Quieres pasar el resto de tu vida en Coburgo siendo testigo de mis correrías o prefieres ser el rey de Inglaterra?

Alberto negó con la cabeza.

—Aun en el supuesto de que me casara con ella, solo sería el marido de la reina de Inglaterra.

Ernesto se encogió de hombros.

—Bueno, si te presentas con esa cara, no te casarás con nadie. Recuerda, Alberto: a las mujeres les gusta que las conquisten, no que les den lecciones. Cuando la veas, debes sonreír y hacerle pequeños cumplidos. Ya tendréis tiempo de sobra para hablar del esplendor de la arquitectura italiana y de las maravillas de la canalización de aguas babilónica cuando estéis de luna de miel.

Alberto negó con la cabeza de nuevo.

—Es que no puedo fingir ser alguien que no soy, Ernesto.

Ernesto levantó las manos simulando desesperación.

—Entonces, mi querido hermanito, sugiero que volvamos a Coburgo y que te cases con frau Muller, la viuda del alcalde, que tiene una magnífica biblioteca y un estanque bien surtido de carpas. Leer y pescar, ¿qué más puede pedir un hombre? Sé que le gustas y las viudas, bueno...

Alberto contempló el mar plomizo.

—Todo te parece tan fácil, Ernesto... Pero a mí esto me cuesta.

Ernesto le puso la mano en el hombro y dijo en otro tono:

—Mi querido hermano, eres un hombre de gran valía. Por eso Victoria será afortunada de tenerte como esposo. No puede ser fácil ser tan joven y tener tanta responsabilidad. Necesita la ayuda de alguien como tú...

Alberto miró a su hermano y sonrió por primera vez. Ernesto estaba convencido de que Victoria, aunque se hubiera convertido en una joven obstinada, sería incapaz de resistirse a una sonrisa de su hermano. Por esporádicas que fueran, las sonrisas de Alberto le transformaban el gesto con una chispa infantil que hacía que el interlocutor sintiera como si hubiera salido el sol. Solo con que Alberto fuera capaz de sonreír a Victoria, todo iría bien.

Una enorme ola rompió contra el malecón y les salpicó en la cara. Alberto se la secó mientras miraba hacia los transbordadores que se mecían precariamente en el tempestuoso mar.

—Pero primero tenemos que llegar —dijo.

Entretanto, Victoria se entretenía en el palacio de Buckingham mientras esperaba la visita matutina de Melbourne copiando uno de los retratos de Isabel que había colgados en la pinacoteca. Isabel parecía un poco más joven en el cuadro que en la miniatura que Lehzen le había regalado, más joven y vulnerable. Si fuera Isabel, pensó Victoria, no pondría ese cuadro a la vista: no mostraba a Gloriana, la representación de la reina, sino a la mujer que llevaba dentro. ¿Sería posible, se preguntó mientras pintaba los rizos cobrizos de Isabel, ser ambas? ¿Era posible ser soberana y mujer? Ninguna de sus antecesoras en el trono había sido bendecida con descendencia. María Tudor se había casado demasiado tarde y se había quedado encinta, pero fue un embarazo fallido. Isabel, por supuesto, no se había casado, y las dos reinas Estuardo —María y Ana— habían contraído matrimonio, pero ninguna había logrado que sus descendientes les sobrevieran. María de Escocia se había casado tres veces y había tenido un hijo, pero su reinado no pudo acabar más desastrosamente. Victoria no tenía un conocimiento profundo sobre historia, pero le daba la impresión de que la única que había logrado con éxito ser reina, esposa y madre había sido Isabel la Católica; y, claro, se había casado con el rey vecino. Aunque Victoria hubiera sentido la tentación de dar alas a las insinuaciones del gran duque, la idea de gobernar conjuntamente Inglaterra y Rusia era imposible desde el punto de vista geográfico.

Efectivamente, si evaluaba a las reinas del pasado, la única verdaderamente admirada era Isabel, y había reinado sola. Carlota, la difunta prima cuya muerte había determinado su propia existencia, se había casado con el tío Leopoldo, pero precisamente fue el matrimonio lo que la mató. El matrimonio era un asunto peligroso.

Victoria empezó a pintar las perlas del corpiño de Isabel. Dejó para otro momento la gorguera, que, con sus intrincados motivos de encaje, parecía bastante difícil de copiar.

Oyó un carraspeo y, al darse la vuelta, vio a Melbourne detrás de ella.

—Pensé que os gustaría saber que los cartistas de Newport van de camino a Australia, majestad.

—Me alegro mucho, lord M.

Melbourne permaneció con aire vacilante detrás de una silla; ella le hizo un gesto para que se sentase.

—Aunque quién sabe si esos desgraciados lo agradecerán al llegar allí.

—Creo que sus familias se alegrarán —señaló Victoria.

—Quizá. —A continuación, al darse cuenta de que estaba mostrando una actitud excesivamente cínica, Melbourne se levantó y examinó el boceto de Victoria—. Isabel se ha convertido en vuestro motivo favorito, majestad.

Victoria se volvió hacia él.

—He decidido seguir su ejemplo y reinar sola. —Ladeó levemente la cabeza—. Con compañeros, tal vez. —Sonrió. Si Isabel pudo tener a Leicester, seguramente ella podría tener a Melbourne.

Pero Melbourne no le correspondió a la sonrisa.

—¿En serio, majestad? ¿Se lo habéis dicho a vuestros primos de Coburgo? Tengo entendido que su llegada está prevista en cualquier momento.

Victoria se puso de pie, enarbolando el pincel como una espada.

—¿Mis primos de Coburgo? ¿Alberto y Ernesto? ¡Pero si no los he invitado!

Melbourne esquivó el pincel.

—No obstante, majestad, están de camino.

Victoria se puso a caminar de un lado a otro junto a los cuadros.

—El tío Leopoldo debe de haberles mandado llamar, en contra de mis deseos. ¿Acaso no entiende que soy bastante feliz tal cual estoy?

Miró inquisitivamente a Melbourne, pero este apartó la mirada.

—No seré vuestro primer ministro eternamente, majestad.

Victoria se detuvo delante de él y le obligó a mirarla.

—No digáis eso, lord M.

A regañadientes, Melbourne le sostuvo su enardecida mirada azul.

—No tengo más remedio. Si los conservadores no me liquidan, lo harán mis achaques.

Victoria se echó a reír, aliviada de que, a pesar de todo, bromeara.

—¡Achaques! Siempre decís que las enfermedades son para gente que no tiene nada mejor que hacer.

Melbourne no se unió a su risa. Negó con la cabeza y a continuación dijo en tono apremiante:

—Dejad que vengan los Coburgo, majestad. Puede que el príncipe Alberto os sorprenda.

Victoria, horrorizada, se quedó mirándolo. Esa no era la respuesta que esperaba.

—Pero si me dijisteis que la opinión pública no aprobaría a un candidato alemán.

A Melbourne le tembló un músculo en la comisura de la boca.

—Estoy seguro de que serían cónyuges dignos de admiración.

Victoria se sentó de repente y dijo en un hilo de voz:

—Pero yo no quiero que cambien las cosas.

Melbourne la miró con una expresión casi severa.

—Lo sé, majestad. Pero creo que no seréis feliz sola —le rozó ligeramente el hombro—, ni siquiera con compañeros. Necesitáis un esposo que os ame y respete.

Victoria se estremeció al sentir el roce de su mano en el hombro.

—Pero no hay nadie que me interese —exclamó, aunque sus ojos decían todo lo contrario.

Melbourne esbozó una sonrisa irónica.

—Disculpadme, majestad, pero en realidad no habéis buscado.

Victoria se tapó la cara como si no quisiera ver la realidad. A continuación suspiró y dijo sin apartar las manos:

—Antes... era tan feliz...

—Considero que siempre se puede encontrar felicidad en la tranquilidad, majestad —dijo Melbourne.

Victoria bajó las manos y alzó la vista hacia él; lo escudriñó con sus ojos azul claro.

—¿Vos también erais feliz?

Melbourne respondió, no en calidad de primer ministro civilizado, sino de hombre maduro que se enfrenta a la pérdida de lo único que todavía puede aportarle dicha.

—Sabéis que sí, majestad.

Se hizo un silencio abrumador cargado de sentimientos tácitos. Melbourne reparó en que a Victoria le temblaba el labio y tuvo que entrelazar los dedos para no alargar las manos y estrecharla entre sus brazos. Pensaba que si se echase a llorar en ese momento sería incapaz de resistir la tentación de secarle las lágrimas con besos. Se clavó las uñas en las palmas de las manos y se dijo para sus adentros que la única manera en la que podía servir a su reina era buscándole un marido que la hiciera feliz.

Esbozando una valiente sonrisa que casi le rompió el corazón a Melbourne, Victoria alzó la barbilla y dijo:

—Pues no pienso casarme solo para complaceros, lord M.

Melbourne trató de corresponderle a la sonrisa.

—No, desde luego que no, majestad, debéis complaceros a vos misma.

Y acto seguido tomó su mano, su pequeña mano blanca, y la besó.

CUARTA PARTE

1

Alberto oyó el eco de la música en el pasillo. La sonata de Beethoven en la bemol, interpretada un poco demasiado deprisa. Echó un vistazo a su reflejo en uno de los espejos que flanqueaban las paredes. Ernesto se había empecinado en que ambos vistieran de uniforme.

Cuando Alberto objetó que no era un soldado, su hermano le preguntó:

—¿Acaso no te da la sensación de que vas a librar una batalla?

Alberto no tuvo más remedio que reconocerlo, aunque menuda proeza militar entrar en un salón y ser inspeccionado por una joven. Con todo, se alegraba de llevar puesto el uniforme; no había nada más magnífico que una chaqueta de húsar con galones acompañada de unos ceñidos pantalones de montar blancos y botas con borlas doradas.

Alberto recordó su última visita a Londres y el cansancio que sintió durante toda la estancia. Victoria se había burlado de él y le había llamado lirón. Por aquel entonces no estaba familiarizado con ese vocablo, pero más tarde descubrió su significado y todavía le dolía la pulla. Eso no iba a funcionar. Volvería a ser humillado por una muchacha que opinaba que el vals era el culmen del empeño humano.

Al llegar a las puertas del salón de Estado, Alberto se detuvo. Ernesto le puso la mano en el hombro para infundirle confianza y dijo:

—A por todas, Alberto... —Le apretó con fuerza el brazo a su hermano—. Y no te olvides de sonreír.

Los lacayos empujaron la puerta de doble hoja. Alberto contempló la sala llena de gente sentada y de pie delante del piano, donde una joven que le pareció Victoria estaba tocando. Miró fugazmente al mayordomo para ver si anunciaba su llegada, pero el hombre hizo un ademán con la cabeza en dirección al piano para indicar que las formalidades debían aguardar hasta que la reina dejase de tocar.

Los hermanos avanzaron por el perímetro de la sala; enseguida repararon en su presencia Leopoldo y la duquesa, que les hizo un gesto lanzándoles un beso, y se produjo cierta zozobra entre las cortesanas. Alberto notó que un hombre alto de pelo rubio entrecano lo observaba con sus inquisitivos ojos verdes. Victoria —ahora comprobó que se trataba de ella— era la única que parecía ajena a su presencia, pues continuaba tocando la lenta pieza un poco más rápido de lo normal.

Alberto avanzó rodeando el círculo hasta colocarse justo detrás del piano. Ella tenía la partitura delante; Alberto alcanzó a ver que estaba llegando al final del pasaje. En un acto instintivo, dio un paso al frente y en el momento justo pasó la página. Al principio Victoria siguió tocando, pero pasados unos instantes sus dedos pararon, volvió la cabeza y lo vio.

—¿Alberto? —Más que una pregunta, fue una expresión de asombro. Ella parecía muy joven; tenía los ojos más azules de lo que recordaba, la boca más carnosa, y le extrañó haberse sentido amedrentado por su prima, que a pesar de ser reina seguía siendo una cría.

Inclinando la cabeza, dijo:

—Victoria.

Hubo un momento de silencio, una pausa en la que todo quedó al margen. Durante ese breve instante fue como si se encontrasen a solas en la sala.

Pero entonces algo se puso a arañar y corretear por el suelo de parqué. Alberto vio un perro con largas orejas peludas que se lanzó hacia sus pies y empezó a ladrar furiosamente, como si fuera un intruso.

—Dashy, basta. —Entre risas, Victoria cogió en brazos al perro—. No debes ladrar al primo Alberto, aunque haya cambiado desde la última vez que lo vimos.

Alberto se puso tenso; reconoció en su voz la misma sorna que había percibido en su último encuentro. Miró al perro con desagrado; el suyo, Eos, era un galgo noble y rápido. Daba la impresión de que la bola peluda que Victoria tenía entre sus brazos no pertenecía a la misma especie.

Victoria le dio un beso en el hocico con un ademán exagerado y se lo tendió a Harriet Sutherland para que lo cogiera.

—No quiero que vuelva a ladrar a Alberto. Es muy protector.

Alargó la mano y Alberto se la besó sin apenas rozar su piel. Al enderezarse, dijo:

—Siento que tu perro no me reconozca. Por mi parte, no me cuesta reconocerte, prima Victoria. Aunque sí que creo que ahora cometes menos errores al tocar el piano.

Victoria dio un pequeño paso atrás y alzó la barbilla. Algo en el tono de su voz hizo que Melbourne levantara la vista y que Ernesto se abriera paso rápidamente entre la gente. Se detuvo delante de Victoria y le hizo una elegante reverencia.

—Tienes un aspecto magnífico, prima Victoria. Está claro que la monarquía te sienta bien.

Victoria sonrió y extendió la mano, que él besó con gran floritura. Alberto no se movió; observó a su hermano con gesto impasible.

La duquesa, que se encontraba con Leopoldo al fondo de la sala, fue al encuentro de los dos hermanos a toda prisa. Tras besarles efusivamente en ambas mejillas, exclamó en alemán:

—*Mein lieber Junge! So gutaussehend!*

Alberto se dejó abrazar de buen grado y dijo:

—*Danke, Tante.* Pero creo que debemos hablar en inglés. Necesito practicar.

La duquesa, radiante, se colocó entre sus dos sobrinos y los cogió a ambos del brazo.

—Oh, Drina, ¿has visto qué apuestos son tus primos? Qué hermosos especímenes de Coburgo.

—¡Por favor, mamá, no son caballos de carreras! —contestó Victoria avergonzada. Se volvió hacia Lehzen y dijo haciendo gala de su mejor tono de anfitriona—: Baronesa, me figuro que los príncipes están cansados tras su viaje. ¿Los acompañáis a sus aposentos?

Lehzen, que había presenciado la escena entre Alberto y Victoria con suma atención, hizo una genuflexión a los príncipes y fue hacia la puerta. Sin embargo, en vez de seguirla, Alberto dijo con cierto énfasis:

—La verdad es que no me encuentro tan fatigado.

—Ah, ¿no? —replicó Victoria con la misma claridad—. Recuerdo que en tu última visita se te cerraban los párpados a las nueve.

Antes de que Alberto tuviera ocasión de responder, Ernesto intervino:

—Pero ahora mi hermanito está hecho un noctámbulo. Es capaz de aguantar despierto hasta medianoche sin un solo bostezo.

Leopoldo interrumpió la conversación con cierta impaciencia diciendo:

—Victoria, creo que deberías organizar un baile ahora que tienes parejas como Dios manda.

Victoria se sonrojó.

—Os agradezco la sugerencia, tío, pero creo que mi pueblo me considerará una frívola si no dejo de organizar bailes. —Se volvió hacia Melbourne en busca de confirmación—. ¿No os parece, lord M?

Melbourne sonrió y se encogió de hombros.

—Vos conocéis a vuestro pueblo, majestad.

Miró con gesto interrogante a los príncipes. Al caer en la cuenta de que debía presentárselos, Victoria se volvió hacia ellos.

—Alberto, Ernesto, mi primer ministro, lord Melbourne.

Melbourne les hizo una discreta y formal inclinación de cabeza a los príncipes.

—Bienvenidos a Inglaterra, altezas serenísimas.

Se hizo otro silencio hasta que Ernesto dijo en un intencionado tono entusiasta:

—Qué alegría volver a Londres. Guardo un recuerdo sumamente agradable de nuestra última visita. Prima Victoria, teníamos la esperanza de que mañana nos enseñaras los cuadros de tu colección. Me han comentado que es magnífica, y como Alberto acaba de volver de Italia, no habla de otra cosa que de los maestros clásicos.

Tras una mirada de su hermano, Alberto dijo con frialdad:

—Tengo entendido que hay obras de Leonardo da Vinci.

Victoria lo miró extrañada; Alberto se preguntó cómo era posible que nunca hubiese oído hablar del más grande pintor que el mundo hubiera contemplado.

—A lo mejor hay. La verdad es que no lo sé. —La reprobación de Alberto posiblemente se reflejara en su expresión, porque ella añadió a la defensiva—: Si tan interesado estás, mandaré buscar al conservador de la pinacoteca de la corte, el señor Seguier. Él sabrá si tenemos o no algún Leonardo. —Como Alberto se quedó callado, Victoria continuó con su actitud más regia—: Y en cuanto a mañana, ya veremos. Tenemos gran cantidad de asuntos que atender, ¿verdad, lord M?

Melbourne asintió esbozando una sonrisa prácticamente imperceptible.

—La valija de Afganistán sin duda precisará toda vuestra atención, majestad.

—Trabajo y trabajo y nada de diversión, Victoria —intervino Leopoldo negando con la cabeza—. Eso no te hace ningún bien. ¿Por qué no llevas a los príncipes a montar a caballo por el parque mañana? Puedes enseñarles el encanto de la sociedad londinense.

Antes de que Victoria tuviera ocasión de responder, Alberto dijo:

—No quisiera distraer a la prima Victoria de sus asuntos de Estado. Creo que mañana me apetecería visitar tu National Gallery, ¿sería posible? —Apartó la vista de Leopoldo a Victoria.

—Deberías hacer lo que se te antoje, Alberto. Lehzen dispondrá todo lo necesario. —Tras mirarlo fijamente, Victoria se acercó a Melbourne y se puso a comentar con gran seriedad pero no mucho sentido la valoración de este acerca de la iniciativa en Kabul.

Lehzen se internó en el pasillo con los príncipes a la zaga. Alberto estaba tan absorto en sus pensamientos y Ernesto tan preocupado por su hermano que ninguno se percató de que Skerrett y Jenkins los observaban desde la puerta del servicio.

—El alto de la derecha; ese es el príncipe Alberto —dijo Jenkins.

Skerrett estiró el cuello para verlo mejor.

—¡Caray! Parece un príncipe de un cuento de hadas. Me pregunto si le gustará la reina.

Jenkins le lanzó una mirada de reprobación.

—Da igual lo que el príncipe opine. Es la reina quien debe decidir.

Cuando se disponían a subir por la escalera en dirección a sus aposentos, Alberto finalmente explotó.

—¡Cómo es posible que no sepa si tiene un Leonardo! No debería haber venido bajo ningún concepto.

Ernesto sonrió.

—Pero, Alberto, si lo supiera todo, no tendrías que instruirla en nada.

Alberto continuó negando con la cabeza.

—Todo esto me parece una misión sin sentido.

Ernesto se puso el índice en los labios para indicarle que la gobernanta iba delante y los hermanos siguieron caminando con paso firme en silencio.

Lehzen los acompañó a sus estancias, una *suite* situada en el ala norte, junto a los aposentos de la duquesa de Kent, pero no se entretuvo. Daba la impresión de que cada instante que pasaba en compañía de los príncipes era un suplicio.

En cuanto la puerta se cerró, Ernesto se quitó la chaqueta y se desplomó en el diván delante de la chimenea.

—Creo que necesito un coñac después de esta noche. Y luego voy a salir a ver qué distracciones ofrece Londres.

En ese momento entró el ayuda de cámara de los hermanos, un tímido joven de Coburgo llamado Lohlein. Recogió la chaqueta del suelo y asintió con gesto serio cuando Ernesto le pidió que fuera a por un coñac antes de que muriera de sed.

Alberto no se sentó; se puso a caminar de acá para allá como si estuviese haciendo guardia en la puerta de la sala de estar.

Ernesto lo observó durante unos instantes hasta que se le agotó la paciencia.

—Ay, deja de moverte, Alberto. ¿Acaso es tan importante que Victoria no sea una entendida en pintura renacentista? A fin de cuentas, tú no distinguías un Leonardo de un Holbein hasta que fuiste a Florencia. No es culpa suya no haber recibido la misma educación que tú. Así que ¿puedes dejar de ponerle esa cara larga todo el rato y mostrarte un poquito más galante?

Como Alberto no respondía, Ernesto saltó del diván y cogió a su hermano de la mano.

—Cuando le cojas la mano para besársela, deberías mirarla a los ojos como si desearas perderte en ellos, así. —Se inclinó sobre la mano de Alberto mirándolo fijamente con adoración.

Alberto se zafó de su mano de un manotazo, pero Ernesto fue recompensado con un amago de sonrisa. Era la primera vez que Alberto sonreía desde que había visto a Victoria.

—Sabes que nunca estaré a tu altura en estas lides, Ernesto. Sigo pensando que deberías ser tú y no yo quien se case con ella.

Ernesto rio.

—Pues es *precisamente* mi tipo: bajita, pero con las proporciones perfectas. —Mientras dibujaba con las manos una silueta con aire lascivo, oyó a alguien toser detrás de ellos.

De pie en el umbral, su tío Leopoldo comentó:

—Todas las mujeres son tu tipo, Ernesto. Pero tendrás que buscarte a otra. Es Alberto quien está destinado a casarse con Victoria.

A Alberto se le borró la sonrisa. Repuso en un tono tan rotundo que a su hermano se le crispó el rostro:

—Dudo que Victoria esté de acuerdo. Y es ella quien debe hacer la proposición.

Desechando sus reservas con un ademán, Leopoldo aseguró:

—Oh, lo hará. Pero Ernesto tiene razón: le gustan los hombres galantes, como su lord Melbourne.

Alberto miró al suelo.

—Si mis modales no son apropiados, entonces lo mejor sería que regresase a Alemania.

Con un bufido de impaciencia, Leopoldo chascó los dedos bajo la nariz de Alberto.

—Ese comentario es impropio de un Coburgo. ¿Acaso piensas que lo mío con Carlota fue así? Pues no; me lancé y me llevé el premio. —Se tanteó el peluquín con aire pensativo—. Si te marchas ahora, la gente dirá que te ha rechazado, pero si te quedas podrías convertirte en rey de Inglaterra.

Alberto se apartó de él.

—No, tío, eso no es cierto. Sería el marido de la reina de Inglaterra.

—Para un hombre con carácter, Alberto, para un verdadero Coburgo —Leopoldo lo cogió del brazo y clavó los ojos en los que tanto se parecían a los suyos— sería lo mismo.

Alberto se dio la vuelta y Leopoldo, encogiéndose de hombros ante la hostilidad de su sobrino, salió de la estancia.

Tras un momento de silencio, Ernesto se levantó de un brinco. En un arrebato de energía, le dio una palmada en el hombro a su hermano.

—Alberto, lo que necesitas es ver Londres de noche. Seguro que lo encontrarás de lo más instructivo.

Pero Alberto negó con la cabeza.

—No me apetece salir, Ernesto. —Sonrió con ironía a su hermano—. Al fin y al cabo, Victoria tiene razón: estoy cansado del viaje.

En el ala sur, Victoria se preparaba para acostarse. Skerrett estaba quitándole las horquillas del pelo mientras Lehzen aguardaba de pie pacientemente al fondo de la estancia como de costumbre. Le gustaba ser la última persona en despedirse de la reina por la noche y la primera en darle los buenos días por la mañana.

Mientras Skerrett deshacía las trenzas que llevaba alrededor de las orejas, Victoria le dijo a Lehzen a través del espejo:

—¿Te has fijado en cómo me miraba Alberto esta noche? Como si fuera una cría que no hubiera hecho los deberes.

La baronesa resopló.

—Él es el benjamín de un ducado que apenas figura en el mapa, y vos, majestad, una reina.

Victoria sonrió ante el retintín de la baronesa y acto seguido se inclinó hacia delante para escrutarse en el espejo con aire crítico.

—¿Sabes? Mañana creo que llevaré un peinado diferente. —Cogió un ejemplar de *La mode illustrée* que estaba abierto sobre el tocador y señaló un peinado con tirabuzones que caían en forma de abanico sobre los hombros de la modelo—. ¿Podrás copiar esto, Skerrett?

—Oh, sí, majestad.

Victoria inclinó la cabeza a un lado.

—¿Y crees que me favorecerá?

—Creo que sí, majestad. —Y, esbozando una tenue sonrisa al reflejo de su señora en el espejo, añadió—: Tengo entendido que se llama «tentación».

Victoria le correspondió a la sonrisa y después le preguntó con el mayor desenfado posible:

—¿Te parece apuesto el príncipe, Skerrett?

Al ver el rostro adusto de Lehzen en el espejo, Skerrett negó con la cabeza.

—Yo no soy quién para decirlo, majestad.

Victoria se dio la vuelta y dijo con un dejo de impaciencia:

—Pero te lo estoy preguntando.

—Pues sí, majestad, el príncipe me parece muy apuesto.

Lehzen hizo un ruido que le faltó poco para ser un bufido, pero Victoria la ignoró y continuó mirando distraídamente al espejo.

—Pero nunca sonríe. Me pregunto si podrá hacerlo.

Al otro lado de palacio, Alberto se hallaba en sus aposentos mirando una miniatura de una joven de cabello rubio. Iba peinada a la antigua usanza, con tirabuzones a ambos lados de la cabeza. Tenía unos grandes ojos azules y esbozaba una sonrisa. Alberto sostuvo en alto la vela para poder examinarla bien y reparó en una mota de polvo. La limpió con la manga de su camisa y a continuación, como estaba solo y nadie podía reprenderlo por su insensatez, se llevó el retrato a los labios.

2

Los lunes, Victoria había tomado por costumbre celebrar audiencias con personas que no poseían las credenciales necesarias para asistir a los actos oficiales. Esa mañana tenía previsto reunirse con Rowland Hill, un funcionario de correos a quien se le había ocurrido una ingeniosa idea que Melbourne consideraba digna de atención. Sus damas de compañía y su ayudante de campo, lord Alfred, además de Dash junto a sus pies, se arremolinaron a su alrededor para examinar una lámina impresa con aproximadamente un centenar de perfiles suyos. Hill iba pertrechado con una lupa con la que Victoria y sus damas fueron examinando una a una las diminutas imágenes.

—Es realmente ingenioso, ¿no os parece, majestad? —dijo Emma Portman con tacto—. Y el parecido está muy logrado.

Victoria escudriñó la imagen con la lente.

—Mejor que en las monedas, desde luego. —Se atusó los tirabuzones que le caían sobre la nuca en el nuevo estilo «tentación».

Rowland Hill basculó su considerable peso de un pie a otro. Le habían dado instrucciones de no hablar a menos que se dirigieran a él, pero se moría de ganas de comentar a la reina su maravillosa invención. No pudo contenerse más cuando Victoria dejó sobre la mesa los sellos y dijo:

—Qué pequeños son.

—Puede que sean pequeños, majestad, pero con uno basta para mandar una carta a Brighton o a la isla de Bute, a Guildford o a Gretna Green. —Hizo una pausa efectista, algo que había ensayado en su casa delante del espejo en presencia de la señora Hill—. O, si me permitís añadir, al castillo de Windsor o a Wolverhampton.

Victoria lo interrumpió.

—Hay algo que no cuadra. Al fin y al cabo, Wolverhampton se halla mucho más lejos que Windsor.

Hill sonrió; había previsto esa objeción. Cuando estaba a punto de explayarse, la puerta se abrió y el lacayo anunció:

—Sus altezas serenísimas los príncipes Ernesto y Alberto.

Los hermanos hicieron su entrada en la sala. Victoria se atusó los tirabuzones. Ernesto dio el visto bueno a su nuevo peinado con una sonrisa; Alberto con un breve asentimiento de cabeza. Como ofendido por la falta de galantería de Alberto, Dash se puso a ladrarle de tal forma que Victoria no tuvo más remedio que cogerlo en brazos.

Asintió a sus primos y, volviéndose hacia el funcionario de correos, dijo:

—Le ruego que continúe, señor Hill.

Hill respiró hondo.

—En respuesta a vuestra observación, majestad, en cuanto a por qué debería costar lo mismo el franqueo independientemente de la distancia que medie, os pongo un ejemplo: ¿debería costar más a una muchacha de Edimburgo escribir a su prometido en Londres que a una que vive en Ealing? ¿Debería costar más a un mercader de Manchester escribir a su agente de Bolsa en la City que a un mercader de Marylebone? Estos sellos, majestad, propiciarán una igualdad efectiva en todos los rincones de esta isla. La distancia ya no será un impedimento para el comercio o... —Hill se puso la mano en el pecho con un ademán que a la señora Hill le había parecido especialmente conmovedor— el romance.

La alusión de Hill al romance no tuvo la aceptación que esperaba. Victoria no se ablandó, sino que preguntó secamente:

—¿Y mi imagen estará en todas las cartas?

—Sí, majestad. Al fin y al cabo, se trata del Correo Real. —Asintió ligeramente en reconocimiento al estatus del sello.

Victoria miró el pliego.

—Pero ¿cómo se mantendrán pegadas las imágenes?

Hill dio un paso al frente y le dio la vuelta al pliego.

—Como podéis ver, majestad, los sellos tienen una capa de goma arábiga al dorso.

Victoria levantó la cabeza y dijo en tono serio:

—Entonces ¿todo aquel que quiera enviar una carta tendrá que lamer mi cara?

Hill vaciló. Era una pregunta que no había previsto, pero respondió con cautela:

—Exacto, majestad, si bien los usuarios más refinados pueden usar un pequeño pincel.

El silencio se hizo en la sala. Las damas de Victoria aguardaron expectantes su reacción ante el comentario; Hill retrocedió al ver la expresión de Victoria. Se preguntó cómo iba a plantar cara a su esposa si había ofendido a la reina.

Pero sin darle tiempo a postrarse a sus pies y suplicarle perdón por su delito de lesa majestad, vio que a la reina se le formaban unos hoyuelos en las mejillas y que se estremecía intentando contener la risa. El alborozo de la reina se extendió como un reguero de pólvora hasta el refinado lord Alfred, y finalmente hasta el príncipe Ernesto, que a punto estuvo de dar rienda suelta incontroladamente a la risa que había estado reprimiendo.

Los únicos presentes en la sala que no se rieron fueron los lacayos, el señor Hill, desconcertado, y Alberto, que observó extrañado la hilaridad general. Cuando Victoria recobró la compostura y se percató de su seria mirada, acercó la cara al perro, que estaba acurrucado en sus brazos, y dijo:

—¿Crees que el primo Alberto desaprueba nuestra conducta, Dash?

Como Alberto no dijo nada, ella alzó la cabeza y lo miró de frente. Él frunció el ceño y, sosteniéndole la mirada, dijo:

—Perdóname, prima Victoria, pensaba que estabas dirigiéndote a tu perro. —Miró a Hill—. Creo que este caballero ha concebido un invento extraordinario que propiciará grandes ventajas a tus súbditos, así que, efectivamente, no le encuentro la gracia, pues me parece loable. —Al pronunciar esta última frase, se volvió hacia Victoria.

Hill, que no sabía quién era ese hombre tan sumamente inteligente, salvo que era un príncipe, hizo una ceremoniosa inclinación de cabeza en dirección a él.

—Es un honor que opinéis eso, señor.

Victoria notó que le ardían las mejillas.

—Muchas gracias, señor Hill, por mostrarme vuestra ingeniosa invención. Y ahora, si me disculpáis, tengo una audiencia con lord Melbourne. —Airada, salió de la sala con paso resuelto sin mirar a Alberto. Las damas y lord Alfred la siguieron.

Cuando salieron, Ernesto miró a Alberto, negó con la cabeza y dijo en alemán:

—¿Qué es lo que te pasa?

Su hermano respondió en el mismo idioma:

—No puedo fingir ser alguien que no soy. Ella tiene cortesanos que le ríen las gracias, pero yo no soy uno de ellos.

Se volvió hacia Hill, que permanecía vacilante en medio de la sala, con la duda de si lo habían despachado. Le habían dado instrucciones para salir de la sala caminando de espaldas cuando la reina diera por concluida la audiencia. Pero como la reina se había marchado antes que él, se planteó si sería necesario. ¿Esperarían los príncipes que lo hiciera? Sinceramente, era lo que más horrorizaba a Hill; desde el instante en el que le dijeron que formaba parte del protocolo de la corte, la idea de salir de una habitación caminando de espaldas con el gran riesgo de tropezar con algo le daba pavor. A lo mejor, como solo eran príncipes, no era necesario recorrer de espaldas todo el trayecto. Se quedó clavado en el sitio, cargando el peso del cuerpo de un pie a otro.

Finalmente, para su gran sorpresa y deleite, el príncipe que había elogiado su invención se acercó a él y cogió la lámina de sellos.

—¿Sería tan amable de decirme cómo pudo reproducir la imagen con tanta precisión?

Melbourne aguardaba a Victoria en su sala de estar privada. Ni siquiera tuvo que mirar a Victoria para darse cuenta de que estaba furiosa; lo supo por su paso firme y su resoplido de impaciencia al hacer su entrada en la sala.

—¡Estoy tan enfadada que me dan ganas de gritar! —exclamó, cruzando la sala hasta situarse frente a Melbourne. Al bajar la vista hacia ella, el primer ministro intuyó que el azoramiento y el movimiento agitado del pecho de la reina únicamente podían deberse a una causa.

La noche anterior había presenciado con interés el encuentro entre la reina y su primo. Alberto era un joven desmañado que obviamente no tenía ni idea de cómo engatusar a una mujer, pero, con la agudeza de percepción de alguien que ha amado, a Melbourne no se le pasó por alto la mirada que se habían cruzado la reina y su primo cuando este se había inclinado sobre el piano para pasar la página de la partitura. Era una mirada que él había experimentado en unas cuantas ocasiones en su vida, y tenía presente que no volvería a repetirse.

Consciente de esto, dijo con su habitual tono jovial e indiferente:

—¿En serio, majestad? Pero, según los últimos informes, nuestras fuerzas han derrotado a Dost Mohammed. Llegarán a Kabul en cuestión de semanas.

Victoria dejó de deambular por la sala e hizo un esfuerzo por recobrar la compostura.

—Eso son buenas noticias; he de escribir al general Elphinstone para darle la enhorabuena. —Extendió las manos frente a ella, se las miró y añadió—: En este momento me refería a mi primo.

—¿Y a qué primo os referís? —preguntó Melbourne con ligereza—. ¿A su alteza serenísima el príncipe Ernesto de Sajonia-Coburgo-Gotha o a su hermano, su alteza serenísima el príncipe Alberto?

Victoria alzó la vista hacia él.

—A Alberto, por supuesto. Es de lo más... —hizo una pausa para encontrar la palabra adecuada— mojigato.

—Ah, ¿sí? Por lo poco que pude ver, me pareció bastante elegante para ser alemán.

—¡Siempre tiene esa actitud tan... reprobatoria!

Melbourne sonrió.

—Me da la impresión de que confundís su carácter reservado con desaprobación, majestad.

Victoria negó con la cabeza enérgicamente.

—No, no lo creo.

Melbourne volvió la vista hacia las valijas que había encima de la mesa y dijo como sin darle importancia:

—Entonces ¿lo descartáis como posible esposo?

—¡Antes me casaría con Robert Peel!

Melbourne enarcó una ceja.

—¿Qué opinaría lady Peel al respecto?

Y ambos se echaron a reír, disfrutando con naturalidad de un momento de intimidad y recordando las muchas bromas que antes compartían. Melbourne lo apreció más si cabía porque le devolvió una chispa de esperanza. Quizá hubiera malinterpretado lo que había presenciado junto al piano. Quizá Victoria, después de todo, no entregara su corazón a Alberto y pudieran alargar un poco más el feliz entendimiento existente entre ambos.

Cayó en la cuenta de que era una vaga esperanza indigna de él. Sabía mejor que nadie que lo que la reina necesitaba era un marido con quien poder dar rienda suelta a toda la pasión que la embargaba. Se recordó para sus adentros que había llegado la hora de cumplir con su deber en vez de con sus apetencias, pero aun así, mientras la reina le sonreía mostrando sus pequeños y blancos dientes, confiaba en que la hora del sacrificio no fuera inminente.

—Por cierto, majestad, permitidme que os felicite por vuestro nuevo peinado. Es sumamente favorecedor. —Los rizos a la altura de la nuca le conferían a su rostro una tersura voluptuosa.

—Se me ocurrió probar algo nuevo.

Melbourne, incapaz de hablar en ese preciso instante, asintió.

Alberto y Ernesto bajaron por la escalera de la National Gallery, en Trafalgar Square, donde uno de los hermanos había pasado un par de horas absorto contemplando con admiración las espléndidas piezas de la colección, mientras el otro había estado enfrascado contemplando con idéntica admiración el esplédido elenco del sexo débil londinense. Salieron a la plaza, donde los esperaba Lohlein.

Lehzen había puesto un carruaje a su disposición, y Alfred Paget se había ofrecido como cicerone, pero Alberto había declinado ambos ofrecimientos. Le apetecía ver Londres por su cuenta, no en calidad de primo de la reina ni, peor aún, en calidad de pretendiente. Ernesto había protestado; imaginaba que lord Alfred podía enseñarles algunos de los lugares de mayor interés y, siendo soldado de caballería, no se explicaba la pasión que tenía Alberto por ir a pie a todos los sitios. Pero sabía que era mejor no llevarle la contraria a su hermano cuando había tomado una decisión.

Pasaron junto a unas obras de envergadura en el centro de la plaza. Daba la impresión de que tras el armazón de andamios un gigantesco dedo apuntara al cielo. Se detuvieron y vieron cómo varias grúas y poleas tiraban de un enorme bloque de granito y lo colocaban encima del dedo, acercándolo más si cabe al cielo.

Al internarse por Regent Street, Alberto se detuvo delante de un escaparate donde había una muestra de los nuevos daguerrotipos. Las pequeñas placas de cristal, colocadas sobre un tapiz de terciopelo rojo, eran en su mayoría retratos de hombres, aunque había una imagen de una mujer de avanzada edad donde era posible apreciar todas las líneas de expresión y arrugas del rostro.

Alberto se quedó mirando los daguerrotipos con interés y se volvió hacia su hermano.

—Es asombroso. Una técnica bastante fidedigna para reproducir la realidad.

Ernesto apartó la mirada de la atractiva pelirroja que había en la acera de enfrente para echar un vistazo a la vieja bruja que su hermano observaba absorto.

—Fíjate en la verruga que tiene en la cara. No estoy seguro de que me agradase que me reprodujeran de manera tan fidedigna.

—¿Es que no te apetece ver la imagen que los demás tienen de ti?

—No estoy seguro; ¡depende de lo que haya bebido la noche antes!

El dueño de la tienda, de facciones angulosas, apareció en la puerta.

—Si desean pasar, señores, con mucho gusto les haré sendos daguerrotipos. Y no deben temer tener que posar mucho tiempo. Basta con diez minutos de tiempo de exposición, y les doy mi palabra de que no encontrarán a un fotógrafo más artístico en toda la ciudad.

—¿Es así como se hace llamar? ¿Fotógrafo?

—Sí, señor, del griego *photos,* que significa «luz», y *graphos,* que significa «dibujo». Me gusta pensar que pinto con luz.

A Alberto le brillaron los ojos. Había oído hablar de los daguerrotipos, cómo no, e incluso había visto un par de ellos, pero era la primera vez que conocía a un profesional en la materia. Cuando estaba a punto de entrar en la tienda, vio que Ernesto había entablado conversación con una dama al otro lado de la calle. Titubeó; seguramente no tenía por qué estar pendiente de su hermano en todo momento. Entonces recordó que Ernesto había abandonado su adorado regimiento para acompañarle en el viaje a Londres y, con una mirada de disculpa al fotógrafo y la promesa de regresar en otra ocasión, cruzó la calle y agarró a su hermano del brazo con la intención de ponerlo a buen recaudo.

—Ooh, este debe de ser vuestro hermano —dijo la pelirroja—. El parecido no deja lugar a dudas. Caballeros, en vista de que son extranjeros, ¿les apetecería que les enseñase los lugares de interés? Les aseguro que sé manejarme. —Miró con aire lascivo a Ernesto.

—Gracias, señorita, pero no será preciso. Hemos de atender unos asuntos —repuso Alberto en tono firme, y le dio un tirón del brazo a su hermano. En su ansia por huir de la tentación, Alberto se metió por una estrecha bocacalle que no podía ser más diferente de la amplia avenida de Regent Street, con fachadas señoriales y viandantes de aspecto próspero. Aquí todo era más lóbrego; los edificios a ambos lados impedían el paso de la luz casi por completo, y persistía un fuerte olor que se acentuaba conforme se aproximaban a un patio donde daba la impresión de que hubiera algún surtidor. Niños prácticamente harapientos y descalzos jugaban al pillapilla alrededor de una hilera de mujeres que aguardaban con cubos y baldes. Alberto miró a su alrededor espantado; ese fétido patio parecía ser la otra cara de la suntuosidad que acababa de ver. Aquí no había quitasoles verdes ni carteles anunciando la última representación de *La sonámbula* en la Ópera italiana; aquí solo había ropa tiznada de hollín tendida a secar y el rítmico ruido metálico del surtidor.

Alberto notó un roce en el brazo. Era Lohlein, que le dijo en alemán con expresión angustiada:

—Creo que deberíamos volver a palacio, alteza; este lugar no es buen sitio.

El extraño sonido del alemán hizo que una de las mujeres levantara la cabeza y les mirara fijamente. Alberto se sintió violento al ser escudriñado. En su país había visto pobreza, por supuesto, pero nada tan sucio ni por asomo; y los campesinos de su país no parecían tan desamparados. Cuando hizo amago de darse la vuelta, notó un roce en la rodilla. Se echó a temblar pensando que era un perro callejero, y comprobó que era una niña pequeña de apenas cuatro años que le ofrecía una mísera cerilla.

—¿Me compráis una cerilla, señor?

Alberto se fijó en el rostro cansado de la niña y en sus escuálidos brazos. Metió la mano en el bolsillo de su chaqueta, encontró una moneda de media corona y se la dio. Se giró y echó a caminar hacia la luz, pero no había dado tres pasos cuando notó que le volvían a tocar la rodilla.

Al bajar la vista vio que la niña sujetaba en alto la cerilla. Sonriendo, se agachó a cogerla.

Mientras los hermanos caminaban en dirección a palacio, Alberto comentó:

—En Coburgo no tenemos fotógrafos, pero al menos no hay niños mendigando en las calles.

En ese momento, Ernesto se estaba levantando el sombrero al cruzarse con una atractiva rubia con una pelliza azul que pasaba en un faetón amarillo.

—Hay muchas cosas que no tenemos en Coburgo.

—¿Cómo puede Victoria vivir en palacio con su perrito faldero estando rodeada de tanta miseria? Creo que Londres no es una ciudad honesta.

—Ay, qué sé yo, Alberto. —Ernesto se quedó mirando mientras la rubia se internaba en el parque—. Si esto es falta de honestidad, no deja de tener sus ventajas.

La cena de aquella noche era en familia, lo cual significaba que aparte de Leopoldo, la duquesa de Kent y los dos príncipes únicamente asistirían los miembros más cercanos de la corte, lord Melbourne y Dash, al que le gustaba quedarse merodeando a los pies de Victoria a la espera de migajas.

La conversación en la mesa fue intermitente, pues los cortesanos y Leopoldo procuraron apurar sus platos antes que la reina. El único que se atrevió a sacar tema de conversación fue Ernesto, que ignoraba que el timbal de salmón que tenía delante estaba a punto de ser retirado sin darle tiempo a probar bocado.

—¿Me permites que te felicite por tu vestido, prima Victoria? Hoy he visto a muchas mujeres vestidas a la moda, pero en mi opinión eres la más elegante.

A Victoria le halagó el comentario. Era un vestido nuevo confeccionado con seda tornasolada que resplandecía como la cola de un pavo real, creando destellos azules y verdes al moverse. El escote le caía justo al filo del hombro, dejando al descubierto su largo cuello blanco, y las finas líneas de sus clavículas estaban perfiladas por un collar de diamantes que brillaba a la luz de las velas. Parecía un colibrí, irisado y centelleante, agachándose cada dos por tres para darle los bocados mejor escogidos a Dash, que aguardaba expectante. Esa noche estaba animada, embargada de excitación, o tal vez de tensión, al estar sentada entre sus dos primos.

Se dirigió a Ernesto.

—Me alegro de que hayas tenido ocasión de disfrutar hoy. Lord Melbourne y yo hemos estado muy atareados con las listas del ejército. Como hemos intervenido en Afganistán, hay infinidad de temas militares que atender. —Melbourne, que tenía a Emma Portman entre Alberto y él, reparó en que los ojos de la reina se posaron fugazmente en Alberto al comentar esto, pero el príncipe tenía la vista clavada en el plato.

Ernesto continuó en el mismo tono afable:

—Ha sido una jornada de lo más instructiva. Alberto y yo hemos visitado la National Gallery. Estamos hechos unos turistas.

Tras tomar la cantidad de timbal que le apetecía, Victoria dejó los cubiertos sobre el plato. Los lacayos se lanzaron como una bandada de garzas a retirar los platos. Leopoldo resopló; Alberto levantó la vista, sorprendido de que su plato desapareciera como por arte de magia.

—¡No he terminado! —reprochó al lacayo.

El lacayo miró a Victoria.

—Pero la reina sí, alteza.

Alberto negó con la cabeza y miró a Victoria, que justo en ese momento estaba tentando a Dash, que estaba salivando con un manjar que había reservado para él. Al darse cuenta de la expresión de Alberto, le preguntó:

—¿Has visto mi retrato en la pinacoteca? ¿El que me hicieron con las vestiduras de la coronación? Siempre me recuerda aquel día, y lo nerviosa que estaba. —Esbozó una tenue sonrisa, y Emma Portman susurró que, por muy nerviosa que la reina estuviera, el público no reparó en ello.

Alberto esperó a que Emma terminara para decir en inglés con marcado acento alemán:

—No hemos visto el retrato. Hemos ido a ver los maestros clásicos. Hay un Rubens exquisito, entre muchos otros cuadros interesantes. Opino que es una maravilla que semejante belleza se ponga a disposición de todo el mundo gratuitamente. Creo que fomentará una nación de estetas.

Victoria, que estaba trinchando su relleno de ternera con movimientos cortos y precisos, dijo:

—Rubens no me agrada en absoluto. Todas esas carnes fofas...

En la mesa se hizo el silencio. Melbourne, que no pudo reprimir del todo una sonrisa, le dijo al príncipe Alberto:

—La National Gallery es ciertamente de gran provecho para la nación, pero dudo que sirva para cambiar el gusto del pueblo. Aunque tengo entendido que se ha convertido en un escondrijo frecuentado por errantes, así que es posible que nuestros vagabundos sean los más cultivados de Europa. —En la sala resonó la carcajada argéntea de Victoria.

Alberto soltó el tenedor y dijo:

—Creo que hasta los vagabundos, como decís, merecen vislumbrar lo sublime.

Melbourne sonrió a modo de respuesta; sin dar tiempo a Alberto a decir nada más, Ernesto intervino.

—Bueno, si las damas que he visto hoy en la pinacoteca eran vagabundas, desde luego no necesitan educar el gusto.

Victoria cruzó la mirada con su madre y se levantó. Todos los presentes se pusieron en pie y los caballeros acompañaron a las damas a la puerta; Alberto le ofreció el brazo a Victoria, y ella lo rozó apenas con las puntas de los dedos sin dignarse mirarle.

Cuando las damas se retiraron y los lacayos trajeron el oporto, los hombres se movieron hacia el extremo de la mesa, donde estaba sentado Leopoldo. Melbourne se colocó al lado de Alfred Paget y, mientras le preguntaba por el estado de salud de sus numerosos hermanos, le sorprendió que Alberto se sentara a su lado.

El príncipe dijo sin preámbulos:

—¿Sabéis, lord Melbourne? Me gustaría mucho visitar el Parlamento. En mi país no tenemos nada parecido.

Alberto estaba tan serio que Melbourne se preguntó si sería capaz de sonreír. No se imaginaba que Victoria pudiera ser feliz algún día con un hombre sin sentido del humor.

—Sería un placer enseñároslo, señor. Pero confío en que no os decepcione. El peligro que corren los gobiernos representativos es que a menudo acaban pareciendo un manicomio. Y tal vez sería conveniente que fuerais de incógnito.

El comentario sorprendió y extrañó a Alberto.

—¿Y eso?

—Hay algunos diputados, en su mayoría conservadores —Melbourne agitó la mano con gesto desdeñoso—, a quienes puede que no les agrade saber que se encuentran bajo el escrutinio de un príncipe alemán.

Al decir esto, notó que Alberto se ruborizaba.

—Entiendo. ¿Y vos qué opináis, lord Melbourne?

Melbourne se levantó de la silla.

—Opino —y esbozó su sonrisa más cortés— que deberíamos unirnos a las damas. A la reina no le agrada que la hagan esperar.

En el salón de Estado, Victoria jugaba a las cartas con Harriet, Emma y Lehzen. La duquesa estaba sentada junto a la chimenea con su bordado. Los hombres hicieron su entrada en orden de precedencia: primero Leopoldo, que fue a sentarse con su hermana, después los príncipes y por último Melbourne y Alfred Paget.

Victoria alzó la vista hacia los recién llegados y alargó la mano con aire implorante hacia Melbourne.

—Oh, lord M, venid a jugar conmigo. Seguro que me dais suerte.

—Con mucho gusto, majestad. —Melbourne echó un vistazo a Alberto y Ernesto—. Tal vez podamos colocar otra mesa para que los príncipes también puedan jugar.

A Melbourne le dio la impresión de que Alberto lo miraba con un atisbo de hostilidad apenas perceptible.

—Por favor, no os molestéis. No me gusta jugar a las cartas.

De nuevo, Ernesto rompió el momento de discordia diciendo con una sonrisa radiante:

—Pero a mí *sí*. ¿Puedo acompañarte, prima Victoria? Te advierto de que tengo muy mala suerte en el juego, pero ya conoces el dicho. —Y miró con suma coquetería a la hermosa Harriet Sutherland, que entornó los párpados a modo de reconocimiento.

Victoria hizo una seña a los lacayos, que trajeron sillas para Ernesto, Melbourne y Alfred Paget, y comenzaron a jugar al *whist*.

Alberto fue hacia el pianoforte y, tras un breve instante de vacilación, se sentó y se puso a tocar, primero con suavidad y después con creciente confianza.

La duquesa miró a Alberto esbozando una sonrisa de felicidad.

—Querido Alberto, se parece tanto a ti a esa edad, Leopoldo...

Leopoldo miró de reojo a su hermana, pero estaba claro que el comentario no iba más allá de una mera observación.

—Sí, creo que hay cierto parecido.

La música del pianoforte se intensificó, pero puede que Victoria fuera la única entre los presentes en darse cuenta de que Alberto estaba interpretando la sonata en la bemol menor de Beethoven que ella había tocado la noche anterior coincidiendo con la llegada de este y Ernesto. A continuación venía un fragmento particularmente difícil que a ella siempre le costaba tocar, pero Alberto lo hizo con soltura.

Muy a su pesar, Victoria, impresionada, lo miró. Ernesto se dio cuenta de que lo observaba y dijo en tono suplicante:

—Prima Victoria, ¿me harías el gran honor de tocar para mí?

Victoria echó un vistazo al otro lado del salón.

—El piano está ocupado.

—Es que me da la sensación de que el único colofón de la noche puede ser un dueto de Schubert. —Se volvió hacia Harriet Sutherland con una sonrisa lujuriosa—. ¿No os parece, duquesa?

Harriet estiró su largo cuello blanco.

—Adoro a Schubert, y tanto la reina como su primo tocan de maravilla.

Victoria se sorprendió a sí misma levantándose y dirigiéndose al piano. Al verla acercarse, Alberto enseguida dejó de tocar y se puso de pie.

—Mis disculpas. No sabía que tenías ganas de tocar —dijo en un tono deliberadamente formal.

Cuando hizo amago de apartarse, Victoria alargó la mano para retenerlo y dijo con la misma frialdad:

—Ernesto ha pedido un dueto. Schubert. Creo que hay piezas ahí.

Señaló las partituras que yacían sobre el piano. Alberto las miró y asintió.

—Sí, conozco esta. ¿Qué parte prefieres? Creo que la primera es más difícil.

—Nunca he tenido problema con ella —repuso Victoria, al tiempo que tomaba asiento junto al extremo del teclado.

—¿No? ¿Con la cantidad de acordes que tiene y lo pequeñas que tienes las manos? —Ambos contemplaron las manos de Victoria, que descansaban sobre el piano, preparadas para tocar. Victoria trató de mantenerlas inmóviles mientras él se sentaba a su lado en el banco. Aunque procuró no rozarla, ella percibió el calor que despedía su cuerpo y el vago olor dulzón de su piel. Al bajar la vista al teclado, comprobó que a él también le temblaban las manos.

Sin mirarle, Victoria levantó la barbilla y preguntó:

—¿Listo? —Y, sin darle tiempo a contestar, dijo—: Un, dos, tres.

Tocó la primera nota y Alberto la acompañó en el bajo, pero, al comenzar a sonar la melodía, quedó patente que mientras Victoria tocaba con presteza, Alberto mantenía un tempo mucho más pausado.

Cuando la diferencia entre sus tempos se convirtió en discordancia tintineante, Victoria dejó de tocar y giró la cabeza.

—¿Voy demasiado deprisa para ti, Alberto?

Alberto la miró con sus ojos azul claro que tanto —se percató ella— se parecían a los suyos.

—Creo que vas demasiado rápido para Schubert. Pero si prefieres ir a ese ritmo... —Suavizó el gesto de la boca, lo cual en otro hombre podría haber pasado por una sonrisa, y colocó los dedos sobre el teclado a la espera de que ella comenzara.

Esta vez no tocaron el uno contra el otro, sino al unísono. Él se acompasó a su tempo, y ella resistió la tentación de acelerar el ritmo en los acordes difíciles con la esperanza de que la velocidad disimulase sus errores. Al llegar al final de la página, Alberto alargó la mano para pasarla. Se cruzaron la mirada fugazmente, como un *déjà vu* del encuentro de la noche anterior. El segundo movimiento del dueto exigía que los intérpretes cruzaran los respectivos registros y, cuando Alberto pasó la mano por encima de la de Victoria, ella sintió un repentino sofoco. Tras varios compases, le tocó a ella el turno de dar un acorde en octavas más bajas; esta vez no pudo levantar la muñeca lo bastante como para salvar la suya, de modo que el contacto fue inevitable. Sintió el roce de su piel tibia y la vaga sensación del vello haciéndole cosquillas en la parte inferior de la palma de la mano. Sus dedos encontraban las notas por sí solos; ella tenía toda su atención centrada en la diminuta zona de su muñeca que estaba en contacto con la de Alberto. No se atrevió a mirarle a la cara y en cierto modo se sintió aliviada cuando el movimiento tocó a su fin y apartaron las manos.

En el tercer movimiento, el fragmento del ligado exigía el pedal sostenido. Al estirar el pie de manera automática para ponerlo sobre el pedal, Victoria se dio cuenta de que no estaba pisando el frío pedal de cobre, sino el empeine cubierto de cuero de Alberto; le rozó la pantorrilla con el tobillo, envuelto en una nube de enaguas. Esta vez fue Alberto quien se estremeció al sentir el roce de su pie. Victoria notó la presión de su muslo contra las enaguas y bajo el torrente de notas le pareció que suspiraba.

Cuando la pieza tocaba a su fin, coincidieron exactamente en los tiempos, y al tocar el acorde final al unísono, se miraron con gesto triunfal. Victoria no pudo reprimir una sonrisa y por un momento le pareció atisbar un destello de dientes blancos bajo el mostacho rubio. Se quedaron sentados observándose, inmóviles, escuchando el sonido de sus respectivas respiraciones hasta que una salva de aplausos desde la mesa de naipes interrumpió el momento.

Alberto se puso de pie inmediatamente y le hizo una ligera inclinación de cabeza formal a Victoria. Con la respiración ligeramente entrecortada, dijo en voz baja:

—Tocas muy bien, Victoria.

Victoria alzó la vista hacia él.

—Igual que tú, Alberto.

Leopoldo, incapaz de contenerse durante más tiempo, se dirigió a Melbourne con una sonrisa triunfal.

—Los Coburgo llevan la música en la sangre, ¿no os parece? Ver a los dos primos tocando al unísono es sumamente gratificante. —Melbourne esbozó una sonrisa de compromiso apenas perceptible.

—Ha sido una interpretación sumamente agradable.

Victoria se rio y dijo en tono juguetón:

—Por lo menos hemos hecho tanto ruido que no os habéis quedado dormido como soléis hacer cuando pensáis que no os veo, lord M.

Melbourne extendió las manos con ademán de rendición.

Tras presenciar la escena, Alberto se volvió hacia su prima y dijo con un dejo entrecortado:

—Perdóname, Victoria, si puntualizo que te falta práctica. Es necesario practicar todos los días como mínimo una hora.

Ahora le tocó el turno a Victoria de ponerse de pie, aguijoneada por el reproche, y también por que él hubiera retomado su habitual actitud fría y cortante. Adoptando una postura muy erguida, dijo con una altivez regia:

—Desde luego. Pero he de recordarte que las reinas no tienen tiempo para practicar escalas todos los días.

Alberto bajó la cabeza como reconociendo su observación y a continuación dijo con una mirada tan hostil como la de Victoria:

—No. Parece ser que solo para jugar a los naipes.

Victoria se quedó mirándolo con gesto impasible y acto seguido, girando la cabeza bruscamente, fue a sentarse a la mesa de naipes. Tras hacer el paripé examinando sus cartas, miró fugazmente a Alberto. Él no le quitaba ojo de encima, como si estuviera memorizando su rostro, pero en cuanto se cruzaron la mirada se encogió y apartó la vista.

Esa noche tanto Victoria como Alberto se pusieron a mirar las miniaturas antes de acostarse. Victoria cogió el retrato de la reina Isabel que le servía de inspiración y se preguntó si su antepasada habría sentido en alguna ocasión el arrebato de excitación que ella había experimentado al rozarle la mano Alberto. ¿Cómo era posible que su cuerpo reaccionara con semejante frenesí ante alguien con quien tenía tan poca afinidad?

Soltó la miniatura, se recostó en la cama y se puso a mirar el techo. ¿Cuánto tiempo se quedarían sus primos? Seguramente podrían quedarse poco más de una semana; luego volverían a Coburgo y ella reanudaría su rutina. Pero incluso mientras se decía esto para sus adentros, seguía notando un hormigueo en la zona donde la muñeca de Alberto había rozado la suya.

Alberto contemplaba el retrato de la joven con los tirabuzones rubios. Tras examinarlo atentamente, lo guardó en el cajón de la mesilla de noche y se tumbó boca abajo en la cama.

*L*a escala en sol bemol menor era la que más le costaba, pensó Victoria mientras intentaba por tercera vez que sus dedos llegaran a la tercera octava sin trabarse. Sabía que ahora debía tratar de tocar la escala en contrapunto, con ambas manos en dirección contraria, pero la mera idea le resultaba desalentadora. Entonces se acordó de la expresión de Alberto al lanzarle la pulla sobre los juegos de naipes y se puso a ello, al tiempo que procuraba borrar la imagen de su mente. Había llegado a los extremos del teclado y comenzaba el regreso por la escala cromática, cuando Leopoldo entró en la sala con una taza de café.

Victoria, contrariada, dejó de tocar y lo miró. ¿Acaso no entendía que estaba ocupada? Leopoldo ignoró su ceño fruncido y, tras beber un sorbo de café, dijo en tono inquisitivo:

—¿Y bien, Victoria? —Enarcó una ceja.

Ella sabía perfectamente lo que significaba ese gesto, pero mantuvo el semblante impasible.

—¿Tío Leopoldo?

Leopoldo le dio otro sorbo al café y se quedó mirándola.

—Normalmente es el hombre quien se declara. —Asintió ligeramente—. Pero en tu caso no tendrás más remedio que vencer el recato propio de una dama y hacerle la proposición a Alberto.

Victoria no se movió.

—O no.

—¿Cómo que no? —preguntó Leopoldo—. Pero si el dueto de ayer fue una delicia.

Victoria bajó la tapa del teclado con estrépito.

—Lo siento, tío, pero Alberto y yo no congeniamos. No tiene modales; ¡ayer se puso a tocar mi piano como si fuera suyo!

Leopoldo se llevó la taza a los labios. Al dejarla sobre el plato, Victoria vio que sonreía de oreja a oreja, como si su vehemencia únicamente confirmara sus sospechas.

—He de darte la enhorabuena, Victoria.

Victoria se puso de pie y repuso de mala gana:

—¿Por?

—Por el excelente café de palacio. Cuando estaba casado con la pobre Carlota era imbebible, pero ahora está casi tan bueno como el de Coburgo. Sí, creo que Alberto será muy feliz aquí. —Y sin más, salió de la sala.

Mientras se alejaba con paso resuelto, Victoria pensó que ojalá tuviera algo que lanzarle. Al captar fugazmente su reflejo en el espejo que había sobre la repisa de la chimenea, concluyó que el peinado que aún llevaba al estilo «tentación» le quedaba fatal. Fue a toda prisa a su vestidor y mandó al lacayo a buscar a su ayuda de cámara.

Skerrett llegó un poco aturullada al cabo de unos minutos.

—Lo siento mucho, majestad; había bajado a desayunar.

Victoria hizo un ademán con la mano quitándole importancia, se sentó frente al espejo y se observó con actitud crítica.

—Quiero que me cambies el peinado. Me da la impresión de que es demasiado... —hizo una pausa, intentando encontrar la palabra adecuada— frívolo.

Skerrett cruzó la mirada con ella en el espejo y, tras unos instantes de perplejidad, asintió repentinamente al asimilarlo.

—Sugiero algo muy pegado a la cabeza, acentuando la parte de atrás.

Victoria la miró con gesto serio.

—Quiero tener presencia, ¿entiendes?

—Por supuesto, majestad.

Skerrett se dispuso a realizar la tediosa tarea de quitarle las horquillas del pelo a Victoria para volver a peinárselo, pero su señora no dejaba de rebullirse. En un momento dado, Victoria movió la cabeza justo cuando Skerrett le estaba sujetando una trenza postiza en la coronilla, y a punto estuvo de perforarle el cuero cabelludo con una horquilla.

Victoria soltó un pequeño grito de sorpresa y dolor, y Skerrett hizo una mueca de disculpa.

—Si pudierais mantener inmóvil la cabeza, majestad...

Victoria, impaciente, se removió.

—Vale, vale, ya lo sé. Es que tardas mucho, y he quedado con Harriet a las once para dar un paseo por los jardines de palacio.

Skerrett trató de distraerla para que dejase de rebullirse.

—¿No vais a montar a caballo esta mañana, majestad?

—Hoy no. Anoche Harriet Sutherland comentó que tal vez a los príncipes les gustase ver los jardines, y recordé que no había estado en la residencia de verano desde que la pintaron. Creo que los príncipes quedarán gratamente impresionados por los jardines. Me figuro que en Coburgo no tienen nada de semejante envergadura.

—Claro, majestad —dijo Skerrett, concentrándose en la tarea que tenía por delante. Desde la llegada del príncipe

Alberto, la reina se había mostrado mucho más exigente con su aspecto. Skerrett recordó la apuesta que habían hecho en el comedor del servicio sobre las perspectivas matrimoniales de Victoria y pensó que el señor Francatelli podría ganarla con los seis peniques que había apostado por la salchicha de Coburgo.

En otro espejo situado al otro lado de palacio, Lohlein estaba afeitando a Alberto. Normalmente lo hacía él mismo, pero esa mañana por alguna razón tenía el pulso flojo y le había pedido a Lohlein que se hiciera cargo antes de que su mentón acabara como un campo de batalla. Ernesto apareció justo cuando Lohlein se disponía a deslizar la cuchilla por la piel de Alberto. Aunque Ernesto se mostraba risueño, Alberto reparó en que parecía demacrado por la falta de sueño. Observó la imagen de su hermano en el espejo, pero no se atrevió a hablar con la cuchilla tan pegada a su garganta.

Ernesto se apoyó contra la jamba de la puerta.

—Anoche fui a un establecimiento francamente interesante llamado «casa de camas»..., pero no parecía ser precisamente para dormir. —Lanzó una mirada lasciva que Alberto sabía que era en alusión a su padre, conocido por sus apetitos carnales—. Parece que el populacho usa un ingenioso código: *hongo* para *sombrero, saco* para *traje* y *costilla* para *esposa*. Qué poético, ¿verdad?

Alberto miró a su hermano a través del espejo y, con un brillo malicioso en los ojos, repitió despacio:

—Costilla. —A continuación se le ensombreció el semblante—. Ojalá fueras más prudente, Ernesto. Ya fue un trago con padre; si fueras por el mismo camino, no creo que pudiera soportarlo. Solo te tengo a ti.

Ernesto percibió el tono suplicante de su hermano y, dando un paso adelante, le puso la mano en el hombro.

—No te preocupes, Alberto. No seguiré sus pasos. —dijo con una repentina seriedad. Después se suavizó su expresión—.

Es que las muchachas aquí son irresistibles. Cuanto antes te cases con Victoria, antes podré volver a Coburgo, donde no hay distracciones.

Alberto negó con la cabeza.

—Pero Victoria es imposible. Pasa más tiempo hablando con su perrito faldero que con su madre.

Su hermano se encogió de hombros.

—Bah, ¿y eso qué más da? —Se agachó y miró fijamente a Alberto en el espejo—. Os vi al piano; me dio la impresión de que tocabais bastante bien a dúo.

Hizo un guiño a Alberto, que fingió no darse por aludido.

—Me figuro que tiene ciertas dotes.

Ernesto le dio un codazo a su hermano en las costillas.

—¿Y tuviste que tocarla muchas veces?

—Era una pieza complicada.

Ernesto enarcó las cejas con tal complicidad que al final Alberto no tuvo más remedio que sonreír.

Hacía un tiempo tan agradable para ser noviembre que Victoria y Harriet salieron al jardín sin sombrero ni chal.

—¿Otro peinado, majestad? Me ha costado mucho reconoceros —señaló Harriet mientras Victoria bajaba por las escaleras.

—Temía que los tirabuzones fuesen demasiado frívolos.

—Bueno, el moño es elegante a la par que serio.

—¿Y favorecedor, Harriet?

—Sumamente favorecedor, majestad.

Más tranquila, Victoria echó a caminar entre los parterres hasta el sendero que conducía al lago. Distraída, deambuló con la mirada de un lado a otro hasta que finalmente dijo:

—Harriet, creo que debo esforzarme más por entretener a los príncipes.

—¿De verdad, majestad?

—Sí, se me ocurre un pequeño baile para después de cenar, tal vez con algunos miembros de la corte... Sin ceremonias.

—Excelente idea. ¿Queréis que pida a Alfred Paget que se ocupe de los preparativos?

—Sí, pídeselo. —Victoria seguía mirando a su alrededor, pero se detuvo de repente. Harriet vio a los príncipes asomar por el extremo de un seto de haya.

Ernesto les sonrió afectuosamente.

—Buenos días, prima Victoria. —Se dirigió a Harriet—. Duquesa, acabo de ver un arbusto de lo más singular. Estoy pensando que tal vez sepáis decirme cómo se llama.

Harriet captó la indirecta.

—Con mucho gusto, señor. Los arbustos singulares son mi especialidad. —Ernesto le tendió el brazo y se alejaron por la avenida de setos, dejando a Victoria a solas con Alberto.

Se quedaron callados. Victoria se fijó en que Alberto llevaba puesta una levita con un extraño corte y pantalones de montar blancos que le marcaban los músculos de los muslos. Cohibida, pensó en algo que decir.

—¿Te gustan los jardines, Alberto?

Alberto echó un vistazo a los primorosos parterres de boj, a los perfectos setos de haya de color rojizo, y negó con la cabeza.

—No, prefiero los bosques.

Con la duda de si Alberto encontraría algo de su agrado, Victoria dijo en tono cortante:

—Pues he de decirte que este es el jardín privado más grande de Londres.

—Pero no deja de ser un jardín artificial. —Alberto echó a andar en dirección al lago y Victoria le siguió. Señalando hacia un racimo de olmos situado en la orilla opuesta, comentó:

—Los bosques forman parte de la naturaleza. Estar entre los árboles cuando sopla el viento es una sensación sublime.

Al levantar la cabeza para contemplar los árboles, Victoria se fijó en los músculos de su mandíbula y en la fuerte consistencia de su cuello. El flacucho muchacho algo encorvado que había visto en su última visita había cambiado mucho.

—Bueno, si tanto te gustan los árboles, deberías ir a Windsor. Allí hay montones; en el parque hay algunos milenarios.

Alberto se volvió hacia ella.

—Pero no puedo ir a menos que me invites, prima Victoria. —¿Su tono era de reproche o súplica? A Victoria le cupo la duda.

Victoria se pensó la respuesta conforme paseaban alrededor del lago. Cuando estaba a punto de invitarle a Windsor, doblaron la esquina y vio a su madre. La duquesa se hallaba de pie junto a su caballete, pintando la residencia de verano a la acuarela. Victoria oyó que tarareaba; se paró en medio del sendero y se dio la vuelta en dirección a la casa dando por sentado que Alberto la seguiría. Sin embargo, Alberto también había visto a la duquesa y ya iba a su encuentro. A Victoria le asombró que sonriera a su madre al examinar el boceto.

—No tenía ni idea de que teníais tanto talento, tía. La sombra es espléndida.

Complacida, la duquesa giró ligeramente la cabeza hacia él.

—Hago lo que puedo. Pero claro, yo nunca aprendí como es debido, a diferencia de Victoria, que siempre contó con los mejores maestros.

Alberto se inclinó hacia delante para ver el boceto más de cerca.

—Pero el talento como el vuestro no se aprende, tía. —Señaló la pintura—. Permitidme que sugiera una ligera sombra aquí para equilibrar la composición.

La duquesa siguió mirándolo fijamente.

—Gracias. ¿Sabes, Alberto? Estoy muy contenta de que Ernesto y tú estéis aquí. —La emoción era palpable en su voz—. Me recuerdas tanto a mi adorado Coburgo... A pesar de llevar tanto tiempo viviendo aquí, todavía echo de menos mi tierra natal.

Victoria, que se había quedado inmóvil en el sendero, vio que Alberto cogía la mano de su madre y la besaba.

Cuando Alberto volvió a su encuentro, a Victoria se le había borrado de la cabeza lo de Windsor.

—¿En serio te ha gustado el boceto de mi madre? —le preguntó, al tiempo que se alejaba de la residencia de verano todo lo rápido que podía.

Alberto asintió.

—La verdad es que sí. —Miró a Victoria—. Pero creo que en cualquier caso la habría alabado.

Caminando con más brío que de costumbre, Victoria dijo:

—Me sorprende. No te había tomado por un adulador.

Alberto reflexionó sobre su observación.

—Intento no decir cosas que no siento, pero también procuro ser atento en la medida de lo posible.

El reproche de su tono de voz hizo que Victoria se detuviera. Se volvió hacia él y le preguntó:

—¿Acaso piensas que mi madre necesita atenciones?

Alberto le sostuvo la mirada.

—¿Tú no?

Su certidumbre dejó a Victoria sin habla. Llevaba tanto tiempo culpando a su madre de tantas cosas que le extrañaba la imagen de su madre, no como culpable, sino como víctima. Victoria no tuvo más remedio que apartar la mirada de los ojos azules de expresión franca de Alberto. Al cabo, dijo con cierta precipitación:

—Cuando era pequeña, sir John Conroy y ella... ¿Te acuerdas de él? —Alberto asintió—. Cuando vivíamos en Kensington, no me quitaban ojo de encima. Se me privó de amigos, de actos de sociedad, de vida propia. Incluso tenía que dormir en la alcoba de mi madre.

Alberto parecía pensativo más que receptivo.

—A lo mejor intentaba protegerte, Victoria. Seguro que no ha sido fácil para ella, una viuda en un país extranjero tratando de educar a la heredera al trono.

—Eso es lo que dice mi madre, pero yo sé cómo me sentía. —Estalló—: ¡Era una prisionera, y ella y sir John Conroy mis carceleros!

Se estremeció ligeramente, pero Alberto no transigió. Miró a la duquesa y luego a Victoria.

—Puede que te sintieras así, pero me he fijado en cómo te mira, Victoria. Te quiere mucho.

Victoria pataleó de impotencia.

—No tienes ni idea.

Alberto negó con la cabeza.

—No, efectivamente. —Miró al suelo y dijo en voz baja—: Lo único que conozco es la sensación de no tener madre.

Antes de que Victoria tuviera tiempo de contestar, Ernesto y Harriet aparecieron al otro lado del lago, riendo porque un cisne les había bufado, y perdió la ocasión.

De vuelta en palacio, Victoria se sintió avergonzada. Se le había pasado por alto que la madre de Alberto había fallecido. Siguió dándole vueltas a la cabeza mientras se sentaba junto a las valijas a esperar a Melbourne. En la pared de enfrente estaba colgado el retrato de su padre y, al fijarse en su rostro bigotudo, Victoria concluyó que no podía echar de menos a alguien a quien no había llegado a conocer. Le habría resultado mucho más duro de sobrellevar si guardara recuerdos de él. Se preguntó qué edad tendría Alberto cuando perdió a su madre y le vino a la cabeza la imagen de un crío llorando junto a una cama.

Victoria estaba ensimismada cuando Melbourne entró con novedades sobre Afganistán. Tardó un poco en asimilar lo que le estaba contando: Afganistán se le antojaba más lejano que nunca. Pero hizo un sumo esfuerzo por concentrarse y, cuando por fin dilucidó lo que le relataba, dijo con asombro:

—¿Queréis decir que los rusos están pagando a los afganos para combatir a nuestras tropas?

Melbourne asintió.

—Pretenden controlar el paso Jáiber, majestad. —Fue hacia el globo terráqueo que había en un rincón del estudio—. Si os fijáis en la ubicación del paso, comprobaréis que es la entrada a India. Alejandro Magno intentó hacer lo mismo.

Contenta de tener algo en lo que centrarse, Victoria dijo:

—Voy a escribir al gran duque para decirle que me parece perverso.

Melbourne sonrió.

—Tal vez sea conveniente reservarse esa opinión, majestad. Por si fracasase la estrategia militar. —Cogió el parte de Macnaghten—. Ahora, si me disculpáis, majestad, debería volver al Parlamento.

Se dispuso a salir de la sala, pero Victoria lo llamó.

—No faltéis a la cena esta noche, lord M, y —titubeó— habrá baile después. Nada de postín, solo unas cuantas parejas.

Melbourne se quedó mirándola.

—Pensaba que no teníais previsto organizar más bailes.

Rehuyendo su mirada, Victoria repuso con la mayor naturalidad posible:

—Oh, no es una fiesta por todo lo alto, solo un baile sin importancia. Es que he de hacer algo para distraer a los príncipes.

—¿A pesar de que me dijisteis que al príncipe Alberto no le gusta bailar?

Victoria notó la mirada inquisitiva de Melbourne y confió en no haberse sonrojado.

—Oh, de todas formas no me apetece bailar con él. ¡Sería como bailar con un atizador!

Melbourne se quedó en silencio y a continuación dijo:

—A lo mejor os sorprende, majestad. —Algo en su tono de voz hizo que ella alzara la vista.

—La baronesa me ha pedido que os traiga el de muselina blanco, pero he pensado que a lo mejor preferís el de seda azul, majestad —dijo Skerrett al tiempo que tiraba de los lazos del corsé de Victoria para apretárselo.

—El de seda azul sin duda alguna. —Victoria se contempló en el espejo con aire crítico—. ¿Puedes apretármelo un poco más?

Skerrett negó con la cabeza.

—Una pizca más, majestad, y no podréis respirar.

—Supongo que tienes razón. Quiero bailar a gusto.

Skerrett le metió el vestido de moaré azul por la cabeza a Victoria y comenzó a abrochárselo por la espalda.

—¿Esta noche llevaréis los diamantes o las perlas, majestad?

—Oh, creo que las perlas. Lucen mucho a la luz de las velas.

Llamaron a la puerta y Skerrett fue a abrir. Brodie entró con un ramillete de gardenias en una bandeja de plata. Se la entregó a Skerrett, que preguntó:

—¿Melbourne?

Brodie asintió.

—Desde el lejano Brocket Hall.

Skerrett cerró la puerta y dejó las flores delante de Victoria.

—De lord Melbourne, majestad.

Victoria se acercó las flores a la cara.

—Huelen de maravilla. ¿Cómo se llaman?

—Gardenias, majestad.

—A lord Melbourne nunca se le pasa por alto.

—Sí, majestad.

Victoria se prendió el ramillete de gardenias en el corpiño del vestido y, tras acercarse al espejo, se mordisqueó los labios y se pellizcó las mejillas. Le pareció que le brillaba la nariz; justo cuando estaba dándose unos toquecitos con polvos, Lehzen entró por la puerta que comunicaba con su estancia.

—¿Estáis lista, majestad?

Victoria se giró con el vestido azul; la luz de las velas reflejaba los motivos tornasolados de la seda.

—Lista.

Aunque Victoria había especificado que solo quería un modesto baile, lord Alfred decretó que no bastaba con un pianoforte, sino que era necesario contar con una orquesta en toda regla.

—El príncipe Alberto tiene grandes dotes musicales —señaló Alfred—. Creo que no esperará menos.

—Pero ¿baila? —preguntó Harriet—. Según la reina, la última vez que estuvo aquí no se tomó la molestia.

—Es impensable, incluso en Alemania, que un joven alcance los veinte años sin haber aprendido a bailar.

Harriet se rio.

—Estoy convencida de que al príncipe Ernesto se le da muy bien bailar el vals, pero al príncipe Alberto... ¿Quién sabe?

Todos los ojos de los presentes se clavaron en el príncipe Alberto cuando entró con su hermano en el salón de baile después de la cena. ¿Se animaría a bailar?

Lord Alfred había dado indicaciones a la pequeña orquesta de que arrancara el entretenimiento de la velada con bailes de las tierras altas escocesas; Ernesto enseguida abordó a su prima y le rogó que lo instruyera. Victoria lo agarró de la mano y no tardaron en bailar el *reel**.

---

* Baile popular escocés para ocho bailarines. *[N. de la T.]*

Pero Alberto no se animó. Permaneció apartado de la pista de baile sin quitar ojo a los bailarines como tratando de comprender cómo era posible que estuvieran disfrutando. Parecía incómodo en su propia piel, y desde luego con ese atuendo; no dejaba de tirarse del pañuelo como si intentara aflojar el nudo.

Al otro lado del salón, Melbourne contemplaba la escena con Emma Portman. Mientras Victoria y Ernesto realizaban el cruce, dijo:

—Da la impresión de que al menos el príncipe Ernesto disfruta en compañía de las mujeres.

—Sí, desde luego. Ha estado coqueteando descaradamente con Harriet Sutherland desde que llegó. Además, es encantador, a diferencia de su hermano, que a pesar de ser bastante atractivo es estirado y torpe.

Melbourne desvió la mirada hacia Alberto, que se encontraba de pie y solo con aire distante al fondo del salón.

—El príncipe de cuerda.

Este comentario mordaz hizo que Emma mirara a Melbourne. Era totalmente impropio de él hacer observaciones desagradables. Se dio cuenta de que, bajo esa fachada cortés, pugnaba por reprimir sus emociones. Su deber había sido renunciar a Victoria, pero ella concluyó que aun sabiendo que había hecho lo correcto no por ello le resultaba más fácil ver a otro hombre ocupando su lugar. Puede que el príncipe no lograra conquistar el corazón de la reina, pero Emma tenía la certeza de que en cualquier caso lo haría otro. Victoria era de esas mujeres que florecían en compañía masculina, y era inevitable que se casase más pronto que tarde. A Emma le constaba que racionalmente William lo tenía asumido, pero al ver que contraía los músculos de la mandíbula observando a Alberto, temió que su corazón no lo hubiera aceptado.

Le puso a prueba con delicadeza.

—Pero fíjate cómo mira a la reina, William. Me da la impresión de que es un hombre realmente sensible.

—Sí, pero ¿qué mira? —preguntó Melbourne con acritud—. ¿A una mujer o a la candidata más idónea de Europa?

Emma fingió no haberse percatado de la amargura de su tono.

—La reina es ambas cosas, ¿no? Si tiene previsto casarse con ella, debe importarle la mujer y reconocer su estatus. Ella no es una muchacha corriente.

Melbourne posó la mirada en Victoria, que estaba riendo con Ernesto.

—No, ni mucho menos.

Su voz reflejaba tanta desazón que Emma no tuvo valor para decir nada más.

En el centro del salón, Victoria se encontraba sin aliento de dar vueltas con Ernesto entre los bailarines.

—Has aprendido el baile muy rápido. Apenas puedo creer que fuera tu primera vez.

Ernesto sonrió.

—Eso es porque tengo una excelente maestra. Me gusta mucho tu baile celta; qué música tan animada. —Después añadió en voz baja—: Pero no hay nada como el vals. Si tocaran un vals deberías bailar con Alberto. ¡Le vendría de maravilla que le diese una clase alguien con tanta gracia como tú!

Victoria se quedó indecisa.

—No me imagino a Alberto bailando el vals.

—¿No? Eso es porque no lo conoces tan bien como yo —dijo Ernesto, y le sonrió, dejando al descubierto los dientes—. Creo que lo único que Alberto necesita para bailar el vals es la pareja adecuada.

Cuando el *reel* terminó, Ernesto abordó a Alfred Paget, que estaba de pie junto a los músicos haciendo de maestro de ceremonias.

—Me parece, lord Alfred, que ha llegado el momento de algo un poco más... íntimo.

Alfred no llevaba la sangre de dieciocho generaciones de cortesanos en las venas en vano.

—¿Un vals, quizá?

—Habéis dado en el clavo.

Mientras Alfred consultaba con los músicos, Ernesto rodeó la pista de baile para apostarse junto a su hermano, que seguía solo con los ojos clavados en Victoria.

—Es hora de que dejes de mantenerte al margen, Alberto. El siguiente es un vals. No hay nada mejor si deseas intimar con una mujer.

Alberto se tiró del pañuelo y miró al suelo.

—Creo que le apetecerá mucho más bailar contigo. —Tras una pausa, añadió—: O con lord Melbourne.

Ernesto negó con la cabeza.

—Tonterías, Alberto. ¡Mírala!

Alberto alzó la cabeza despacio y vio que Victoria le sonreía desde el otro lado del salón de baile. Aun así, titubeó, pero Ernesto insistió.

—Te está esperando, Alberto. —Ernesto le puso la mano en el hombro y lo obligó a mirar de frente a la reina.

Melbourne vio a la reina sin acompañante desde el otro lado del salón y decidió aprovechar el momento. Se plantó delante de ella y tuvo el placer de ver que se le iluminaban los ojos.

—¡Lord M! Gracias por las flores. Son tan bonitas como siempre...

Melbourne le hizo una inclinación de cabeza.

—Los invernaderos de Brocket Hall están a vuestra disposición, majestad. Tal vez me concederíais el placer... —Justo cuando se estaba irguiendo, se dio cuenta de que la reina ya no le escuchaba. Sin volver la cabeza, supo que estaba mirando a Alberto—. De lucirlas para que las vea, majestad —añadió en voz más baja, y acto seguido se apartó para que Alberto fuera al encuentro de Victoria sin obstáculos.

Alberto se apostó delante de Victoria, espléndido con su chaqueta dorada con alamares, pantalones de montar blancos y botas rojas. Se sostuvieron la mirada y, con una brusca inclinación de cabeza, dijo:

—¿Me concedes este baile?

Victoria le tendió la mano. Él se la agarró, se acercó a ella y posó la otra mano con delicadeza en su cintura. Lord Alfred, que estaba esperando el momento, dio la señal al director de la orquesta para que empezaran a tocar.

Por un momento Victoria pensó que Alberto no tenía intención de moverse; a continuación, aliviada, sintió cómo la asía con más fuerza de la cintura y comenzaron a moverse al son de la música. Victoria cayó en la cuenta de que él estaba esperando el compás.

Bailaron durante un minuto en silencio. Para su sorpresa, Victoria descubrió que Alberto era un excelente bailarín; era ella quien debía tener cuidado con no tropezar. Por fin, tras dar una vuelta en círculo al salón, Victoria se atrevió a alzar la vista y comentar:

—¡Pero si bailas de maravilla, Alberto!

—Creo que antes me daba miedo.

—¿Miedo?

Alberto la miró fijamente.

—A hacer el ridículo. Cuesta encontrar el ritmo. —A Victoria le dio la sensación de que le apretaba la mano con más fuerza—. Pero contigo no, Victoria.

Victoria le sonrió y, mientras la música los envolvía, Alberto le correspondió a la sonrisa. Fue como si un haz de luz los iluminara. El resto del salón se desvaneció y fue como si se encontraran a solas, bailando el vals juntos por primera vez; pero conforme daban vueltas siguiendo el compás de tres tiempos dio la impresión de que llevaban toda la vida bailando juntos.

El tono de la música cambió, y Alberto posó la mano sobre el cordón del corpiño de Victoria.

—Esas flores... —Se interrumpió, y Victoria se dio cuenta de que estaba sobrepasado de emoción—. Ese aroma me recuerda...

Se interrumpió de nuevo y Victoria lo alentó con delicadeza:

—¿Te recuerda?

Las palabras le salieron como un torrente, de manera muy diferente a su habitual discurso mesurado, y ella notó la presión de su mano aferrada a su cintura.

—Mi madre solía venir a darme un beso de buenas noches antes de irse a las fiestas. Siempre llevaba esas flores en el pelo. —Parpadeó, y Victoria reparó en que las lágrimas le asomaban en las comisuras de los ojos.

El vals tocó a su fin. Victoria se llevó la mano al prendido y lo soltó del corpiño.

—Entonces toma, para que te recuerden a tu madre. —Y manteniendo la misma proximidad que cuando estaban bailando el vals, le puso las gardenias en la mano, lánguida.

Él aspiró su fragancia y bajó la vista hacia el repujado bordado de su chaqueta.

—Pero no tengo dónde... —Vaciló y, acto seguido, se agachó y Victoria vio cómo se sacaba un cuchillo de una de sus botas. Con un diestro movimiento, rasgó su chaqueta dorada, dejando al descubierto fugazmente su piel blanca, y con suma delicadeza metió las gardenias por el agujero que había perforado.

—Las pondré aquí, cerca de mi corazón.

Desde el fondo del salón, Melbourne vio cómo Alberto metía las gardenias, las que había cultivado en Brocket Hall con la esperanza de que algún día Victoria las luciese, por el agujero de la chaqueta. Curiosamente, sintió cierto alivio. El baile entre Victoria y Alberto había comenzado, y esa vaga chispa de esperanza que ni siquiera ahora podía sofocar del todo debía extinguirse por completo. Al notar que le tocaban el brazo, levantó la vista y se encontró a Emma. De alguna manera logró saludarla con algo parecido a una sonrisa.

Haciendo un gesto hacia Victoria y Alberto, comentó:

—Por lo visto me he precipitado. Parece ser que el príncipe es el Apolo del salón de baile.

Emma no apartó la mano.

—Da la impresión de que la reina disfruta bailando con él.

—Sí.

—Me alegro, pues a la reina le encanta bailar. —Melbourne se quedó callado—. Qué maravilla la manera en la que ha rasgado su chaqueta. Después de todo, va a resultar que tiene espíritu romántico.

Melbourne trató de mantener un tono ligero.

—Sí, apuesto a que sí.

Emma le apretó la mano.

—Naturalmente, no conoce la procedencia de las flores.

Melbourne la miró y percibió la complicidad de su mirada.

—¿Crees que no se lo habrá dicho?

Emma negó con la cabeza.

—Hay cosas que una mujer siempre se guarda para sus adentros. —Sonrió a Melbourne—. Yo, por ejemplo, jamás le he dicho a Portman que la única razón por la que acepté casarme con él fue porque el hombre al que realmente amaba nunca podría ser mi esposo.

—¡Emma! —Sintió que los ojos se le anegaban de lágrimas espontáneas e inoportunas—. No tenía ni idea.

—Fue hace mucho tiempo, William, y ya no soy esa chiquilla. Pero sí que recuerdo cómo se sentía. —Le sonrió—. Y por eso sé que, para Victoria, siempre serán tus flores.

Más tarde, Alberto se sentó junto a la ventana de su alcoba a contemplar los jardines, los oscuros esqueletos de los árboles iluminados por la tenue luz de la luna. Cogió las flores que Victoria le había regalado y hundió la cara en su dulce aroma céreo. La puerta se abrió y apareció Ernesto con el rostro iluminado por la vela que llevaba en la mano. Entró, le puso la mano en el hombro a su hermano y se lo apretó.

Después se echó a reír y dijo:

—Lohlein dice que no tienes permiso para destrozar más chaquetas, Alberto. No tienes tantas como para deshacerte de ellas de manera tan temeraria.

—No soy tan temerario.

—A lo mejor estás cambiando, Alberto. —Ernesto se sentó en la cama y reparó en la miniatura que yacía sobre la mesilla de noche. La cogió y la examinó a la luz de la vela.

—No sabía que tenías esto, Alberto. Pensaba que papá se había deshecho de todo.

—La encontré en un buró en la biblioteca de Rosenau.

—Te pareces mucho a ella —comentó Ernesto.

Alberto se incorporó y cogió la miniatura que tenía en la mano su hermano.

—¿Sabes? No me acuerdo de su cara. Pero esta noche, cuando estaba bailando con Victoria, ella llevaba prendidas estas flores y de repente recordé que mamá nos daba un beso de buenas noches. Se ponía estas flores en el pelo, pero no me dejaba que las tocase. —Dejó la imagen sobre la mesilla de noche—. ¿Cómo es posible echar tanto de menos a alguien a quien apenas se recuerda?

Ernesto estrechó a su hermano entre sus brazos.

—Todo cambiará cuando te cases con Victoria.

Alberto le correspondió al abrazo a su hermano.

—Primero me lo tiene que pedir.

—Oh, creo que lo hará, ¿no?

—Puede. Pero no es tan sencillo. Esta noche, sí, he sentido que podíamos entendernos, pero es tan..., tan voluble, como dicen los ingleses. No soy el único que le gusta.

Ernesto sujetó a su hermano por los brazos y dijo con una seriedad impropia de él:

—No tienes nada que temer, Alberto. Victoria no es como mamá.

Alberto apartó la mirada.

—Espero que estés en lo cierto.

4

El sol de noviembre se filtró por la ventana e iluminó la cara de Victoria cuando la criada descorrió las cortinas. Estiró los brazos como un gato y Lehzen la pilló sonriendo de oreja a oreja al entrar por la puerta que comunicaba con su alcoba.

—Buenos días, majestad. Veo que habéis dormido bien.

Victoria sonrió radiante.

—Muy bien.

Saltó de la cama con un grácil movimiento y se puso a danzar delante de Lehzen. Tarareando el vals que había bailado la noche anterior, se puso a dar vueltas alrededor de Lehzen, y esta protestó entre risas cuando Victoria la cogió de la mano para que se sumase al baile.

—He decidido ir a Windsor —declaró Victoria.

Lehzen, sorprendida, paró en seco en mitad del giro y dijo:

—¿A Windsor? Pero si no os gusta.

Victoria hizo una pirueta y giró en redondo hasta quedar frente a Lehzen.

—¡Cómo no va a gustarme Windsor!

Lehzen no pudo ocultar su consternación.

—¿Cuándo queréis ir?

Victoria fue danzando hacia la ventana y se asomó.

—Ya. Por favor, haz todos los preparativos.

Lehzen puso cara larga y dijo lentamente:

—¿Va todo el mundo, majestad? ¿Los príncipes también?

Victoria se dio la vuelta y se rio.

—¿Estás sugiriendo que los dejemos aquí?

Lehzen miró al suelo.

—No, majestad, ni mucho menos. Si me disculpáis, he de informar a los criados.

Victoria le dio permiso con un ademán y continuó danzando por la estancia, tarareando para sus adentros, hasta que Skerrett entró para peinarla.

Victoria estaba bajando por la escalera con el sombrero y la pelliza cuando vio a Melbourne que subía en dirección contraria. Alzó la vista hacia ella y le sorprendió que llevara puesta la indumentaria de viaje.

Victoria notó que se ruborizaba sin explicarse por qué.

—¡Lord M!

Melbourne le hizo una reverencia y sacó una carta del bolsillo.

—Traigo el último parte de Kabul enviado por Macnaghten. Sabía que estaríais deseando leerlo.

Victoria se detuvo.

—Tengo muchas ganas de leerlo... —Titubeó y al cabo añadió—: Pero es que he decidido ir a Windsor.

—¿Un miércoles, majestad? —Melbourne la escrutó, y Victoria fue incapaz de mirarle a los ojos.

—Sí. Me apetece... tomar un poco de aire fresco.

—¿En serio? —Melbourne enarcó las cejas con gesto socarrón.

—Ya sabéis lo mucho que me gustan los árboles.

—¿Los árboles, majestad?

Victoria alzó la barbilla con aire desafiante.

—Sí. En el parque hay unos ejemplares magníficos.

—Desde luego. —A continuación, Melbourne añadió con tono despreocupado—: ¿Os acompañarán sus altezas serenísimas?

—Sí, por supuesto. Va todo el mundo. —Bajó otro escalón y acto seguido se detuvo y volvió la cabeza hacia Melbourne—. Os esperamos para cenar.

Melbourne negó con la cabeza.

—Creo que va a ser difícil, majestad. Veréis, he de ir al Parlamento a dar el informe sobre Afganistán. —Hizo una pausa—. Tendréis muchas distracciones en el castillo. Hay árboles —sonrió— y seguro que el príncipe Alberto querrá ver la colección de Windsor.

Ahora le tocó a Victoria negar con la cabeza.

—Pero no estaré... a gusto sin vuestra presencia, lord M. Vos siempre facilitáis tanto las cosas...

Melbourne dijo con delicadeza:

—¿Sabéis, majestad? Creo que os sorprendería lo a gusto que os encontraréis. Anoche daba la impresión de que disfrutabais mucho con el príncipe.

—¡Pero *vos* estabais presente anoche! —Victoria adoptó la expresión más regia que le fue posible—. Asistiríais a la cena si fuera aquí. No veo qué diferencia hay con Windsor. Os espero.

Melbourne le hizo una reverencia y preguntó con una sonrisa que no se reflejaba en su mirada:

—¿Es una orden, majestad?

Victoria alzó la vista hacia él.

—Una orden no; una solicitud de vuestra presencia. Os lo ruego, lord M.

—En ese caso, majestad, cómo voy a negarme.

La fila de carruajes se extendía a lo largo del camino de peaje, flanqueada por escoltas con cascos emplumados. Podía tratarse de un pequeño ejército en movimiento, pero solo eran los miembros de la corte más allegados a la reina, la duquesa de Kent, el rey Leopoldo y, cómo no, los príncipes. Victoria, en el primer carruaje, iba sentada con Dash en el regazo, Lehzen a su lado y Harriet y Emma en el asiento de enfrente. Lehzen, que desaprobaba su repentino deseo de visitar Windsor, dijo por enésima vez:

—Seguramente no llegaremos antes del anochecer.

Victoria dijo:

—Ay, deja de refunfuñar, Lehzen. Piensa en lo maravilloso que será pasear por el bosque.

Lehzen se quedó de piedra.

—¿El bosque, majestad? Nunca caminamos por el bosque.

—¡Pues ya va siendo hora!

Emma y Harriet intercambiaron una mirada, y se pasaron los siguientes diez minutos intentando contener la risa. No les costaba entender el entusiasmo de Victoria por el tema de los árboles, pero el hecho de que Lehzen no captara el comportamiento de la reina les resultaba indescriptiblemente gracioso.

Por suerte, pudieron reír a sus anchas sin que nadie las viera cuando el carruaje se vio obligado a realizar una breve parada a las afueras de Londres para cambiar los caballos. Emma le comentó a Harriet:

—La baronesa prefiere no ver lo que tiene delante de los ojos. En mi opinión, la reina se ha quedado prendada del príncipe.

De repente Harriet se puso seria y repuso:

—¿Cómo vas a reprochárselo a Lehzen? Cuando la reina se case, ya no necesitará a la baronesa. —Al recordar la expresión de Melbourne la noche anterior mientras la reina bailaba con el príncipe Alberto, Emma también dejó de reír.

En el carruaje del rey de los belgas, Leopoldo observó a su sobrino con aprobación.

—Victoria siempre se muestra renuente a salir de Londres. —Sonrió a Alberto—. ¿Acaso este súbito entusiasmo por Windsor tiene algo que ver contigo?

Alberto miró por la ventana.

—Qué sé yo, tío.

Ernesto le dio un codazo y se echó a reír.

—Pobre Alberto. No es consciente de que esta excursión se ha organizado porque le dijo a Victoria que le gusta vagar sin rumbo entre los árboles.

Alberto le dio un empellón a su hermano.

—Menuda suerte tengo de que estés para recordármelo, Ernesto. Si no, a lo mejor me da por pensar que soy un donjuán.

Ernesto repuso simulando solemnidad:

—Mi querido hermano, puede que tengas éxito con las damas, pero estoy convencido de que nunca serás un donjuán.

—¡Sí, ya hay de sobra en la familia! —exclamó Alberto.

Antes de salir de Londres, Victoria había avisado al señor Seguier, el conservador de la pinacoteca real, para pedirle que se reuniera con ella en el castillo. Esta citación había causado un gran revuelo en la residencia de Seguier, pues este se planteó si tal vez estuviera relacionada con la concesión del título de sir que según él tanto se había demorado, y su esposa se puso a hacer memoria para ver dónde habían ido a parar las mejores medias de seda de su esposo. Afortunadamente, encontraron las medias, así que Seguier consiguió llegar al castillo una hora después de la llegada de la reina. Para su sorpresa, fue convocado por la reina nada más llegar.

Victoria lo esperaba en el salón Azul en compañía de sus damas. Seguier, un hombre corpulento, se dio cuenta al hacer una genuflexión delante de la reina para besarle las manos de que las medias le apretaban inexplicablemente. Se incorporó con bastante cuidado y dijo con un ademán de cortesano que parecía funcionar con todos sus clientes aristocráticos:

—Majestad. Qué gran honor ser convocado en el castillo. Ha pasado muchísimo tiempo desde la última vez que estuve aquí. Vuestro tío Jorge tuvo la gentileza de encargarme que catalogara sus adquisiciones; qué gran entendido era. Pero desde que vuestro tío Guillermo accedió al trono solo he estado aquí en una ocasión... Me pidió que localizara un cuadro de una fragata. —Seguier se estremeció levemente y le tembló la papada—. Así que estoy encantado de volver a estar aquí y de ponerme a vuestra disposición para cualquier servicio que esté en mi mano realizar.

Se quedó mirando a Victoria con expresión expectante. ¿Habría llegado el momento de poder decirle a su esposa que iba a ser lady Seguier?

Sin embargo, era otra la razón por la que Victoria lo había citado en el castillo.

—Me he dado cuenta, señor Seguier, de que no conozco mi colección tan a fondo como me gustaría. El castillo alberga gran cantidad de cuadros magníficos. Confiaba en que pudierais contarme algo de su historia —titubeó— por si me hacen alguna consulta.

Seguier disimuló su decepción con su sonrisa más encantadora. Aunque el título de sir fuera el culmen de sus ambiciones, recibió de buen grado la petición de hacerse cargo de la formación artística de la soberana. Si fuera capaz de orientar sus gustos, sin duda lograría ampliar la colección. No había nada más gratificante para un marchante de arte que un mecenas de la realeza.

—Cómo no, majestad. ¿Me permitís sugerir que comencemos con esta obra de Rafael? Es un extraordinario ejemplo de sus primeros trabajos. Os recomiendo que prestéis especial atención a las pinceladas de alrededor de la boca. El dominio de las líneas y los tonos es sumamente exquisito. Y luego, por supuesto, tenemos el Rembrandt de la pared de enfrente, que adquirí por encargo del rey Jorge. Su majestad señaló que en su opinión se trataba de una de las piezas más destacadas de la colección.

Conforme Victoria caminaba por la sala escuchando atentamente las disertaciones de Seguier sobre las pinturas, Emma y Harriet intercambiaron una mirada.

—Nunca imaginé que a la reina le interesase tanto el arte —comentó Harriet.

—Dudo que se haya fijado en los cuadros hasta ahora —señaló Emma.

Ambas se echaron a reír, ajenas a la presencia de la baronesa Lehzen, que se encontraba ligeramente mareada y tuvo que agarrarse al respaldo de un sofá para mantener el equilibrio.

La sensación de frío era más patente en el castillo de Windsor que en el palacio de Buckingham, por lo que los príncipes agradecieron que las chimeneas de sus aposentos estuvieran encendidas para entrar en calor. Alberto se quedó de pie junto al hogar de la sala de estar calentándose las manos mientras Ernesto vagaba por la sala intentando que la sangre le circulase después del largo trayecto en carruaje.

—¿Cómo voy a considerar esto un verdadero castillo? —señaló Ernesto—. Se asemeja más al concepto de lo que debería ser un castillo que a la realidad. Hay demasiada corriente y está demasiado limpio. ¡Dónde están las mazmorras? ¿Y las telarañas? Cuando te cases deberías llevar a Victoria al de Rosenau para que tenga la oportunidad de ver un castillo como es debido.

Alberto se encogió de hombros.

—Me parece, Alberto, que estás, como dicen los ingleses, echando las campanas al vuelo. La boda entre Victoria y yo está por ver.

—Claro, y también está por ver que la primavera suceda al invierno. Le gustas, Alberto; lo veo en sus ojos. No creo que tengas que esperar demasiado.

Alberto miró el fuego con gesto malhumorado.

—Más quisiera no tener que esperar, como una doncella casadera a la espera de una proposición. No es... apropiado estar tan sometido a los dictados de otra persona. Me gustaría tomar la decisión por iniciativa propia.

—Siempre podrías rechazarla —dijo Ernesto entre risas—. Claro que resulta extraño que sea ella quien tenga que hacer la proposición, pero opino que la recompensa merece la pena, ¿no?

—Ernesto, no sé si le gusto o no, si me hará la proposición, ni siquiera si deseo casarme con ella. Es complicadísimo. Aun casándome con ella, jamás tendré las riendas.

Cuando Ernesto hizo amago de responder, la puerta se abrió y entró Penge, el mayordomo de la reina, seguido por dos lacayos cargados con dos bustos con sendas chaquetas con relucientes bordados de oro. Penge hizo una reverencia y dijo con gran solemnidad:

—Para sus altezas serenísimas, por cortesía de la reina.

Ernesto examinó las chaquetas azul marino con profusos bordados de oro y plata sin dar crédito.

—¿Trajes de gala?

Penge dijo en tono envarado con desdén:

—El uniforme de Windsor, su alteza serenísima, fue diseñado por su majestad el rey Jorge III para los miembros de... —Hizo una pausa y después añadió con énfasis—: ... la corte inglesa. —Salió de la habitación con otra reverencia seguido por los criados.

Ernesto se quitó la chaqueta, se probó la de Windsor y se miró al espejo.

—Vaya, no pasaré desapercibido esta noche con esto encima. ¿Lo diseñaría el rey Jorge antes o después de volverse chiflado? —Cogió la otra chaqueta y se la tendió a Alberto—. Toma, ponte la tuya.

Alberto se puso la pesada chaqueta a regañadientes. Ernesto lo miró de arriba abajo.

—Creo que el rey Jorge estaría muy orgulloso de verte con su uniforme. Y su nieta, ni te cuento.

Alberto se miró al espejo y frunció el ceño.

—¿A qué viene esa cara larga, Alberto? Creo que te sienta muy bien.

Alberto negó con la cabeza.

—Te pareceré ridículo, pero por lo visto ahora no tengo posibilidad de elegir nada por mí mismo, ni siquiera la ropa.

—No me pareces ridículo, sino desagradecido. Caramba, con los galones de oro de esta chaqueta podría comprarse Coburgo.

Ernesto, aliviado, vio que Alberto sonreía.

—¿Estás sugiriendo que los fundamos y huyamos con el botín?

—Bueno, si no te hace la proposición, ¡al menos no te irás con las manos vacías!

Alberto se rio y se abalanzó sobre su hermano, que lo esquivó, y cayó sobre el sofá. Ernesto se sentó a su lado.

—Cuánto me alegro de que estés aquí —dijo Alberto, al tiempo que le ponía la mano en el brazo a su hermano—. No creo que fuera capaz de pasar por esto solo.

Ernesto posó la mano sobre la de Alberto.

—Estaré siempre ahí cuando me necesites. —Se puso de pie riendo—. Además, ser tu niñera tiene sus compensaciones. La duquesa de Sutherland, por ejemplo. Qué figura.

—Espero que recuerdes, Ernesto, que es una duquesa y no una criada del servicio de Coburgo.

Ernesto se giró en redondo, resplandeciente con su chaqueta dorada.

—Una duquesa y una criada del servicio no son tan diferentes, aunque la duquesa, creo, lleva las uñas más limpias.

Leopoldo se contempló con satisfacción en el espejo que había sobre la repisa de la chimenea en el salón Azul, donde los invitados se estaban congregando antes de cenar. Llevaba muchos años sin lucir el uniforme de Windsor y le agradó lo bien que aún le sentaba. Al percatarse de que Emma Portman lo observaba desde el otro lado del salón, le alentó seguir siendo objeto de admiración por parte del sexo débil. Ignoraba, claro está, que Emma Portman no sonreía por él, sino por su manifiesta presunción.

La jactancia dichosa de Leopoldo se vio interrumpida cuando el mayordomo anunció la llegada del vizconde de Melbourne. Leopoldo, contrariado, se dio la vuelta; no esperaba que acudiese a Windsor, y su malhumor se acentuó por el hecho de que Melbourne, que también iba vestido con el uniforme de Windsor, lucía un magnífico aspecto. Le hizo una seca inclinación de cabeza al primer ministro.

—No sabía que estabais en el castillo, lord Melbourne.

Melbourne negó con la cabeza.

—En realidad, debería estar en el Parlamento. La situación de Afganistán así lo requiere, pero la reina se ha mostrado muy insistente.

—¿Y no osáis llevarle la contraria? —Leopoldo lo preguntó en tono burlón, pero Melbourne le sostuvo la mirada con gesto serio y se limitó a decir:

—Es la reina, señor.

Leopoldo no perdió la ocasión.

—Entonces seréis partidario de su matrimonio. —Sonrió—. Hará que vuestras obligaciones sean menos... onerosas.

Antes de que Melbourne pudiera contestar, las puertas se abrieron y el mayordomo anunció:

—Sus altezas serenísimas los príncipes Ernesto y Alberto.

Leopoldo y Melbourne se volvieron para ver entrar a Alberto y Ernesto, resplandecientes con sus galones dorados. La sonrisa de Leopoldo se ensanchó.

—Ahí están mis sobrinos, y con el uniforme de Windsor. Qué gratificante. Un gesto sumamente gentil.

Se volvió de nuevo hacia Melbourne, con la sonrisa impertérrita.

—Como os decía, lord Melbourne, pronto llevaréis una vida más fácil. —Fue a saludar a sus sobrinos.

Tras echar un vistazo a los príncipes, Melbourne hizo amago de ir al encuentro de Emma Portman, al fondo del salón, cuando el mayordomo anunció:

—Su majestad la reina. —Victoria hizo su entrada con Lehzen y la duquesa de Kent a la zaga.

Victoria fue directamente hacia Melbourne con gesto risueño, lo cual sorprendió a este, que se deleitó en su fuero interno.

—Oh, lord M, me alegro tanto de que hayáis podido venir. Melbourne inclinó la cabeza.

—Debería estar esperando los partes de Kabul —contestó sonriéndole—, pero concluí que prefería presenciar las escaramuzas de Windsor. —Echó un vistazo a los príncipes, y Victoria rio dichosa.

—¿Consideráis que Windsor es un campo de batalla, lord M?

—Bueno, hay un buen número de hombres con uniforme, majestad.

Melbourne tuvo la satisfacción de oír a Victoria reírse de nuevo. Pero su reacción no agradó a todos los presentes. Alberto, incomprensiblemente molesto por el modo en que Victoria había saludado a Melbourne antes que a nadie, abordó a la duquesa de Kent con Ernesto a su lado.

—Qué encantadora estáis esta noche, tía; el aire de este lugar debe de sentaros bien.

La duquesa alzó la vista hacia él sonriendo como una flor mustia que acaban de regar.

—Cuánto me alegro de estar aquí con los dos. Qué agradable sería que os quedaseis aquí para siempre.

Al ver que Alberto conversaba con su madre, Victoria se dirigió a sus primos y dijo en tono jovial:

—Alberto, Ernesto, qué bien lucís el uniforme. Cuánto me alegro de que hayamos podido encontrar unos que os sienten bien.

Ernesto hizo una reverencia teatral.

—Sin duda alguna son espléndidos. Está claro que tu abuelo no escatimaba en gastos.

Victoria miró a Alberto, que evitó su mirada.

—¿Y a ti qué te parece, Alberto?

—Encuentro bastante pesada la parafernalia de oro.

Victoria percibió el tono de reproche de Alberto, pero no le encontró explicación. Así pues, sonrió y dijo:

—¿Te interesaría ver los cuadros que hay aquí, Alberto? Me consta lo mucho que aprecias el arte. —Se acercó al Rembrandt, un retrato de la esposa de un burgués holandés vestida de negro riguroso salvo por su repujado cuello de encaje.

Victoria se puso a repetir como un loro lo que acababa de aprender.

—*Agatha Bas,* de Rembrandt, a quien por lo general se considera el maestro más destacado de la pintura holandesa. Mi tío Jorge lo compró en 1827.

Alberto examinó el cuadro atentamente.

—Tenía un gusto excelente. Las pinceladas son exquisitas. Fíjate en el encaje.

Pero Victoria se fijó en las verrugas que la mujer tenía en la cara y arrugó la nariz.

—No sale muy favorecida, todo sea dicho.

Alberto volvió la vista hacia ella y dijo con gesto serio:

—Tal vez. Pero es fidedigno. ¿Qué preferirías tú, la adulación o la verdad? —Al decirlo, miró fugazmente hacia lord Melbourne, que los observaba desde el otro lado del salón.

—¿Tengo que elegir? —Con gesto risueño, respondió—: Creo que preferiría la verdad representada con la imagen más favorecedora posible.

Alberto frunció el ceño ante su frívola respuesta; Melbourne tuvo que reprimir una sonrisa desde el otro lado del salón.

En la cena, Victoria se sentó entre Leopoldo y Ernesto, Alberto al lado de la duquesa y Melbourne junto a Emma Portman.

—Qué raro se me hace veros a ti y al príncipe Alberto vestidos con el uniforme de Windsor —comentó Emma.

—¿Insinúas que les sienta mejor a los príncipes? —preguntó Melbourne con socarronería—. No te preocupes, Emma, conozco mis limitaciones. Los príncipes parecen semidioses y yo soy un simple mortal.

—No he insinuado tal cosa, William, y la falsa modestia no es propia de ti en absoluto. Nadie luce el uniforme tan magníficamente como tú. Me da la impresión de que el príncipe Alberto coincide conmigo; no deja de mirarte.

—Parecer ser que no con admiración.

—No, creo que su mirada revela algo de celos.

—Creo, Emma, que como buena amante de las intrigas, estás haciendo un drama donde no lo hay.

—Puede, pero fíjate, te está mirando otra vez. —Melbourne echó un vistazo al extremo opuesto de la mesa y vio que, efectivamente, Alberto tenía la mirada clavada en él. Melbourne llegó a la conclusión de que el arrebato de entusiasmo con el que la reina le había dado la bienvenida debía de haberle disgustado en igual medida al joven príncipe. ¿Tendría razón Emma? ¿Se sentía Alberto afrentado? Melbourne se concedió un momento de innoble satisfacción, o lo que los alemanes denominan *Schadenfreude*. Saber que no era el único en percibir lo que Emma había descrito como «algo de celos» hacía que su actual tesitura resultara un poco más llevadera.

Los hombres no se entretuvieron con el oporto después de la cena, sino que se dirigieron al salón a la primera oportunidad. Alberto se fue derecho a contemplar el Rafael, y Melbourne, viendo que a la reina le había sorprendido que la ignoraran así, se acercó a conversar con ella. Entablaron una charla trivial, aunque Melbourne reparó en que Victoria no dejaba de lanzar miradas furtivas en dirección a Alberto, que le estaba dando la espalda tan abiertamente.

Al final dijo alzando la voz, tal vez con la esperanza de llamar la atención de Alberto:

—¿Habéis leído la nueva novela de Dickens, lord M? *¿Oliver Twist?* Acabo de empezarla y me parece sumamente fascinante.

Melbourne se encogió de hombros.

—Como no tengo ganas de lidiar con fabricantes de ataúdes, mozas de tabernas, carteristas y gente así, ¿para qué diantres iba a querer leer sobre ellos?

Victoria sonrió.

—Pero si el señor Dickens es de lo más ameno, lord M. Creo que disfrutaríais mucho del libro, aunque apuesto a que jamás lo reconoceríais.

Cuando Melbourne hizo amago de contestar, Alberto se dio la vuelta. Mirando a Melbourne con sus ojos azul claro, dijo:

—En mi opinión, el tal señor Dickens relata de manera pormenorizada las condiciones en las que viven los indigentes en Londres. —Hizo una pausa y no se molestó en disimular su tono desafiante—. ¿No deseáis saber la verdad sobre el país que gobernáis, lord Melbourne?

Victoria contuvo el aliento y miró a Melbourne con inquietud, pero le alivió comprobar que este sonreía y respondía arrastrando las palabras en tono sumamente aristocrático:

—Puede que se os haya pasado por alto, alteza serenísima, pero llevo en el gobierno diez años, primero como ministro del Interior y luego como primer ministro, de modo que creo estar razonablemente bien informado.

Alzó la voz un poco más de lo normal, y los que se encontraban a su alrededor se dieron la vuelta para escuchar. Al ver la expresión de su hermano, Ernesto se adelantó y dijo en tono liviano:

—Alberto, la tía ha comentado que le gustaría escuchar temas folclóricos de Coburgo. Como cantas mejor que yo con diferencia, ¿te parece si yo toco y tú cantas? Siempre y cuando, claro, la prima Victoria lo tenga a bien.

Victoria se volvió hacia él manifiestamente aliviada.

—Nada me complacería más. Mi madre siempre habla con mucho cariño sobre la música de su juventud. —Se dirigió a Melbourne y le dijo con entusiasmo—: ¿No os parece que sería una delicia escuchar unos temas sencillos del folclore alemán, lord M?

—Me temo que mi apreciación de la música alemana se reduce a herr Mozart, majestad. —Al percatarse de que a Victoria le temblaba el labio, añadió—: Pero en vista de que los príncipes tienen tantas dotes musicales, seguro que me resultará de lo más instructivo.

La reina lo recompensó con una sonrisa, pero el sacrificio personal de Melbourne no llegó hasta el punto de mantener los ojos abiertos hasta el término del recital.

Antes de retirarse a sus aposentos, Victoria emplazó a sus primos a montar a caballo con ella por el parque a la mañana siguiente. Pero cuando bajó a los establos con Dash pisándole los talones, solo encontró a Ernesto charlando con Alfred Paget.

Al ver a Victoria dijo:

—Buenos días, mi querida prima. He de excusar a Alberto. Se ha despertado muy temprano y se le ha ocurrido ir a galopar antes de reunirse con nosotros. Espero que no tengas inconveniente.

Victoria sonrió.

—En absoluto, pero confío en que no vea todos los árboles que tenía ganas de enseñarle.

—Me parece que Alberto nunca se cansa de árboles.

Pasearon a caballo por el bosque centenario; los cascos de los caballos hacían crujir los montones de hojas, y Dash corría como una flecha en busca de conejos. La neblina persistía en el aire, y la escarcha aún cubría las ramitas peladas. Victoria miró a su alrededor y comentó:

—Alberto debe de haberse levantado tempranísimo.

Ernesto rio.

—A veces me cuesta creer que seamos hermanos. Él siempre se levanta al alba, mientras que yo solo he salido de la cama por tener el honor de dar un paseo a caballo contigo.

—Sí que parecéis muy diferentes. Tú eres de trato fácil, y Alberto... Bueno, de fácil no tiene nada.

Ernesto tiró de las riendas para ponerse de frente a Victoria, y aseguró con una seriedad impropia de él:

—Sé que a veces puede ser torpe, pero he de decirte, Victoria, que Alberto vale cien veces más que yo.

Victoria se quedó tan atónita por su expresión que dijo:

—Te preocupas mucho por él.

—Desde que perdimos a nuestra madre lo somos todo el uno para el otro. Y a pesar de que soy el mayor, Alberto siempre ha cuidado de mí.

Dash los interrumpió ladrando frenético. Instantes después apareció Alberto. No llevaba sombrero y tenía el pelo alborotado por el paseo; sus mejillas estaban encendidas y llevaba las botas manchadas de barro. Victoria se quedó perpleja por lo diferente que parecía de la figura envarada y tachonada de galones de la noche anterior. Conforme se aproximaba a ellos, se preguntó si sonreiría, y le alivió comprobar que se elevaban las comisuras de su boca. No era una sonrisa propiamente dicha, pero tampoco la máscara de desaprobación que la amedrentaba.

—Buenos días, Alberto, espero que este parque resulte más de tu agrado que los jardines de palacio.

Alberto detuvo el caballo delante de ella.

—En alemán lo definimos con una palabra: *Waldeinsamkeit.* La sensación de comunión con el bosque. —Hizo un gesto hacia los árboles de alrededor—. Aquí la tengo.

—*Waldeinsamkeit* —repitió Victoria—, qué hermosa palabra. Me parece que sé exactamente a lo que alude.

Alberto la miró y se acentuó la suavidad de sus labios. Al reparar en ello, Ernesto tiró de las riendas de su caballo para dar la vuelta y dijo:

—Se me había olvidado por completo que había quedado con el tío Leopoldo esta mañana. ¿Me disculpas si vuelvo, Victoria? Ya sabes lo puntilloso que puede llegar a ser.

Victoria asintió a modo de consentimiento. Ernesto se volvió hacia Alfred Paget y, dirigiendo la vista hacia el largo camino recto que conducía al castillo, cuyas torres se veían perfectamente, le dijo con un guiño:

—Lord Alfred, ¿seríais tan amable de mostrarme el camino?

Alfred le sonrió con gesto cómplice.

—Con mucho gusto, señor.

—Y, para hacerlo más interesante, ¿una guinea para el primero que llegue?

—¡Hecho! —Los dos hombres se lanzaron al galope en dirección al castillo.

Alberto y Victoria pasearon en silencio, roto únicamente por los resoplidos de los caballos, algún que otro aullido de Dash y los graznidos de los grajos acurrucados en las ramas peladas de los árboles. En un momento dado a Victoria le vino a la cabeza Melbourne y la última vez que había estado a solas con un hombre en el bosque. Tras ser consciente de que debía entablar conversación, señaló hacia la espesura que había frente a ellos.

—Tengo entendido que ahí hay un roble desde la conquista normanda. ¿Te apetece verlo?

—Muchísimo.

—Creo que será mejor que vayamos a pie.

Alberto se bajó del caballo de un salto y fue a ayudar a Victoria. Al sujetarla por la cintura para ayudarla a bajar, Victoria sintió un estremecimiento. Por un momento sus ojos quedaron a la misma altura, y fue como si se miraran el uno al otro por primera vez. A continuación, Alberto dejó a Victoria en el suelo con cuidado. Ataron los caballos a un árbol y echaron a caminar en dirección al bosque. Pero Dash olió algo y pasó como una exhalación entre ellos persiguiendo a algún conejo imaginario. Tras un instante de vacilación, Victoria se remangó los faldones del vestido y echó a correr detrás del perro sin comprobar si Alberto la seguía, pero intuyendo que así sería. Corrieron entre la arboleda, saltando por encima de las ramas y esquivando las zarzas que entorpecían su camino.

Victoria corría tan deprisa que topó con una rama; el sombrero de montar salió despedido y las ramitas se le engancharon en los impecables recogidos del pelo, de modo que le cayó por los hombros. Al notar que llevaba el pelo suelto, Victoria se detuvo; se sentía vulnerable con la melena suelta. Mientras se lo recogía en un moño, Alberto recuperó el sombrero y se lo entregó. Cuando Victoria hizo amago de cubrirse con el sombrero el improvisado recogido, él levantó la mano para detenerla.

—No, me gusta verte así, con el pelo suelto. Así tienes menos aire de reina.

Victoria entrecerró los ojos y dijo:

—Creo que eso podría considerarse traición, Alberto.

Alberto, consternado, se quedó mirándola y a continuación, por fin, una sonrisa surcó su cara y le transformó el semblante, borrando el aire que a veces tenía de niño intentando memorizar la tabla de multiplicar.

—¡Ah! ¡Te estás burlando de mí! Ernesto siempre me dice que soy demasiado serio.

Victoria lo miró y comentó con una pizca de malicia:

—Y tú siempre me dices que no soy lo bastante seria.

Alberto mantuvo la sonrisa imperturbable.

—Quizá para ser reina. Pero ahora, sin sombrero y con el pelo así, creo que estás perfecta.

Se echó hacia delante y le puso la mano en la cara para quitarle con delicadeza un mechón de pelo que tenía junto a la boca. Ella alzó la vista hacia él y, durante un arrebatador instante, le dio la impresión de que estaba a punto de besarla, pero él se apartó y reanudaron el paseo por el bosque con la angustiosa proximidad de su cuerpo al lado de ella.

Alberto alzó la vista hacia las copas de los árboles.

—Cuando era pequeño imaginaba que los árboles eran mis amigos.

—Qué gracioso. Yo solía hablar con mis muñecas.

Alberto la miró.

—Me da la impresión de que no tuvimos una infancia feliz.

Victoria percibió la tristeza que reflejaba su voz.

—¿Alberto?

—¿Sí?

—¿Qué le ocurrió a tu madre? —preguntó Victoria atropelladamente—. Solo sé que murió cuando eras pequeño.

Alberto se quedó callado. Victoria notó que se le ensombrecía el semblante y deseó no haberlo sacado a relucir, pero él respondió:

—Abandonó a mi padre justo antes de que yo cumpliera cinco años. Se fugó con su ayudante de campo. Falleció unos años después, pero jamás volví a verla.

Alberto miró a otro lado, pero Victoria lo agarró del brazo.

—Qué horror. Eras muy pequeño, y debes de haberla echado muchísimo de menos.

Alberto giró la cabeza despacio para mirarla de frente.

—¿Sabes? Cuando veo a la tía Victoria mirarte con tanto cariño, me pongo celoso. Yo no tengo a nadie que me mire así.

Victoria movió la mano hacia la suya y se la apretó.

—Eso no es cierto, Alberto. Tienes a Ernesto, y ahora, bueno, ahora a... —En ese momento, el gañido agónico de un animal taladró el murmullo de la espesura del bosque.

Victoria se quedó helada.

—¿Has oído eso? Parece Dash.

Alberto ya había echado a correr en dirección al sonido. Victoria se arremangó los faldones y le siguió a toda prisa. Lo encontró arrodillado en el suelo; sin darse la vuelta, él exclamó:

—¡Quédate ahí, Victoria! Será mejor que no veas esto.

Pero Victoria fue incapaz de ignorar los aullidos de su mascota. Al arrodillarse al lado de Alberto, ahogó un grito. Dash se había pillado la pata entre los dientes de acero de una trampa de cazadores furtivos; tenía la pezuña destrozada y había sangre en el suelo.

—¡Oh, qué perversidad! —exclamó. Alberto hizo palanca con un palo para abrir el cepo y Victoria sacó con cuidado a Dash, malherido, y lo acurrucó entre sus brazos.

Victoria observó su pata, aplastada, y se puso a llorar.

—¡Ay, pobrecito Dashy! —Notó el áspero roce de la lengua del perro al lamerle la mano—. No volverá a caminar.

—No, no, me parece que la tiene rota, pero es posible que se recupere —señaló Alberto—. Le voy a poner un... ¿Cómo se dice en inglés? Un armazón para enderezarle la pata.

—Entablillado.

—*Jawohl,* entablillado.

—Pero si no tenemos vendas...

Alberto se sacó la daga de la bota y con un diestro movimiento rasgó la manga de su camisa y le dio un tirón. Victoria se fijó en su musculoso brazo, en la piel blanca cubierta de un reflejo dorado, en el atisbo de vello oscuro en la axila. Dash gimoteó mientras Alberto rasgaba la tela por la mitad, y Victoria sujetó al tembloroso animal mientras Alberto liaba la tela alrededor de dos palos para entablillarle la pata. Lo hizo rápido, y Victoria se dio cuenta de que hacía lo posible por evitarle más sufrimiento a Dash. Por fin terminó. Había entablillado la pata rota y Dash enseguida se puso a lamer y toquetear el vendaje de lino. Alberto se dejó caer en el suelo y anunció:

—Creo que de momento bastará con esto.

Victoria le dio un beso a Dash en el hocico y acto seguido miró a Alberto con los ojos llorosos.

—No sabes cuánto te lo agradezco. Dash significa mucho para mí. De pequeña, en Kensington, era mi único amigo verdadero. Pasara lo que pasara, sabía que Dash siempre estaría a mi lado.

Alberto alargó la mano y le apartó un mechón de pelo de la mejilla, humedecida por las lágrimas.

—Pero ahora es diferente, ¿no?

Victoria notó que las mejillas le ardían bajo el roce de su mano. Bajó la vista para ocultar su zozobra.

—Oh, sí, ahora tengo a lord M... y a mis damas de compañía, claro.

Al mencionar a Melbourne, Alberto se puso de pie y la expresión de ternura de su rostro se desvaneció. Bajó la vista hacia ella y dijo en un tono que Victoria no había oído hasta ese momento:

—Victoria, ojalá no hubieras pasado tanto tiempo con Melbourne. No es un hombre serio.

Victoria sintió un repentino sofoco. Sin dejar de apretar a Dash fuertemente entre sus brazos, se puso de pie con dificultad para poder responderle con dignidad.

—Lord Melbourne evita dar la impresión de seriedad. Es la manera de ser de los ingleses. Pero es un hombre de gran corazón.

Alberto recogió su chaqueta y se la puso; después se volvió hacia Victoria y dijo:

—Entonces a lo mejor deberías casarte con él.

Dash soltó un gemido cuando Victoria lo apretó con más fuerza. Le sostuvo la mirada a Alberto.

—Eso no es posible.

Alberto se dio la vuelta con ademán de marcharse, pero se giró y dijo atropelladamente en un arrebato apasionado:

—¿Sabes lo que vi el otro día cerca de esa majestuosa avenida llamada Regent Street? Una niña, de unos tres o cuatro años, vendiendo cerillas una a una. Tu lord Melbourne prefiere no ver esas cosas, pero yo he de hacerlo. Esa es la cuestión, Victoria. ¿Quieres ver las cosas tal y como son o como te gustaría que fueran?

Victoria pensó que, de no haber tenido a Dash en los brazos, le habría dado una bofetada en esa cara de mojigato. Con la voz trémula de furia, exclamó:

—¡Cómo te atreves! ¿Acaso imaginas que soy una marioneta a la espera de que le muevan la cabeza hacia un lado u otro? Permíteme recordarte que, mientras tú contemplabas cuadros en Italia, yo dirigía este país. Llevas aquí unos días y sin embargo das por sentado que conoces mi pueblo mejor que yo. ¡Soy la reina de Inglaterra y no eres quién para darme lecciones! —Al oír la emoción del tono de su ama, Dash soltó un ladrido de complicidad.

Alberto se quedó mirándola, esta vez con sus gélidos ojos azules.

—No, de eso se encarga lord Melbourne.

5

$\mathcal{E}$l carruaje traqueteó en un bache, y Leopoldo miró con malos ojos a Alberto, como si fuera el culpable de todos los hoyos que había en el camino de peaje de Windsor a Londres. Había depositado muchas esperanzas en la visita improvisada a Windsor y había rebosado de júbilo cuando Ernesto le había comentado que Victoria y Alberto se habían quedado a solas en el parque. Seguramente volverían del paseo a caballo prometidos.

Pero cuando Alberto y Victoria regresaron al castillo una hora después, Alberto tirando de los dos caballos y Victoria con su perrito faldero en brazos, no solo no se habían prometido, sino que apenas se dirigían la palabra. Victoria se fue derecha dentro con Dash y Alberto volvió a montar su caballo para galopar por el parque. Una hora después se anunció que la partida real regresaría al palacio de Buckingham esa misma tarde.

El carruaje dio otra fuerte sacudida y Leopoldo no pudo morderse la lengua durante más tiempo.

—No me explico lo que Victoria y tú habéis hecho esta mañana. Después de pasar horas fuera, os presentáis sin nada.

¡Sin nada! Me cuesta mucho creer que seas un Coburgo. Válgame Dios, a estas alturas Ernesto ya se la habría llevado a la cama.

Ernesto, sentado al lado de Alberto, frunció el ceño. Era consciente de la amargura de su hermano y no quería meter el dedo en la llaga.

—Tío, olvidáis que la decisión de casarse está en manos de Victoria, no de Alberto. Se encuentra en una posición difícil.

—¡Sandeces! Sabes tan bien como yo que las mujeres son como los purasangres; hay que tratarlas con mimo, pero una vez que sabes la manera adecuada de acariciarlas, comen de tu mano.

—Pero una reina no es una mujer cualquiera —repuso Ernesto.

—Según mi experiencia, todas las mujeres son iguales. Cuando conocí a Carlota no era reina, todo sea dicho, pero sí heredera al trono, y me hizo la proposición a los tres días. Yo era un joven muy apuesto, claro, pero Alberto también lo es. Quizá yo fuera más encantador, pero Alberto también podría serlo si pusiera todo su empeño en ello.

Alberto le dio un sonoro puñetazo a la ventanilla del carruaje.

—¡Ya está bien! —Se volvió hacia Leopoldo echando chispas por los ojos—. Se trata de mi futuro, no del vuestro, y he decidido volver a Coburgo.

Leopoldo hizo amago de replicar, pero se lo pensó dos veces al ver la mirada de Ernesto. Tal vez fuera mejor dejar que su hermano razonara con Alberto; al fin y al cabo, estaban muy unidos. De modo que se acomodó en el asiento, se caló el sombrero sobre los ojos e intentó dormirse para que el interminable viaje se le hiciera más corto.

El carruaje de Victoria fue el primero en llegar a palacio. Con Dash en brazos, Victoria se fue directamente a su alcoba y avisó de que no bajaría a cenar.

Se tendió en la cama con Dash a su lado y se puso a acariciar las sedosas orejas del spaniel.

—Oh, Dash, ¿por qué es todo tan complicado? —El perro, malherido, le lamió la mano a modo de respuesta.

Se quedó mirando las cartelas bañadas en oro del techo. Esa mañana había sentido una conexión muy íntima con Alberto en el bosque; cuando él le había hablado sobre su madre le habían dado ganas de abrazarlo y decirle que ella se encargaría de mitigar esa pena. Pero después —se le retorcieron las entrañas por la injusticia— se había puesto a atacar a lord M sin venir a cuento, a un hombre que apenas conocía. Era superior a ella. ¿Cómo iba a entregar su corazón a Alberto si este no entendía lo mucho que Melbourne significaba para ella? Impotente, le retorció la oreja a Dash, y el perro soltó un gañido.

—Ay, lo siento, chiquitín. Te he hecho daño sin querer. —Al ver el improvisado entablillado que Alberto había hecho con su camisa, recordó el brillo de su blanca piel bajo la tenue luz de noviembre.

La puerta se abrió y entró Lehzen con los ojos abiertos de par en par, alarmada.

—Lamento molestaros, majestad, pero el ayuda de cámara de los príncipes ha estado preguntando por los transbordadores que zarpan de Dover. Me he sentido en la obligación de deciros que se marchan. Aunque tal vez ya estéis al corriente.

Victoria negó con la cabeza. ¿Alberto se marchaba? Se tapó los ojos.

Lehzen se sentó en la cama y le echó el brazo alrededor de los hombros.

—Es lo mejor, majestad. En mi opinión, el príncipe Alberto no os profesa el respeto que merecéis.

Victoria se zafó de ella.

—No sabes nada al respecto, Lehzen. Y ahora, me gustaría estar a solas. Tengo jaqueca.

—¿Jaqueca, majestad? ¿Aviso a sir James?

—¡No necesito nada! ¿Es que no te das cuenta de que solo quiero que me dejen en paz?

Lehzen se arremangó los faldones y salió huyendo.

En la sala de estar de los príncipes, en el ala norte, Alberto estaba dejando caer bruscamente sus libros en un arcón, regodeándose con los golpes secos que producían al estamparse contra el fondo. Ernesto entró y, al ver lo que su hermano estaba haciendo, levantó las manos con ademán exasperado.

—No seas pueril, Alberto. ¿Cómo vas a irte simplemente porque Victoria y tú habéis reñido?

Alberto lanzó un diccionario de inglés al arcón con especial ímpetu. Alzó la vista hacia su hermano.

—Victoria y yo no congeniamos. Este casamiento le conviene a todo el mundo menos a nosotros.

Ernesto se colocó entre su hermano y el arcón para que Alberto no tuviera más remedio que mirarle. Le puso la mano en el hombro a su hermano.

—Por mucho que digas, te gusta, Alberto, sé que te gusta, y tú a ella. Se sonroja al verte.

Alberto apartó bruscamente la mano de su hermano.

—Me parece que a Victoria le gusta mucha gente. Lord Melbourne, por ejemplo.

Ernesto negó con la cabeza y dijo despacio:

—¿Estás celoso de lord Melbourne? Podría ser su padre.

—Pero le sonríe de un modo impropio. Puede que su matrimonio sea imposible, pero no pienso ser el segundón.

Ernesto suspiró y cogió a Alberto de los hombros.

—Créeme, Alberto, he visto cómo te mira Victoria. Nunca serás el segundón. Tal vez en su momento la chiquilla se encaprichara de lord Melbourne, pero Victoria ahora es una mujer hecha y derecha y le gustas tú, no un hombre mayor.

Alberto se quedó mirándolo; acto seguido fue hacia la cama y cogió su abrigo.

—¿Dónde vas? —preguntó Ernesto.

Alberto se dio la vuelta.

—A que me hagan un daguerrotipo. Me gustaría tener un recuerdo de mi visita.

—Ah, pues te acompaño. A mí también me gustaría llevarme un recuerdo, y me da que a unas cuantas damas no les disgustará tener mi retrato.

—¡Mujeres! Es en lo único que piensas.

—No son el enemigo, Alberto —señaló Ernesto, riendo. Al ver la cara que ponía Alberto, añadió en otro tono—: ¿Sabes? La vi una vez, después de marcharse.

Alberto lo miró.

—¿A mamá?

—Sí. Estábamos jugando en el parque de Coburgo. Recuerdo que había nevado, y tú y yo nos estábamos lanzando bolas de nieve. Cuando eché a correr detrás de ti, levanté la vista y la vi en la terraza que mira a los jardines, en el lado que da a la ciudad. Estaba hecha un ovillo y cubierta por un velo, pero enseguida me di cuenta de que era ella. Subí corriendo a la terraza, pero como el palacio no tiene acceso al mirador que da a la ciudad, no tuve más remedio que quedarme allí saludando con la mano. Ella me respondió al saludo agitando la mano ligeramente, así —alzó la mano lánguidamente con ademán triste—, y luego se retiró el velo. —Ernesto hizo una pausa y tragó saliva antes de continuar—. Tenía la cara bañada en lágrimas, Alberto. Jamás olvidaré aquellas lágrimas. —Se cubrió la nariz con los dedos, intentando no emocionarse.

—¿Por qué nunca me lo has contado?

—No lo sé. Pensé que te resultaría más fácil olvidarla si no te lo contaba. Y quería protegerte. Pero ahora me doy cuenta de que estaba equivocado. Ella no quería abandonarnos, Alberto, pero no tuvo elección. Ya sabes cómo es papá. Era su única oportunidad para vivir la vida. Y me consta que, de haber tenido la posibilidad, nos habría llevado con ella. —Alberto se quedó mirando fijamente el suelo al tiempo que se mordía el labio—. Nos quería muchísimo, Alberto; y se le rompió el corazón al abandonarnos. Si hubieras visto su cara aquel día...

Alberto alzó la vista.

—¿Por qué nunca nos escribió?

—Estoy seguro de que lo hizo, pero ¿crees que papá nos habría permitido leer esas cartas?

Alberto se estremeció. Ernesto lo rodeó con sus brazos y lo abrazó con fuerza.

—No todas las mujeres huyen, Alberto.

Notó los espasmos del pecho de su hermano, emocionado, que dijo entrecortadamente:

—Ojalá... pudiera... estar... seguro.

Ernesto se apartó de él y lo sujetó por los brazos para mirarlo de frente.

—Eres mucho más ducho que yo en todo, pero en lo que respecta a las mujeres yo soy la autoridad. Sé que Victoria te quiere, Alberto. Si te casas con ella, y ojalá así sea, jamás te abandonará. Puede que encuentres distracciones —al ver la expresión de Alberto, añadió—: o puede que no; no eres como yo. Pero Victoria no flaqueará. Tienes la oportunidad de ser feliz, hermanito, y debes aprovecharla, aunque solo sea por mí.

Cuando Alfred Paget le dijo a Melbourne que la reina se había quedado con el príncipe Alberto en el parque, este pidió su carruaje. Tenía presente que debía quedarse para asistir al anuncio de su enlace, pero era superior a sus fuerzas. Se fue derecho al Parlamento y desde allí al club. Perdió una considerable suma jugando al *whist,* pérdida que le causó un placer morboso al refutar la premisa de «Desafortunado en el juego, afortunado en amores». Por lo visto, era desafortunado en todo. Cuando por fin se fue a Dover House estaba borracho como una cuba.

Su ayuda de cámara lo encontró a la mañana siguiente despatarrado en el sofá de la biblioteca, entre montones de papeles y textos escritos en griego clásico, un idioma que a esas alturas el ayuda de cámara reconocía tras diez años al servicio de lord Melbourne. El ayuda de cámara acercó el café a la nariz de su señor, sabiendo por experiencia que era la mejor manera de despertarlo aplacando su arranque de ira.

Melbourne se rebulló y, adormilado, alargó la mano para coger el café.

—¿Alguna noticia de la reina?

El ayuda de cámara negó con la cabeza.

—Tengo entendido que la comitiva real regresó a Londres anoche, milord.

Melbourne, sorprendido, dejó la taza encima de la mesa.

—¿La reina está en palacio?

—Sí, milord.

—Pero no he recibido ninguna misiva por su parte.

—No, milord.

Melbourne se quedó en silencio. Imaginaba que Victoria le escribiría enseguida para anunciar su compromiso. No era dada, ni desde luego capaz, de guardarse las cosas. Tal vez aguardara para decírselo personalmente.

Apuró el café y las rodillas le crujieron al incorporarse con dificultad. Le aguijoneaba el dolor de cabeza y le dio un golpe de náuseas, quizá a consecuencia de los excesos de la noche anterior, pero también temiendo lo que se avecinaba. No obstante, por encima de todo sabía cuál era su deber.

—He de ir a palacio. Haz lo que puedas para que esté presentable.

El ayuda de cámara asintió con gesto cómplice; nadie podía guardar un secreto con este ayuda de cámara en particular.

—Haré cuanto esté en mi mano, milord.

Al cabo de una hora, Melbourne, recién afeitado y acicalado con una camisa de lino almidonada con tanto esmero que se le clavaba en el cuello, subió por la gran escalinata del palacio de Buckingham. Al ver a Lehzen caminando en dirección a él, la escrutó buscando alguna pista del compromiso, pero la baronesa tenía el semblante tan recatado como de costumbre, la mirada gacha y los labios levemente apretados.

—Buenos días, baronesa. —Lehzen le hizo una discreta genuflexión—. He de decir que me ha sorprendido la noticia de que la reina se encuentra en palacio hoy. Me figuraba que se quedaría en el castillo un poco más. —Enarcó una ceja—. Para recrearse en su nueva pasión por los árboles.

La baronesa esbozó una discreta sonrisa.

—Dudo que encontrara algo sumamente agradable en el bosque, lord Melbourne.

—Entiendo. Gracias, baronesa. —Dicho esto, Melbourne llegó al descansillo prácticamente a la carrera. En cuanto vio la caída de hombros de Victoria se dio cuenta de que Lehzen estaba en lo cierto. Hubiera pasado lo que hubiera pasado entre la reina y su primo en el parque, no había sido una propuesta de matrimonio.

—Buenos días, majestad. —Se inclinó; ella permaneció con aire altivo—. Tengo buenas noticias. El ejército ha llegado a Kabul sin complicaciones.

—Magnífico —dijo Victoria sin una pizca de entusiasmo.

Melbourne sintió una punzada al ver que tenía los ojos enrojecidos e hinchados de llorar. No obstante, mantuvo el mismo tono jovial con la esperanza de que se le contagiara.

—Al menos las tropas tendrán donde pasar el invierno. Confieso que he estado francamente preocupado. Por lo visto, en el paso Jáiber hace un frío gélido y, a pesar de que los ejércitos no tienen más remedio que sufrir bajas, no deberían ser aniquilados por el clima.

Victoria mantuvo la mirada inexpresiva; lo miraba, pero a él le constaba que no lo veía. Respiró hondo y dijo bajando el tono de voz:

—Disculpadme, majestad, ¿ocurre algo?

Ella se apartó de él y respondió en tono cortante:

—Los príncipes se marchan a Coburgo.

Melbourne entrelazó los dedos.

—Entiendo. ¿Y preferiríais que se quedasen?

Victoria se giró en redondo; su rostro por fin recuperó la vitalidad.

—¡No! Bueno, a lo mejor. —Ahora que la tenía de frente, Melbourne alcanzó a ver la confusión y a la vez el deseo que reflejaban sus ojos.

—¡Alberto es intratable!

Vaciló antes de contestar. Era el momento decisivo. Con presionar una pizca, el príncipe de cuerda se escabulliría a su reino de pacotilla y Victoria y él podrían reanudar su relación. Ella tendría a su lord M a su lado y él, bueno, estaría tan contento como lo había estado siempre.

Al tiempo que vislumbraba el porvenir, dijo con cautela:

—Tenéis personalidades muy distintas. Me da la impresión de que el príncipe es un hombre que disfruta de la soledad, y desde luego de sus propias opiniones.

Enseguida se dio cuenta de que no lo estaba escuchando, y la visión de ambos paseando agarrados del brazo por los jardines de palacio se desvaneció.

—Opina que me muestro demasiado cordial con vos —comentó Victoria.

Sintió como si algo le golpeara el pecho, y tardó unos instantes en recuperar el habla.

—¿Y vos qué opináis?

Victoria movió la cabeza de un lado a otro, como tratando de espantar una mosca. Por fin le miró y respondió:

—No lo sé. Alberto siempre me mira como si hubiese hecho algo malo. —Melbourne, con el corazón desbocado, aguardó—. Pero aun así... —añadió con expresión suplicante— me gustaría que me sonriera.

Melbourne sabía adónde quería ir a parar. Haciendo un sumo esfuerzo por hablar con su característico desenfado, dijo:

—El príncipe no es muy risueño. —Se obligó a continuar—: Pero si deseáis que os sonría, majestad..., no me explico cómo puede resistirse.

Ella sonrió repentinamente.

—¿De verdad pensáis eso, lord M?

—Sí, majestad. —A ella le brillaron los ojos; sin poder contenerse, Melbourne añadió—: Al fin y al cabo, solo un necio os rechazaría.

Con un rápido movimiento, ella le cogió la mano y se la apretó. Se miraron el uno al otro durante unos instantes, con el ambiente cargado de todas las cosas que habría que callar para siempre, hasta que ella le soltó la mano y salió corriendo de la sala.

Mientras esperaba en los escalones de la entrada de palacio a que trajeran el carruaje, Melbourne divisó las inconfundibles siluetas de los príncipes cruzando Marble Arch con sus flamantes levitas.

El carruaje paró en la puerta; el lacayo enseguida desplegó los peldaños. Melbourne se dispuso a subir para evitar un encuentro con los príncipes, pero pensó en lo que Alberto le había comentado a Victoria y fue consciente de su deber.

—Buenos días, sus altezas serenísimas. —El asentimiento de Alberto no podría haber sido más forzado si realmente tuviera un mecanismo de cuerda, pensó Melbourne, pero no se dio por vencido—. Precisamente estaba a punto de ir al Parlamento y he recordado, señor —miró a Alberto—, que expresasteis vuestro deseo de verlo.

Alberto trató de disimular su sorpresa.

—Cierto. Es una institución británica por la que profeso una gran admiración. Pero si no recuerdo mal, lord Melbourne, creo que me aconsejasteis que fuera... ¿Cómo dijisteis? —Lo fulminó con la mirada—. ¿De incógnito?

Melbourne no pestañeó; es más, le sonrió.

—Considero, señor, que bajo mi protección estaréis a salvo incluso de los conservadores más zafios.

Como Alberto vaciló, Melbourne miró a Ernesto.

—¿No vais a persuadir a vuestro hermano de que venga, señor? En mi opinión, le resultaría de lo más esclarecedor.

Miró fijamente a Ernesto y percibió, aliviado, un atisbo de comprensión. Sin duda, los hermanos eran el día y la noche.

—Desde luego que iremos. Alberto, hablas sin cesar del lugar donde se abolió la tiranía. A mí me gustaría verlo, aunque sea solo.

Alberto cargó el peso del cuerpo de un pie a otro, debatiéndose en el dilema entre su hostilidad hacia Melbourne y su deseo de ver a la madre de los parlamentos.

—Es que tenemos mucho que hacer si tenemos intención de marcharnos mañana.

—Tonterías —dijo Ernesto—. Ni que tuviéramos un compromiso de fuerza mayor en Coburgo. Creo que se las apañarán bastante bien sin nosotros otro día o incluso un par de días más.

Alberto miró a Melbourne, que esbozó su sonrisa más anodina.

—Es cierto que me gustaría mucho ver el Parlamento. Si no os supone demasiada molestia, lord Melbourne, acepto vuestro amable ofrecimiento. —Las palabras salieron con dificultad, como si una gigantesca mano se las hubiera exprimido, pero Melbourne fingió no darse cuenta y señaló con gesto afable hacia el carruaje.

—Por favor, acompañadme para que os cuente a grandes rasgos la historia durante el trayecto.

Victoria había pasado las horas siguientes a su entrevista con Melbourne intentando por todos los medios evitar a su madre. No tenía ninguna gana de hablarle de Alberto. Se le ocurrió que la pinacoteca sería el lugar más seguro, pues la duquesa no tenía motivos para ir allí, pero, para su consternación, oyó la voz de su madre cuando bajaba por las escaleras. Enfiló en dirección contraria y vio que Leopoldo caminaba hacia ella. Atrapada entre dos Coburgos, se resignó al inevitable sermón.

—Oh, Drina, estás aquí. —La duquesa hizo tal aspaviento con las manos que los tirabuzones le aletearon—. Alberto y Ernesto se marchan a Coburgo. —Inclinó la cabeza hacia un lado y añadió en tono lastimero—: Me hacía tanta ilusión que estuvieran aquí...

Leopoldo se plantó delante de Victoria.

—Y se marchan sin compromiso de por medio.

Victoria alzó la barbilla y captó fugazmente la imagen de Isabel I por encima del hombro de su tío.

—Alberto no es súbdito británico. Aunque quisiera, no tendría potestad para retenerle.

Leopoldo se encogió de hombros y se llevó la mano al peluquín como para comprobar que al menos algo estaba en su debido lugar.

—¿Cómo no vas a poder retenerle? No tienes más que proponérselo.

—Ah, ¿eso es todo? Me temo, tío, que no es tan fácil. —Le horrorizó comprobar que tenía la voz entrecortada.

Leopoldo la miró con asombro.

—Pero ¿por qué no?

Victoria miró al suelo y a continuación volvió a mirar a su tío y le sostuvo la mirada hasta que la duquesa intervino.

—Sí, ¿por qué no, Victoria? Me consta que no es habitual que las mujeres corrientes tomen la iniciativa, pero tú eres una reina y debe salir de ti. ¿A qué vienen esas dudas?

La voz de su madre hizo que Victoria se viniera abajo, y dijo sin pensar:

—Porque no estoy segura de que acceda.

Para su sorpresa, Leopoldo la cogió de la mano y, en un tono desprovisto de su característica pompa, musitó:

—Efectivamente, no tienes la seguridad. Pero al menos sabes que, si Alberto accede, será de corazón. —Victoria se dio cuenta de que su tío, por una vez, tenía razón. Continuó—: Nunca lo sabrás si no se lo preguntas, Victoria.

Victoria lo miró y acto seguido se fue a sus aposentos. Se sentó junto al tocador y se escrutó en el espejo. Tenía ojeras y un bulto ominoso en la barbilla. A cualquiera que le hubieran preguntado habría dicho que estaba preciosa, pero Victoria sabía que hoy no lucía su mejor aspecto.

—¿Necesitáis algo, majestad? —Al ver que la reina daba un respingo, Skerrett se disculpó—. Oh, lo siento, majestad. No era mi intención sobresaltaros.

—No, no pasa nada. —Victoria se tocó el tocado de trenzas que llevaba alrededor de las orejas—. Me da la impresión de que hoy no llevo bien el pelo. Está demasiado..., demasiado... —Se le apagó la voz.

Al notar la confusión en la voz de la reina e intuyendo los motivos —la partida inminente de los príncipes estaba en boca de todo el mundo—, Skerrett dijo:

—¿Qué os parece un moño bajo a la altura de la nuca para suavizar las facciones?

Victoria miró fijamente a Skerrett a través del espejo.

—¿Suavizarlas? Sí, ¿por qué no?

—¿Con algún prendido de flores en la parte de atrás?

—¿Flores? —Victoria sonrió—. Me gustaría llevar gardenias.

—Y esto, caballeros, es Westminster Hall, la parte más antigua que se conserva del palacio. Se ha destinado a tribunal desde la Edad Media. —Melbourne condujo a los príncipes al interior de la gran cámara abovedada—. Pero ahora, como veis, se utiliza como archivo. Actualmente andamos escasos de espacio. Hace unos años hubo un gran incendio y hemos de apañarnos hasta que se reconstruya el palacio. —Hizo un gesto hacia la legión de obreros que había abajo.

Alberto tenía la vista alzada hacia las imponentes cerchas de madera.

—Si no me equivoco, ¿es aquí donde el pueblo juzgó al rey Carlos?

—Efectivamente, señor. Fue condenado a muerte por tiranía y traición.

—Un gran episodio. La victoria del pueblo. —Alberto señaló hacia la cámara.

—Desde luego. —Melbourne sonrió—. Pero no acabo de comulgar con el regicidio.

Ernesto terció:

—¡Yo tampoco! Yo aspiro al cariño de mi pueblo.

—Un monarca responsable no tiene nada que temer —señaló Alberto—. Pero él —titubeó— o ella debe tener presente que reina en representación del pueblo.

Melbourne asintió con cautela de manera casi inapreciable. Después de una hora escuchando las opiniones de Alberto acerca de la conducta del gobierno, se le estaba agotando la paciencia. No obstante, se recordó para sus adentros que no estaba realizando la visita por gusto. Tenía que cumplir con un deber. Se volvió hacia Alberto con una sonrisa.

—Una manera muy apropiada de definirlo, señor. El gran logro de la Constitución británica es el difícil equilibrio entre la Corona y el Parlamento. Y ejercer de primer ministro ha sido el mayor privilegio de mi vida. —Hizo una pausa, ponderando sus siguientes palabras—. Ojalá la reina compartiese vuestro criterio. Me temo que a veces le desagrada la indisciplina de nuestro sistema parlamentario.

Alberto lo miró de hito en hito.

—Pensaba que coincidía con vos en todo, lord Melbourne.

Melbourne se encogió de hombros.

—Es posible que antaño sí, pero ahora que se desenvuelve siendo reina, me da la impresión de que cada vez me ignora más.

Con el rabillo del ojo vio que Alberto lo miraba fijamente.

—Os comprendo, lord Melbourne —dijo Ernesto con una expresión que revelaba que entendía lo que estaba ocurriendo—. Le tengo muchísimo cariño a mi prima, pero me consta que únicamente escucha lo que quiere oír.

Melbourne asintió y suspiró.

—He hecho cuanto ha estado en mi mano, pero mi legislatura no puede durar eternamente y agradeceré regresar a Brocket Hall. He de terminar la vida de san Juan Crisóstomo. Al final, lo único de lo que un hombre puede enorgullecerse realmente es de contribuir al corpus del conocimiento humano.

Ambos hermanos lo escuchaban; Ernesto, compadeciéndose de él, intervino.

—Me da la impresión de que vuestra partida será dura para la reina.

Melbourne tragó saliva antes de volverse hacia Alberto.

—Quizá, pero lo cierto es que es hora de que me retire.

Alberto se quedó mirando a Melbourne y tardó un segundo en asentir casi imperceptiblemente.

—Y ahora, si me disculpáis, caballeros, debo regresar a la cámara. —Melbourne les hizo sendas reverencias a los príncipes y se alejó. Alberto siguió con los ojos clavados en el techo, pero Ernesto vio al primer ministro sacarse un pañuelo del bolsillo y sonarse la nariz sonoramente al salir del Hall.

—¿Qué vestido os vais a poner, majestad? ¿El de seda azul o el de organdí rosa?

Victoria, con el corsé y las enaguas, examinó los dos vestidos que Skerrett tenía en las manos. La noche que bailó con Alberto llevaba puesto el de seda azul. Era sumamente favorecedor, pero nunca se había puesto el rosa, y en ese momento le apetecía lucir un aire diferente.

Señaló el vestido rosa y levantó los brazos para que Skerrett se lo metiera por la cabeza. Mientras la ayuda de cámara le enganchaba los corchetes del corpiño, Victoria notó las flores céreas que adornaban los lados del moño que llevaba a la altura de la nuca.

—¿Cómo te las has ingeniado para encontrar gardenias?

Skerrett se tomó la libertad de soltar una risita que daba a entender las largas distancias que había recorrido ese día para conseguir flores de invernadero en pleno invierno.

—Me ha costado lo mío, majestad.

—Me figuro que sí. Lord Melbourne las cultiva en Brocket Hall. —Hizo una pausa—. Pero claro, no era cuestión de pedírselas.

Skerrett no dijo nada. Entendía, cómo no, por qué la reina no podía recurrir a los invernaderos de lord Melbourne, pero también tenía presente que bajo ningún concepto debía dar a entender que había llegado a esa conclusión. Tiró de los extremos del lazo de la falda, le hizo una moña, la remetió por el bajo del corpiño y se apartó.

—Listo. ¿Estáis contenta de vuestra elección, majestad?

Victoria se acercó al espejo de cuerpo entero para mirarse. El vestido de gasa, que parecía flotar a su alrededor, le imprimía una tonalidad rosácea a su piel. Alcanzaba a percibir la lozanía aterciopelada de la fragancia de las gardenias. Se mordió los labios. La imagen que tenía frente a ella no era de una reina, sino de una mujer.

—Sí, Skerrett. Creo que sí.

Brodie sabía que estaba prohibido correr en palacio, pero pensó que en este caso incumpliría las reglas. Se tardaba por lo menos diez minutos en ir desde los aposentos de la reina al ala norte y, en su opinión, no disponía de diez minutos.

Cruzó como alma que lleva el diablo el pasillo que conducía a los aposentos de los príncipes, llamó suavemente a la puerta y la abrió. El príncipe Ernesto estaba tumbado en el diván fumándose un puro; el príncipe Alberto estaba sentado junto al escritorio.

—Tengo un mensaje de la reina para el príncipe Alberto. —Brodie hizo una pausa. Aunque Skerrett le había obligado a jurar que guardaría el secreto como los restantes criados de palacio, sabía la trascendencia de lo que estaba a punto de decir—. Os espera en la pinacoteca, señor.

Alberto no se dio ninguna prisa al dirigirse al otro lado de palacio. Es más, al llegar a la gran escalinata, vaciló durante tanto tiempo que Ernesto, que lo iba siguiendo a una distancia prudencial, no tuvo más remedio que revelar su presencia.

—Más te vale no hacerla esperar, hermanito.

—No, al fin y al cabo, es la reina.

Ernesto le puso la mano en el brazo a su hermano.

—También es una mujer, Alberto.

Alberto se apartó un mechón de pelo de los ojos.

—A lo mejor quiere despedirse.

Ernesto se rio.

—Claro, estoy seguro de que por eso te ha convocado. —Añadió—: Alberto, sé que estás asustado, pero ella también lo estará. —Le dio a su hermano un empujoncito en dirección a la escalera—. Venga, en marcha.

Aunque solo eran las cinco, ya había oscurecido y se habían encendido todas las velas. Mientras Alberto caminaba por el vestíbulo en dirección a la pinacoteca, vio un destello de su reflejo en el espejo iluminado por los candelabros. Volvió a apartarse el mechón rebelde de la frente y entró en la galería.

Ella se hallaba de espaldas a él, delante de un cuadro de Isabel, con Dash a sus pies. El suelo crujió cuando él se le acercó; ella soltó un tenue chillido y Dash se puso a gruñir. Se giró en redondo con un remolino rosáceo como si fuera la primera vez que lo veía. Alberto dio otro paso en dirección a ella.

—Discúlpame por asustarte, Victoria.

Ella se quedó mirándolo fijamente, con el labio tembloroso.

Alberto dio un paso más.

—Me han dicho que querías verme.

Dash gruñó de nuevo y sacó a Victoria de su trance. Alzó la vista hacia Alberto y, con el entrecejo fruncido por el esfuerzo, dijo:

—Quiero pedirte algo, Alberto, pero antes de hacerlo he de estar segura de que no te importará que lo haga.

Alberto notó el temblor de su voz y dio otro paso al frente. De repente le abrumó aquel aroma que le recordaba todo lo que había amado y perdido.

—Llevas otra vez esas flores.

—Sí, se llaman gardenias.

—Gardenias. —Alberto saboreó la palabra al pronunciarla. Se encontraba tan cerca de ella que reparó en el diminuto bulto de su barbilla—. ¿Me permites? —Victoria se encogió de hombros a modo de aprobación y él se echó hacia delante para oler las flores. Se deleitó con el voluptuoso y céreo perfume y dijo suspirando—: Ese aroma me infunde seguridad.

Victoria abrió los ojos sorprendida.

—¿De verdad?

Alberto asintió, sin habla. Victoria tragó saliva.

—¿Te hago la pregunta ahora?

—Me gustaría.

Victoria se mordió el labio y a continuación, como si hubiera memorizado las palabras, le preguntó:

—Alberto, ¿me harías el honor...? —Se interrumpió y negó con la cabeza—. No, no suena bien. —Apartó la vista, volvió a mirarlo y acto seguido añadió con claridad—: Alberto, ¿quieres casarte conmigo?

Alberto sintió que sonreía de oreja a oreja.

—Depende.

—¿De qué?

Percibió la sorpresa y el retintín que reflejaba su voz y por un instante saboreó el momento.

—De si me dejas que te bese.

Victoria abrió los ojos de par en par y esta vez sonrió.

—Si lo hago, ¿dirás que sí?

Alberto negó con la cabeza.

—Primero debo besarte.

Victoria entreabrió los labios y dijo en un hilo de voz:

—Adelante. —Cerró los ojos al tiempo que levantaba la cabeza hacia él.

El olor de las flores, la presión de Victoria contra su cuerpo, la titilante luz de las velas... Alberto sintió que el corazón le traicionaba. Al apretar los labios contra los suyos y sentir que reaccionaba con tanta avidez tuvo la certeza de haber encontrado el alma gemela que siempre había anhelado. La rodeó por la cintura y tiró de ella contra sí, y no dejaron de besarse hasta que no tuvieron más remedio que parar para respirar.

Victoria lo agarró de la mano y dijo, riendo por la excitación, con los labios hinchados de deseo:

—¿Y bien? ¿Vas a aceptar mi proposición? No pienso ponerme de rodillas, ¿sabes?

Alberto tomó su cara entre las manos.

—Me has robado el corazón, Victoria. —La volvió a besar; esta vez el beso fue más apasionado y largo—. Para mí esto no es un matrimonio de conveniencia.

Victoria se echó hacia atrás para mirarlo. Con un golpe de inspiración regia, dijo:

—No, creo que será un matrimonio de inconveniencia.

Se echó hacia delante para acercar los labios a los suyos.

—Pero no tengo elección.

Alberto la cogió en volandas de la cintura de manera que quedara por encima de él y contestó con regocijo:

—Yo tampoco.

Dash se puso a ladrar al hombre que estaba zarandeando a su ama, pero, por una vez en su vida, fue ignorado.

Agradecimientos

scribí esta novela mientras preparaba el guion de la serie de televisión *Victoria*, de modo que debo dar las gracias a todo el reparto, especialmente a Jenna Coleman, Rufus Sewell y Tom Hughes, por dar vida a mis personajes de un modo tan maravilloso, y a Damien Timmer y Rebecca Keane por enseñarme a contar una historia para la pequeña pantalla. Las inimitables Hope Dellon e Imogen Taylor, mis editoras en Estados Unidos y el Reino Unido respectivamente, me han refrescado la memoria sobre cómo narrar una historia sobre el papel, y mis magníficos agentes, Caroline Michel y Michael McCoy, han sido mi paño de lágrimas a lo largo de todo el proceso.

Mi agradecimiento al profesor David Cannadine por introducirme en los diarios de Victoria mientras estudiaba en Cambridge y a Andrew Wilson y Helen Rappaport por su apoyo con todo lo relacionado con la época victoriana. Mi eterno agradecimiento a Rachel Street por su apoyo con el siglo XXI.

Tengo la suerte de tener un padre, Richard Goodwin, que es mi más fiel lector, y a mi mejor amiga, Emma Fearnhamm, que conservó los apuntes de la universidad.

Gracias a mis hijas: a Ottilie por mantener mi cordura y por sus sabios consejos, y a Lydia por proporcionarme todo el material original habido y por haber sobre una reina adolescente. Gracias a Marcus por llevarme en dos ocasiones a la isla de Wight.

Este libro se publicó en España
en el mes de noviembre de 2017